TÖRTCHEN, TOD UND TECHTELMECHTEL

Alexandra Stiglmeier ist im Pfaffenwinkel geboren. Aufgewachsen bei der Oma auf dem Bauernhof sowie im Sanitär- und Spenglereibetrieb der Eltern, lebt sie heute mit ihrer Familie in Peiting. Sie schreibt bayerische Theaterstücke und verbreitet ihren Humor als Kabarettistin bayernweit auf Wirtshaus- und Kulturbühnen.

ALEXANDRA STIGLMEIER

TÖRTCHEN, TOD UND TECHTELMECHTEL

Kriminalroman

emons:

Bibliografische Information der Deutschen Nationalbibliothek
Die Deutsche Nationalbibliothek verzeichnet diese Publikation
in der Deutschen Nationalbibliografie; detaillierte bibliografische
Daten sind im Internet über http://dnb.d-nb.de abrufbar.

© Emons Verlag GmbH
Alle Rechte vorbehalten
Umschlagmotiv: stock.adobe.com/ChristArt,
shutterstock.com/Olga_Lots
Umschlaggestaltung: Nina Schäfer, nach einem Konzept
von Leonardo Magrelli und Nina Schäfer
Umsetzung: Tobias Doetsch
Gestaltung Innenteil: DÜDE Satz und Grafik, Odenthal
Lektorat: Christiane Geldmacher, Textsyndikat Bremberg
Druck und Bindung: CPI – Clausen & Bosse, Leck
Printed in Germany 2024
ISBN 978-3-7408-2204-0
Originalausgabe

Unser Newsletter informiert Sie
regelmäßig über Neues von emons:
Kostenlos bestellen unter
www.emons-verlag.de

Lebe, lache und mache jeden Augenblick
zu einem Fest!

Die wichtigsten Figuren im Buch:

Rosl	eine Dorfratschen (Dorf-Facebook)
Heinzi	Ellis Ermittlungskompagnon
Leni	dessen Frau
Schmied Lenz	Kriminalhauptkommissar

Und Achtung! Diese Typen sind fei äußerst verdächtig:

Haslinger	Ellis Chef, ein recht ungehobelter Geselle
Klexi	Malermeister, ein verheirateter Weiberheld
Schneckerl Tscharlie	ein schmieriger Windhund
Silberfisch Alisi	Steuerprüfer, eine graue Maus
Berti	eine bratzelnde Sahneschnitte

Viel Spaß beim Ermitteln mit der Elli!

1

»Veronika, der Lenz ist da« heißt es in einem alten Lied. Und das passt grad echt. Obwohl ich gar nicht Veronika heiße, sondern Elli. Zum einen passt's, weil nach einem langen Winter endlich der Frühling bei uns im Pfaffenwinkel Einkehr gefunden hat, und zum anderen, weil ich neuerdings mit dem Schmied Lenz liiert bin. Und genau darum ist es im Moment recht ungünstig, dass er da ist, der Lenz. Haut der doch jetzt dem Haslinger so dermaßen eine in die Visage, dass der gute Mann ein Stück weit nach hinten taumelt und, völlig überrascht von dem unverhofften Schlag, recht deppert dreinschaut.

»Ja, spinnt da Beppi?«, fasst der sich mit seiner Riesenpranke an die Wurstlippe, die augenblicklich anschwillt wie ein Dudelsack.

»Von mir kriegst auch gleich eine Bockfotzen«, mischt sich jetzt der Heinzi ein und rempelt den Haslinger von der Seite an.

»Ja, häh, häh, wie hammas denn?«, schubst der Haslinger zurück und wirft sich mit seinem ganzen bajuwarischen XXL-G'stell auf den Heinzi drauf.

Das war keine gute Idee.

Nein, echt nicht.

Weil die zwei jetzt augenblicklich am Boden liegen und sich gegenseitig hauen.

Der Boxkampf eins a.

Die Faust vom Heinzi drischt wie die vom Rocky Balboa. Trotzdem geht er ziemlich schnell k. o. Mei, der Heinzi ist ja auch ein ziemlich kümmerlicher Hering, wissen S'. Deshalb kommen ihm gleich die umstehenden Mannsbilder zu Hilfe, und bis ich schau, ist hier beim Engelsrieder Wirt eine Mordsrauferei im Gange. Und das alles nur, weil der Lenz da ist.

Nicht, dass er streitsüchtig wär, der Lenz. Nein, nein, das nicht. Und als Kriminalhauptkommissar kann er sich so einen

Schlag auf dem Haslinger seine Wurstlippe auch gar nicht erlauben. Aber er ist halt eifersüchtig. Obwohl er ja gar keinen Grund nicht hat. Weil, ich will doch nix vom Haslinger Alfons. Nein, echt nicht.

Aber jetzt erst mal alles schön der Reihe nach, gell.

Heute ist Samstag, und ich bin auf dieser Mega-Achtziger-Mottoparty, die meine alte Schulkameradin für ihren Gatten gibt.

Dafür hat die Gitti extra unser komplettes Wirtshaus angemietet. Inklusive dem sich darin schon sowieso befindenden Achtziger-Jahre-Interieur. Dazu Palmen, eine Discokugel, ja sogar eine Lichtorgel hat die Gitti mitgebracht. Alles noch im Original erhalten. Auch die Gäste. Wobei ich mir bei der Gitti nicht ganz sicher bin, ob bei der nicht schon Neuteile verbaut wurden. Weil, der ihr Busen kommt mir heute irgendwie größer vor wie sonst. Aber wurscht, das tut hier im Moment nichts zur Sache.

Jedenfalls hat die Gitti diese Party monatelang minutiös geplant. Und darum war's hier einwandfrei. Die Fete grandios. Hab mich köstlich amüsiert.

Irgendwann mal – wann, kann ich nicht genau sagen –, da sind wir recht feuchtfröhlich an der Bar herumgestanden. Bis mir dann ebender Haslinger diese blöde Frage gestellt hat.

»Elli Fuchs, willst du mit mir gehen?«, hat er mich dabei angehimmelt wie ein verliebter Schulbub. Aber nein, der Haslinger wäre der Letzte, mit dem ich irgendwo hingehen würde.

»Weißt du eigentlich, dass ich schon seit unserer Kindheit in dich verknallt bin?«, hat er mich dann noch aus seinem hautengen blauen Jogginganzug heraus angegrinst.

So ein Schmarrn, ich hab den Haslinger doch früher gar nicht gekannt. Okay, bis zum Alter von zehn Jahren habe ich hier im Ort zwar gewohnt, und später war ich oft an den Wochenenden in Engelsried, aber ich wüsste nicht, dass ich dabei jemals dem Haslinger über den Weg gelaufen wäre. Und wenn, dann habe ich das bestimmt verdrängt.

»Ich sag nur: Flaschendrehen«, hat er mir dann seinen dahinfeuchtelnden Arm um die Schultern gelegt und mir ein nasses, nach Zwiebel und Schnaps riechendes Bussi auf die Backe gedrückt.

»Wie, Flaschendrehen?«, hab ich ziemlich beduselt gefragt. Einerseits vom Alkohol und andererseits vom Geruch.

»Ja sag amal, kannst du dich ans Flaschendrehen beim Heinzi seinem Kindergeburtstag nicht mehr erinnern?«

Mhm, freilich kann ich mich noch dran erinnern. Wer vergisst so was schon. Ich war zwölf oder so. Meine Eltern haben mich damals extra aus München zu dieser Geburtstagsfeier von meinem Cousin nach Engelsried gefahren. Und auf der Party, da war dann so ein grauslicher Bub. Ich sag nur: dicker Leib und dünne Haxen. Hat ausgeschaut wie ein Kartoffelknödel auf zwei Füßen.

Und wie wir dann alle im Kreis gesessen sind, hat jemand die Flasche gedreht und gesagt: »Auf wen der Flaschenhals trifft, der muss den da küssen«, und hat dabei auf den Bub gedeutet. Dann wurde die Flasche gedreht.

Und wen hat's getroffen?

Mich.

Und eins kann ich Ihnen sagen, der Kerl war widerlich. Hat das Küssen gar nicht können, weil offener Mund. Und als wäre das nicht schon übel genug, haben sich dabei auch noch unsere Zahnspangen ineinander verhakt. Ein grauenhaftes Erlebnis. Aber der greisliche Geselle von damals, das wird doch nicht der Haslinger ... hab ich ihn fragend in die schwammige Visage geschaut.

Die war auf der Stelle rot wie ein Radieserl.

»Ja, ja, Fuchsin. Ich war's schon. Mich hast du damals gewonnen«, hat er hergegrinst, und sein Schädel hat dabei farblich von Radieserl auf Rote Bete gewechselt.

Oh mein GOTT! ICH HAB MIT DEM HASLINGER GEKNUTSCHT!

Mir ist schlecht geworden.

ICH HAB MIT DEM HASLINGER GEKNUTSCHT, ist es mir immer und immer wieder in meinem vom Alkohol benebelten

Kopf herumgeschwirrt. Mein Hirn hat's einfach nicht begreifen können. Okay, der Haslinger ist mit dem Heinzi in dieselbe Klasse gegangen, aber dass der da auf der Geburtstagsfeier ... Also, ich und der Haslinger ... das ist ... absurd ist das. Pfff, ich und der Haslinger Alfons ... Ja aber, warum hat mir das denn bis jetzt niemand gesagt? Ich mein, ich arbeite seit einem halben Jahr für den. Schmeiße ihm praktisch seinen ganzen Laden. Verkaufe für ihn Rohre, Fittings und Klodeckel. Tippe seine Briefe ab und schreibe seine Rechnungen. Arbeite mit ihm quasi Seite an Seite und ... ich hab mit dem Haslinger geknutscht ...

Verzweiflung pur.

Ich muss das komplett aus dem Bewusstsein verbannt haben.

Ob der beim Küssen immer noch so furchtbar sabbert? Aber in der Zwischenzeit müsste der das Küssen doch können, oder?

In meinem Hirn hat's gerattert und gerattert. Und, ja mei, ich hab halt seit jeher diese kriminalistische Neugierde, wissen S'. Gehe den Dingen eben gerne auf den Grund. Kann da gar nichts dafür. Das Ermitteln liegt mir eben im Blut. Ja, und darum hab ich halt dringend wissen müssen, ob der Haslinger beim Küssen immer noch sabbert.

Tja, und dann hab ich's einfach ausprobiert. Obwohl es mir ja eigentlich vorm Haslinger graust und ich freilich nicht gewusst hab, was er für Essensreste in seinem Bart drinhängen hat, geschweige denn, was sich dort für Ungeziefer herumtreibt. Aber mit viel Alkohol im Hirn, da fallen halt die Hemmungen, gell.

Ohne groß darüber nachzudenken, hab ich also mit beiden Händen seine fleischigen roten Hamsterbacken zu mir hergezogen und ihn geküsst. Einfach so. Und nein, hat nicht mehr gesabbert. Aber der Bart hat gestupst. Der Kuss war ganz okay, kann man echt nix sagen.

So. Und jetzt sind wir eben wieder genau da, wo wir vorhin waren. Also am Anfang vom Buch. Weil exakt in diesem Moment, wo ich den Haslinger geküsst hab, ist eben der Lenz plötzlich dagestanden.

Zuerst hab ich ihn ja gar nicht gesehen.

Und wie ich ihn dann bemerkt hab, da hat er schon dem Haslinger diesen Schlag versetzt. Mei, was soll ich sagen. Kurzschlussreaktion. Eifersucht. Ist halt keiner vor gefeit, gell. Auch kein Kriminalhauptkommissar. Und jetzt fliegen hier eben Fäuste, Wörter und Maßkrüge.

So ein Mist.

Ich schau zum Lenz rüber. Der Mann schaut heute mal wieder bombastisch aus. Lederjacke mit Fransen, hautenge Jeans, in der alles genau da sitzt, wo es sitzen soll. Cowboystiefel, Nietengürtel und Lockenperücke. Bon Jovi: Scheißdreck dagegen. Mei, was bin ich in ihn verliebt, und freilich würde ich hier und jetzt sofort alles aufklären, aber im Moment ist halt grad schlecht.

»Ja, tun S' halt was, Sie sind doch die Polizei!«, schreit ihn jemand an. Aber der Lenz steht nur mit versteinerter Miene da und sieht zu, wie sich die anderen die Köpfe einhauen. Ist stinksauer. Und weil er halt nicht reagiert, kommt jetzt die große alte Feuerspritze zum Einsatz. Die steht seit jeher für einen eventuellen Brandfall bereits mit Wasser gefüllt in der Ecke der Wirtsstube rum.

Jemand zielt mit dem Schlauch und der Pistole auf die rauflustige Meute und ruft mir zu: »Pump!«

Mei, dann pump ich halt.

Der Wasserstrahl schießt durch den Schlauch, dass es eine wahre Freude ist. Innerhalb kürzester Zeit ist die ganze Saubande britschelnass.

Das Resultat dieser Prügelei: zerrissene Achtziger-Jahre-Klamotten, anschwellende Männervisagen, blutendes Zahnfleisch und eine schwimmende Wirtsstube.

»Hol was zum Kühlen. Am besten Eiswürfel«, befiehlt die Gitti dem Heinzi, und der humpelt, sich die blutige Backe haltend, suchend durch die Schwingtüre. Ich folge ihm helfend, weil schließlich bin ich schuld an dem ganzen Dilemma. Also ab zum Kühlschrank. Der steht in der Küche.

Leider komme ich dort nicht recht voran, weil fettiger Fliesenboden. Wie ich den Kühlschrank dann erreiche, reiß ich mit Schwung die Tür auf. Immerhin bin ich auf der Suche nach was Kaltem. Und ja, dadrin scheint es recht eisig zu sein. Selbst das Gemüse hat sich schon einen Pelz zugelegt. Auch das Obst schaut irgendwie flauschig aus. Man kann sagen, Obst und Gemüse genießen die vierwöchige Betriebsruhe, die der Wirt offiziell gerade hat. Chillen hier im Kühlschrank und gammeln vor sich hin. Also das Gemüse. Nicht der Wirt, weil der chillt in Thailand.

Ich mach lieber wieder zu.

»Da, die Gefriertruhe«, ruf ich und zeig dabei auf die riesige Truhe, die in einem kleinen angrenzenden Nebenraum steht. Schon reißt der Heinzi den Deckel auf, holt einen Schweinsbraten heraus und reicht ihn mir her. Ich renne damit in die Wirtsstube zurück und halte das kalte Fleischstück dem Haslinger unter den blutverschmierten Zinken.

»Ja, do legst di nieder, war des eine Rauferei, ha? Bombastisch, ja, verreck!«, freut er sich sichtlich und zupft seinen dreckigen Jogginganzug zurecht.

»Wir brauchen mehr Kaltes«, schreit die Gitti hektisch zum Heinzi in den Raum hinein. Und wie kurz drauf die Schwingtür der Küche erneut aufgeht, steht er dann da, der Heinzi. Kreidebleich, eine Tüte mit Bockwürsten in der Hand und zur Salzsäule erstarrt.

»Was is?«, frag ich noch so. Aber er ist irgendwie wie ferngesteuert. Hebt dauernd den Arm mit den Würsten zum Himmel und senkt ihn wieder ab. Hoch, runter, hoch, runter. Stößt dabei immer einen »Mhm«-Laut aus. Hört gar nicht auf damit.

Hat der vorhin zu viel Schläge abgekriegt?

»Ja, jetzt holt halt mehr Kaltes!«, befiehlt die Gitti erneut, reißt dem Haslinger den Schweinsbraten aus der Hand und hält ihn ihrem Gatten ans blutende Hirn. Und weil der Heinzi immer noch so seltsam dasteht und diese Mhm-Laute von sich gibt, renn ich in den Raum hinter der Küche und reiß ebenso den Deckel der Gefriertruhe auf. Die ist bis zum Rand gefüllt. Hase, Reiberdatschi, Fische, lose Pommes. Alles Mögliche liegt dort. Teils mit und ohne Verpackung. Aber das, was da noch drin ist, das raubt mir den Atem. Es ist die Hofreiter Mona. Hockt steif gefroren zwischen all den Lebensmitteln, hat die Augen und den Mund weit aufgerissen und raucht vor Kälte.

2

Eiskalt fährt es mir durch die Glieder, wie ich mich zur Mona in die Truhe hinunterbeuge. Schlagartig schnellt ihr Leib wie auf Kommando aus der Gefriertruhe hoch, packt mich am Arm und zieht mich mit in die Tiefe. Ich möchte schreien, strampeln, um mich schlagen, aber sowohl die Stimme als auch mein Körper wollen nicht. In panischer Verzweiflung versuche ich mich am Rand der Truhe festzuhalten, doch meine Hand greift ins Leere. Hilfe!, schrei ich, ohne meinen Mund zu bewegen. Heinzi, Lenz, zefix, wo seid ihr? Ja hört mich denn keiner? Lass mich los!, bettel ich den klirrend kalten Leib von der Hofreiter Mona an, aber für mich geht's nur abwärts. Hinunter in die frostige Tiefe. Rums, Deckel zu. Lebendig eingefroren. Langsamer Tod.

Es ist stockdunkel. Verzweifelt drücke ich mit den Armen von innen gegen die Klappe, stemme mich mit aller Kraft dagegen. Will in die Freiheit. Ins Licht. Bevor mir das Blut in den Adern gefriert. Mit letzter Kraft schlag ich an die Truhe. Nix wie raus.

Schon schlag ich die Bettdecke auf. Setz mich abrupt auf die Bettkante. Von wegen eiskalt. Mir ist es elendig heiß. Bin auch nicht steif gefroren, sondern schweißnass und heilfroh, dass es nur ein Traum war. Ein Alptraum, der mich jede Nacht verfolgt, seitdem ich vorgestern die Mona in der Gefriertruhe gesehen habe. Der Schock sitzt tief. Immerhin hab ich die Hofreiter Mona gut gekannt. Also rein oberflächlich. Mei, wie man halt jemanden aus dem Dorf kennt, mit dem man drei Jahre in die Volksschule gegangen ist.

Wie in aller Welt ist die Mona nur in die Gefriertruhe vom Wirt reingekommen? Freiwillig sicher nicht. Wer tut ihr so was an? Und warum? Ich kann mir nur schwer vorstellen, dass sie irgendwelche Feinde hatte. Sie war eine nette, adrette Frau. Unheimlich tierlieb, unverheiratet, ihre Mama ist schon vor etlichen Jahren verstorben, den Vater hat sie nicht gekannt.

Ihr Anblick will und will mir nicht aus dem Kopf gehen. Immer und immer wieder sehe ich ihr Gesicht vor mir. Die weit aufgerissenen Augen, der entsetzte Blick. Als wollte sie mir sagen: Elli, hilf mir. Bitte, bitte, Elli, find heraus, wer mein Leben auf diese Art und Weise beendet hat. Darum muss ich jetzt dringend aufdecken, wer die Mona beim Wirt abgelegt hat. Ja, das bin ich ihr doch schuldig, oder?

Und ich werde diesen Mord aufklären. Bin ja ein kriminalistischer Profi. Ja, hab ich doch vor ein paar Wochen einen Dreifachmörder entlarvt, nachdem der Haslinger und ich bei einer Kundschaft eine total vertrocknete Leiche in einem Wannensockel entdeckt haben. Ein echt mysteriöser Fall war das. Der eine oder andere von Ihnen wird sich vielleicht noch daran erinnern, oder? Egal. Jedenfalls verfüge ich über ein hervorragendes kriminalistisches Gespür. Es glaubt mir halt nur keiner.

Außer der Heinzi. Der weiß es freilich. Ja, weil wir doch früher als Kinder immer Detektiv gespielt haben. Entlaufene Tiere und Männer haben wir gemeinsam aufgespürt. Okay, die waren meistens eh alle im Wirtshaus zu finden. Die Männer am Stammtisch und die Viecher im Schlachthaus. Wie gesagt, es glaubt mir nur keiner.

Leider hat mir mein kriminalistischer Instinkt beim Werdegang als Kriminalerin nicht weitergeholfen. Weil Fünfer im Turnen und so.

In meinem Flur stehen Rollschuhe. Die habe ich beim Heinzi im Keller entdeckt. Der hat ja allerhand altes Graffel dort rumliegen. Wollte sie zuerst bei der Party tragen, aber zum Tanzen sind so Dinger halt unpraktisch. Doch für die bevorstehenden Ermittlungen bietet sich nun Gelegenheit, sie mal auszuprobieren. Rollschuhfahren verlernt man ja nicht. Werde flugs zum Wirt hinüberrollen und ihn ein bisserl ausfragen. Schließlich war die Mona ja in seiner Gefriertruhe drin. Hoffentlich ist der in der Zwischenzeit aus Thailand wieder eingeflogen.

Nachdem ich meine Füße in die rollenden Schuhe gesteckt und mich damit die Treppe vom ersten Stock hinuntergehangelt habe, kurve ich gekonnt lässig über unseren Hof. Komm mir dabei ein bisserl vor wie ein junges Mädl. Weil einerseits die Rollschuhe und andererseits der Geruch mich halt extrem an meine Kindheit erinnern. Es riecht nach Odel. Ach, das tut's hier leicht mal, wissen S'. Ich lebe halt auf dem Land. Genau genommen wohne ich in Engelsried. Das liegt geografisch im Pfaffenwinkel. Also in Südbayern. Und wenn's hier im Ort nicht nach Odel riecht, dann duftet es nach Kuhstall. Selten auch nach beidem. Je nachdem, wie halt der Wind geht, gell.

Eigentlich mag ich das öde Landleben samt seiner Düfte nicht. Nein, ganz und gar nicht. Bin auch nicht aus freien Stücken mit den Kindern vor einem halben Jahr aus München wieder hierhergezogen. Aber seitdem ich so dermaßen in den Schmied Lorenz verliebt bin und bei mir dauernd so Schmetterlinge im Bauch rumflattern, mag ich sogar diese depperte Landluft.

Mit geschlossenen Augen saug ich die oberbayrische Frische in mich hinein, leg mir die Kopfhörer über die Ohren und schalte den Walkman an, den ich ebenso aus dem Heinzi seinem Fundus habe. »Walking on Sunshine«, tönt es mir in die Ohren. Das ist schön.

Rollschuhfahren kann ich.

Hab ich gedacht, bevor ich in die Dinger reingestiegen bin.

Ist aber nicht ganz so leicht, weil, Achtung, abschüssige Straße. Kieselsteine, kein Vergnügen, und mit dem Bremsen hapert's auch. Donner volle Kanne beim Wirt in den Zaun. Aber wurscht. Der war eh schon marode. Wird nur noch von wenigen rostigen Nägeln gehalten und neigt sich nun auf Habachtstellung Richtung Wirtshausgarten. Egal. Ich roll dann mal rein.

In der Wirtsstube sitzen drei rotnasige und pausbackige Bierdimpfel am Stammtisch. Starren wortlos auf ihre Biergläser, die vor ihnen auf dem Tisch stehen. Klammern sich förmlich daran fest, als hätten sie Angst, dass ich sie ihnen wegnehme. Vom Löschwassereinsatz ist in der Wirtsstube nix mehr zu sehen. Wenn man von den Wasserrändern an Tisch- und an Stuhlfüßen absieht. Ach, bei dem ganzen alten, schadhaften Graffel, was der Wirt in seiner Stube drin beherbergt, kommt es auf so einen Wasserschaden mehr oder weniger auch nicht drauf an. Selber schuld, wenn er eine mit Wasser gefüllte Feuerspritze in der Wirtsstube herumstehen hat.

»Ja, ja, so is …«, murmelt einer der Stammtischbrüder an sein Bierglas hin.

»Ja, ja«, brummelt der andere ebenso in sein Glas.

»Genau. Genau so is es …«, schnappt sich der ganz der andere schwungvoll sein Glas, hebt es gegen seine weit aufgerissene Gosche und schüttet sich den Gerstensaft in den Hals. Sein Kropf hüpft dabei wie ein Pingpongball auf und ab. Gleich drauf knallt er sein leeres Glas auf den Bierfilz, wischt sich den Schaum vom Mund und starrt wieder auf sein Bierglas.

»Wissen Sie vielleicht zufällig, wo der Wirt ist?«, unterbreche ich die illustre Gesellschaft bei ihrer ausschweifenden Kommunikation. Bekomme aber keine Antwort. Nicht mal einen Blick.

Pfff, zieh ich einen Schmollmund hin, werfe mein Haar nach hinten und schwing mich zur Küchentür hin, die mich unerwarteterweise weder abbremst noch aufhält. Nein, die blöde Tür schwingt auf, und schon düse ich in die Küche. Eine Anrichte mit Tellern ist es, die sich mir unfreiwillig in den Weg stellt. Während das Geschirr zu Boden fällt, werfe ich dem Wirt ein freundliches »Grüß Gott« zu. Aber mein Gruß und das Klirren des fallenden Geschirrs werden von einem mordsmäßigen Zisch verschluckt, weil der nämlich am Herd gerade Wasser in einen heißen Topf gießt.

Die ganze Küche dampft. Absaugung Fehlanzeige.

Ich nutzte den günstigen Umstand und stell mich breit vor ihm hin.

Kaum haben sich die Nebelschwaden verzogen, setz ich den lieblichsten Blick auf, den ich in meinem Repertoire habe, und lächle zum Wirt hinüber. Hätt ich aber gar nicht müssen, weil mich der komplett ignoriert. Der Riesenkerl schwenkt nacheinander sämtliche Pfannen mit Spätzla und Gemüse drin und tut dabei recht g'schaftlig.

Ich schau mich mal um.

Die Küche ist immer noch so ätzend fettig wie am Samstag. Das angrenzende kleine Zimmer, wo die Gefriertruhe steht, ist blitzeblank. Auch der Boden. Das ist mir am Samstag auch schon aufgefallen. Der Täter hat hier also ausgiebig geputzt und wollte die Spuren verwischen. Der einzige Unterschied zum Samstag: Die Mona ist weg. Die wurde längst abgeholt. Quasi von der Gefriertruhe in den Kühlschrank der Münchner Gerichtsmedizin umgebettet.

»Was willst?«, fragt der Wirt. Er nimmt ein riesiges Messer, hebt es in die Höhe, betrachtet es mit zusammengezwickten Augen und fängt an, es zu wetzen.

Ja, was will ich eigentlich?

Genau genommen recht viel. Zuallererst aber gerne mal wissen, wie gut er die Mona gekannt hat und wie sie in seine Gefriertruhe gekommen ist. Weil ich mir aber keinen Plan für die Befragung zurechtgelegt habe und ich irgendwie Muffensausen zwecks dem Anblick vom Wirt samt seinem Messer habe, stopsle ich ein bisserl rum. Weiß gar nicht, was ich sagen soll. Weil der Mann wirkt auf mich enorm gewaltig. Ich sag nur: Schubeck ist schmächtig dagegen. Kocht auch nicht wie Schubeck, nein, nein, ganz im Gegenteil. Was unser Wirt kredenzt, ist manchmal ungenießbar.

»Ja, also ich hab ja die Mona bei dir in der Gefriertruhe gefunden«, sag ich dann.

»Aha, ja und jetzt?«

»Ja, und ich frag mich halt, wie die Mona da reingekommen ist, gell.«

»Ja, das hätt ich auch gern g'wusst. Die Hofreiter Mona hätt sich doch auch eine andere Gefriertruhe aussuchen können, wo sie sich tot reinhockt. Was glaubst, was ich jetzt für Scherereien hab, ha? Da fliegst nach Thailand in Urlaub, vermietest für einen Abend dein Wirtshaus, und dann kommst heim, und es schwimmt die ganze Bude. In der Küche wuselt eine komplette Armee von eingetüteten Polizisten mit Pinsel und Tesafilm umeinander und beschlagnahmt auch noch dein Essen. Jetzt kann ich erst mal wieder vorkochen, damit in den nächsten Wochen da herinnen überhaupt was geht.« Er wetzt wie wild weiter an seinem Messer und rammt es dann mit Schwung in die Kruste von einem Schweinsbraten rein, der auf der Anrichte vor sich hin dampft. »Von den Kriminalern, die jeden Tag da bei mir ein und aus gehen, mag ich gar ned reden. Und jetzt schleich dich, ich hob zu tun«, sticht er mit der Fleischgabel auf den armen Braten ein und zerlegt ihn versessen in einzelne Bestandteile.

Und so zieh ich halt unverrichteter Dinge wieder ab. Ist eh besser, wenn ich mit den Rollschuhen in der fettigen Wirtshausküche nicht lang auf einer Stelle verweile. Sonst pappen die Räder fest.

Mein Weg führt mich durch die Wirtsstube direkt weiter aufs Klo. Weil, wissen S', ich mache doch zurzeit diese Diät.

Gut, ehrlich gesagt mach ich grad drei Diäten.

Gleichzeitig. Ja mei, von einer wird man ja nicht satt. Und diese Ansammlungen von Obst und Gemüse in meinem Bauch müssen jetzt dringend mal raus.

Das Klo vom Wirt schaut aus, wie halt ein Klo am Montagnachmittag ausschaut, wenn es seit Freitag nicht mehr durchgewischt wurde. Und der Geruch erst. Überall liegt noch Konfetti von unserer Party rum. Ist überhaupt recht hartnäckig, das Zeug. Hab am Sonntag noch welche aus meiner Unterhose gefischt. Aber wurscht. Vergessen S' das, weil irrelevant. Jedenfalls passt das Konfetti farblich bestens zur Einrichtung. Die ist eine bunte Mischung aus verschiedenen Badepochen. Die Fliesen mal moosgrün, mal braun, das Waschbecken in Calypsoblau. Die WC-Schüsseln in der Sanitärfarbe Stella, die es schon seit dreißig Jahren nicht mehr zu kaufen gibt. Ich sag Ihnen, wenn ein Wirt, bei dem täglich Hunderte von Leuten aufs Klo gehen, nicht mal fünfzig Euro für eine neue Kloschüssel übrig hat, dann ist ihm der Gast nix wert. Möchte gar nicht wissen, was der uns essenstechnisch alles auftischt.

Wie ich auf der Schüssel hocke, hab ich ein Déjà-vu. Bin nämlich genau an dieser Stelle schon mal gesessen. Und zwar am Abend unserer Party. Hab ebenso die Ausstattung des Damenklos begutachtet und mich danach beim Händewaschen geärgert, dass nur kaltes Wasser aus dem Hahn gekommen ist. Ich habe mich gebückt und unter dem Waschbecken am Eckventil das warme Wasser aufgedreht. Dabei ist mir ein Hirschfänger ins Auge gestochen. Lag da am Boden, halb verdeckt unter der Wickelkommode, und ich hab mich gefragt, wie ausgerechnet ein solches Messer, das ja ein Mann meist an seiner Lederhosen trägt, ins Damenklo reinkommt. Hab das Messer aufgehoben und gleich in meine Handtasche reinfallen lassen. Weil prima kostenloses Weihnachtsgeschenk für den Heinzi und so. Aber jetzt hat der Hirschfänger freilich eine ganz andere Bedeutung. Es könnte sich dabei nämlich um ein wichtiges Beweisstück handeln.

Gerade eben bin ich aus der Wirtschaft gerollt, blockieren die Räder. Weil Fett an den Rollen und dranklebendes Konfetti. Wär beinah auf die Schnauze gefallen. Nicht auszudenken, wie das ausgegangen wär, wenn nicht grad der Lenz ums Eck gekommen wär und mich aufgefangen hätt.

»Uppsala«, sagt er, während ich in seine Arme fliege.

Kaum bin ich dort gelandet, flattern auch schon in meinem Bauch wie wild Schmetterlinge herum.

Der Lenz grinst. Ein gutes Zeichen. Das tut er gern, wenn ich ein bisserl tollpatschig daherkomm. Findet mich dann unglaublich süß. Sagt er. Wenn wir alleine sind. Bedauerlicherweise sind wir grad nicht alleine, weil heute hat er einen Kollegen dabei. Flori Käseck sein Name. Unter Polizeikollegen Käsi genannt. Nein, nicht wegen dem Nachnamen, sondern zwecks den Käsfüßen, die er hat. Sagt der Lenz. Wenn wir allein sind.

»Was machst du hier?«, fragt mich der Lenz nun, und seine Miene verfinstert sich dabei zunehmend.

Gar nicht gut.

Hab mir schon gedacht, dass er beleidigt ist, weil er seit der Party halt ums Verrecken nicht ans Telefon geht.

»Lenz, das mit dem Haslinger, das war doch …«, versuch ich ihm flüsternd die Sache mit dem Kuss zu erklären.

Käsi wird ganz Ohr.

»Du, erspar mir die Einzelheiten«, schaut der Lenz mit seinen rehbraunen Augen in die meinen und drückt mich von sich weg.

»Du als Kriminalist solltest doch wissen, dass nicht alles so ist, wie es scheint. Ich hab doch nur …«

»Elli, ich hab hier einen Mordfall aufzuklären, mach mir jetzt bitte den Weg frei«, schiebt er mich zur Seite, kaum dass ich wieder auf den Rollschuhen stehe. Geht samt käsfüßigem Kollegen einfach an mir vorbei. Und das, ohne sich nochmals nach mir umzudrehen. Allerhand ist das, wie ich finde. Ach ja, im Privaten ist er ja ein recht lockerer und lässiger Typ, aber im Dienst ist er ein echt kleinkarierter Spießer. Hoffentlich kriegt der sich bald wieder ein, damit wir gemeinsam den Mörder von der Mona finden.

3

Nachdem ich die Räder halbwegs von Fett und Konfetti befreit habe, roll ich fast wie von selbst zu Semmelmeiers rein. Das ist unsere dorfeigene Bäckerei, und wenn Sie mal hier in der Gegend sind, sollten Sie unbedingt dort vorbeischauen. Derzeit gibt's da so Erdbeertörtchen. Ich sag nur: Quark-Öl-Teig, nicht zu süß, Puddingcreme und frische Erdbeeren drauf. Deliziös. Man bekommt allerdings schon allein vom Anblick vier Kilo mehr auf die Hüften, und das ist leider das Übel. Aber beim Semmelmeier gibt's halt auch den neuesten Klatsch, also praktisch nützliche Informationen. Insbesondere wenn unsere Dorfratschen, die Rosl, drin ist. Die hat nämlich eine ausgeprägte Ader, Gehörtes in null Komma nix zu verbreiten und Fake News in die Sphäre zu posaunen. Hat auch das Gerücht in die Welt gesetzt, dass ich mit dem Haslinger ein Verhältnis hab, was sich übrigens im Dorf bis heute hartnäckig hält.

Der Laden proppenvoll. Halb Engelsried ist anwesend. Und freilich weiß ein jeder über die Mona etwas zu berichten. Ich stell mich mal hinten hin und horche.

Erstens: Die Mona war pleite.

Zweitens: Sie war homosexuell.

Drittens: Sie hat geerbt.

Viertens: Sie hatte in Thailand ein Tierheim.

»Und seit fünf Wochen war s' mit dem Silberfisch Alisi beinander«, ergänzt die Rosl.

Die Mona war mit dem Silberfisch Alois beieinander? Wie kommt die denn auf den? Ich mein, die zwei passen ja überhaupt nicht zusammen. Die Mona war eine selbstbewusste, lockere und lebensfrohe Person. Hübsch obendrein, wissen S'. Ja, und der Silberfisch ist ein Milchbubi, der zwar von seiner Mama rausgefuttert wurde, aber rein emotional von jeher eine mickrige Erscheinung ist. Modell graue Maus. Verkorkst bis dorthinaus.

Seit der Schulzeit ein Loser. Hat es aber immerhin als Beamter ins Finanzamt geschafft. Ist dort, glaub ich, Steuerprüfer.

Kaum steh ich vor der Verkaufstheke, werde ich von der Rosl mit zusammengekniffenen Augen begutachtet. Sie schaut mich so durchdringend an, als wollte sie in meinem Hirnkastel alle Gedanken lesen, die mir derzeit durch den Kopf schießen. Dabei hat sie so ein verschmitztes, hinterkünftiges Schmunzeln in ihrem faltigen Gesicht, das ich nicht recht deuten kann. Ob sie wohl schon weiß, dass ich mit dem Lenz was am Laufen hab? Der entgeht doch sonst nix. Ich mein, der Lenz und ich, wir sind ja so vorsichtig, wissen S'. Wollen unser Verhältnis nicht an die große Glocke hängen. Uns erst mal ausprobieren. Weil, es ist ja so: Wir haben beide eine gescheiterte Ehe hinter uns. Ich, weil der Ritschi sich so eine frisch geschlüpfte Fünfundzwanzigjährige angeschafft hat, und der Lenz zwecks seiner Frau, die mit einem Spanier durchgebrannt ist. Und dann sind da ja noch meine Kinder. Die Josi und der Rupi. Ja, und mein Kleiner ist ja der beste Freund vom Lenz seinem Max. Nein, nein, da ist es schon besser, unser Verhältnis noch eine Weile geheim zu halten. Darum treffen wir uns eben nur heimlich. Und zwar immer dann, wenn meine Kinder bei ihrem Vater in München sind. Da parkt der Lenz sein Auto am Feuerwehrhaus und schleicht sich zu mir in die Wohnung hoch. Oder wir treffen uns zum Knutschen hinter einem Feldstadel, was dem Ganzen einen gewissen Kick verleiht. Nervenkitzel, wenn Sie verstehen, was ich meine. Fühle mich dabei wie damals mit vierzehn, als ich bei Nacht und Nebel heimlich aus dem Haus geschlichen bin, um zu rauchen. Aber wurscht, jetzt bin ich hier ein bisserl abgeschweift, gell.

»Sag mal, die Hofreiter Mona, wo hat die denn eigentlich gearbeitet?«, unterbreche ich der Rosl ihre Musterung, während das Gebäck aus der Auslage zu mir herüberlacht.

»Zwei Erdbeertörtchen«, hör ich mich zur Semmelmeier sagen. »Für die Kinder«, setz ich noch eins drauf.

Die Semmelmeier lacht auch und tütet mir das Gebäck ein.

»Soso, für die Kinder, aha. Die sind doch aber noch gar nicht da«, schaut mich die Rosl schon wieder so hinterkünftig an.

»I hab dacht, du machst grad a Diät.«

Die Frau nervt.

»Beim Architekturbüro Steingassinger hot s' gearbeitet. Ja sag amal, weißt du des ned? Oh mei, oh mei, jetzt ham mir in Engelsried scho wieder an Mord. Ma is sich ja bei uns des Lebens nimma sicher. Bis ma schaut, liegt ma als Gefriergut in der Truhe drin und wird womöglich hinterher noch verspeist.«

A geh, wer will denn schon die Rosl verspeisen. Die ist bestimmt zäh wie Leder. Und erst die runzlige Haut. Wie die Gesichtswarze von ihr schmeckt, mag ich mir gar nicht ausmalen. Schwirrt es mir im Kopf herum.

»Ich sag dir eins, das war g'wiss die Mafia. Ja, freilich, die Mafia. Die hockt ja mittlerweile überall drin. Wer weiß, mit wem der Wirt Geschäfte g'macht hat.«

Aha, der Wirt hat also irgendwelche Geschäfte gemacht. Ja, wenn das die Rosl sagt, dann muss da was dran sein.

»Hatte die Mona mit jemandem Streit?«, frag ich sie.

»Willst scho wieder kriminalisieren, ha?« Sie kommt ganz nah zu mir her. »Die Mona ist doch dauernd do drunten bei de Thailändern g'hockt. Wer weiß, was die do alles getrieben hot. In dem Thailand, do verschwinden doch de Menschen unter unerklärlichen Umständen. Tauchen nie wieder auf … außer vielleicht im Kochtopf. Man hört ja einiges …«

»Magst du von meiner Cassata probieren? Is sizilianisches Ostergebäck«, hält mir die Semmelmeier ein Stück über den Tresen. Das ist gemein. »Die Teigrolle ist mit Ricotta, Mandeln und kandierten Früchten gefüllt.«

»Bei de Italiener is es doch genauso. Die Mafia wickelt die Toten in einen Teppich ein und tragt s' einfach so bei da Tür naus. Und keiner sagt was, ich hab …«

»An echt bayrischen Osterstriezel hätt ich auch noch im Angebot«, grinst der Semmelmeier hinter seiner Verkaufstheke hervor.

Ich muss hier raus. Und zwar so schnell wie möglich.

Ich schieb der Semmelmeier einen Fünfer über den Ladenpudel, pack mein Backwerk und wende mich zum Wegfahren. Roll auf direktem Weg raus. Wenn man von dem klitzekleinen Umweg absieht, bei dem ich der Rosl mit den Rollen über ihre Winterlatschen fahre.

Daheim stell ich fest, die Rosl hat irgendwie recht. Keine Kinder da. Die weilen noch mit meinem Gatten und seiner Ische auf Mauritius.

Mist. Okay, muss ich mich halt opfern. Ein Stück esse ich. Diät hin oder her, weil so dicke hab ich es jetzt auch nicht, als dass ich das köstliche Gebäck hier einfach vergammeln lassen könnte.

Am Abend packe ich dann das übrige Erdbeertörtchen in mein Auto rein und fahr zum Lenz. Der mag solche Gaumenfreuden genauso gern wie ich und wird sich riesig darüber freuen, wenn ich damit bei ihm ankomme. Werde ihn mit dieser Leckerei verköstigen, und alles ist wieder gut. Als Gegenleistung wird mich der Herr Kriminalhauptkommissar mit Informationen und Hinweisen zum Mord von der Mona füttern. Mein Techtelmechtel mit dem Lenz, eine Win-win-Beziehung also. In jeder Hinsicht.

Daisy, meine quietschgelbe Ente, steht mit dem Heck zur Hauswand. Ich muss also nicht wenden. Es kann gleich losgehen. Bei Sekunde zehn biege ich mit viel Schwung auch schon auf die Hauptstraße. Vorbei an der Kirche und am dorfeigenen Friedhof. Das Duftbäumchen, Marke »Grüner Apfel«, wedelt hin und her, und kaum bin ich am Wirtshaus vorbei, sehe ich im Rückspiegel, wie der Poldi, also quasi der Mann von der Gitti, dort grad zur Tür reingeht. Vermutlich hat er heute Abend mal Ausgang. Das trifft sich gut, vielleicht sollte ich ihn ausfragen. Immerhin war es seine Mottoparty, bei der wir die Mona gefunden haben.

Hau augenblicklich den Stachel rein. Rückwärtsgang. Fuß aufs Gas und dann voll Karacho vors Wirtshaus geparkt.

Hinter der Daisy scheppert's.

Mist, hab den schmiedeeisernen Gartenzaun übersehen.

Der hängt aber auch derart schief in den Angeln. Ja, wie soll man das blöde Teil denn beim Rückwärtseinparken sehen? Weder ich noch die Daisy haben hinten Augen.

Am Eingang sticht mir eine Tafel ins Auge: »Schnitzeltage. Ein Kind umsonst«, steht da. Man beachte die Zweideutigkeit. Bestätigt meinen Verdacht, dass der Wirt als gelernter Metzger doch mehr als nur Rind und Schwein auf seine Speisekarte setzt. Aber Kinder?

Witz hin oder her, der Mann ist verdächtig. Und diese Meinung hab ich nicht allein. Weil wie ich gerade um die Wirtschaft herumschleiche und dabei durchs Fenster linse, da rempel ich um ein Haar mit einem Mann zusammen, der ebenso durch die Fensterscheiben lurt.

»Was suchen Sie da?«, fährt er mich aber so was von an. Es ist dieser Käsi, der mich augenblicklich von oben bis unten abscannt. Wie kommt der denn plötzlich so schnell daher?

»Das Gleiche könnte ich Sie auch fragen«, sag ich auf den Schreck.

»Frech werden auch noch. Name?«

Ich schau ihn fragend an.

»*Name?*«

»Ach so. Fuchs. Elvira Fuchs …«, stammle ich.

»Mhm.« Er holt ein Notizbuch aus der Jackentasche und blättert darin nachdenklich herum.

»Der Lenz, ist der auch da?«, frag ich vorsichtig.

»Nein. Und jetzt gehen S' bittschön«, legt er etwas Freundlichkeit in seine Stimme, klappt das Notizheft zu und verstaut es wieder in seiner Jackentasche. Und weil er mich jetzt gar so nett bittet, gehe ich halt.

Im Nebenzimmer vom Wirt probt heute der Männerchor. Das machen sie jeden Montag. Kann mir allerdings überhaupt nicht vorstellen, dass der Poldi da mitsingt, weil der nämlich nicht singen kann. Kaum stehe ich bei ihnen drin, sehe ich fünfzehn Herren im exakt gleichen filzgrauen Trachtenanzug in Reih und Glied. Haben dabei eine Hand im Hosensack und jodeln, was das Zeug hält. Treffen so vermutlich die höheren Töne besser. Auch dem Haslinger seinen fetten roten Zinken kann ich einwandfrei unter all den Trachtenhüten erkennen. Blinkt förmlich hervor.

Ohne Umwege geh ich weiter in die Wirtsstube, wo freilich meine drei Freunde von heute Vormittag am Stammtisch hocken und dabei ihre Gläser beobachten. Entweder die Herren sind wieder oder immer noch da. Reden tun sie jedenfalls immer noch nix. Diesmal ignoriere ich sie ebenso.

Der Poldi hockt samt Binkl am Hirn am Tresen und diskutiert mit dem Wirt. Klamüsert irgendwelche Schriftstücke auseinander. Ich hock mich mal dazu. Bestelle mir bei der Martha einen Russ, was ich freilich gleich drauf bereue, weil das Bier-Limo-Gemisch halt überhaupt nicht zu meiner Diät passt. Zu viel Kalorien. Aber wurscht. Beim Ermitteln muss man eben auch mal Kompromisse eingehen. Ich kann doch nicht in einer bayrischen Bauernwirtschaft am Tresen ein Wasser bestellen. Wie schaut denn das aus? Was sollen da die Herren am Stammtisch von mir denken?

Bei der Diskussion geht's um die Achtziger-Jahre-Fete, besser gesagt, um den dort entstandenen Wasserschaden. Um irgendwelche Versicherungsleistungen halt. Lauter so Zeug, was mich jetzt direkt grad überhaupt nicht interessiert, gell.

Die zwei wandern anschließend gemeinsam durch die Stube und beaugapfeln die Wasserränder an den Tischen und der Wandverkleidung.

»Die Hofreiter Mona, war die öfter bei euch?«, frag ich derweil die Martha.

»Mei, ab und zu. Wenn jemand Geburtstag g'feiert hat«, stellt sie mir recht unwirsch meinen Russ auf den Bierdeckel.

Hoppala, welche Laus ist der Martha denn heute über die Leber gelaufen, die ist doch sonst nicht so patzig.

»Und bei den Trachtlern war s' doch auch. Nach der Plattlerprobe is sie jedes Mal mit den Mannsbildern bis Mitternacht im Keller in da Bar verhockt. Mein Lieber, die hat fei ihre Knödel aus ihrem Dekolleté rausg'hängt. De Kerle ham allesamt Stielaugen gekriegt.« Sie zapft ein Bier und bringt es an den Stammtisch zu den Bierdimpfeln hinüber.

Die Martha ist nett. Also, normalerweise. Wenn sie halt nicht gerade eine Laus hat, gell. Ich finde, sie ist eine Seele von Mensch. Kann keiner Fliege was zuleide tun. Ich kenn sie schon ewig. Ist hier Bedienung, solang ich denken kann, gehört sozusagen zum Inventar. Passt auch erscheinungsmäßig recht gut zur Wirtschaft. Schaut ein bisserl heruntergekommen aus. Ihre Haare triefen vor Fett, und wenn sie am Tisch die Bestellung aufnimmt, braucht sie die Speisekarte gar nicht erst herzulegen, weil man an ihrem Schurz erkennen kann, was es beim Wirt alles zu essen gibt. Außerdem riecht sie ein bisserl streng. Aber das war schon immer so. Ich kenn sie ja nicht anders.

»Hast du einen Knutschfleck?«, muss ich sie jetzt fragen, weil sie trägt heute zwar ein breites Halstuch, aber der Fleck ist trotzdem deutlich zu erkennen.

Sie winkt grinsend ab und kratzt sich am Kopf. Daher frag ich halt nicht weiter, obwohl's mich schon interessieren würde, mit wem die Martha so rummacht.

»Und wann hast du die Mona hier zuletzt gesehen?«, frag ich sie dann doch was.

Schon verfinstert sich ihr Blick wieder. Schaut gebannt auf den Tresen. Fokussiert dort etwas. Vermutlich die Laus. Ich schau auch hin. Nein, es ist keine Laus. Eine Fliege sitzt dort auf einem Bierdeckel.

»So a Matz.«

»Die Hofreiter Mona?«

»Na, die Scheißfliege«, haut sie jetzt mit der flachen Hand auf den Deckel.

Von wegen, die Martha kann keiner Fliege was zuleide tun, gell.

»Keine Ahnung. Beim Nuschler seinem Siebziger war s' jedenfalls da«, verbröselt sie gedankenverloren die tote Fliege zwischen Daumen und Zeigefinger und lässt die Leichenteile auf die Theke fallen. Ich bin mir sicher, ihre feindseligen Gesichtszüge gelten nicht der Fliege.

»Hocken überall, de Scheißviecher.«

Okay, ich muss sagen, wo sie recht hat, hat sie recht. Es ist mir auch schon aufgefallen, dass beim Wirt viele Fliegen sind. Und das, obwohl erst April ist. Der wird doch nicht noch irgendwo eine Leiche rumliegen haben? Wer weiß, vielleicht murkst ja die Martha hier nicht nur Fliegen ab.

Dann gesellt sich der Poldi zu mir her.

»Griaß di, Elli, du, wegen der Sache mit der Feuerspritze. Wenn ich mich recht erinnere, dann hast du doch das Wasser in die Stube gepumpt?« Er stellt sich dabei auf seine Zehenspitzen. Macht sich also größer. Was man echt nachvollziehen kann, weil er halt klein ist. Überhaupt hat sich sein Körperbau seit dem qualifizierten Hauptschulabschluss kaum merklich verändert. Gut, die eitrigen Pickelchen sind weg, dafür hat er jetzt jede Menge Mitesser. Aber wurscht. Beruflich jedenfalls ist er eine Größe, weil Bankdirektor.

»Mei, was hätte ich machen sollen, wir hätten die Streithähne ja sonst nie auseinandergebracht, gell. Ach, das zahlt doch eh die Versicherung«, sag ich.

»Ja, das ist noch nicht raus. Die sträuben sich nämlich. Sagen, das war mutwillig. Das ist so, dass …«

»Du, eine Frage! Du hast doch sicher mit der Gitti alles für die Party hergerichtet. Ist dir da speziell was aufgefallen? War was seltsam? Die Mona muss doch schon vor der Party in der Gefriertruhe dringelegen sein«, komme ich aufs Wesentliche zu sprechen.

»Nö. Die Gitti hat die Party ganz alleine vorbereitet. Es sollte doch eine Überraschung sein.«

»Hast du die Hofreiter Mona gekannt?«

Der Poldi wird rot im Gesicht.

»Flüchtig.«

»Flüchtig, aha. Warum wirst dann rot? Hast du mit der ein Techtelmechtel gehabt?«

»Spinnst du jetzt!«, kommt es prompt. »Vor fünf Wochen war sie ja noch bei mir in der Bank, und da ist man halt so zum Reden gekommen.« Der Poldi versucht seinen nicht vorhandenen Hals aus seiner windigen Brust zu strecken, was ihm freilich nicht gelingt. Schiebt mit dem Finger sein Spekuliereisen auf die Nasenwurzel. Genau so, wie es die Gitti immer macht. Und da frag ich mich jetzt, wie die zwei eigentlich zusammen schmusen. Beide die Brille vor der Nase, das muss doch stören?

»Aha, und was habts dann da so geredet?«

»Mei, vom Urlaub und so. Sie ist doch gleich drauf für vier Wochen nach Thailand gefahren.«

»Oder auch nicht!«

»Was? Ach so. Ja, jedenfalls hat die immer in so einer Tierorganisation geholfen und hat Spenden eingesammelt ... Du, jetzt noch mal wegen der Sache mit der Feuerspritze ...«, fängt er schon wieder mit dem Krampf an, und nun ist es doch recht gut, dass der Haslinger samt blau schimmerndem Zinken nebst der noch immer angeschwollenen Wurstlippe aus dem Nebenzimmer und direkt auf uns zugewackelt kommt. Hat anscheinend schon leicht einen im Tee.

»Hoy, Fuchsin. Bist o do. Servus, Poldi, alte Fischhaut«, klopft er dem Herrn Bankdirektor aufs Hemd, dass der gleich zwei Schritte nach vorne macht. »Martha, a Runde Marille«, bestellt er uns einen Schnaps und gesellt sich zu uns her.

»Du, Haslinger, wegen der Schlägerei. Also, angefangen hast doch du, oder?«, wendet sich der Poldi gleich an den Chef, aber der hört gar nicht hin.

Prostet mir mit dem Marillenschnaps her. Ich proste zurück, und bis ich mich's versehe, ist der Abend auch schon wieder herum. Bis zum Lenz hab ich es dann freilich nicht mehr geschafft. Ja, weil ich halt am Tresen versumpft bin. Vertrag doch beim besten Willen keine drei Stamperl Schnaps nicht, und ich kann ja nicht leicht angedudelt noch bis zum Herrn Hauptkommissar in den Nachbarort fahren. Nein, nein, da reicht mir schon die Heimfahrt. Ja, weil mir in dem Zustand die Daisy doch nicht gehorcht. Macht immer das Gegenteil von dem, was ich will. Sag ich vorwärts, fährt sie rückwärts. Rauscht dabei voll Karacho erneut gegen den blöden Zaun vom Wirt. Dann ruckelt und zuckelt sie auf dem Parkplatz rum. Beschließe deshalb kurzerhand, dass ich sie lieber beim Wirt lasse. Im Fasching ist es mir nämlich schon mal passiert, dass die nicht heimgefunden hat. Ist einfach an unserer Hofeinfahrt vorbeigefahren. Ohne Vorwarnung. Erst vor dem alten, verfallenen Haus vom Onkel Hans ist sie stehen geblieben. Das liegt vermutlich daran, dass die Daisy, die ja früher dem Onkel gehört hat, täglich mit ihm vom Wirt nach Hause gefahren ist. Da sieht man es wieder, jahrzehntelange Gewohnheiten kann man eben schlecht ablegen, selbst wenn man ein Auto ist.

Ich wohne über der Wohnung vom Heinzi und der Leni zur Miete. Darum muss ich jetzt noch einige Stufen bewerkstelligen, bevor ich daheim in mein Bett falle.

Doofe Marille.

Zuerst denke ich ja noch über die Mona nach. Der Haslinger hat mir nämlich dauernd von ihrem tollen Busen vorgeschwärmt. Und der Poldi ist darauf schon wieder rot angelaufen. Und die Martha hat dabei schon wieder so finster dreingeschaut. Also ich weiß ja nicht, was an so einer prallen Frauenbrust so toll sein soll. Lang dauert es nicht, dann schlaf ich ein.

Irgendwann vernehme ich ein Geräusch im Hintergrund. Hört sich an wie eine Klospülung. Macht unglaublich durstig. Kein Wunder, mein Mund ist von dem Marillenschnaps so ausgetrocknet wie eine Feldwegpfütze im Sommer. Meine Lippen sind zusammengepappt. Die Zunge schwer wie Blei. Dann erscheint sie mir wieder, die Mona. Heute mit einem riesigen Dekolleté. Zieht mich samt dem Geräusch der Klospülung nach unten. Nimmt mich wie jede Nacht mit in die Tiefe der kalten Truhe hinein …

Ich springe schlagartig auf. Nein, nicht im Traum. In echt.

Aua, mein Schädel.

Der Heinzi war es, der mich mit der Klospülung aus dem Traum hinausgespült hat. Das ist ja mal wieder allerliebst. Da stapft man einfach ungefragt in meine Wohnung rein, hockt sich da auf die Keramik und reißt mich aus dem grauslichsten Alptraum heraus.

Ich bin ihm direkt dankbar dafür.

Bei ihm unten in der Wohnung geht doch die Spülung nicht.

Und seitdem der Heinzi die Mona in der Truhe gefunden hat, ist er nicht fähig, den Spülkasten zu reparieren. Hat das Wasser abgedreht, und daher gehen nun alle bei mir oben aufs Klo.

Kurz drauf schleicht er mit leisen Schritten durch den Flur, und ich begebe mich wieder ins Bett. Und im Halbschlaf, da fällt es mir dann ein: Die Mona hatte gefrorenes Blut auf der Bluse und Einstiche in ihrer Riesenbrust. Wie ich sie aus all den losen Lebensmitteln und eingetüteten Fleischstücken, zwischen Bockwürsten und Dunkelbiersoße ausgegraben habe. Dagessen ist sie. Im Dirndl. Ohne Schuhe und mit abgeschnittenem Haar. Ich frag mich echt, was die als Tierschützerin mit dem ganzen Fleisch dadrin in der Truhe zu suchen hat. Okay, vielleicht wollte sie sich dort mit der Dunkelbiersoße einen netten Abend machen. Bei näherer Betrachtung hatte sie nämlich eindeutig einen Gefrierbrand.

4

Am nächsten Tag mach ich dann eine Schneiderfahrt. Der Lenz ist nicht da. Also folgt gleich drauf eine Überlandfahrt. Werde die Kinder in München bei ihrem Vater abholen. Die sind gestern Abend vom Urlaub zurückgekommen. Der Ritschi, hat heute schon wieder zur Arbeit müssen. Ist Leichenfledderer in der Münchner Gerichtsmedizin. Ach, habe ich das noch gar nicht erwähnt? Egal, jedenfalls dürfte er, oder einer seiner werten Kollegen, die Mona in der Zwischenzeit schon untersucht haben. Was für mich und meine weiteren Ermittlungen echt ziemlich aufschlussreich sein könnte.

Mit gefühlt hundert Sachen brettere ich durch die Ortschaften im Pfaffenwinkel. Weil es könnte ja sein, dass die da bei der Polizei Personalmangel haben und der Lenz Dienst bei der Streifenpolizei schiebt. Wer weiß, vielleicht hält er mich auf und wir können endlich in Ruhe miteinander reden. Aber nein, weder innerorts noch außerorts irgendein Polizist noch eine Geschwindigkeitskontrolle. Die Polizei ist auch nicht mehr das, was sie mal war.

In München werde ich am Mittleren Ring geblitzt. Den Mittleren Ring hab ich vielleicht dick. Mag überhaupt keine Ringe. Weder den mittleren noch den äußeren, und den, der neuerdings um meinen Bauch herum spannt, mag ich schon gleich gar nicht. Und weil mir eben klamottenmäßig nix mehr passt, da mache ich noch schnell einen Abstecher zum Stachus. Marschiere kurz zum Kaufhof rein. Brauche dringend ein Kleid, weil der Rupi hat doch bald Kommunion, und ich glaube nicht, dass mein hingefressener Bauchring bis dahin noch in mein rotes Kostüm hineinschrumpft. Finde auch auf Anhieb ein schönes Kleid und nehm es mit in die Kabine. Dort stelle ich fest: Ach du grüne Kanone. Irgendwann seit der Trennung vom Ritschi muss ich die Schallmauer zwischen zwei Kleidergrößen durchbrochen haben, oder die Teile fallen hier einfach klein aus. Egal, das Kleid passt nicht. Also raus aus dem Ding.

Skeptisch begutachte ich mich in Unterwäsche im Spiegel. Seltsam. Also entweder den Spiegel hat's mal verzogen, oder aber der liebe Gott hat mich irgendwie umgebaut. Genau. Ich glaube, das macht der nachts, unbemerkt, wenn wir Frauen schlafen. Einfach so aus der Langeweile heraus. Ja, der macht das wie die Kleinkinder, die nachts klammheimlich aus dem Bett schleichen und mit verschiedenen Barbiepuppen spielen. Nimmt meinen Körper, den von der Babsi und den von der Leni. Reißt bei uns allen das Oberteil, den Kopf, das Unterteil und die Beine weg, und wenn alle Teile einzeln vor ihm liegen, baut er sie wahllos wieder zusammen. Ja, so wird's wohl sein. Weil sooft ich mich hier im Spiegel betrachte, sehe ich, dass ich zwar noch meinen Kopf plus mein eigenes Oberteil habe, aber die breiten Hüften sind eindeutig die von der Babsi. Und bei genauerer Betrachtung hab ich jetzt auch noch die fetten Schenkel von der Leni. Unverschämt. Also das hätte es doch echt nicht gebraucht, oder? Das sollte man dem lieben Gott mal sagen. Der soll sich bitte schön ein anderes Spiel ausdenken.

Wieder angezogen, hänge ich das Kleid zurück auf die Stange.

»Hat's nicht gepasst?«, fragt mich eine nette Verkäuferin. Sie ist Mitte fünfzig. Bietet mir gleich ein anderes Kleid mit einem besseren Schnitt an. »Das passt bestimmt«, sagt sie.

Das Kleid ist ein Zelt.

Danke auch.

Das kann sie hübsch selber anziehen, die dumme Nudel. Das Kleid kaufe ich bestimmt nicht. Also, nix wie raus aus dem Laden. Werde warten, bis meine Diät Früchte trägt und ich in meine alte Kleidergröße wieder reinpasse, und fertig. Mir ist nämlich die Lust auf Shopping vergangen.

Apropos Lust. Wie ich bei einem schlüpfrigen Geschäft vorbeigehe, lachen mich aus einem Schaufenster heraus so Handschellen an. Mit rosa Plüsch dran und einer stabilen Kette. Die muss ich unbedingt haben. Fürs … Sie wissen schon … na, für den Lenz und mich halt. Weil mit einem echten Hauptkommissar wird das, Sie wissen schon, eine echt spannende Angelegenheit, und freilich ist es auch authentisch. Also rein in die Tasche mit den Dingern und weiter.

Nach ein paar Schritten lacht mich schon wieder etwas an. Gebrannte Mandeln nämlich. Die lachen nicht nur, sondern duften auch noch so verführerisch. Auch die müssen her. Ach herrje, wenn das so weitergeht, dann wird das nix mit der alten Kleidergröße. Sollte ich eventuell mit dem Pfarrer reden, ob er die Kommunion vom Rupi nicht um ein, zwei Monate verschieben kann? Im Sommer ist doch so eine Kommunion auch viel schöner. Überlege ich noch und greife in die Tüte. Bei jeder Mandel, die ich esse, drückt mich zum einen das Gewissen, und zum anderen rückt die Kommunion immer noch weiter in die Ferne. Weihnachten wäre gut. Da kommt die Familie eh zusammen … Ich verschließe die Tüte. Hocke mich ins Auto und fahr zur Gerichtsmedizin. Habe mich dazu entschlossen, dort eine kleine Stippvisite zu machen, bevor ich die Kinder abhole.

Eine halbe Stunde später schlag ich auch schon dort auf. In der ganzen Abteilung keiner da. Das ist seltsam. Keine Ahnung, wo die alle sind. Darum stiefel ich direkt rein in den Raum, in dem der Ritschi bekanntermaßen Tote in verschiedenen Verwesungszuständen auseinandernimmt. Dort steht er auf dem blitzsauberen Fliesenboden am Seziertisch, eingepackt in einen waldgrünen Overall, und faselt etwas Lateinisches in ein Diktiergerät rein. Neben ihm auf einem Tisch liegen filigrane Rippenscheren, präzise Knochenspalterzangen und chromblitzende Messer. Ein beißender, süßlicher Geruch liegt in der Luft.

Ich habe den Ritschi schon öfter an seinem Arbeitsplatz besucht, und jedes Mal bin ich aufs Neue beeindruckt, wie der Mann es hier bei dem Gestank aushält. Dabei arbeitet er dadrin unheimlich gern. Ja, schon fast inbrünstig ernst nimmt er seinen Job. Auch heute ist er wieder mordsmäßig beschäftigt und so vertieft, dass er mich erst mal gar nicht wahrnimmt.

Kaum stehe ich neben ihm am Seziertisch, werfe ich ihm auch schon ein »Servus« entgegen und halte ihm die gebrannten Mandeln vor die Nase. Schmettere ihn damit aus der Welt der hingebungsvollen Gewissenhaftigkeit zurück in die Gegenwart. »Was machst du da herinnen?«, fragt er mich frostig. Also quasi passend zur Umgebung. Macht mir ein Zeichen, dass er keine Mandeln will.

Gut, dann halt nicht.

Er schaltet abrupt sein Diktiergerät aus und deckt die Leiche, die auf dem Tisch liegt, mit einem Laken ab. Freut sich gar nicht über mein Kommen. Möchte mich auch irgendwie und unbedingt loswerden. Aber egal. Weil jetzt, wo ich schon mal da bin, will ich freilich von ihm wissen, wie die Mona zu Tode gekommen ist.

»Die Gute ist nach innen verblutet. Hatte mehrere Stichverletzungen an der Brust«, verrät er mir dann. Allerdings erst, nachdem ich nicht lockergelassen und mich vehement geweigert habe, den Raum zu verlassen.

»Dann ist der Täter eine grausame Bestie«, sag ich betroffen.

»Nein, das muss nicht sein. Ein Messerstich allein reicht zum Töten meistens nicht aus. Es ist denkbar, dass der Täter zugestochen hat und dann überrascht war, dass das Opfer keine Reaktion gezeigt hat. Oder aber die Frau hat sich gewehrt. Hat zurückgeschlagen, zugebissen, was weiß ich. Deshalb stechen Täter zuweilen halt öfter zu«, informiert er mich.

Mehr kann und will er mir ums Verrecken nicht preisgeben. Aus Diskretionsgründen heraus, wie er sagt. Und weil er mich dann barsch aus dem Saal hinausbegleitet, erfahr ich halt auch nix mehr von ihm. Außer dass jetzt gleich unser Kriminaler kommt und ich dringendst das Weite suchen soll, weil es eher schlecht wäre, wenn der mich hier sieht. Und da muss ich ihm jetzt recht geben, dem Ritschi. Wenn der Lenz mich hier antrifft, wär's echt nicht gut. Der mag es nämlich nicht, wenn ich in seinen Mordfällen herumschnüffle.

»Du, ich hab da noch was. Kannst du das für mich bitte untersuchen?« Ich fische den Hirschfänger aus meiner Handtasche. »Den hab ich auf dem Klo beim Wirt gefunden. Könnte vielleicht die Tatwaffe sein«, sag ich.

Der Herr Leichenfledderer fällt aus allen Wolken.

»Spinnst du? Warum hast du den nicht gleich zur Polizei gebracht? Du kannst doch nicht einfach ein wichtiges Beweismaterial unterschlagen«, schreit er aus seinem Overall heraus.

Bekommt einen regelrechten Tobsuchtsanfall. Stampft mit dem Fuß und so. Erinnert mich an ein Kleinkind im grünen Strampelanzug. Ich sag nur: Trotzalter. Versucht, mir wild gestikulierend klarzumachen, dass ich ihn damit tief in die Bredouille bringen kann.

»Ja wie soll ich denn das eurem Kriminaler erklären?«, beendet er seinen Wutanfall. Und ja, das ist durchaus eine berechtigte Frage. Keine Ahnung, wie er das dem Lenz beibringen soll.

»Mei, vielleicht schmuggelst das Messer geradewegs zu den anderen Beweisstücken dazu«, sag ich noch, drück ihm den Hirschfänger, den ich freilich zwischenzeitlich in ein Plastiktütchen gesteckt habe, in die Hand und mach mich schnellstmöglich vom Acker.

Nehm den kürzesten Weg.

Nein, nicht den nach draußen. Den vom Gang ins Nebenzimmer freilich. Durch die halb geöffnete Verbindungstüre habe ich dort einen Tipptopp-Blick auf den Ritschi. Der verstaut die Tüte mit meinem Beweismaterial in einem Schrank. Dann flucht er vor sich hin und stampft ein weiteres Mal mit dem Fuß auf den Boden. Ich sag doch: Trotzalter. Widmet sich erneut seiner Arbeit. Schneidet gerade mit einer surrenden Säge an einer Toten herum, wie der Lenz und dieser Käsi den Raum betreten. Die zwei scheinen von dem Anblick auch nicht gerade begeistert zu sein. Bleiben etwa drei Meter vor mir stehen.

Käsefußflori wirkt wie betäubt. Ob vom hier herrschenden Geruch oder von seinem eigenen, ist gerade nicht herauszufinden. Ist heute quasi nicht nur an den Füßen ein Käse, sondern auch am Kopf. Der nämlich schaut aus wie ein Camembert, so weiß, wie der heute im Gesicht ist. Aber wurscht, weil unwichtig.

Kaum ist der Lenz in meiner Nähe, tauchen schon wieder die Schmetterlinge in meinem Bauch auf. Flattern wie wild dadrin herum und bereiten mir dieses komische Gefühl. Platz zum Flattern haben sie ja genug. Der Gemüseteller, den ich zu Mittag hatte, ist gewiss längst in den Darm weitergezogen. Und die paar Mandeln … Es ist einfach unglaublich. Ich habe zum einen schon wieder Hunger nach einer Mahlzeit und zum anderen nach dem Lenz. Weil in der hautengen Jeans und dem schwarz taillierten Hemd schaut der aber auch so was von umwerfend sexy aus. Trotz der hier herrschenden Kälte wird mir urplötzlich wundersam heiß. Ich glühe förmlich. Und ich sag Ihnen, wenn der Lenz nicht endlich weitergeht, fangen hier in den Kühlfächern noch die Toten zu welken an. Bin echt froh, wie der Ritschi zu säbeln aufhört und der Lenz ein paar Schritte auf ihn zugeht.

»Ah, servus, Schmiedi, wie geht's?«, begrüßt der Ritschi den Lenz freudig. Ich wusste zwar, dass die zwei sich kennen, aber dass sie so dicke miteinander sind, ist mir neu.

»Na, musst du jetzt selbst Hand anlegen? Denke, du hast eine Assistentin?«, will der Lenz lachend wissen.

»Darmvirus. Die dreiviertelte Gerichtsmedizin liegt flach. Ja, darum hab ich doch gleich heute antreten müssen, obwohl ich eigentlich noch zwei Tage Urlaub gehabt hätte.«

»Ach so. Und wie war's im Urlaub?«, fragt der Lenz. Dann folgt allgemeines Ansichtskartenurlaubsblablabla. Tolles Wetter, sauberes Meer, leckeres Essen. Käsi steht immer noch am selben Fleck wie vorher, horcht aber aufmerksam zu, und als der Ritschi dann zum Wesentlichen übergeht, da macht auch er ein paar Schritte nach vorne.

Der Ritschi tippt was auf seinen PC ein und dreht dann einen riesigen Bildschirm, der mit einem Gelenkarm an der Wand befestigt ist, ins Blickfeld von den zwei Kriminalern. So steht jetzt mein Nochehemann, bei dem das Feuer meinerseits runtergebrannt und die Glut erloschen ist, neben dem Mann, bei dem es nur eines klitzekleinen Windhauchs bedarf, damit ich lichterloh in Flammen stehe.

Der Lenz betrachtet eine ganze Weile die Fotos auf dem Bildschirm. Auch Käsi schaut gebannt mit seinen Schweinsäuglein hin. Kann seinen Blick gar nicht abwenden. Würde mich brennend interessieren, was an der toten Mona so aufregend sein soll.

Stille.

»An der Statik vom Dekolleté wurde geschummelt«, sagt der Ritschi dann.

»Oh«, hör ich Käsi stöhnen.

»Mhm«, sagt der Lenz.

»Ja, das Opfer hatte etwa vor fünf Jahren eine Brustvergrößerung.«

So, aha, am Dekolleté wurde also geschummelt. Pfff, von wegen tolles Dekolleté. Bescheißen kann ja jeder.

»Leider habe ich nur noch wenige Spuren sichern können. Die Frau wurde zwar eingefroren, aber irgendjemand hat wohl zwischenzeitlich den Stecker von der Truhe gezogen. Also wurde sie praktisch ein paar Tage aufgetaut und dann wieder eingefroren«, sagt der Ritschi noch.

Ja da schau her, ich hab doch gesagt, dass die Mona Gefrierbrand hatte.

»Verdammt«, flucht Käsi vor sich hin.

»Der Frau wurden die Haare abgeschnitten.«

»Tatzeitpunkt?«, fragt Käsi jetzt kurz, knapp und zack, zack.

»Da die Frau eingefroren war, lässt sich der leider nicht mehr feststellen.«

»Okay, sie wurde vor vier Wochen auf der Siebzigerfeier von diesem Nuschler Konrad zum letzten Mal gesehen. Also ist das unser Tatort. Ganz klar«, sagt Käsi.

»Das ist noch nicht raus«, widerspricht ihm der Lenz.

»Das Opfer hatte etwa ein bis zwei Stunden vor ihrem Tod noch gegessen. Und Geschlechtsverkehr hatte sie kurz vor ihrem Tod auch«, hör ich den Ritschi noch sagen, dann scheppert's.

Die Lampe, die auf dem Schreibtisch stand, an den ich mich aus meiner Neugierde heraus angelehnt habe, ist voll Karacho auf den Boden geknallt. Und bevor sie mich jetzt verpetzt, die blöde Lampe, schnappe ich lieber nach der dünnen Schnur der Hoffnung, dass ich hier ungesehen rauskomme, und hau ab. Begebe mich mit leisen, aber schnellen Schritten in den nächsten Raum, wo ich leider von der stockfinsteren Dunkelheit verschluckt und ehrlich gesagt auch überrascht werde. Damit habe ich halt nicht gerechnet. Kerzengerade bleib ich stehen und warte.

Der Ritschi allein ist es, der mich mit einem Feuerwerk von Vorwürfen und Beschimpfungen eine Viertelstunde später aus der Finsternis herausholt. Will mir einfach nicht glauben, dass ich mich in den riesigen Katakomben der frostigen Gerichtsmedizin total unbeabsichtigt verlaufen habe. Und so brause ich dann wenig später mit einer miesen Laune und den Kindern im Schlepptau Richtung Engelsried. Die Verbalattacken vom Ritschi sind es nicht, warum ich schlechte Laune habe. Ach wo, die haben doch schon längst alle Passagen meines Gehörgangs durchlaufen. Sind längst wieder draußen irgendwo im Nirwana. Nein, nein, seitdem ich die Kinder beim Ritschi daheim abgeholt habe, erzählen die vom Urlaub. Und was sie erzählen, das stinkt mir gewaltig.

»Boh, der Papa ist ja übelst abgegangen. Richtig peinlich war der. Hat am helllichten Tag mit der Nadine rumgeknutscht und ist in aller Öffentlichkeit mit ihr händchenhaltend am Strand spazieren gegangen. Und dann den ganzen Tag dieses Gelaber: am Büfett. Sie so: Ritschi, magst noch Gemüse? Und dann der Papa so: Freilich, Mausi.«

Er nennt sie Mausi?

»Hey, Leute, und dann tut er sich noch Extragemüse aufs Teller drauf, weil sie das so sagt. Der *Papa*. Weißt, und dann will er sich zur Nachspeise etwas Süßes aufs Teller legen … kennst ihn ja, den Papa. Dann sie so: Ritschi, wir wollten doch nix Süßes mehr essen … Dann legt der das Gebäck zurück. Der *Papa*. Voll krass, oder? Und so was hab ich mir jetzt eine Woche reingezogen.«

»Und vor zehn Uhr morgens haben wir die zwei nie stören

dürfen. Und ich hab mir mit der blöden Kuh hier ein Zimmer teilen müssen«, deutet der Rupi auf die Josi.

»Halt die Klappe, du Furz.«

»Selber Furz!«

»Du, ich hau dir gleich eine rein.«

»Mach's doch! Dann sag ich, dass du dich abends heimlich aus dem Zimmer geschlichen hast.«

»Dädädädädä!«

»Und rumgeknutscht hat sie.«

»Was hat sie gemacht?«, frag ich.

»Mit dem Roonie aus Stuttgart hat sie rumgeknutscht. Hinter dem Busch.«

Rumknutschen mit Roonie. Hinter dem Busch. Mit vierzehn. Das ist ja allerhand. Die fängt aber früh an.

»Stimmt doch gar nicht.«

»Ich hab's aber gesehen.«

»Gar nix hast du gesehn.«

»Hab ich doch.«

»Hast du nicht. Mama, der lügt.«

… Sollte ich mal darüber nachdenken, ob ich die Kinder doch beim Wirt abgebe?

Apropos Wirt, ein Schnitzel, das wär jetzt echt nicht schlecht.

Egal. Ich reiche die Tüte mit den gebrannten Mandeln nach hinten und lasse die Kinder in ihren Urlaubserinnerungen schwelgen. Konzentriere mich stattdessen auf die Mordsache.

Die Mona ist also wahrscheinlich beim Nuschler Konrad seinem Siebziger erstochen worden. Vielleicht sogar mit dem von mir auf dem Damenklo gefundenen Hirschfänger. Hatte vorher noch Sex. Die Frage ist, mit wem?

Mit ihrem Freund, dem Silberfisch Alisi?

Aber dass der schüchterne Finanzbeamte auf einer Geburtstagsfeier mit der Mona auf dem Klo rumgemacht hat, kann ich mir irgendwie nicht vorstellen … Obwohl, man weiß es nicht. Es heißt ja immer, stille Wasser gründen tief, gell.

Keine Ahnung.

Vielleicht war's ein Eifersuchtsdrama?

Wer aber kommt als Täter in Betracht?

Der Silberfisch Alois?

Oder vielleicht einer von den Trachtlern. Die haben in ihren Lederhosen fast alle einen Hirschfänger. Dass bei uns im Dorf unter den Trachtlern ein Mörder sein soll, kann ich mir allerdings auch nicht vorstellen.

5

Am nächsten Tag sitze ich beim Haslinger im Büro und habe am Telefon ein Huhn. Eine namenlose Kundin ist es, die mir seit einer gefühlten halben Stunde permanent ins Ohr gackert. Muss mir unbedingt von ihrer Verstopfung erzählen. Und zwar im Detail. Interessiert mich freilich nicht die Bohne. Ich halte mal lieber den Hörer weit weg. Praktizier Kopfnicken, nach Art Wackeldackel. Summe ein »Mhm« in die Muschel. Okay, hin und wieder kommt zu dem »Mhm« auch ein »Aha« über meine Lippen, aber das war's dann auch schon. Das hab ich vom Ritschi gelernt. Hat der jahrelang mit mir so gemacht. Kopfnicken und »Mhm« sagen gehört, glaub ich, zum Ehemann-Standard-Abendprogramm.

Der Haslinger sitzt mir gegenüber und grinst. Hat beim Metzger für uns zwei Leberkässemmeln geholt. Hält seine in der Hand, begutachtet sie von allen Seiten und beißt genussvoll hinein, dass der Senf nur so spritzt. Die andere Semmel liegt verwaist bei mir auf dem Schreibtisch. Aber ich hab doch heute mit einer neuen Diät angefangen. Da isst man nach Punkten. Und so eine Leberkässemmel strotzt angeblich vor Punkten, und das, obwohl auf ihr kein einziger Punkt sichtbar ist. Also esse ich sie nicht.

Dann aber ist da dieser Hund.

Der ist doof.

Genau genommen saudoof.

Weil, wissen S', es ist kein gewöhnlicher Hund nicht. Nein, es ist ein Schweinehund. Und zwar einer von der übelsten Sorte. Hockt jetzt neben mir und redet pausenlos auf mich ein.

»Mhm, Leberkässemmel. Wie die duftet …«, flüstert er mir ins Ohr.

Hab ich Ihnen schon erzählt, dass ich keine Hunde mag? Weder Dackel noch Windhunde, und Schweinehunde schon gar nicht.

»So eine Leberkässemmel hat doch nur vier Punkte. Und Elli, ehrlich, du hast zum Frühstück nur einen winzig kleinen Apfel gegessen. In deinem Magen, da ist ja noch Platz.«

Und da muss ich dem Hund jetzt recht geben. Weil so ein Magen ist ja schon recht groß, und wenn dadrin dann nur ein Apfel ist, dann fühlt sich der da bestimmt recht einsam. Rund um ihn rum nix andres als Luft. Kein Wunder, wenn's im Bauch gluckert wie in einem Heizkörper.

»Magst du de Leberkässemmel ned?«, fragt mich jetzt auch noch der Chef schmatzend.

Schüttet sich zu seinem Leberkässemmelbatz zusätzlich noch einen Sprudel in die Gosche. Der Mann hat vielleicht ein Benehmen. Und mit so was hab ich rumgeknutscht. Pfui Teufel, kann ich da nur sagen.

Also heute bin ich echt nicht zu beneiden. Am einen Ohr ein gackerndes Huhn, am anderen einen gierigen Schweinehund. Und vor den Augen eine verfressene Wildsau. Was für ein tierischer Vormittag. Und dann noch diese blöde Semmel vor mir, deren Duft sich in meiner Nase ausbreitet. Wandert durch diese hinauf in mein Hirn und zaubert mir diesen gierigen Blick ins Gesicht. Befiehlt meinem Speichel, dass er sich in meinem Mund ansammelt. Ich schlucke, der Chef smiled. Und grad will ich doch nach der Semmel greifen, da schnappt er sie mir vor der Nase weg.

»Gut, wenn du se ned magst«, schiebt er sie in seine verfressene Futterluke und beißt ab.

Oh, jetzt ist sie weg.

»Magst beißen?«, hebt er sie mir noch vor die Nase. Lehnt sich aber gleich drauf kauend in seinen Bürosessel rein und schmunzelt.

Ich leg den Hörer auf die Gabel und geh zum Faxgerät, lass ein paar Bestellungen durch. Alles besser, als dem Chef beim Futtern zusehen.

»Ich mach ja keine Diät«, grinst er schon wieder schmatzend her. Würde ihm am liebsten eine reinhauen. Einfach, weil ich es partout nicht ausstehen kann, wenn man mich angrinst. »Weißt,

meine Wampe … meine Wampe … is a Müll … a Müllverbren-
nungsanlage, in die kann i reintun, was i will, die verbrennt
alles.« Er streicht sich lachend über seinen Wanst und klopft
sich hinterher die Brösel aus dem Bart.

So ein Depp.

Jetzt, wo ich am Faxgerät stehe, drückt er mir dann auch
noch einen von seinen damischen Witzen her. Was ich sowieso
nicht leiden kann. »Was macht ein Clown im Büro?«, fragt er
mich.

Meine Laune verfinstert sich. Ich hab nämlich keine Ahnung,
weil einen Clown haben wir ja jetzt eher selten im Büro. Aber
wie immer hat der Haslinger gleich die Auflösung parat.

»Faxen«, lacht er und haut sich dabei mit den Pratzen auf
seine fetten dahinschwabbelnden Schenkel.

Hahaha, ein echter Schenkelklopfer. Ich schenke ihm einen
Mordsschmollmund über das Faxgerät hinüber.

»Nicht gut?«, schaut er mich schalkhaft an.

»Ein Mörderwitz.«

»Mei, Fuchsin, jetzt sei doch ned so verkrampft. Warum
spielt a Frau ab vierzig kein Versteckules mehr?«

Ja, Herrschaft, das interessiert mich doch nicht.

»Weil Weiber in dem Alter eh keiner mehr sucht!«, haut er
sich vor Lachen mit der Handfläche auf die Stuhllehne, dass
es kracht. Lacht und lacht. Kommt gar nicht mehr raus aus
dem Gelächter. Fällt in einen regelrechten Lachkrampf. Dabei
stemmt er sich kräftig in seinen Bürostuhl rein, dass sich selbiger
gefährlich nach hinten biegt.

»Hä, Vorsicht, Chef«, warn ich ihn, aber da ist es schon zu
spät. Die Stuhllehne knackst, bricht, und der Haslinger kippt
samt seinem schlotterigen Korpus nach hinten und fällt vor
lauter Gegensteuern lachend vom Stuhl. Das schaut lustig aus,
ist es auch. Darum kommt mir freilich jetzt doch das Lachen
aus.

»Hast dir wehgetan?«

»Ach, woher denn«, fällt der Haslinger in mein Kichern mit
ein und streckt mir seine Hand entgegen. »Zieh o«, fordert er

mich auf, und ich zieh und zerr an ihm wie befohlen. Leider ohne Erfolg. »Ja, reiß halt o, zefix!«, lacht er zu mir herauf.

»Wenn ich lache, hab ich doch keine Kraft«, unternehme ich einen weiteren Versuch, aber all mein Bemühen, den Riesenlackel vom Boden aufzuhieven, scheitert kläglich. Bei Anlauf vier bin ich dann siegreich. Also fast. Weil kaum hab ich ihn halbwegs hochgezogen, komm ich ins Straucheln, und sein bleierner Rumpf reißt mich zu Boden.

Ich falle.

Mitten auf den Haslinger.

Weiche Landung. Sehr weiche. Ist bequem wie einer von diesen Styroporkugelsäcken, die es neuerdings in den Möbelhäusern gibt. Lädt aber nicht zum Verweilen ein, weil er halt so müffelt.

Ich muss hier weg.

Versuch, meinen Kopf zu heben, der beim Chef in den Haarzotteln zum Liegen gekommen ist. Aber kaum hat mein Schädel aus dem Mufflonfell herausgefunden, schau ich dem Haslinger auch schon direkt in sein Antlitz hinein. Das ist ochsenblutrot. Ich bin so nah an ihm dran, dass ein Nasenbussi leider unvermeidbar ist. Ja, kann ich doch nix dafür. An dem seinem roten Knollenzinken komm ich ja nicht vorbei.

»Faxen«, kichert mir der Haslinger jetzt ins Ohr und stemmt mir seine Pratzen in die Hüften.

»Nicht kitzeln«, ruf ich und krümme mich dabei. Aber der Chef bohrt mir seinen fetten Zeigefinger in die Rippen und macht: »Kitzi, kitzi, kitzi.«

»Hör auf!«

Kaum steh ich, drehe ich mich um. Und dann ist er wieder da ... der Lenz.

Steht da mit frostiger Miene und geballter Faust.

Mist, Mist und noch mal Mist.

Muss der immer in den unpassendsten Momenten dastehen? Und das ohne Voranmeldung? Wann ist denn der überhaupt da reingekommen?

Mein Herz macht trotz alledem einen Hupferer. Weil ehrlich,

selbst wenn der Lenz so wie jetzt angesäuert dreinschaut, ist er trotzdem irre süß. Würde ihn am liebsten sofort abschmatzen, was leider nicht geht, weil hinter ihm Käsi steht und dem Lenz recht streng über die Schulter schielt.

Käsi scheint schon wieder recht wissbegierig zu sein. Tastet mit seinen Schweinsäuglein unser Büro ab, als wäre es eine terroristische Zelle. Man könnte meinen, dass er hinter jeder Kante, sei es die vom Büroschrank oder die von den Vorhängen, einen potenziellen Verbrecher vermutet.

»Servus, Schmiedi, hättst was gebraucht?«, kichert der Haslinger immer noch am Boden liegend. Steht dann aber ohne Mühe auf, zwinkert mir zu und strahlt dabei über beide Ohren.

So ein Schlawutzi, ha? Von wegen: Hilf mir, Elli, ich komm nicht mehr vom Boden auf.

»Is was?«, grinst er die zwei humorlosen Polizisten an und lässt sich dabei in seinen Bürosessel reinplumpsen.

»Vorsicht, der Stuhl«, warn ich ihn noch, aber – zu spät. Schon neigt sich der Chef ganz, ganz langsam, aber unaufhaltsam nach hinten. Fängt augenblicklich mit den Händen zu rudern an.

»Zefix«, flucht und fuchtelt er. Es dauert eine Weile, bis er sich fängt. Mir kommt freilich schon wieder das Lachen aus, und auch der Haslinger prustet los.

»In welchem Verhältnis bist du zur Hofreiter Ramona gestanden?«, dringen die Worte vom Lenz dann durch unser Gelächter hindurch.

»Zur Hofreiter Ramona, ich? Ja in gar keinem. Was sollt denn i mit da Hofreiter Mona?«, lacht der Chef noch immer.

»Du hast doch öfter mit ihr telefoniert.«

»Ich? A geh, wie kommst denn dadrauf?«

»Wir haben ihr Handy ausgelesen.«

»Ach so.« Augenblicklich verstummt dem Haslinger seine Lache. »Da muss ich jetzt direkt drüber nachdenken«, sagt er und sucht dabei nervös mit seinen Wurstfingern in der Brusttasche seines karierten Hemdes nach einer Zigarette. Klemmt sie intuitiv zwischen seine fleischigen Lippen. Der Lenz wartet geduldig, bis er sich den Glimmstängel angesteckt, tief inhaliert und die erste Dampfwolke ausgestoßen hat.

»Telefonieren, ist des verboten?«, fragt der Haslinger dann durch den Rauch hindurch.

»Also, in welchem Verhältnis bist du zur Hofreiter Ramona gestanden?«, wiederholt der Lenz seine Frage. Diesmal mit Nachdruck.

»Mei ... muss i des da herinnen sagen?«, schaut der Chef betreten zu mir.

»Ich hab gedacht, die Mona war mit dem Silberfisch Alois zusammen«, schau ich den Haslinger fragend an, worauf der Lenz gleich seine kriminalistischen Antennen ausfährt. Beobachtet jede Regung von uns zweien aufs Genaueste.

»Mei, i hab s' halt a paarmal angerufen, seitdem sie wieder zu uns nach Engelsried zogen is. Sie war ja o a echt scharfes Haserl, oder?« Es drückt der Chef seine Zigarette im Aschenbecher aus.

»Und des war's?«, schaut ihn der Lenz eindringlich an.

»Des war's. Mein Gott, dann müssts ihr bei sämtliche Kerle in Engelsried antanzen. De sind doch alle auf de Mona g'standen.«

»Aber du warst der Letzte, der mit ihr telefoniert hat.«

»So!«, schluckt der Haslinger, kratzt sich an seinem ungepflegten Bartgestrüpp und erhebt sich ärgerlich vom Stuhl. »Deswegen bin i fei no lang kein Mörder, geh. Und jetzt müssen de Elli und i weiterarbeiten. Wie du siehst, sind mir zwei schwer beschäftigt.« Er dreht dem Lenz den Rücken zu und marschiert ins Lager hinaus.

»Ich behalte dich im Auge«, ruft ihm der Lenz noch hinterher. Dann pfeift er seinen käsfüßigen Kollegen, der in der Zwischenzeit dem Haslinger seinen Schreibtisch inspiziert hat, zurück und macht sich mit ihm vom Acker. Und das fei, ohne dass er mir einen freundlichen Blick schenkt. Von einem Abschiedsgruß ganz zu schweigen. Ich sag ja, seit der Achtzigerfete keine Blumen, keinerlei Aufmerksamkeit und jetzt nicht mal einen netten Blick. Mein Gott, ist der empfindlich.

»Sind die Bullen weg?«, linst der Haslinger wenig später durch die Bürotür rein. Kaum hockt er wieder auf seinem kaputten Sessel, zündet er sich erneut eine Zigarette an. Ein bisserl fickrig kommt er mir schon vor. Hat wohl doch was zu verbergen, ha? Nimmt viele kleine Züge, dampft in kürzester Zeit das gesamte Büro zu. »Pfff, soll er doch beim Silberfisch nachfragen, der Herr Finanzbeamte hot sich schließlich die Hofreiter Mona unter den Nagel g'rissen. Des Luader is wahrscheinlich mehr auf Weicheier g'standen.«

»Und das stinkt dir, ha? Hat s' dich abblitzen lassen?«, grins ich durch den Nebelschleier.

»Schmarrn, ich mag eh nur dich, immer schon«, blinzelt dem Haslinger seine rote Birne wie ein Nebelscheinwerfer durch den Dunst hervor. Und ehrlich, bevor er mich jetzt aufs Flaschendrehen ansprechen kann, pack ich lieber meine Siebensachen und schleich mich. Ist eh schon nach zwölf. Meine Arbeitszeit praktisch hier schon rum. Muss noch zum Einkaufen fahren. Also nix wie weg.

Ich fahr zum Rewe. Das dauert.

Fahr vorbei an Kirchturmspitzen, üppigen Hausfassaden und Vorgärten. Blühende Tulpen, Schlüsselblumen, Narzissen stehen dadrin. Und damit die niemand klaut, sind manche Gärten mit einem Jägerzaun abgeschirmt. Tja, bei uns im Oberland, da jodelt eben nicht nur der Männerchor, sondern auch Zäune und Häuser. Immer noch besser als diese neuen Niedrigenergiehäuser, die sich neuerdings in Baulücken drücken oder unsere Ortseingänge verschandeln. Haben meist nur Gärten in Handtuchgröße, die mit Eisenzaun eingekastelt ausschauen wie ein Tiergehege. Bei manchen fehlt da nur noch die Ziege.

Außerhalb vom Ort gibt's bei uns im Frühling satte grüne Wälder und grün-gelbe Felder. Der Löwenzahn steht schon in voller Blüte. Wie gerne würde ich mich jetzt mit dem Lenz in so eine Wiese setzen und ein bisserl schmusen, sinniere ich. Und weil ich halt gerade am Überlegen bin, denke ich darüber nach, ob der Haslinger mit der Mona ein Techtelmechtel hatte.

Und ob die Polizei davon ausgeht, dass der Wirt eventuell die Mona um die Ecke gebracht haben könnte. Ich mein, irgendeinen Verdacht müssen sie ja haben, sonst würde doch dieser Käsefußpolizist nicht ums Wirtshaus rumschleichen, oder? Ich grüble und grüble. Und wie ich so rumgrüble, da mischen sich noch ganz andere Gedanken in meine Überlegungen mit rein: Soll ich eventuell vom Gas gehen? Genau. Und zwar deswegen, weil eine Polizeistreife in Sicht ist. Juhu, vielleicht der Lenz.

Zack, bin ich an den Polizisten vorbeigedonnert. Aber kein Lenz und keine Kelle. Dafür ein frisches Frontfoto. Hoffentlich bekomme ich keine Punkte. Nein, die kann ich echt nicht brauchen.

Apropos Punkte. Was soll ich eigentlich kochen?

Diese depperte Frage stellen sich doch alle Hausfrauen jeden Tag. Bis ich beim Rewe drin bin, kenn ich die Antwort. Es gibt Salat. Also für mich. Dem Nachwuchs kann ich ja schlecht nur Grünfutter vorsetzen, schließlich sind es Kinder und keine Hasen.

An der Kasse schau ich dann stolz wie Oskar in meinen Einkaufswagen hinein. Lauter gesunde Sachen, denk ich schon wieder. Mein Hirn ist eine wahre Denkfabrik.

Gemüse, Eier, Obst. Der Trick nämlich ist, erst gar keine ungesunden Sachen einzukaufen. Kommt man zu Hause nicht in Versuchung, sich irgendeinen Dreck reinzuhauen. Ja, schlau muss man sein. Dann klappt's auch mit dem Abnehmen.

»Sammeln Sie Punkte?«, fragt mich die Kassiererin dann beim Bezahlen.

»NEIN! Ich sammele keine Punkte.«

Vor mir eine zwei Zentner bauschige Person. Sammelt sicher auch keine. Schaut aber ebenso stolz in ihren Einkaufswagen. Hat Limo, Chips und Schokolade sowie einen kleinen, dicken Motzer drin, und ich frag mich, wie das Kind in den Klappsitz vorn reingekommen ist. Gut, reinkommen war vermutlich weniger das Problem, rausbekommen ist da bestimmt schwieriger. Aber wer weiß, vielleicht hat die Frau ja eine Flex dabei.

Wenig später verstaue ich draußen auf dem Parkplatz meine Errungenschaften im Kofferraum.

Bis mir auf einmal jemand heckwärts auf die Schulter klopft. Erschrocken fahr ich herum. Auf dem Asphalt sehe ich einen riesengroßen Schatten neben mir. Gehört vermutlich zu einem riesigen Typ. In den Händen hält er einen großen Gegenstand, mit dem er sicherlich gleich auf mich eindrischt.

6

Kaum drehe ich mich panisch herum, grinst mich das Gesicht von unserem Malermeister an und wirft mir ein »Servus« her. In der Hand hält er eine Zahnpastatube, die er anschließend in seiner weißen Malerlatzhose verschwinden lässt.

Das hab ich doch dick. Zuerst jemanden erschrecken und hinterher blöd grinsen. Ich könnt ihm eine reinhauen.

»Wie geht's dir?«, will der riesige Kerl aber freundlich von mir wissen, und wenn er so dumm fragt, dann sag ich es ihm halt.

»Scheiße geht's mir.«

Erzähle ihm von meinen Träumen mit der Mona. Und von den Träumen komm ich zu meiner Diät und dann auf den Heinzi zu sprechen, der seit dem Leichenfund den ganzen Tag desorientiert und lustlos daheim auf dem Sofa rumhockt und nicht mal fähig ist, seinen Spülkasten zu reparieren. Tja, wer fragt, bekommt eine Antwort. Und wie ich so an dem ein Meter neunzig großen Klexi hochjammere, sehe ich im Augenwinkel die dicke Frau von vorhin. Die versucht vergeblich, den Mops aus dem Einkaufswagen herauszuhieven, aber der bockt und macht sich steif wie ein Tiefkühlhähnchen. Ich sag nur: Drama in höchster Vollendung.

Okay, sie hat keine Flex dabei.

Der Bub will unbedingt einen Osterhasi haben, aber die Frau ist nicht gewillt, ihm einen zu geben. Und das, obwohl sie eben einen ganzen Karton lila Osterhasen aus dem Restpostenregal aufgekauft hat. Das Stück zu einem Euro wohlgemerkt. Will sie sicher alle alleine aufessen, die Geizliese. Aber wurscht, das tut hier ja nix zur Sache.

»Kurti, jetzt helfe mir halt!«, schreit sie.

»Ja, das mit der Mona, das hat mich aber auch so was von aus der Bahn geworfen. Weißt, die war ja so eine Nette«, redet der Klexi traurig zu mir herab. »Und hübsch war die … der Busen, ja, sakradi, die hat vielleicht ein Herzal in der Bluse gehabt.« Er kommt ins Schwärmen.

»Hast du gewusst, dass die mit dem Silberfisch Alisi zusammen war?«, frag ich.

Der Klexi schaut mich verdattert an. »Mit dem Finanzbeamten? So ein Schmarrn. Die Mona war gewiss nicht mit dem Silberfisch Alisi zusammen. Wer hat dir denn den Krampf erzählt?«

»Die Rosl.«

»Geh, so ein Schmarrn, die Mona und der Silberfisch Alois ...«, lacht der Klexi schallend.

»Kurti!«

Oh weia, jetzt wird sie aber grantig, die Dicke. Ich weiß auch gar nicht, warum sie dauernd nach diesem Kurti ruft. Weil weit und breit kein Kurti in Sicht.

»Mit dem Haslinger hat sie auch öfter telefoniert, die Mona.«

Das G'fries vom Klexi verfinstert sich zunehmend.

»Mit dem Haslinger? Ja, was wollt sie denn von dem?«, kommt es spitz. »Ich hab dacht, der ist jetzt mit dir zusammen?«

»Du, ich weiß jetzt nicht, wie du dadrauf kommst, weil, ich hab ganz sicher nix mit dem Haslinger. Ich ...«

»Kurti!«

Zefix, die Frau nervt.

»Jaa, i komm gleich«, streckt der Klexi seinen Giraffenhals zu ihr hinüber, und jetzt erst kapier ich, dass die Üppige mit dem Kurti unseren Malermeister hier meint. Ja, das weiß ich doch nicht, dass der Kurt heißt. Woher soll ich das auch wissen, wenn jeder Klexi zu ihm sagt?

»Ist das deine Frau? Pfundig«, will ich mich freundlich erkundigen. »Bist du nicht in der Vorstandschaft vom Trachtenverein?«, frage ich stattdessen.

Stell mich dabei kerzengerade hin, Brust raus. Befeuchte mit der Zunge meine Lippen. Streif mir mit dem Zeigefinger eine Haarsträhne aus dem Gesicht und klemm sie mir langsam hinters Ohr. Pah, das wäre ja gelacht, wenn Kurtchen nicht drauf anspringt. Weil es ist bekannt, dass der Klexi jedem Weiberrock nachspringt. Also ist er ziemlich anfällig für solche Gesten und wird mir gleich aus der Hand fressen. Und siehe da, der Klexi lässt seine Frau im wahrsten Sinne des Wortes links liegen und starrt stattdessen mich an. Ist direkt wuschig, das kann ich genau sehen. Ein Weiberer, wie er im Buche steht.

»Könntest du mir eine Liste von allen Mitgliedern aus dem Trachtenverein machen?«, säusle ich zu ihm hinauf.

»Eine Liste? Wozu?«, schaut er mir in den Mantelausschnitt.

»Kurti, jetzt reicht's. Kümmere du dich um den Buben«, drückt die Dicke dem Mops nun doch einen Osterhasen in die Hand und schiebt ihren Leib in den Kleinwagen rein.

Blitzartig ist das Kind still und schaut selig wie ein Engelchen. Der Bub kommt eindeutig nach dem Vater. In jeder Hinsicht. Kaum hält er ein Haserl in den Händen, ist das auch schon innerhalb kürzester Zeit untenherum ausgezogen. Ratzfatz ist nämlich das Papier abgezupft.

»Zefix, drück dem Bua ned dauernd einen Schokolad in d' Hand. Der wird ja allerweil noch fetter«, wendet sich der Klexi nun doch seiner Frau zu. Entreißt dem Mops den Osterhasen, worauf der Knirps freilich gleich wieder zu plärren anfängt.

»Ist das dein Bub? Mei nett«, blinzle ich wohlwollend zu dem Rotzlöffel in den Wagen. Der aber mag mich nicht. Nein, überhaupt nicht. Macht ein Gesicht wie ein aufgeblasener roter Hüpfball. Plärrt mich an. Nur weil sein Vater, geistig abwesend, wie er halt nun mal ist, wenn eine Frau in der Nähe ist, mir den Osterhasen in die Hand gedrückt hat. Ja, da kann ich doch nix dafür. Okay, ich habe einmal kurz unten abgebissen. Aber nur ganz wenig. Trotz alledem ist das doch echt kein Grund, dass man sich so aufführt, oder?

»Was meinst, kannst mir die Liste machen?«, flöte ich.

Der Klexi hievt den kleinen Nimmersatt aus dem Wagen und zurrt ihn im Autokindersitz fest.

»Freilich, wenn du eine Liste willst, dann kriegst du eine Liste. Ich bring sie dir nachher vorbei. Möcht eh mal nach dem Heinzi schauen«, blinzelt er mir zu und windet seinen langen Korpus zu seiner Familie in den Kleinwagen hinein.

Ich schau noch zu, wie die kleine Knutschkugel vom Parkplatz rollt, und beiß dabei dem Hasen ein Ohr ab. Der Bub brüllt. Ich winke. Ach, Kleinkinder sind nett.

Ein paar Stunden später ist er dann da, der Klexi. Hockt beim Heinzi im Wohnzimmer auf der abgeranzten braunen Breitcordcouch und hat ein Hirschgeweih auf dem Kopf. Also zumindest schaut's von Weitem so aus. Weil dem sein ein Meter neunzig langer Body halt höhenmäßig genau unter dem Bild mit dem röhrenden Hirsch endet, das über dem Sofa an der Wand hängt. Ist lustig anzusehen, passt aber nicht zu der Gemütslage hier. Weil auf dem Sofa herrscht Friedhofsstimmung. Ein Jammertal, so weit mein Auge reicht. Der Haslinger hockt nämlich auch drauf. Beide nuckeln an Bierflaschen herum und mittendrin der Heinzi. Emotionslos, schwermütig, samt Jogginghose, Birkenstocklatschen und Feinripphemd. Hat ein Gesicht von der Farbe einer Gelbwurst.

Gegenüber im Sessel hockt ein weiterer Schulfreund vom Heinzi. Der Schneckerl Tscharlie. Bei ihm von Trauer nix zu spüren. Der kaut lässig auf einem Hubba Bubba herum.

»Mei, de Mona, des hätt auch niemand von uns gedacht, dass die gar nicht nach Thailand g'flogen is, sondern beim Wirt in der Truhe drinhockt. Und mir feiern o no nebendran a Party«, jammert der Haslinger.

»Und auf der Siebzigerfeier vom Nuschler Konrad, da war sie noch so fröhlich. Eine wahre Freude war das. Getanzt hat s' wie der Lump am Stecken. Das war vielleicht ein Fest. Der komplette Trachtenverein war anwesend. Ja, und im Dirndl, da hat die Mona ja fesch ausgeschaut. Und der Busen ...«, lamentiert der Klexi ebenso vor sich hin.

»Wunderbare Knödel hat die g'habt«, jammert der Heinzi mit.

»Gigantisch. Oder Schneckerl, was sagst ...«, schaut der Klexi zum Schneckerl hinüber.

Der fährt sich lässig mit der Hand über seine üppige Lockenpracht. »Freilich.«

»Heute hab ich ja in der Kirche eine Opferkerze für die Mona aufgestellt«, wuiselt jetzt der Malermeister.

»Sag amal, warum stellst jetzt du für de Mona a Opferkerze auf, ha? Auf dem Siebziger bist o dauernd um sie rumgschwanzelt«, attackiert ihn jetzt der Haslinger. Ist der etwa auf den Klexi eifersüchtig, oder was?

»Geh, Schmarrn, ich hab doch bloß g'schaut. Schauen wird man wohl noch dürfen«, dreht der Klexi etwas verlegen seine Bierflasche in der Hand hin und her.

»Genau, schauen wird er ja wohl noch dürfen, da Klexi. Geh, Klexi, wo es doch bei deinem Weib nix mehr zum Schauen gibt, so wie die beinander is. Oder Klexi, sag selber«, macht der Schneckerl mit dem Kaugummi eine Riesenblase, die dann beim Platzen aufploppt.

»Und was ist mit dir? Bist du vielleicht mit da Mona in die Kisten g'hupft?«, schaut der Klexi wutentbrannt zum Haslinger hin.

Nein, der Klexi ist auf den Haslinger eifersüchtig.

»Ah, Schmarrn«, kommt es vom Chef.

»Du, der Hasi ist ein oaschichtiger Junggeselle. Der kann in die Kisten hupfen, mit wem er will. Oder Hasi, sag selber.«

Ja sag amal, auf welcher Seite steht der Schneckerl eigentlich?

»I hob doch nix mit da Mona g'habt. Zugegeben, a scharfer Has war s' scho, aber i steh ja mehr auf wen ganz wen anders«, schenkt mir der Haslinger einen kurzen Blick durch sein Bartgestrüpp hindurch und nimmt anschließend einen großen Schluck Bier.

»Freilich, Hasi. Freilich«, stimmt ihm der Schneckerl wieder zu und macht schon wieder eine Blase.

»So, warum hast du dann dauernd bei der Mona angerufen?«, will ich jetzt aber vom Haslinger wissen.

»Geh, des war doch bloß wegen dem Auftrag«, winkt der Haslinger gleich ab.

»Genau, zwecks dem Auftrag war's, oder Hasi, sag selber«, mischt sich der Schneckerl schon wieder ein und kratzt sich dabei den Kaugummi vom Gesicht.

»Was für ein Auftrag?«

»Genau, warum hast sie dann angerufen?«, will jetzt auch der Klexi von ihm wissen.

»Ja, zwecks unserem neuen Kindergarten. Heizung, Sanitär. Ja, was meinst, was des für ein bäriger Auftrag wär. Mei, den wollt i halt unbedingt ham. Elli, i hob einen Handwerksbetrieb zu führen. I muss schauen, dass i für meine Installateure a g'scheide Arbeit herbring. Du weißt schon, ein Auftrag, wo man o amal metern kann. Ja, vom Scheißhäuseldurchräumen, da kann so ein Sanitärladen fei ned leben, geh.«

»Ja, und was hat das jetzt mit der Mona zu tun?«

»In unserer Gemeinde, da hocken doch so Schofscheißer drin. Ja, mit denen hast du nicht verhandeln können. De ham mir ums Verrecken den Auftrag nicht rüberwachsen lassen. Des macht alles des Architekturbüro Steingassinger, hot's g'heißen. Ja, und de Mona hot da doch de ganze Planung für den Bau unter sich g'habt. Aber des war ja so a zach's Luader. Was meinst, wie oft i de angerufen hab. Aber nix. Den Auftrag kriegt da Günstigste, hot s' g'sagt … da Günstigste. Pfff. Do drucken jetzt wieder so Hamperer vom Umland mit de billigen Preisen rein. Oder gar so Firmen aus Polen. De greifen uns die besten Aufträge ab und pfuschen dann meistens recht rum. Unsereiner kann's danach wieder reparieren. Die ham's Geld verdient, und mir dürfen die Drecksarbeit machen, verstehst.«

»So is es«, pflichtet ihm der Tscharlie schon wieder bei. Der Typ ist so schleimig wie ein Fisch, und irgendwie stinkt er. Nicht nach Fisch, nein, nach Parfüm und nach Zwielichtigkeit. Der Schneckerl war schon immer ein hinterkünftiges Kerlchen, der unglaublich viel Wert auf sein Äußeres legt. Aber mir macht der nix vor. Ein leckerer Apfel kann nämlich äußerlich perfekt ausschauen, aber innerlich faul sein. Und beim Schneckerl, da ist was faul, da bin ich ganz meiner Meinung. Der Kerl schmeckt mir nicht.

»Genau deswegen hab i die Mona ja auch dauernd angerufen«, meint der Klexi. »I bin ihr wegen dem Auftrag richtig auf die Pelle g'rückt. Du, den ganzen Kindergarten rausweißeln.

Ein Prestigeobjekt ist das. Noch dazu ist die Baustelle mitten bei uns im Ort.«

»So, und wegen dem Auftrag habt ihr sie also angerufen?«, schau ich vom Haslinger zum Klexi.

»Ja, freilich, nur deswegen«, sagt der Klexi.

Der Haslinger nickt, und mir juckt der Busen. Und wenn mir der Busen juckt, dann lügt jemand. Das war schon immer so. Meine Brust ist nämlich etwas Besonderes, wissen S'. Ein Lügendetektor sozusagen. Da können die Mannsbilder hier über den Busen von der Mona sinnieren, wie sie wollen. An meinen Busen, da kommt die Mona mit ihren künstlichen Dingern nie und nimmer nicht ran.

Irgendwas stimmt mit den Mannsbildern hier herin nicht. Und was nicht, das krieg ich schon noch raus.

»Warst du auch auf der Siebzigerfeier vom Nuschler?«, wende ich mich nun an den Schneckerl.

»Was soll denn ich auf der Feier vom Nuschler? Mit den Trachtlern, da hab ich doch nix am Hut«, bekomme ich als Antwort, und das war's dann auch schon. Weil die vier hauen sich nämlich noch eine Zischhalbe rein, und ratzfatz ist die Meute wieder abgezogen.

Wenigstens hat der Haslinger noch dem Heinzi seinen Spülkasten gerichtet, und der Klexi hat mir diese Liste vom Trachtenverein in die Hand gedrückt. So, und jetzt, wo ich mit dem Heinzi alleine bin, versuche ich halt, den ein bisserl aus der Reserve zu locken. Weil immerhin ist der normalerweise wie besessen, wenn es um das Aufklären von Mordfällen geht. Bildet sich ein, dass er der weltbeste Hobbyermittler ist. Aber der gute Mann ist seit Tagen weit entfernt von seinem fanatischen Enthusiasmus. Stiert nur auf seine hässliche Eichenschrankwand und redet vor sich hin.

»Die Mona. Immer freundlich, immer nett. Und ausgeschaut hat s'. Eine Figur wie eine Göttin hat s' gehabt ... wunderbare Semmelknödel. Direkt zum Reinbeißen ... mei, wie sie dringesessen ist, in der Truhe, die Mona. Die Hände hat s' zusammengefaltet gehabt, als tät s' beten. Wie ein Engel hat s' dabei dreingeschaut. Wie ein Engel … Ganz sorgfältig hat der Täter die Mona in die Truhe reingebettet. Aber den Schmerz und das Grauen aus ihren Augen, des hat er ned wegwischen können, der Saukerl.«

»Der Schmied Lenz wird den Mörder bestimmt bald finden. Das ist ein Profi, weißt … ein Profiler. Ein nach Mordermittlung riechender Durch-und-durch-Kommissar, dem das Ermitteln im Blut liegt«, sag ich und spekuliere drauf, dass der Heinzi darauf anspringt. Hoffe, dass sein Ermittlungsfieber, seine noch aus Kindertagen vorherrschende Neigung für das Detektivspiel, wieder in ihm hochkommt. Dass es ihm praktisch in den Fingern juckt, dem Schmied Lenz bei dem Fall zuvorzukommen.

»Der Schmied Lenz, der hat die Kriminalisiererei ja von der Pike auf gelernt. Der wird den Täter bestimmt bald haben.«

»Meinst?«

»Ja, freilich, Heinzi. Aber soweit ich weiß, ist er ja mit dem Ermitteln momentan noch gar nicht weit, gell«, bohre ich weiter.

Dem Heinzi seine Nasenflügel vibrieren.

»Ja, mei, es ist ja unglaublich schwer mit dem Mord. Weil man halt auch gar keinen Anhaltspunkt nicht hat, gell.«

»Echt? Mei, müsst man ihm halt helfen«, schaut er mich jetzt an.

»Helfen, dem Schmied Lenz? Wie meinst jetzt das?«, stelle ich mich dumm.

»Mei, man müsste halt mal hinfahren, in die Wohnung von der Mona, und da nach Spuren suchen. Vielleicht hat er da ja was übersehen, der Herr Kriminalhauptkommissar.«

»A geh, was soll er denn übersehen haben?«

»Eventuell is da ja noch etwas, nach dem er gar nicht geschaut hat, der Schmiedi, weil er die Zusammenhänge nicht kennt.«

»Ach so, meinst … Ja, dazu müsste man auch erst wissen, wo die Mona überhaupt gewohnt hat.«

»Pfff, das ist doch kein Geheimnis nicht«, zupft er am Etikett seiner Bierflasche rum. »Fahren wir halt hin.«

»Wir?«, tu ich recht überrascht.

»Ja, freilich, wir, schauen kostet ja nix, oder?«

»Mhm … ich weiß nicht. Ermitteln und in fremden Wohnungen rumschleichen … mhm, hab ich jetzt eigentlich gar nicht so die Lust dazu … du?« Ich schau ihn mit einem »Auf so was hab ich keinen Bock«-Blick an.

»Mei, Lust jetzt direkt nicht, aber helfen könnte man ihm ja, dem Schmied, oder? Immerhin geht's um den Mord von der Mona.«

»Ja, ja, da hast du schon recht … Okay, wann?« Schon bin ich überredet.

»Jetzt. Der Schneckerl is ja ned daheim.«

»Der Schneckerl? Wieso der Schneckerl?«

»Ja, weil de Mona doch bei ihm zur Untermiete gewohnt hat.«

Die Mona. Beim Schneckerl. Zur Untermiete? Warum hat mir das denn bis jetzt keiner erzählt?

»Der Schneckerl hat gesagt, er hat jetzt einen Termin beim Friseur.«

»Ja, was hockst dann jetzt noch da und zupfst an der blöden Bierflaschen rum, auf geht's, fahren wir zum Schneckerl«, sag ich, und schon springt der Heinzi von seiner Breitcordcouch auf. Ich sag ja, schlau muss man sein, dann klappt's auch mit dem Ermitteln.

7

Ich schnappe mir schnell meine Jacke und einen Schal, und schon stehe ich draußen im Hof. Kurz drauf erscheint der Heinzi. Im karierten Detektivoutfit. Schaut aus wie Sherlock Holmes persönlich und stinkt jesusmäßig nach Mottenkugeln. Aber wurscht. Hauptsache, wir ermitteln. Die Rostlaube vom Heinzi steht fahrbereit da. Die nehmen wir aber nicht. Weil wir nämlich dem Heinzi sein Mofa nutzen. Was ich ehrlich gesagt eigentlich und überhaupt gar nicht mag. Aber wenn der Heinzi jetzt schon bereit ist, mit mir zu ermitteln, dann will ich ihm halt nicht gerne widersprechen, gell. Nicht dass er es sich noch anders überlegt.

Ich setze mir also den alten Mofahelm auf, der beim Heinzi schon seit Jahrzehnten zwischen seinem Werkzeug und allerlei Sammelsurium in der Garage im Regal herumdümpelt. Sicherheitstechnisch ist der nicht mehr auf dem neuesten Stand. Er riecht nach Benzin und keine Ahnung, nach was allem. Der Schaumstoff ist auch schon im Begriff, sich komplett aufzulösen. Aber wurscht, weil der Heinzi halt nicht nur gern mit den Füßen schleicht, sondern auch mit diversen Fahrzeugen. Es kann also nix passieren.

»Fahr du«, drückt er mir aber dann die Schlüssel her. Setzt sich seinen Helm auf das übersichtliche Haar und hockt sich hinten auf den Bock.

»Okay, fahr halt ich.« Zugegebenermaßen ist das eine gute Idee. Immerhin wollen wir ja vorankommen. Okay, so gut ist die Idee dann auch wieder nicht, weil ich gar nicht Mofa fahren kann. Also, glaub ich zumindest. Hab es noch nie ausprobiert. Schwer kann es ja nicht sein. Ein Mofa ist doch ein Fahrrad mit einem Hilfsmotor, oder etwa nicht? Und Fahrradfahren, das kann ja jeder. Ich schwinge also meinen Astralleib zum Heinzi aufs Mofa, schmeiß den Motor an und geb Gummi. Der Lenker wackelt dabei wie ein Kuhschwanz, und das Hinterrad dreht durch. Sause samt Sherlock Holmes und wedelndem Schal aus dem Hof, quer über die Straße, erst mal beim Krautlechner in die Tenne rein. Streife dabei aber noch den Blumenkasten von der Ostermeier Liesl. Okay, den werden Sie jetzt nicht kennen, gell. Ich sag nur: Osterdekoration vom Feinsten. Palmkätzchen, mundgeblasene Ostereier, aufwendig verziert, und jede Menge gebundenes Grünzeug. Mittendrin ein Osterhaserl aus Heu gebunden. Der ganze Stolz von der Liesl, vereint in einem Blumenkasten.

Ich glaube, die Ostereier sind hin, und der Hase ist tot. Wissen tu ich es nicht genau. Zwischen all dem Heu, was uns gerade um die Ohren geflogen ist, kann ich hier in der Tenne nix sehen.

»Ach, menno, reparier doch mal dein Mofa. Die Bremse funktioniert ja gar nicht«, schimpf ich aus meinem Revier heraus, wie wir im Heustock zum Stehen kommen.

Der kleine, schmächtige Krautlechner steht in seinen Gummistiefeln da, die Heugabel in der Hand, direkt vor uns an der Futterluke, und schaut blöd aus seinem blauen Stallgewand heraus.

»Habedieehre, Krautlechner«, wirft ihm der Heinzi einen freundlichen Gruß zu.

»Wir sind schon wieder weg. Aufsitzen«, ruf ich nach hinten zum Heinzi, und schon schmettern wir wieder zur Tenne hinaus. So schnell kann der Krautlechner gar nicht blöd schauen.

»Jetzt gib fei Obacht, da vorn geht der Rosl ihre Katze über die Straße«, schreit der Heinzi noch. Und um die Sache hier und jetzt mal abzukürzen, die Katze hat's gerade noch so über die Straße geschafft, und wir stehen über kurz oder lang irgendwann vor dem kleinen, baufälligen Haus mit den grünen Fensterläden, in dem der Schneckerl haust.

»Wie kommen wir denn da jetzt rein?«, frag ich, kaum dass ich das Gefährt vor der Haustüre abgestellt habe. Gefällt mir, das Teil. Also das Mofa. Sollte die Daisy mal schlappmachen, könnte ich mir das Ding ja unter den Nagel reißen. Geht ab wie Zunder. Ist für den Heinzi eh zu schnell.

»Einbruch, für den Profi ein Kinderspiel«, hebt der Heinzi einen Aschenbecher vom Küchenfensterbrett hoch und zaubert einen Schlüssel hervor. »Keiner da, wenn ich mich nicht irre«, kratzt er sich am Haar. Spielt Sam Hawkens und hangelt sich drin im Flur auf leisen Sohlen von Türstock zu Türstock. Linst vorsichtig in alle Zimmer hinein, ob auch wirklich niemand da ist.

Die Bude vom Schneckerl ist außen pfui und innen hui. Modernste Einrichtung. Alles tippitoppi. Okay, ein Bad aus den Siebzigern in Weiß, himmelblau gekachelt. Duschvorhang mit Tupfen. Marke Baumarkt. Das ganze Bad belagert mit Frauenzeugs. Haarbürsten in allen Variationen. Haarmittelchen. Jede Menge Cremetöpfchen, Schminkzeug et cetera. Also, entweder hat der Schneckerl eine Freundin hier wohnen, oder aber er hat konkrete Vorlieben.

Weiter.

In jedem Zimmer hängen mindestens drei Spiegel. Das ist komisch. Ist das derzeit en vogue? Das Schlafzimmer, ich sag nur: Spiegelkabinett auf Herrenchiemsee, weil zwischen den Spiegeln mords die Kerzenständer.

Beobachtet der Schneckerl etwa beim Hopsasa die Damen von allen Seiten? Und/oder betrachtet er sich heckwärts selbst beim Aufwachen? Das ist vielleicht ein komischer Vogel.

Der Heinzi ist vom Spiegelkabinett förmlich ergriffen. Reißt vor Erstaunen seine Gosche weit auf, und wie er sie wieder zu hat, schluckt er ein paarmal und schüttelt fassungslos den Kopf. Stellt sich vermutlich grad ein Stelldichein mit der Leni bei Kerzenschein in einem verspiegelten Zimmer vor. Kein Wunder, wenn er so erschaudernd dreinschaut.

»Der Schneckerl war mal Vertreter bei einer Spiegelfirma«, klärt er mich dann im Flüsterton auf.

So, okay. Spiegelverkäufer. Mhm, das leuchtet ein, aber ist trotzdem alles seltsam hier.

Der Heinzi begutachtet sich im Spiegel von allen Seiten.

»Von hinten schau ich komisch aus, wenn ich mich nicht irre.« Und nein, er irrt sich nicht. Ich finde nur, dass der Heinzi auch von vorne komisch ausschaut. Aber das war ja schon immer so, und ich kenne ihn ja gar nicht anders.

»Wie die Mona zurück nach Engelsried gekommen ist, hat sie keine Wohnung gefunden, und da hat sie der Schneckerl bei sich aufgenommen. Sie wohnt im Souterrain«, lässt sich der Heinzi auf dem Schneckerl sein Bett fallen. »Der Wahnsinn«, blickt er zur Decke, wo freilich ebenso ein Spiegel hängt. »Wenn der Schneckerl aufwacht, schaut er in den Spiegel und sieht sofort, wie spät es ist. Genial, oder? Weil schau, von da oben siehst du praktisch den Radiowecker auf der Kommode da drüben«, klärt er mich auf. Interessiert mich aber nicht.

Wenn der Heinzi so weitermacht, dann kommen wir mit dem Ermitteln hier nicht weiter. Ich lass ihn mal in seiner Spiegelfaszination links liegen und stromere professionell durchs Haus. Wo bitte gibt's denn hier in dem alten Haus ein Souterrain? Voller Entdeckerfreude steig ich die Treppe zum Keller hinab. Aber da unten is nix als Kruscht und Salpeter. Der Schneckerl hat den Heinzi verarscht, in diesem Keller, da kann die Mona nie und nimmer nicht gewohnt haben.

»Also im Souterrain hat die nicht gewohnt«, sag ich, wie ich wieder oben bin.

»Der Schneckerl und die Mona haben uns das aber erzählt.« Vielleicht hat es der Heinzi falsch verstanden. Und die Mona hat im Dachgeschoss gewohnt. Also ab, einen Stock höher. Treppen steigen ist eh gut fürs Abnehmen. Dank der Mona bin ich meinem Ziel mit der kleineren Kleidergröße schon hübsch näher. Die Kommunion kann im Mai starten. Der Pfarrer wird sich freuen.

»Die Tür ist versiegelt«, schrei ich nach unten.

»Pst. Nicht so laut«, schleicht der Heinzi ganz langsam und lautlos zu mir die Treppe rauf. Oben angekommen, wirft er einen kurzen Blick auf das polizeiliche Siegel und driftet auch schon wieder nach unten ins Bad. Steht wenig später mit einem Föhn in der Hand vor mir. Schließt ihn an das hiesige Stromnetz an und hält sich das Gebläse auf seinen vom Zahn der Zeit recht zusammengeschrumpften Haarschopf. Der neigt sich augenblicklich zur Seite.

»Wow, das ist der Föhn mit dem Diffuser, den speziellen

Düsen und den Ionen. Der hat Dampf«, sagt er. Föhnt dann das Siegelklebeband. »Niedrigste Stufe. Schau mir zu, kannst was lernen«, sagt der Profi noch und grinst. Und tatsächlich, nach der Warmluftbehandlung lässt sich das Siegel problemlos ablösen. Dann zieht der Heinzi mir nix, dir nix einen Dietrich aus der Tasche, und im Nu ist die Türe offen.

Ich bin gespannt wie ein Flitzebogen. Will wissen, was uns hinter der Tür erwartet. Lang dauert's nicht, dann weiß ich es. Ein Mief aus abgestandener Luft und einem Hauch Parfüm.

Eine Dachkammer, gefüllt bis obenhin mit Holzmöbeln. Praktisch Ikea-Lager in klein.

Wo in aller Welt soll hier die Mona gewohnt haben? Die hat hier höchstens ihre Möbel untergestellt, aber gewohnt hat sie hier nicht.

»Also hier hat die Mona nie und …«

Klack, unten wird die Haustüre geöffnet.

Panik macht sich in mir breit.

Dann ein Rums. Die Eingangstüre fällt ins Schloss.

Mist, der Schneckerl kommt heim.

Im Flur unten knarrt der Boden.

Schritte.

Ich schau den Heinzi an.

Der schaut mich an.

Wir müssen hier raus, nix wie weg. Weil, Scheißdreck, elendiger. Wir schleichen uns, flugs und lautlos, beide. Und zwar ziemlich schnell aus dem Zimmer. Die Frage ist nur, wohin?

Vielleicht in die angrenzende Dachkammer?

Ich öffne die niedrige Luke. Der Heinzi will nicht rein. Und das, obwohl er als Kind beim Indianerspiel das Kriechen bis aus dem Effeff geübt hat. Aber selbst er erkennt in null Komma nix, dass wir zwei in dieses Dachkammerl nie und nimmer nicht miteinander reinpassen. Ich sag nur: besetzt mit Gerümpel. Außerdem müsste der Schneckerl längst das Mofa vor der Tür gesehen haben und wissen, dass wir hier sind. Das Verstecken ist also eh sinnlos.

Nur, warum sagt der Schneckerl nix?

Wo ist der denn jetzt hin?

Vielleicht ist es ja gar nicht der Schneckerl.

Aber wer ist dann im Haus?

Jedenfalls trägt er leichtes Schuhwerk mit Gummisohlen. Ist jetzt im Schlafzimmer und sucht dort wohl etwas. Reißt vermutlich Schranktüren und Schubläden auf. Zumindest hört es sich so an. Der Heinzi und ich stehen hier im Flur still und steif, wie ein hindrapiertes Möbelstück.

Nachdem nix weiter passiert als das Rumgekruschtel im Schlafzimmer, knarzen wir uns dann wie zwei Tiger auf Beutezug die Treppe hinab. Der Heinzi hat noch den Föhn in der Hand.

Ich beginne, einen Plan zu schmieden.

Umso tiefer wir runtersteigen, umso konkreter wird er. Genau genommen habe ich mehrere Pläne.

Plan A: Wir schleichen uns raus aus dem Haus und hauen ab. Das Mofa können wir ja später holen.

Wir steigen drei Stufen tiefer.

Plan B: Wir stellen den Typ. Ist es der Schneckerl, reden wir uns raus.

Noch mal ein paar Stufen tiefer.

Plan C: Wir überraschen den Eindringling und hauen ihm den Föhn über den Schädel.

Noch eine Stufe tiefer. Unten angekommen. Bums.

Volle Kanne auf meinen Hinterkopf.

Aua. Das tut weh.

Mir wird ganz schwummrig.

Schwindel. Ich fahre Karussell.

Meine Füße wollen nicht mehr.

Ich sacke zusammen.

Und falle.

8

Wie ich wieder zu mir komme, spüre ich das kalte mausgraue Linoleum unter mir. Mein Schädel gleicht einem Trümmerfeld. Habe das Gefühl, als wäre ich soeben von einem Schaufelradbagger überrollt worden. Ich strecke mal die Arme nach oben. Okay, alles noch dran. Auch der Rest scheint keinen großen Schaden genommen zu haben.

»Duuu«, nehme ich eine Stimme neben mir ganz leise wahr. Irgendwie sind meine Gehörgänge mit Watte verstopft.

»Mhm«, murmle ich. Das hört sich dumpf an.

»Duuu, geht's dir gut?«, sagt die Stimme wieder. Das kann nur der Heinzi sein. Niemand sonst fragt so deppert.

»Weiß nicht, ich glaub, mein Schädel ist zertrümmert«, dreh ich meinen Kopf in seine Richtung. Wir liegen beide unterhalb der Treppe im Hausgang. Der Föhn liegt ebenso da. In der ganzen Bude ist es mucksmäuserlstill. Vermutlich ist der Typ, der uns niedergeschlagen hat, über alle Berge. Die Haustüre steht sperrangelweit offen.

»Ja, leck mich am Arsch. Wer auch immer das war. Der hat vielleicht einen Schlag drauf«, steht der Heinzi auf und blickt dramhappert drein. »Ich seh noch jemand aus dem Hinterhalt rauskommen. Klein. Dunkle Gestalt. Haut dir was auf den Schädel. Keine Ahnung, was es war. Es macht wums. Du fällst, und bis ich kapier, was los ist, macht's wieder wums, und ich krieg ebenso eine drüber. Doppelwums sozusagen. Ich brauch was Kaltes«, schaut er sich um, den Schädel haltend, und macht sich auf die Suche. Ich hoffe, er findet nicht wieder eine Gefriertruhe mit Inhalt. Weil Suche nach etwas Kaltem hatten wir schon. Obwohl ich ja nicht annehme, dass der Schneckerl explizit hier eine Tote in der Truhe hat. Wenn Sie mich fragen, dann hat der eher eine Leiche im Keller. Weil hier stimmt nämlich gewaltig was nicht. Die Mona und der Schneckerl waren eindeutig ein Paar. Haben hier miteinander gekocht, gemeinsame Fernsehabende und Spieleabende unternommen. Ich sag nur: Schlafzimmer und Spiegel. Ach, ich will gar nicht wissen, was die dadrin für Spiele gemacht haben. Informativ wäre allerdings, was die generell für Spiele gespielt haben. Zum Beispiel, warum sie niemandem von ihrer Liaison erzählt haben. Und aus welchem Grund die Mona dann trotzdem mit dem Silberfisch Alisi zusammen war. Hat der Schneckerl davon gewusst? Und warum tut der so cool, obwohl seine Freundin auf tragische Art und Weise umgekommen ist? Ist er der gesuchte Täter?

Der Heinzi hat sich ein nasses Handtuch wie einen Turban um seinen lädierten Schädel gewickelt und schaut damit aus wie ein Maharadscha. Dann streifen wir erneut durchs Haus. Im Schlafzimmer liegt nun alles durcheinander. Frauen- und Männerklamotten, Betten und allerlei Papiere. Was also hat der Eindringling hier gesucht?

»Nach was wolltest du eigentlich hier suchen?«, frag ich den Maharadscha.

»Nach Hinweisen.«

»Aha, und was für Hinweise meinst jetzt da genau?«

»Na, die Mona hatte doch geerbt.«

»Wer sagt das?«

»Die Rosl.«

»So. Und von wem hat die geerbt?« Verdammt, muss man dem dauernd alles aus der Nase ziehen?

»Ja, keine Ahnung. Die Rosl weiß es eben auch nicht, von wem sie geerbt hat. Aber dass sie geerbt hat, da ist sie sich sicher. Darum wollt ich hier ja nach Kontoauszügen oder nach einem Brief von einem Notar suchen. Im besten Fall freilich nach dem Testament. Bloß … wenn die Mona wirklich geerbt hätte, warum würde sie dann da oben in dem Kabuff wohnen?«, kratzt sich der Heinzi nachdenklich unter dem Turban.

Und da frag ich mich jetzt, ob der nicht gegebenenfalls vorhin den Schlag an der falschen Stelle bekommen hat, weil es doch sprichwörtlich immer heißt: Ein Schlag auf den Hinterkopf erhöht das Denkvermögen. Aber der Heinzi ist ja dermaßen begriffsstutzig. Hat es immer noch nicht geschnallt, dass die

Mona und der Schneckerl ein Paar waren. Also klär ich ihn halt jetzt kurz auf.

Trotzdem dauert es eine Weile, bis er kapiert, dass ihn die Mona angelogen hat. Ich mein, dass der Schneckerl Tscharlie hinterfotzig ist und rumlügt, das ist nix Neues, aber die Mona ... von wegen, sie hat beim Schneckerl im Souterrain gewohnt, gell. Das bringt sogar den Heinzi aus der Fassung, so viel Unehrlichkeit hätte er ihr einfach nicht zugetraut.

Nachdem sich der Maharadscha wieder einigermaßen gefasst hat, durchsuchen wir der Mona ihr Ikea-Lager. Erfolglos. Machen uns dann vom Acker, weil, der Schneckerl ist ja bloß in Schongau beim Friseur, um sich die Haarpracht durchzustufen. Kann also längst auf dem Rückweg sein. Nix wie weg. Der Heinzi nimmt sich den nassen Turban vom Kopf und schnappt sich den Föhn. Föhnt sich das Haar. Ganz so, als hätten wir hier alle Zeit der Welt.

Der spinnt doch.

»Weißt, ich vertrag mit nassem Haar den Fahrtwind nicht so. Da werde ich krank«, sagt er, klemmt sich den Föhn unter den Arm und schreitet damit zur Haustür raus.

Ich sag doch, dass der spinnt.

Wenig später trete ich ordentlich aufs Gas. Weil's halt so schön ist, mit dem Mofa in der Gegend rumzugurken. Der Heinzi schimpft hintendrauf wie ein Rohrspatz. Zwecks dem aufkommenden Fahrtwind, dem er dahinten ausgesetzt ist. Verwurstelt ihm seine frisch hingeföhnte Frisur, sagt er. Und das, obwohl sie unter dem Helm drinsteckt.

Für die blöde Frisur hat sich Käsi, der mit seinem Auto vor dem Wirtshaus in der Dreißigerzone gestanden ist, gar nicht interessiert. Also, wie er uns halt aufgehalten hat. Nö, nicht der auffrisierte Heinzi, sondern das auffrisierte Gefährt hat es ihm angetan. Und zwar samt der überhöhten Geschwindigkeit, mit der wir an ihm vorbeigeflitzt sind. Hat ganz g'schaftlig mal wieder sein blödes Notizbuch aus der Jacke geholt und mich dabei recht herablassend von oben bis unten begutachtet. Und dann hat er meinen Führerschein verlangt, ist damit zu seinem Auto gegangen und hat mich polizeilich überprüfen lassen. Hat praktisch mal wieder einen auf scharfen Bullen gemacht. Und wissen S', auf was der besonders scharf war? Auf meinen rosa Lappen. Den hat der doch glatt eiskalt einkassiert und ums Verrecken nicht mehr hergeben wollen. Wegen wiederholt zu schnellem Fahren und so. Und so beende ich diesen ereignisreichen Tag mit Ärger, Kopfweh und Kohlsuppe. Und wie die Kinder dann im Bett sind, hocke ich allein im Wohnzimmer rum und stelle fest: Ich habe einfach ein dickes Problem. Ach was, genau genommen habe ich viele Probleme.

Ich habe keinen Führerschein. Dafür einen verliebten Ehemann und einen eifersüchtigen Kommissar. Sowie einen nervigen Schweinehund. Okay, einen Osterhasen ohne Füße und Ohren hab ich auch noch. Bei so viel Negativität ist es das Beste, wenn ich jetzt über den Fall nachdenke. Mach mir dazu einen Wein auf. Mit Alkohol denkt es sich doch auch viel besser. Sagt mein Schweinehund, und wenn der das meint, dann wird es schon stimmen.

Also was haben wir: vermutlich ein Eifersuchtsdrama.

Die Mona war mit dem Schneckerl Tscharlie zusammen, aber heimlich. War aber angeblich ebenso mit dem Silberfisch Alisi liiert. Der ist Finanzbeamter und deckt Steuersünden auf.

Dann ist da noch der Haslinger, der als Letzter mit der Mona telefoniert hat. Und der Malermeister Klexi, der wiederum eifersüchtig auf den Haslinger ist. Das ist ja ein Durcheinander.

Nach dem ersten Glas Wein kommt die Ernüchterung.

Weil ich sag mal so, wenn das mit dem Ermitteln in dem Tempo so weitergeht, werde ich nie und nimmer nicht aufklären, wer die Mona in der Gefriertruhe entsorgt hat. Mir läuft nämlich langsam die Zeit davon. Der Lenz wird schneller sein als ich. Er hat Routine, Labore, einen Führerschein, und er darf mehr. Im Gegensatz zu mir kann er nämlich Hausdurchsuchungen tätigen, Leute verhören und hat eine Armee von Kollegen, die ihm zu Hilfe eilen. Zum Beispiel diesen Hardliner mit den Käsfüßen. Mist, Mist und noch mal Mist.

Beim zweiten Glas find ich alles halb so wild.

Obwohl das mit dem eifersüchtigen Kommissar fei schon arg ist. Jetzt, wo ich mich so darauf gefreut hab, dass ich mal was Hübsches an Land gezogen habe. Fit und sportlich noch dazu. Also den Lenz, den hätte ich mir doch echt verdient. Hab mir schon als Kind einen herzeigbaren Mann gewünscht. Und wen hab ich damals gekriegt? Den Haslinger. Ich bin eine arme Sau, trink ich vom Wein. Ach, was soll's. Verbringe ich den Abend eben mit meinem Hund. Obwohl er ja unheimlich viel bechert, der Hund. Hat die halbe Flasche alleine ausgesoffen. Kriegen beide gerade noch die Kurve ins Bett.

Am nächsten Tag, die Sonne scheint in mein Zimmer, und die Vögel singen. Habe sehr gut geschlafen. Sollte den Hund echt adoptieren. Weil die ganze Nacht keine Mona. Und das, obwohl der Hund da war und die Mona Hunde unglaublich gernhatte.

Kaum habe ich mich aus dem Bett geschwungen, stelle ich fest, mein Schädel ist beleidigt. Okay, gestern der Schlag und zu viel Alkohol sind halt auch eine Zumutung für die Rübe. Aber ob man deswegen gleich eingeschnappt sein muss?

Zweite Feststellung: Auch der Osterhase ist nachtragend. Schaut mich vom Nachtkasterl her so komisch an. Mein Gott, nur weil ich gestern noch ein bisserl an seinem Hals herumgeknabbert habe. Ich weiß nicht, was der hat. Ich würde mich glücklich schätzen, wenn mir jemand am Hals herumknabbern würde. Aber nein, der Ritschi knuspert ja lieber an seiner blöden Jungtussi herum und der Lenz an seinem Mordfall.

Auf dem Weg ins Bad komme ich am Spiegel vorbei.

Entdecke in meinem Gesicht so komische Abdrücke. Nach kurzer Recherche – der Tag fängt also heute schon recht kriminalistisch an – komm ich drauf, dass es sich bei den Abdrücken um die Knöpfe von meinem Kopfkissen handelt. Man kann also sagen, die letzte Nacht hat bei mir EINDRUCK hinterlassen.

Okay, Elli. Neuer Tag. Neue Ermittlungen. Keine schlechte Laune. Weniger Punkte.

Der Plan: zum Frühstück Obstsalat. Mittags einen hübschen Gemüseteller und abends Kohlsuppe. Genauso wie gestern. Haha, das wär doch gelacht, wenn auf diese Weise die Pfunde nicht purzeln.

Meine beste Freundin, die Babsi, ist es, die kurz drauf meine Vorsätze aber fast schon wieder ins Wanken bringt. Taucht hier einfach auf, setzt sich zu uns an den Tisch und packt frische Brezen aus. Zieht das Frühstück auch unnötig in die Länge, indem sie die Kinder zwecks Mauritius ausfragt. Ich hock da und schau zu, wie die drei beim Reden Köstlichkeiten vertilgen.

»Iss doch auch eine. Geh, eine Breze macht doch nix«, hör ich den Schweinehund hinter mir sagen.

Ist der auch schon wieder aufgestanden. Der könnte doch auch mal länger ausschlafen. Hat der Hund denn keinen Kater?

»Der Rotwein von gestern war ein dermaßener Fusel. Den sollten sie im Geschäft dringend aus dem Regal nehmen«, sag ich, mir den Brummschädel haltend, kaum dass die Kinder aus der Küche sind.

»Hast irgendwie eine harte Nacht hinter dir?«, lacht die Babsi.

»Bist du schon mal mit einem Hund ins Bett gegangen?«, frag ich retour.

»Einem Hund? Freilich, mehrmals. Ich hatte sogar schon alle möglichen Hunde. Einen Boxer, und einen Sauhund hatte ich auch schon«, lacht sie, und dann lach ich halt mit.

»Sag mal, hast du jetzt irgendwie was mit dem Schmiedi, also mit diesem schnuckeligen Kommissar? Hast du irgendwie mit dem was am Laufen oder nicht? Ich mein, wieso ist es denn überhaupt am Samstag zu dieser Schlägerei gekommen?«, fragt sie dann.

»Hast du gewusst, dass damals beim Flaschendrehen der Dicke mit der Zahnspange der Haslinger war?«, lenke ich sie vom Thema ab. Weil ich doch der Babsi nichts von dem Techtelmechtel mit dem Lenz sagen darf. Was mir echt schwerfällt. Aber versprochen ist versprochen und wird nicht gebrochen.

»Der Brummer, mit dem du früher irgendwie voll gebusselt hast. Wo sich dann die Zahnspangen miteinander verhakt haben? Ja, logisch«, grinst sie.

»Ja toll, und das sagst du mir erst jetzt?«

»Weiß ich doch nicht, dass du voll vergesslich bist. Außerdem haben wir ja alle irgendwie mit dem Haslinger rumgeknutscht«, kichert sie.

»Wie alle?«

»Ja, wir halt. Mal in den Ferien. Du, die Gitti, die Mona und ich. Ich sag nur: ›Bravo‹ – Ausprobieren – Dr. Sommer. Tja, und der Haslinger hat sich dazu freiwillig als Versuchsobjekt zur Verfügung gestellt.«

Ich habe mal in den Ferien mit dem Haslinger geknutscht. Freiwillig? Das kann doch nicht wahr sein …

»Wäää. Der hat doch beim Schmusen total gesabbert«, zieh ich eine Schnute hin, weil's mir allein schon beim Darübernachdenken graust.

»Wie ein alter Mops«, schüttelt die Babsi den Kopf und lacht.

Und wenn die in Gelächter ausbricht, ist das so ansteckend, da muss ich selbstverständlich mitlachen.

»Meinst, der Haslinger hatte was mit der Mona?«, frag ich dann aber so ins Lachen hinein. Schließlich will ich in dem Mordfall weiterkommen, und die Babsi hat die Mona ja weitaus besser gekannt als ich.

»Kann schon irgendwie sein«, zuckt sie mit den Schultern und wird augenblicklich ernst. »Jedenfalls war sie mit dem Silberfisch Alisi zusammen. Zumindest hat der Schneckerl auf der Party damit rumgeprahlt, dass er die zwei miteinander verkuppelt hat.«

»Der Schneckerl hat die Mona mit dem Alisi verkuppelt? Aber der Schneckerl und die Mona waren ein Paar. Hast du das gewusst?«

»Nö.«

»Ah, gibt's Brezen«, steht der Heinzi auf einmal an der Tür. Ja sag amal, kann der nicht klingeln? Schneit hier einfach rein und hockt sich auch noch ungefragt her. Krallt sich eine Breze aus dem Korb und beißt rein.

»Also die Mona, das war fei schon ein Luder. Bindet uns da so einen Bären auf, von wegen Souterrain und so. Und der Schneckerl, das ist vielleicht ein Pharisäer. Behauptet doch tatsächlich, dass er die Mona bei sich wohnen hat lassen. Umsonst«, schmatzt der Heinzi rum. »Und dann der Klexi ... der hat ja immer so rumgeprahlt, dass er bei der Mona angeblich erfolgreich angegriffen hat. Pfff, als ob die Mona sich mit dem eingelassen hätte. Pah, mit dem Herrn Malermeister. Dass ich nicht lache.«

»Der Klexi? Ja, der tut doch irgendwie jedem Weiberrock nachrennen. Mei, vielleicht hatte die Mona ja mit allen was. Wer weiß?«

»Geh, die Mona war doch eine ganz eine Liebe. Und eine recht Anständige noch dazu. Die würde doch nicht ...«, widerspricht der Heinzi der Babsi gleich.

»Ja, nach außen war die anständig. War immer nett und freundlich. Aber ehrlich, die Mona war schon früher irgendwie ein total hinterkünftiges Luder. Ein richtiges Biest war die. Vor ein paar Monaten ist sie wieder nach Engelsried gezogen. Und seitdem hat die hier doch der Männerwelt gehörig den Kopf verdreht.«

Jetzt bin ich erst mal platt, weil die Babsi normalerweise nie über irgendjemand herzieht oder negativ daherredet. Und wenn die Babsi sagt, dass die Mona ein hinterkünftiges Luder war, dann war die auch so. Da hab ich die Mona wohl total falsch eingeschätzt.

»Und dass die mit dem Schneckerl zusammen war, das passt ja wie die Faust aufs Auge. Der ist doch auch so ein unehrlicher Typ. Ein Aufschneider irgendwie. Geschäftemacher. Einen richtigen Beruf hat der doch irgendwie nie gelernt, oder? Mal hat er irgendwie Staubsauger verschachert, mal Spiegel, dann wieder Versicherungen. Der tut sich so durchs Leben mogeln, weißt. Dann haut er wieder für ein paar Monate ab«, sagt die Babsi noch.

»Nach Thailand«, kombiniere ich.

Der Heinzi und die Babsi zucken mit der Schulter.

»Ja, Herrschaft, hat der nie was davon erzählt, wo er sich im Ausland rumtreibt?«, schau ich den Heinzi fragend an. Immerhin ist der Schneckerl sein Spezl, da wird der doch sicher dem Heinzi mal was über sich erzählt haben, oder?

»Freilich hat der was über sich erzählt. In Afrika, da hat er auf einer Safari mal einen Löwen erlegt. In Pakistan eine hübsche Pakistani. Bei irgendeinem Sultan hat er einen Stein im Brett, weil er ihm einen Staubsauger geschenkt hat, und in China hat er angeblich Frau und Kind. Außerdem kennt er den Ministerpräsidenten persönlich, und mit dem Boris Becker war er schon mal auf Malle einen Kaffee trinken ... der Schneckerl erzählt viel, wenn der Tag lang ist. Ich hör da gar nicht mehr hin.«

»Hm. Okay, jetzt fassen wir mal alle unsere Erkenntnisse zusammen. Was haben wir jetzt?«, komme ich zum Punkt.

»Das Tatmotiv: Eifersucht. Ganz klar. Die Mona wurde im Affekt erstochen. Ich vermute, sie hatte mit jemandem Sex auf dem Damenklo, und der Täter hat sie dabei überrascht.«

»Ja, so könnte es gewesen sein«, nollt der Heinzi nachdenklich auf seiner Brezen herum. »Kombiniere: Der Mörder hat zugestochen.«

»Und zwar mit dem Hirschfänger«, sag ich.

»Vielleicht. Vielleicht auch nicht«, sagt der Heinzi.

»Kommen wir zu Punkt drei: der Täter. Haslinger, Klexi, Alisi, Schneckerl«, zähle ich auf.

»Aber die tun doch nicht die Mona tot in die Gefriertruhe setzen und hinterher in aller Seelenruhe beim Wirt eine Party feiern?«, widerspricht mir die Babsi.

»Mhm ... wir müssen sie trotzdem als mögliche Täter im Hinterkopf behalten. Für Kriminaler muss ein jeder verdächtig sein. Egal ob Chef, Bekannter oder Spezl«, heb ich recht wichtigtuend den Finger in die Höhe.

»Wenn überhaupt einer von denen in Frage kommt, dann der Schneckerl. Aber es könnte ja auch jemand anderes gewesen sein. Wenn ich mich nicht irre. Jemand vom Trachtenverein zum

Beispiel«, sagt der Heinzi noch, und dann gehen wir gemeinsam die Liste vom Klexi mit den Mitgliedern vom Trachtenverein rauf und runter. Das Blöde ist: Trachtler, Trommler, Männerchor. Theaterspieler: gehören alle zum Trachtenverein. Also praktisch steht ganz Engelsried auf der Liste drauf.

9

Im weiteren Tagesverlauf dann nur Drama. Es fängt schon damit an, dass ich mit der Gitti, der Babsi und der Leni ins Schongauer Plantsch fahre. Zum Planschen. In der Umkleidekabine vom hiesigen Schwimmbad stelle ich im Spiegel fest: Meine Diäten wirken. Der Winterspeck ist weg. Dafür habe ich oberhalb der Bikinihose Frühlingsrollen.

Kaum komme ich aus der Kabine raus, treffe ich auf die anderen. Im Ausschnitt von der Babsi ihrem Bikini druckt's oben die Melonen raus, und auch die Gitti hat ziemlich pralle Äpfel im Badeanzug obendrin. Ich kann da irgendwie nicht ganz mithalten. Also verdünnisiere ich mich sofort, geh zum tiefen Becken und schwimme ein paar Runden. Schwimmen ist gut für die Figur. Deswegen sind wir schließlich da. Danach gleich ausruhen im warmen Becken, wo ich wieder auf die Damen mit dem Obst im Ausschnitt treffe.

Das Drama wird hier zur Tragödie.

Und zwar für die Leni. Ja mei, die Gute kann doch nicht schwimmen, und hier blubbert's ja an allen Ecken. Noch dazu schießt, ohne die geringste Vorwarnung, unverhofft ein gehöriger Wasserstrahl aus dem Boden. Fährt ihr von unten in den alten, ausgeleierten Badeanzug rein und bläht sie auf wie ein Michelinmännchen. Und jetzt jammert sie halt rum. Also machen wir hier die Biege und dampfen zum Sprudelkanal ab, was für sie dann freilich auch nicht von Vorteil ist. Weil sie uns dadrin bei den brodelnden Düsen nämlich beinah ersäuft. Ja mei, alle paar Meter ein Wasserstrahl vom Feinsten. Kärcher: Dreck dagegen. Ja, wie soll man denn da wieder herauskommen?

Nachdem wir die Leni halbwegs aus dem sprudelnden Kanal gefischt haben, fängt sie die Gitti gleich zu schimpfen an. Faselt irgendwas von einem Schwimmkurs, der zufällig heute kostenlos hier im Plantsch angeboten wird. Und so begleiten die Babsi und ich wenig später die Leni zum tiefen Becken hinüber, wo eben genau dieser Kurs stattfinden soll, und geben sie beim Bademeister ab.

Der ist eine Wucht.

Ich sag nur: nicht zu groß. Dichtes schwarzes Haar, dunkle gebräunte Haut. Waschbrettbauch und mords die Muckis. Sieh, eine Brust hat der … auf dem seinen hervorstehenden Rippen könnte man ohne Weiteres einen Apfel darauf reiben. Er steht da, von Schwimmnudeln umgeben. Mit einer Badehose … Sie wissen schon, so eine Pluderhose, die die jungen Kerle halt heute haben. So eine lockere Hose, bei der man nicht gleich auf Anhieb sieht, wohin die Rute wünschelt. Ich sag Ihnen, der Mann ist eine echte Sahneschnitte. Und wenn ich das sage, dann stimmt das auch, weil mit Sahneschnitten, da kenn ich mich aus.

Die Babsi will jetzt hier unbedingt mit der Leni das Seepferdchen machen. Und wenn die Babsi hier das Seepferdchen macht, dann mach ich es auch. Mei, simulieren wir halt ein bisserl. Das wird eine Gaudi. Ein Riesenspaß sozusagen. Wir haben ja Zeit.

Und so stehen wir einen Wimpernschlag später auch schon mit zehn weiteren dahinschmachtenden und vermeintlichen Nichtschwimmerinnen in Reih und Glied am Beckenrand und warten auf Anweisungen vom Muskelbademeister. Die Leni zeigt uns noch den Vogel, und dann geht's gleich los.

»Servus, ich bin der Berti, und wer von den Mädels möchte hier und jetzt meine Poolnudel?«, schreit uns der Bademeister mit einer traumhaft sexy Stimme über das tiefe Becken her. Alle Damen rufen »Hier« und heben die Hand. Alle außer der Leni, weil die schaut blöd.

»Ja, sag mal, magst du keine Poolnudel nicht?«, flüstere ich zu ihr rüber.

»Was soll denn i hier und jetzt mit dem seiner Nudel?«, steht sie mal wieder auf dem Schlauch. »Tss, Seepferdchen. Herrgottsakrament, ihr zwoa spinnts doch.« Sie setzt ihren »Du bist doch komplett verrückt«-Blick auf und hüpft vor mir ins Wasser. Ohne Poolnudel, versteht sich. Klammert sich anschließend sofort am Beckenrand fest.

Nach kurzer Zeit bin ich dann ebenso drin. Allerdings erst, nachdem ich mir Schwimmflügel, die ganz zufällig am Nebenbecken herumgelegen sind, geschnappt und über die Oberarme gestülpt habe. Dann klammere ich mich gekonnt ängstlich am Beckenrand fest. Ja, wenn ich hier schon den Nichtschwimmer markiere, dann auch g'scheid. Die Babsi kriegt sich fast nicht mehr ein, ersäuft fast vor Lachen und muss vom Berti gerettet werden. Ich sag ja, eine Riesengaudi ist das. Wir zwei sollten dringend zum Film gehen. Spielen unsere Rollen nämlich eins a. Und das Ganze wäre gewiss auch so fidel weitergegangen, wenn nicht just der Schneckerl Tscharlie schwungvoll ums Eck gekommen wär. Eingewickelt in einem weißen Handtuch, mit wallendem Haar und Brusthaarwildwuchs.

Ach herrje, ausgerechnet dieser schmierige Typ muss jetzt daherkommen. Dem seine Faselei hat die Reichweite einer Lokalzeitung. Spätestens in einer Stunde weiß halb Engelsried, dass ich mit Schwimmflügel am Arm und einer Nudel in der Hand im Schongauer Bad rumhänge.

Die Babsi geht auf Tauchgang.

Ja, bei mir geht's ja nicht, zwecks den depperten Schwimmflügeln.

»Ja sakradi, die Elli, ha. Ich hab allerweil denkt, du kannst schwimmen«, kaut der Schneckerl lässig auf einem Kaugummi herum und grinst dabei zu mir ins Becken rein.

»So, jetzt geh ma weiter …«, fordert Bademuskelberti den Störenfried auf, aber der lässt sich nicht davon beeindrucken und schon gar nicht abwimmeln.

»Wir kennen uns doch, oder, sag selber«, haut er dem schönen Berti auf die Muskeln.

»Wüsste nicht, woher. Und jetzt gehen S' bittschön weiter, wir haben hier einen Schwimmkurs.«

»A geh, an Schwimmkurs habt ihr da. Aber einen Bademeister host jetzt du ned schon allerweil g'macht, oder? Ich frag ja bloß, weil ich ums Verrecken ned weiß, woher ich dich kenne.«

»Wenn Sie jetzt bitte endlich weitergehen«, schiebt der Berti den Provokateur grantig mit dem Rettungsstab weiter. Aber der

Schneckerl macht halt jetzt vor der geballten Ladung Damen im Wasser einen auf Macho. Zieht voll die Show ab und so. Streift sich gekonnt lässig die Lockenpracht nach hinten und lässt die Hüllen fallen. Also sein Handtuch halt. Stolziert dann, samt Eierquetscherhose im Leopardenlook, Bierbauch und wallendem Haar, zum Dreier. Die Leni wäre vor lauter Hinschauen beinah ein zweites Mal ersoffen. Der Rest der Damen hängt staunend am Beckenrand rum.

Der Schneckerl klebt seinen Kaugummi unters Geländer und schreitet majestätisch die Leiter vom Dreier hoch. Und ich sag mal so, das ganze Rumgestelze von dem plus die Aktion mit dem Schwimmkurs und so, das wäre ja echt amüsant gewesen, wenn sich bei mir nicht ausgerechnet jetzt diese blöde Kohlsuppe bemerkbar gemacht hätte.

Kohlsuppe, Sie wissen schon, jesusmäßiger Druck und so.

Und zwar relativ heftig und das ist halt jetzt fies. Ich muss hier dringend raus. Für mich ist der Spaß zu Ende.

Das geht bloß nicht.

Es geht nicht, weil Bademuskelberti vor mir am Beckenrand steht und augenblicklich anfängt, auf mich einzuquatschen. Macht mir Schwimmbewegungen her, die ich nachmachen soll. Die schauen recht ästhetisch aus. Und weil er quasi mit seinem Muskelbody vor dem Treppchen steht und ich ums Verrecken nicht rauskann, bleibt mir fast nix anderes übrig, als mitzumachen.

Zwicke meine Pobacken ganz fest zusammen und lege eine super Performance hin. Aber das reicht ihm halt nicht, dem schönen Berti. Er quatscht weiter auf mich ein. Obwohl ich mit den Schwimmflügelchen am Arm so prima im Wasser schwimme.

»Wir öffnen jetzt das Ventil und lassen langsam Luft heraus«, fordert er mich auf.

Was? Hier und jetzt das Ventil öffnen und Luft herauslassen? Und das mit der Kohlsuppe im Bauch. Was denkt der sich dabei, das geht doch nicht!

Entgeistert schau ich ihn an.

»Du musst drücken«, sagt er. »Ganz fest drücken.«

»Bist du sicher?«, sag ich.

Also eins ist gewiss. Wenn ich hier mal anfange zu drücken, wenn ich hier echt drück und das Ventil öffne … dann kann ich für nix mehr garantieren.

Aber dann, irgendwann, mach ich's halt.

Ich drück.

Platsch.

Ich sag nur: Arschbombe.

Nein, doch nicht bei mir. Beim Schneckerl.

Bei mir war's ein Wums.

Was dann folgt, ist filmreif.

Der Schneckerl nämlich taucht nach dem Sprung freilich ziemlich weit unter. Nur sein wallendes Haar bleibt oben auf der Wasseroberfläche.

Und wie er neben mir wieder auftaucht, der Schneckerl, da haut es mir freilich die Schusser heraus. Weil kahlköpfig hab ich den Schneckerl fei noch nie gesehen.

»Und, was sagst? Das war ein Sprung, oder, Elli, sag selber«, tut er schon wieder so cool. Rümpft dann aber gleich drauf die Nase und schnuppert blöd mit seinem Zinken zu mir her. »Do stinkt's«, bemerkt er. Und ich bemerk's freilich auch.

Die Leni rettet die peinliche Situation.

»Mei, do brauchst jetzt gar ned rumschnuppern. Des is normal, wir machen hier ja o einen Schnupperkurs«, sagt sie zu ihm, und jetzt bin ich es, die hier absäuft.

Aber nur fast, gell. Ja, weil ich halt immer noch die Schwimmflügel anhabe. Außerdem überschlagen sich hier die Ereignisse so dermaßen, da kommt man ja nicht mal zum Absaufen.

»Hey, dein Fiffi schwimmt davon«, deutet die Leni Richtung schwimmendes Toupet. Ich sag nur: Beckenrand und Absaugung. Verschluckt mit einem Mordsgeschlürfe das Zweithaar vom Schneckerl. Und zwar ganz, ganz langsam.

Noch ein lang gezogenes Schlupp, und schon ist es weg.

Der Schneckerl mutiert vom coolen Typ zum kahlköpfigen Quengler. Macht jetzt einen Zirkus, sag ich Ihnen. Und alles nur wegen seinem blöden Skalp. Gibt keine Ruhe, bis sich der Berti bereit erklärt, dass er ihm die Lockenpracht aus der Absaugung fischt. Tja, und wir drei machen dann hier derweil die Biege. Weil wie gesagt, der ganze Tag ein Drama.

Außerdem haben die Leni und die Babsi keine Lust mehr auf Seepferdchen, und auch ich habe die Schnauze voll vom Schnupperkurs.

Kaum sind wir bei der Gitti, merke ich, auch die ist stinkig. Hockt auf einer Liege und will halt wissen, wo wir so lange waren und so. Aber wir erzählen es ihr nicht. Hab eh keine Zeit. Muss dringend für kleine Mädchen.

Wie ich zurückkomme, hauen sich die Damen Pommes und Currywurst rein, weil Schwimmen macht hungrig. Und ich hab derweil eine lange Diskussion mit meinem Schweinehund. Ich frage mich echt, wie der blöde Hund überhaupt hier reingekommen ist, wo doch in so einem Hallenbad gar keine Hunde erlaubt sind. Bin heilfroh, wie die Gitti uns auffordert, mit ihr in die Sauna zu gehen. Die Leni war noch nie in einer Sauna, also drehen wir uns in der Sammelkabine vor dem Dampfbad alle den Rücken zu. Und auf Kommando »Eins, zwei, drei« reißen wir uns die Badebekleidung vom Leib. Dann ab ins Handtuch und umdrehen.

Kaum hat sich die Tür zur Sauna geöffnet und ein paar nackte Männer kommen zum Vorschein, da schaut die Leni auch schon recht deppert drein.

»Mei, die Mannsbilder sind ja pudelnackat«, flüstert sie mir ins Ohr. »Du, i hob … i hob fei no nie so viele nackate Ärsche auf oamol g'sehen«, schluckt sie.

»Puh, hier ist's doch echt heiß, oder«, grinst uns die Babsi her.

»Ja, ja, des find i fei o. Einen Dampf ham de do herin. De könnten doch o a bisserl de Fenster aufmachen, ma sieht ja nix«, schreit die Leni durch den Nebel. Oh Mann, ist die peinlich. Ich hock mich irgendwohin. Ist eh besser, wenn ich heute auf Abstand geh. Ich sag nur: schlecht funktionierendes Kohlsuppendampfablassventil. Aber kaum hingesetzt, stehen auch schon die anderen vor mir. Die Babsi und die Gitti lassen ihre Handtücher fallen.

Tss, von wegen pralle Äpfel und Melonen.

Ich sag nur: alles Fallobst.

»Hoy, und i hob mir denkt, du host dir beim Chirurg dein Busen aufrichten lassen«, schreit die Leni schon wieder und deutet dabei der Gitti auf die Hängeäpfelchen. Alle setzen sich her.

»Nö, ich trage neuerdings Puschup«, wirft die Gitti arrogant ihren Schopf zur Seite und will sich dabei wie immer die Brille auf die Nase schieben. Hat aber keine an.

»Aber die Mona, die hat's machen lassen«, sag ich noch so vor mich her, und das war halt ein Riesenfehler. Ja, weil jetzt schon wieder ein neues Übel seinen Lauf nimmt.

»Was, die Hofreiter Mona hat ihren Busen mit Silikon ausspritzen lassen?«, findet eine männliche Stimme den Weg durch den Nebel zu uns her.

Kann man nicht einmal in eine gemischte Sauna gehen, ohne jemanden Bekannten dort anzutreffen? Zuerst die Sache mit dem Schneckerl, und just in diesem Moment auch noch das. Ich sag doch, der ganze Tag Drama pur. Was kann jetzt noch kommen?

Der Heinzi. »A geh, die Knödel von der Mona waren gar ned echt?«, hör ich ihn winseln.

Oh nein, nun ist der auch noch da …

»Jetzt echt? Ja, mich leckst am Orsch«, kommt es durch die Dunstwolke.

Nein, bitte nicht auch noch der Haslinger. Bitte, bitte nicht. Oh Herr, verschone mich vor diesem Anblick.

Was ist das hier?

Der Tag des Grauens?

Verstehen Sie Spaß?

»Ja Heinzi, was tust denn du da?«, schreit die Leni nun quer durch die Sauna hindurch, und schon tauchen neben uns Nudeln in allen Variationen auf. Plus die dazugehörigen Gesichter. Himmelherrgottsakrament. Die Peinlichkeit ist kaum zu überbieten. Intuitiv zurre ich mir vorne mein Handtuch zu.

»Ja, d' Fuchsin is o do«, freut sich der Haslinger offenkundig, kaum dass er mich sieht. Der liebe Gott ist gnädig. Der Haslinger hat ein Handtuch um. Schaut ein bisserl gerädert aus, wie ich finde. Glaub, Sauna is nix für ihn. Zu viel Körperfell, würde ich sagen. Tropft förmlich vor sich hin. Wischt sich mit der Pranke den Schweiß von der Stirn und lässt sich mit seiner gesalzenen Speckschwarte gleich drauf zwischen mich und die Babsi auf die Steinbank plumpsen.

Ich will freilich sofort wegrücken. Geht aber nicht.

Pappe mit dem Po am Stein fest. Und kurz drauf auch seitlich mit meinem Schenkel am Haslinger.

In dieser Sekunde taucht hinter dem Malermeister und dem Heinzi der Schneckerl auf. Mit Haaren. Deutet mit dem Finger auf selbige und macht mir eine Pantomime her. Fuchtelt dabei herum wie ein Wilder. Und ja, wir verstehen uns. Äußerste Diskretion quasi. Kein wegschwimmendes Haarteil und kein Schnupperkurs, gell. Mein Name ist Hase. Wir haben uns nie gesehen. Ich kann schweigen wie ein Grab. Und die Babsi und die Leni freilich auch.

Das Problem aber ist die Gitti, weil die will jetzt freilich wissen, ob der Fuchtler beim Friseur war.

»Ja, gestern. Mei, einfach mal zum Durchstufen, gell«, schleimt der zu ihr hin.

»Ja, vogelwild. Die ham's ja bärig zamgstutzt«, bemerkt nun auch die Männerwelt, und ich finde, dass ihr Urteil fast ein bisserl zu mild daherkommt. Weil der Schneckerl schaut samt Haarpracht aus wie ein aufgezwirbelter Schafbock, der beim Scheren entlaufen ist. Kann er bloß froh sein, dass kein Spiegel in der Nähe ist, sonst würd er jetzt vermutlich weinen.

Weitere Nachfragen bezüglich dieser Frisur kommen dann aber nicht, weil der Haslinger abrupt aufsteht und sich sozusagen aus unserer Mitte reißt.

Aua.

»Herrschaftszeiten, ich pack's da herinnen nimma. Ich schwitz wie eine abgebrühte Sau«, verschwindet er auch schon durch den Nebel, und wie wir uns dann alle später zur Abkühlung beim Italiener in der Stadt ein Eis holen, da bin auch ich heilfroh, der Hitze und dem nackten Grauen entkommen zu sein. Genau darum. Und wirklich nur darum. Also wegen dem Grauen und dieser Hitze gönne ich mir jetzt ein Eis. Aber fei nur ein Bolla, gell. Erdbeereis. Der Wahnsinn, sag ich Ihnen. Weil, hallo. Frische, rot leuchtende spanische Erdbeeren, in einer eisgekühlten, von Hand gerührten Sahnemilch. Alles basisch, gell. Okay, Zucker ist auch drin. Aber nur ganz, ganz wenig.

Und so hocken also die Damen und ich samt den Herren aus der Sauna vor der Eisdiele am Schongauer Marienplatz und genießen die erste Frühlingssonne und den Duft von ... ja, von Stadt halt ... und Kohlsuppe. Die Vögel zwitschern uns ein Liedchen, und die Tauben scheißen der Gitti auf die Handtasche. Ein echt netter Nachmittag, würde man meinen, wenn man freilich von den vorangegangenen Dramen absieht, gell. Aber dann überschlagen sich hier halt schon wieder die Ereignisse.

Zuallererst mal knattert ein roter Sportwagen vorbei. Bryan Adams' »Summer of '69« ertönt aus dem Auto. Drin sitzen tut aber nicht Bryan Adams. Nein, dieser Muskelberti ist der Fahrer. Macht voll einen auf Angeber. Dreht zwei, drei Runden.

Wie gesagt, schwarzes dichtes Haar, dunkler Teint und jetzt noch Sonnenbrille und Basecap. Bekommt freilich gleich alle Blicke der Frauen.

»Wow, der ist ja irgendwie cool drauf«, schwärmt die Babsi und fängt vor lauter Hinschauen schon zum Sabbern an. »Der Bademeister Berti«, himmelt die Leni dem Adonis ebenso hinterher.

»Berti, Berti ... Kruxidürken, wo tu ich den Depp bloß hin? Irgendwoher kenn ich den. Der muss ja a Pulver ham, wenn der so einen Schlitten fahren kann«, schüttelt der Schneckerl nachdenklich seinen bemützten Schädel. Und ja, er hat recht, ich würd auch gerne wissen, wie sich ein Bademeister so ein Wägelchen leisten kann.

Einmal mit der Zunge am Eis geleckt, steht dann auf einmal

der Lenz da. Mit Sonnenbrille. Sportlich, wendig, formschön. Für mich ein echter heißer Schlitten. Samt dem Eis in meiner Hand schmelze ich augenblicklich dahin. Vor lauter Hinschauen fällt mir die Erdbeerkugel aus der Waffel. Der Lenz grinst mich aus seiner Sonnenbrille heraus an und schaut noch zu, wie alle dem Erdbeerbolla nachschauen, der auf seinem freien Fall mein Kleid und den Stuhl besudelt und letzten Endes am Boden landet. Und da ist sie nun wieder, diese peinliche Situation, die mir ständig widerfährt, wenn der Lenz da ist. Ich lächle zurück, und weil halt jetzt auch die Babsi in seine Richtung smiled, dreht sich der Lenz auf seinem Absatz rum und kauft sich beim Italiener ein Eis. Erdbeereis. Drei Bolla. Aufgetürmt in einer Waffel. Ich sag nur: der Lenz samt Erdbeereis, lecker bis zum Gehtnichtmehr. Bis ich schau, ist er auch schon wieder weg. Genauso schnell wie mein Erdbeereis. Der liebe Gott vergönnt mir auch gar nix.

»Was schaust denn du so sparsam?«, linst die Leni kurz drauf durch die Sonne hindurch zu ihrem werten Gatten hinüber. Der hockt wehmütig da und schielt nach der Leni ihrem Eisbecher. Hat sich freilich selber keins bestellt. Zu teuer. Wucher. Wie er uns vorhin mehrmals wissen hat lassen. Und ich weiß jetzt nicht, wie er von den Eisbolla in der Leni ihrem Becher auf die Bolla, also quasi auf den Busen von der Mona, kommt. Jedenfalls fängt er auf einmal zum Jammern an:

»Ich hätt echt nicht dacht, dass die Knödel von da Mona getürkt waren.«

»Ich hab auch Knödel, geh«, sticht die Leni mit dem Löffel auf ihren Vanillebolla ein.

»Ja, aber nicht so große.«

»Was wohl so eine Brustvergrößerung kostet?«, fragt die Gitti so vor sich hin.

»Mei, des bisserl Silikon, was ma do zum Ausschäumen braucht. Du, des gibt's im OBI für acht Euro«, haut die Leni dem Heinzi den Löffel auf die Pratze, weil der mit der Waffel von der Babsi einen tiefen Griff in ihren Eisbecher gemacht hat.

»Schmarrn, so eine Brustvergrößerung kostet total viel.

Würde mich schon interessieren, woher die Mona die Kohle dafür hatte. Die hat doch immer ihr ganzes Gehalt in diese Tierschutzorganisation in Thailand gesteckt«, sagt die Gitti.

»Ach, die Mona hatte genug Geld. Die hatte immer einen Haufen spendable Gönner«, entfleucht es dem Poldi. Ich sag nur: Bankgeheimnis.

Der Klexi wird auf der Stelle rot, und der Haslinger schluckt, dass der Adamsapfel hupft.

Gehören die zwei vielleicht auch zu den Gönnern? Das würde mich jetzt echt mal interessieren.

»Soso, die Mona hatte also genug Geld. Dann hätte sie sich doch auch leicht eine eigene Wohnung leisten können, oder? Aber warum hat sie denn dann bei dir im Souterrain gewohnt?«, greift der Heinzi den Schneckerl an.

Der zupft jetzt nervös an seiner Mütze rum, steht auf und behauptet, er müsse aufs Klo. Verschwindet auch gleich in der Eisdiele, noch bevor der Heinzi weitere Fragen stellen kann.

»Und wer von den hier anwesenden Herren hat bei der Siebzigerfeier vom Nuschler Konrad einen Hirschfänger verloren?«, frag ich dann einfach mal so in die restliche Männerrunde.

»An Hirschfänger? Beim Nuschler auf'n Siebziger. Ja, i«, schaut mir der Chef verdutzt in die Augen.

»Du weißt fei schon, dass die Mona mit einem Messer erstochen worden ist?«, starre ich ihn nur an.

»Ich war's ned, ich schwör.« Der Haslinger hebt betroffen drei Finger in die Höhe.

10

Am nächsten Tag im Büro liegen die Nerven vom Chef blank. Aber nicht wegen dem Hirschfänger. Nein, kein Wort kommt ihm darüber über die Lippen. Ich komme leider auch nicht dazu, ihn deswegen auszufragen. Der hüpft hier nämlich sprichwörtlich wie ein wild gewordenes Känguru herum und schimpft dabei wie ein Vogel im Nest. Sucht nach irgendwelchen Akten. Weil nämlich gestern vor der Eisdiele am Nebentisch der Alisi gesessen ist. Und zwar mit dem Rücken zu uns. Hat vermutlich mitgekriegt, was wir geredet haben, und keiner von uns hat ihn bemerkt. Dabei habe ich freilich vom Haslinger wissen wollen, wie ausgerechnet sein Hirschfänger ins Damenklo gekommen ist, und ihm gesagt, dass ich aus sicherer Quelle weiß, dass die Mona kurz vor ihrem Tod noch Sex auf dem Klo hatte. Der Haslinger hat blöd geschaut. Aber nur ganz kurz, weil dann eben auf einmal der Silberfisch Alisi hinter dem Blumentopf, der zwischen seinem und unserem Tisch stand, aufgetaucht ist.

Hat dabei so einen »Ich mach dich fertig du Sau«-Blick aufgehabt, und grad wollte sich der Haslinger verteidigen, da ist der Schneckerl aus der Eisdiele gekommen.

»Ja, da Silberfisch Alisi! Bist auch da. Hock dich her. Ich zahl dir eine Bananenmilch. Die magst doch so gern, oder, Alisi, sag selber«, hat er dem Herrn Finanzbeamten gleich wohlwollend auf den Pullunder geklopft.

Schleim, schleim.

Gleich rutscht der Alisi auf der Schleimspur vom Schneckerl aus, hab ich gedacht. Aber nein, der Herr Finanzbeamte hat sich weder für die Bananenmilch interessiert noch für das Rumgeschleime vom Schneckerl. Aber dass der Haslinger mit seiner Freundin auf dem Klo Sex hatte, das hat ihn schon interessiert. Hat die Fäuste geballt und eine dermaßene Wutvisage aufgesetzt und dabei den Haslinger anvisiert.

»Du Drecksau«, hat er dann gesagt, und ich sag mal so, viel

hätte nicht gefehlt, dann hätte der Alisi dem Chef so einen Schlag versetzt. Und dem Haslinger seine Wurstlippe hätte erneut geblutet.

Passiert ist aber nix.

Weil der Schneckerl nämlich den Alisi weiter angeschleimt hat. »Geh, jetzt hock dich doch her, Silberfisch. Mir sind doch alte Freund.«

Der Alisi hat dann auf seinen Tisch einen Fünfer geworfen und ist wortlos und ziemlich wutentbrannt gegangen.

Und jetzt hat er halt Muffe, der Chef, dass ihm der Alisi aus Rache das Finanzamt an den Hals hängt. Zwecks Schwarzgeld und so.

»Herrgottsa, einen Saustall ham mir do bei uns herin, do findest ja nix«, tobt er schon wieder. Klatscht dabei einen Ordner zu, dass die Blätter nur so fliegen. Schlägt gleich den Deckel vom nächsten Leitz auf.

»Mei, wenn man weiß, wo was ist, dann findet man's.« Ich bleib cool. Lass mich von seinen Launen gar nicht erst anstecken. Wozu auch, ich hab ja nix auf dem Kerbholz. Bin hier nur die Angestellte. Mir kann ja nix passieren. Der Chef blättert wie wild im Leitz herum und reißt dann mit Schwung ein paar Blätter heraus.

»Lass des Zeug verschwinden«, schiebt er sie mir über den Schreibtisch.

»Wie?«

»Was, was, wie?«, äfft er mich nach. Reißt mir die Blätter wieder aus den Händen und spurtet damit wie von einer Tarantel gestochen zum Aktenvernichter hinüber.

Weg sind sie.

»Wenn de Papiere de Schofscheißer vom Finanzamt in d' Finger kriegen täten, mei, dann ist Polen offen«, rennt er zu mir her. Bleibt dann aber abrupt vor mir stehen. »Herrgottsakrament, und die Heizung vom Schmiedi … Mein Gott, de ham mir ja o schwarz g'macht. Hau mir amal den Akt vom Schmied her«, fuchtelt er wie wild vor mir herum. Ist total fickrig. Louis de Funès: Dreck dagegen.

»Von dem Bauunternehmer?«, frag ich irritiert.

»Ja, freilich, der hot doch seinem Sohn, unserm Herrn Kriminalhauptkommissar, a Haus in Garten neig'stellt«, zieht er einen Leitz nach dem anderen aus dem Schrank.

»Aha, und da hast du die Heizung schwarz eingebaut. Weiß das der Schmied Lenz?«

Aber der Haslinger ist nicht mehr ansprechbar. Vernichtet Blatt für Blatt und redet dabei wie ein Wasserfall: »Ich trau dem Silberfisch Alisi ned. Des is doch im Finanzamt a dermaßener Beerlscheißer. Da Silberfisch, der, wenn's irgendwo schwarzmäßig feichtelt, dann kriecht der do nei. In jedes Schlupfloch kriecht der. Der findet alles. Ja, was meinst, wie viele Firmen der jährlich hochnimmt? Der wenn mal wo auftaucht, dann konnst dein Laden zusperren. Der findet alles. Sogar Pfennigbeträge. Das ham s' schon oft im Wirtshaus erzählt. Weißt, daheim bei Muttern da hat der Silberfisch nix zum Sagen. Darum ist er ja auch so ein windiges Zigarettenbürschal. Und genau so ein Typ, der führt sich meistens beruflich auf wie der Graf Koks. Der nimmt mich hoch, bloß weil er sich einbildet, dass i mit seiner Freundin was g'habt hob.«

»Und hast mit ihr was gehabt?«, frag ich jetzt gleich. Weil ich nun endlich wissen will, ob der Haslinger mit der Mona auf dieser Siebzigerfeier auf dem Klo rumgemacht hat. Genau genommen denk ich über nichts anderes mehr nach. Weil Hirschfänger vielleicht gleich Mörder. Oder zumindest Zeuge der Tat.

»Ja, Kruzitürken, i hob mit da Mona …«, will der Haslinger grad zum Reden ansetzen, da klingelt das Telefon.

So, und nun bin ich am Fluchen. Weil, Herrschaftszeiten, muss denn ausgerechnet jetzt das depperte Telefon klingeln, ha?

Der Klingelton lässt dem Haslinger den Schreck in die Glieder fahren. Innerhalb kürzester Zeit erstarrt er zu einer fetten Salzsäule.

»Des wird doch nicht da Zoll sein?«, wimmert er.

»Ja meinst, die rufen vorher an?«

»Ja, des weiß i doch ned, ob die vorher anrufen. Des Finanzamt kann's ja auch sein. Jedenfalls bedeutet der Anruf nix Gutes. Des hör i scho am Klingeln. Himmelvatter hilf«, schickt er mit beiden Händen ein Stoßgebet nach oben.

»Das Finanzamt. Mhm ... Du, es ist jetzt Freitag, fünf vor zwölf. Da arbeiten die doch schon gar nicht mehr«, greif ich zum Hörer.

»Na, da geh ma jetzt nicht hin«, will er mich hindern, dass ich hier meine Arbeit mache, aber bei meinem Job als seine Sekretärin, da gehört der Telefondienst eben dazu. Also heb ich ab und basta.

»Sanitär Haslinger. Fachfirma für Sanitär, Heizung. Beratung, Reparaturen aller Art. Hier werden Sie geholfen. Elli Fuchs am Apparat. Was kann ich für Sie tun?« Ich flöte ein extralanges Sätzchen in den Hörer und setzte dabei ein fettes Grinsen auf, das ich dem Chef großzügigerweise über den Schreibtisch hinweg schenke.

Der Haslinger auf hundertachtzig.

Ah, das Huhn mit der Verstopfung ist wieder dran. Wie nett. Gackert auch gleich los. Wie immer, ohne vorher ihren Namen zu nennen. Jammert rum, weil der Otto, unser Monteur, halt noch nicht bei ihr beim Durchbuddeln war. Und das, wo es doch seit Tagen in ihrer Abflussleitung so furchtbar drin gluckert. Auch müsste sie dringend ihren BH im Waschbecken rauswaschen. Sagt sie. Tja, die Haare könne sie auch nicht am Waschbecken waschen. Was eine rechte Zumutung sei. Sagt sie auch. Also bla, bla, bla.

»Leg auf, leg auf, zefix. Für so an Schofscheiß ham mir jetzt keine Zeit«, tobt der Haslinger im Hintergrund. Aber ich leg nicht auf. Nein, nein, ganz im Gegenteil. Ich fasel dem Huhn einen langen Monolog in die Muschel. Von wegen Fachkräftemangel und so. Und ja mei, das dauert halt.

Der Chef kriegt freilich die Tollwut. Gestikuliert mir wie wild her, dass ich auf der Stelle auflegen soll. Eine Weile lasse ich mich vom Huhn noch begackern, dann beende ich das Gespräch. Natürlich erst, nachdem ich dem Huhn versprochen hab, dass ich ihr den Monteur vorbeischick. Was ich aber nicht mach, weil verstopfte Waschbecken – kein Notfall.

Ein Blick auf die Uhr sagt mir, es ist schon nach zwölf. Also lass ich den Haslinger toben und geh heim.

Wenige Stunden später hock ich dann mit ein paar Damen bei der Leni in der Küche.

Behaglich ist es hier. Wenn man farbenblind ist, gell. Ich sag nur: Möbel in Eiche rustikal, kackbraune Vorhänge, grüne Blumentapete. Hier ist es so altmodisch, dass die Küche schon fast wieder hip ist.

Die Leni ist heute total aufgeregt. Das ist unüblich, wenn man bedenkt, dass sie normalerweise die Ruhe in Person ist. Der Grund der Aufregung: Sie gibt aktuell eine Putzparty. Was noch ungewöhnlicher ist. Weil pfff, die Leni und putzen! Außer am Freitag beim Haslinger putzt die doch gar nicht. Und wenn, dann nicht g'scheid. Und auch sonst hat die Leni mit Putzen nix am Hut. Ich hock also mit all den anderen Frauen auf der Eckbank und wunder mich.

Auf dem Tisch stehen Erdbeertörtchen.

Die wundern sich wahrscheinlich über mich, dass ich sie nicht esse. Aber wie gesagt, Diät. Da bin ich halt eisern.

Die Rosl hockt auch da. Keine Ahnung, wie die Dorfratschen schon wieder hier hereingekommen ist. Weil selbst wenn man Türen und Fenster geschlossen hält, die findet immer einen Weg, wie sie ins Haus hineinkommt. Vielleicht ist sie durch die Katzenklappe … keine Ahnung. Jedenfalls redet sie schon wieder ohne Punkt und Komma. Freilich von der Mona und dem Mord. Jedoch erzählt sie mir nix Neues, und so packe ich die Gelegenheit beim Schopf und frag sie noch ein bisserl aus.

»Der Nuschler Konrad, wo wohnt denn der eigentlich?«

»Ja, aufm Friedhof. Der is doch gleich nach seiner Siebzigerfeier heimgegangen. Hat sich daheim ins Bett gelegt. Herzinfarkt, bätsch, bum, tot.«

Der Nuschler Konrad tot. Ja, sapperlot, warum hat mir das

bis jetzt keiner erzählt? Wenn der Nuschler Konrad tot ist, dann kann man den ja gar nicht mehr zu seiner Feier ausfragen. Wie soll man denn da in dem Fall vorankommen?

»Und, warst du auch auf seiner Siebzigerfeier?«, will ich jetzt von der Rosl wissen.

»Was soll denn ich beim Nuschler seinem Siebziger?«, schiebt sie sich ein Erdbeertörtchen ganz tief in ihren Hals hinein.

»Aber wer da alles noch bis zum Schluss beim Wirt war, das weißt schon?«, frag ich sie, weil ich mir hundertprozentig sicher bin, dass sie es weiß. Weil, die Rosl weiß alles. Stasi: Dreck dagegen.

»Warum willst denn des von mir wissen?«

»Ja, weil die Mona wahrscheinlich am Abend vom Nuschler Konrad seinem Siebziger umgekommen ist. Und jetzt müsst ich halt wissen, wer da noch alles bis zum Schluss da war.«

»Den Schmied Lenz, den kennst doch, oder?«, zwickt sie ihre Augen zusammen und starrt mich an, als wollte sie bis ganz, ganz hinten in mein Hirn hineinschauen. Ich weiß genau, was sie dadrin sucht. Das Techtelmechtel mit dem Lenz und mir, das sucht sie. Jetzt bloß nicht rot werden, gell. Sie spekuliert nur drauf, dass ich ihr darüber was erzähle.

»Äh, ja«, tu ich recht unschuldig.

»Von dem weiß man ja gar nix, geh«, sagt sie recht sarkastisch und kommt dabei ganz nah zu mir her, dass ich die Erdbeeren zwischen ihrem Gebiss sehen kann.

Redet die jetzt vom Mordfall oder von unserem Techtelmechtel? Will sie mir etwa ein Geschäft vorschlagen? So nach dem Motto: Ich sag dir was, sobald du mir erzählst, was mit dir und dem Lenz ist.

Grad will ich es herausfinden, da springt das Weib aber blitzartig vom Stuhl auf, schiebt mit ihrem Gangstecken die Gardine auf die Seite, dass die Gitti vom herabrieselnden Staub einen Hustenanfall kriegt.

»Lenerl, schau naus! Bei dir inspiziert einer euren Hof«, schreit sie. »Des is g'wiss a Gratler. Du weißt scho, einer aus dem Osten. Die schauen, was es bei den Leuten zum Holen gibt, malen dir a Kreuz auf dein Hofpflaster, und wenn du dann ned daheim bist, dann brechen s' bei dir ein.«

Wozu die Aufregung. Bei der Leni und dem Heinzi gibt's ganz sicher nix Wertvolles zum Mitnehmen.

Die Leni rennt gleich zur Tür, und die Rosl wackelt freilich neugierig hinterher. Die Frau geht mir auf den Geist.

Aber die Rosl ist nicht das Einzige, was mich hier tierisch nervt. Nein, es sind ebenso die sich hier in der Küche tummelnden Hunde. Der Waldi, also quasi der Dackel von der Leni, zum Beispiel. Hockt unter dem Tisch, zerrt dauernd an meinem Hosenbein und sabbert mir dabei in die Pumps. Und dann hockt mir auch noch der saublöde Schweinehund im Genick und spielt mit mir Stille Post. Flüstert mir am laufenden Band was ins Ohr. Dabei habe ich ihn, kaum dass ich hier in die Küche reingekommen bin, extra in mein Hinterstübchen verbannt, ihm quasi Stubenarrest erteilt. Aber mit Verlaub, jedes Mal wenn sich die anderen ein Stück Kuchen in ihren Hals schieben, meldet sich der Hund aus den Tiefen meines Hirns zurück und gibt seinen saublöden Kommentar ab.

»Oh, Erdbeertörtchen. Lecker! Ist das nicht dein Lieblingskuchen?«

Schnauze!

»Ah geh, Elli, ein Stück macht doch nix. Schau, nur ein ganz, ganz kleines Stückerl ... das kannst echt vertragen. Ohhh, diese Köstlichkeit. Zergeht sogar auf der Zunge. Oder sag selber, Elli.«

»Ja, schon, aber da sind halt jede Menge Kalorien drin«, flüstere ich.

»Ja, freilich, Elli, freilich sind da Kalorien drin. Aber Elli, schau ... Kalorien schmecken doch sooo gut ...«

Ich schlucke.

Und stiere.

Auf den Teller von der Gitti und auf den Teller von der Babsi freilich auch. Ja, und bei der Leni auf dem Napf, da liegt auch ein Stückerl von dieser wunderbaren Kulinarik. Die Erdbeeren ... sooo rot. Saftig und schmackhaft schauen die aus ... Ich schließe die Augen. Aber seh immer noch nur diese Törtchen mit den wunderbaren roten Erdbeeren drauf.

»*Erdbeertörtchen*«, kommt es vom Hund hypnotisch von rechts.

»Ja, Erdbeertörtchen«, schlucke ich erneut.

»*Erdbeertörtchen*«, kommt es von links.

Mhm ... *Erdbeertörtchen*. Ich fall gleich in den Erdbeertörtchenirrsinn.

Aber dann die Rettung. Ein Typ kommt in die Küche. Und dann steht er da. Nein, nicht der Lenz. Bademeisterberti.

Tja, und mit dieser Sahneschnitte können die Erdbeertörtchen nicht konkurrieren. So lecker, wie der ausschaut. Justament hat der Schweinehund verloren.

Der Babsi fällt vor lauter Hinschauen eine Erdbeere in den Ausschnitt. Und die Gitti richtet sich den Busen zurecht.

Wie der Berti allerdings so dasteht, mit seinem aufgeknöpften Hemd, mit Goldkettchen am Hals und italienischen Designerschuhen, da haut's mir doch glatt zwei Fragen raus.

Erstens: Wie kommt man als Bademeister zu so teuren Schuhen? Und zweitens: Wieso hat die Gitti heute noch ein viel größeres Dekolleté wie gestern? Stopft die sich vielleicht in ihren Push-up-BH Schaumstoff rein? Und wenn ja, fehlt der dann deswegen daheim die Hälfte von der Couchgarnitur?

»Ich habe irgendwie gedacht, Sie sind ein Bademeister?«, schaut die Babsi den Berti fragend an.

Der zaubert jetzt aus einer großen Tasche irgendwelche Putzutensilien hervor. »Ich mach Teilzeit«, informiert er uns.

Aha, Teilzeit also. Okay, ich sag mal so: ob Vollzeit oder Teilzeit, ob Putz- oder Bademeister, der Kerl schaut zwar meisterhaft aus, aber bei dem da ist gewaltig was faul. Und da bin ich ganz meiner Meinung. Aber die anderen lassen sich halt von ihm blenden. Die Gitti zum Beispiel holt gleich einen Handspiegel aus der Handtasche, begutachtet sich kritisch darin und zupft sich ihr Haar zurecht, und die Babsi schmachtet förmlich dahin. Freilich erst, nachdem sie die Erdbeere aus der Ritze gefischt hat. Tja, und die Leni hockt wie berauscht auf ihrem Stuhl und beäugelt jeden Handgriff, den der Berti macht. Ganz so, als würde er ihr Geldscheine auf den Tisch legen. Dabei sind es nur schnöde Lappen und Putzmittel, die er vor uns ausbreitet. Himmelherrgottsakrament, wie kann man nur so verblendet sein?

Kaum aufgetischt, fängt Meister Proper auch schon voller Inbrunst und Freude an zu erzählen. Wie toll es ist, wenn man mit seinen Produkten putzt und so. Alle hocken andächtig da und lauschen seiner zugegeben echt sexy klingenden Stimme. Macht uns das Fensterputzen so schmackhaft, als wäre es ein Urlaub in der Karibik.

»Also, ich würd dem irgendwie alles abkaufen. Alles, was er hat, samt seinem Schrubber«, flüstert mir die Babsi her, und die Gitti hat ganz leuchtende Augen.

Hat vermutlich endlich mal jemanden gefunden, der genauso leidenschaftlich vom Putzen redet wie sie selber. Und da haut es mir jetzt schon wieder eine Frage raus, gell. Warum in aller Welt giert die Gitti eigentlich nach diesem Berti, wo sie doch daheim ihren Poldi rumliegen hat, auf den sie jederzeit zugreifen kann? Kurzum, kaum steht eine Granate von Mann vor den Weibern, dann werden die betriebsblind.

Die Rosl hat das Gegamse natürlich aufs Genaueste beobachtet. Hockt da, schüttelt entsetzt ihren runzligen Schädel und räuspert sich ganz laut, was Meister Proper dann zum Anlass nimmt, jetzt erst recht so richtig ranzugehen. Also ans Putzen. Tja, und bei der Leni, da findet sich natürlich auch gleich ein Eckchen zum Probieren, gell. Zuerst das Fett in der Küche, danach der Kalk im Bad, und der Boden im Hausgang kommt freilich auch noch dran. Nach einer Stunde ist alles blitzsauber. Abgekauft hat ihm die Leni dann nix. Wozu auch, jetzt ist die Bude ja erst mal wieder sauber. Gut, sie hat ihm hernach das Zimmer von ihrem Sohn, dem Gustl, gezeigt, aber der schöne Berti hat gleich abgewunken, weil, dem Gustl seine Rumpelkammer ist halt echt eine Zumutung. Leicht angefressen hat er alsdann unser Haus verlassen. Leer ausgegangen ist er aber trotzdem nicht. Die restlichen Damen am Tisch haben ihm nämlich jede Menge Zeug abgekauft, und die Gitti hat sich freilich gleich für eine weitere Putzparty bei ihr im Haus angemeldet. Tja, und bei der Gitti kann er dann ja eine ruhige Kugel schieben, der Meister der Putzmittel. Weil bei der Überhausfrau sicher alles blitzeblank ist.

Kaum ist der Berti draußen, geht mein Handy.

Auf dem Display steht »Schweinchen Dick«, der Haslinger ist also dran.

»Scheißdreck, elendiger«, schimpft er, kaum dass ich abnehme.

»Finanzamt?«, sag ich.

»Nein, Freitagnachmittag«, sagt er. Also praktisch Riesenproblem. Weil nämlich der Otto, unser Monteur, in der Münchner Mietwohnung vom Bürgermeister gerade einen Boiler einbaut und die falsche Sicherheitsgruppe dabeihat. Und aufgrund dessen, dass es am Freitagnachmittag in dem Drecksmünchen weit und breit keinen Großhändler nicht gibt, bei dem der Chef ein Firmenkonto hat und der noch geöffnet hat, brennen beim Chef jetzt die Sicherungen durch. Ich sag nur Negativspirale:

Der Mieter vom Bürgermeister hat übers Wochenende kein Warmwasser.

Kürzt die Miete, weil unleidiger Geselle.

Der Bürgermeister kommt ohne das Geld auf dem Zahnfleisch daher. Ist stocksauer und schanzt dem Haslinger keinen Auftrag mehr zu.

Und jetzt hab ich halt Mitleid mit dem Chef und biete ihm an, dass ich dem Otto die Sicherheitsgruppe, die bei uns im Lager rumliegt, nach München reinbring. So kann sich der Haslinger dann getrost seinen schwarzen Akten widmen. Das ist doch nett von mir. Nebenbei gesagt muss ich eh zum Ritschi nach München. Zwecks dem Hirschfänger vom Haslinger und so. Sicher hat er schon ein Ergebnis, aber am Telefon, da redet der Ritschi ja nix. Und so spar ich mir für die Fahrt auch noch das Benzin. Das ist doch großartig.

»Ich fahr nach München. Operation Ritschi«, verkünde ich wenig später dem Heinzi am Telefon. Der ist gerade im Ort auf Ermittlungstour.

»Kein Führerschein«, erinnert der mich dann aber, da hocke ich bereits im Chef seiner rumpelnden Schleuder und bin schon unterwegs. Kein Führerschein. Mist, da habe ich jetzt direkt gar nicht mehr daran gedacht. Ja mei. No risk, no fun. Günstige Gelegenheit. Die Polizei wird mich ja nicht gerade zufällig aufhalten, oder?

Wie ich bei Rot, noch telefonierend, in Schongau an der Straßenkreuzung stehe, da nutze ich die Zeit und schau mich um.

Auf der anderen Straßenseite steht dem Lenz sein Dienstwagen.

Der hat ebenso Rot.

Im Nu wird aus einer günstigen Gelegenheit eine äußerst ungünstige Konstellation. Ich leg mal lieber das Handy aus der Hand. Weil, ich sag nur: Handy am Steuer, das wird teuer. Mache mich zusätzlich noch recht klein. Rutsche dabei ganz tief in den vom Haslinger ausgebeulten Sitz hinein und verstecke den Kopf, so gut es halt geht, hinter dem Lenkrad. Aber leidig ist halt, dass dieser Käsi ebenso im Dienstwagen drinhockt. Ja, dem entgeht doch nix. Erkennt mich auf Anhieb. Deutet auch gleich mit dem Zeigefinger auf mein Gefährt.

Schon schaut der Lenz zu mir her. Käsi ist vielleicht eine blöde Petze.

Grün.

Ich geb Gummi. Donner am Polizeiauto vorbei. Grüße die zwei aber dabei noch recht freundlich aus dem Seitenfenster heraus. Schließlich hat man Anstand.

Im Augenwinkel sehe ich, dass der Lenz zum einen bedröppelt über die Frontscheibe zu mir herschaut und mir zum anderen sogar zuwinkt. Vielleicht will er ja jetzt endlich mal mit mir reden. Aber im Moment ist grad echt schlecht.

11

Nach etwa einer halben Stunde Fahrt stelle ich fest, ich bin im Auto nicht allein. Nein, ich habe heckwärts einen lästigen Mitfahrer dabei. Es ist auch nicht der Heinzi. Auch nicht eines von den Kindern. Nein, es ist der depperte Schweinehund. Was mir ja normalerweise echt wurscht wär, wenn da nicht rein zufällig auf dem Beifahrersitz eine Semmelmeiertüte liegen würde.

In die hätte ich schon längst mal gerne reingelinst und der Schweinehund sowieso. Und weil er nun keine Ruhe gibt, der blöde Köter, da spähe ich halt dann doch rein.

Ja toll. Ein Erdbeertörtchen.

Hat das der Haslinger mit Fleiß da hingelegt?

Lotst mich nach München, kauft vorher extra diesen Kuchen und legt ihn für mich auf dem Beifahrersitz ab, damit ich mich ärgere?

»Mhm, lecker, Erdbeertörtchen. Duuu. Du könntest doch … ja, du könntest doch, also nur einen ganz, ganz kleinen Bissen …«

Ja, nimmt denn das nie ein Ende?

Aber ich bleib genauso tapfer wie vorhin auf der Putzparty. Diszipliniert sein, das ist für mich kein Problem. Soll er doch reden, der blöde Hund. Das beeindruckt mich echt nicht.

Oh Mann, die Fahrt nach München dauert.

Und umso länger die dauert, umso mehr läuft mir das Wasser im Mund zusammen. Fünf Minuten später sammelt es sich zu einem regelrechten See, und weitere fünf Minuten später ist der zur Größe vom Bodensee angestaut. Und das ist halt jetzt echt doof. Das kann man praktisch gar nicht so stehen lassen. Weil, wenn nun der See überläuft, dann ist mein Mantel doch total versaut. Und das muss ja auch nicht sein.

»Mei, Elli, jetzt fahrst auf einen Parkplatz und beißt dir ein bisserl was von dem Kuchen ab, oder? Nur ein ganz, ganz kleines Fitzelchen. Und schwuppdiwupp ist alles wieder gut, gell.«

Meinst?

»Ja, freilich, Elli.«

Ich bin überredet. Der Mantel wird es mir danken.

Wie es der Zufall will, ist ein Parkplatz in Sichtweite.

Und was für einer.

Idyllisch, Eins-a-Panoramablick auf die ganze bayrische Bergkette. Da muss man einfach rausfahren. Ich kenn ihn ja, den Parkplatz. Also nicht persönlich, aber ich bin da schon öfter rausgefahren, weil wie gesagt, herrlicher Blick. Am Rand stehen dann auch noch vier prachtvolle Lindenbäume.

Derzeit steht da aber ein himmelblauer Bulli mit Kölner Kennzeichen. Sowie zwei seltsame Gestalten in schmuddeligen Trenchcoats. Modell Inspektor Columbo. Holla, wo hat man denn die zwei Kasperl rausgelassen? Stehen da mit dem Rücken zu mir und gießen die Bäume. Hoffentlich halten die Linden so viel Kölnisch Wasser aus. Es wär schade, wenn die hinterher eingehen.

Kaum kommt mein fahrbarer Untersatz neben dem Bulli zum Stehen, sind die zwei fertig mit dem Gießen.

Gleichzeitig.

Bis die alles, was gerade noch an der frischen Luft war, wieder einpacken, beuge ich mich bei laufendem Motor zum Beifahrersitz hinüber und schäle mir das Erdbeertörtchen aus der Verpackung.

Wie ich wieder aufschau, steht urplötzlich einer der Männer direkt vor meiner Karre. Inspiziert meinen fahrbaren Untersatz und schaut dann zum Seitenfenster rein. Macht dabei ein ausgeprägt finsteres Gesicht. Hä, was will der von mir?

Gehört der vielleicht zur Polizei und weiß, dass ich keinen Führerschein hab?

Trotzdem mir vor Schreck das Herz in die Hose rutscht, lächle ich freundlich durch die Scheibe. Zeig ihm den Kuchen. So nach dem Motto: »Ällabätsch, ich habe Erdbeertörtchen und du niiicht!«

Der Kerl, vom Hals bis zum Ohr hat er ein auffälliges Tattoo, zieht ein strenges Gesicht hin. Spielt den Beleidigten. Das gefällt mir irgendwie.

»Ja, ein Erdbeertörtchen hättest du jetzt auch gern, gell?«, provoziere ich ihn wieder. Weil ich mein, was geht den Kasperl an, was ich hier esse.

Er rankelt am Türschloss.

Ja, geht's noch?

Die Tür ist verschlossen, da kann er rankeln, so viel er will.

»Du kommst da nicht rein. Das Erdbeertörtchen ess ich hübsch allein«, grinse ich durch die Scheibe.

Sein Gesicht verfinstert sich zunehmend. Eine gewisse Aggressivität ist zu erkennen. Baut sich ziemlich schnell in ihm auf und verbreitet sich rasend über seinen ganzen Körper. Hat eine Stinkwut. Ist direkt angriffslustig.

Kurz presse ich mir noch mal ein Lächeln heraus. Das aber gefriert mir in meinem Gesicht, weil, der Typ zückt ein Messer. Spinnt der? Warum hält der mir ein Messer an die Scheibe? Ich mein, will der sich jetzt ein Stück von meinem Kuchen abschneiden? Hat sich das mit dem leckeren Semmelmeierischen Gebäck etwa schon bis Köln herumgesprochen, oder droht der mir gerade? Fühlt sich von mir provoziert, nur weil ich ihn angesmiled und ihn ein bisserl verarscht habe? Vielleicht hat er ja eine Grinseallergie. So was kenne ich zur Genüge. Aber dass man da dann gleich ein Messer hervorzieht …

Überlege noch kurz, ob ich die Scheibe runterfahren soll und ihn frage, ob er nicht alle Tassen im Schrank hat, entscheide mich aber dagegen. Mein Herz hämmert wie eine Ölförderpumpe. Intuitiv drück ich mich möglichst flach wie ein Pfannkuchen in den ausgebeulten Fahrersitz hinein, und bevor bei mir jetzt die Angst zubeißt, beiß ich lieber ein weiteres Mal in den Kuchen. Zwecks Nervennahrung und so.

Wie ich vorn reinbeiße, rutscht hinten die Puddingcreme raus. Wisch mir mit dem Finger den Pudding vom Mantel. Kaum fertig, steht ein weiterer Trenchcoat vor dem Lieferkarren. Der hat einen Oberlippenbart. Redet beschwichtigend auf den Messerzücker ein.

Mir bleibt der Bissen im Hals stecken.

Der Oberlippenbart scheint den aggressiven Tattooträger

beruhigen zu wollen. Aber der will nicht. Gestikuliert rum. So wie der daherkommt, ist der gerade aus dem Irrenhaus entlassen worden, und Mister Oberlippenbart ist sein Aufpasser. Was weiß ich. Die Rosl hat recht, bei uns läuft ein Gschwerl herum. Direkt aufpassen muss man da.

Ohne die zwei auch nur eine Millisekunde aus den Augen zu lassen, lass ich das Törtchen aus den Fingern plumpsen, leg den Gang ein und brause davon. Wer weiß, was diesen bemantelten Kreaturen noch alles einfällt. Man hört ja einiges, gell. Bin ja nicht überständig, dass ich auf so einen fiesen Typen angewiesen wäre.

Im Rückspiegel sehe ich sie noch streiten. Dann nimmt die Straßenkurve mir die Sicht.

Aber irgendwie kann ich gar nicht weiterfahren, weil mir das Erdbeertörtchen im Mantel und die Angst in den Knochen hängt. Also fahr ich bei der nächsten Möglichkeit wieder raus.

Beim Aussteigen merk ich, meine Knie verselbstständigen sich. Hab regelrechte Gummiknochen, und zittern tu ich auch. Darum hock ich mich wieder in den Lieferwagen und verdrücke erst mal den Rest vom Törtchen. Diät hin oder her. Nutzt ja nix.

Kruzitürken. Vorgestern schlägt mich jemand nieder, und heute werde ich mit einem Messer bedroht? Das kann doch alles kein Zufall sein. Elli, wenn du nicht aufpasst, dann landest du wie die Mona tot in der Gefriertruhe.

Hat es jemand auf mich abgesehen?

Mag sein, dass die Kölner Typen gedacht haben, dass ich der Haslinger bin, weil ich ja mit seinem Auto unterwegs bin. Pah … ich und der Haslinger. Nein, so in die Breite gegangen bin ich doch jetzt auch wieder nicht, dass die mich mit dem Haslinger verwechseln könnten. Aber vielleicht kennen die sich ja, und wer weiß, in welche Geschäfte der Chef verwickelt ist. Ich sag nur: Schwarzgeschäfte. Nein, nein, der Haslinger ist nicht ganz hasenrein.

Nachdem ich den besudelten Mantel einigermaßen gereinigt und dem Otto das fehlende Teil gebracht habe, parke ich die

Karre vom Chef auf dem Grünstreifen im Halteverbot. Und zwar genau vor der Gerichtsmedizin. Lang muss ich nicht warten, dann kommt der Ritschi heraus. Allerdings nicht aus der Tür seines Arbeitsplatzes, sondern aus der Bäckerei daneben.

Er trägt eine hautenge orangefarbene Jeans und eine Teekanne. Die schaut bescheuert aus. Also, die orangene Hose. Hat ihm sicher seine Jungschnepfe ausgesucht. Hat vermutlich übersehen, dass er damit läuft wie ein orangebeiniger Stelzvogel. Schaut auch so aus. Aber egal. Der Ritschi gehört mir nicht mehr.

Mein Ehemann hat außerdem eine Bäckertüte in der Hand. Würd mich interessieren, was er dadrin hat. Sicher nix Süßes, weil das darf er ja derzeit laut Mausi nicht essen, wie mir die Kinder verraten haben.

»Was machst du hier?«, schaut er mich stutzig an, kaum dass er mich sieht.

»Ich hab für den Haslinger was nach München auf die Baustelle geliefert und gedacht, besuchst halt schnell mal den Ritschi, gell«, mach ich einen auf fröhliche Elli.

»Du, ich hab gar keine Zeit. Muss zum Sport«, schaut er auf seine Armbanduhr.

Sport. Das sind ja ganz neue Töne.

Den einzigen Sport, den der Ritschi im Laufe von unserer Ehe mochte, das war Ritter Sport.

»Ach was. Jetzt, wo ich schon mal da bin, da gehen wir zwei was Hübsches essen. Hier gegenüber ist doch unser Lokal, da waren wir ja schier ewig nicht mehr drin«, sag ich und häng mich bei ihm ein. Widerstand zwecklos.

»Du, ich bin grad auf Diät. Roibuschtee«, versucht er es trotzdem und zieht dabei ein Miesepetergesicht hin.

»Ja, das trifft sich doch blendend, dann trinken wir beide dort einen wunderbaren Tee. Ich lade dich ein«, sag ich herzallerliebst und zerre ihn auf die andere Straßenseite.

Der Ritschi bockt.

Lässt sich verdammt schwer ziehen. Gerade so wie ein Geißbock, der ums Verrecken nicht zurück in den Stall will.

Gut, irgendwie kann ich's ja verstehen. Weil in dem Fall der Stall unser Kennenlernlokal ist.

Ein kleines, feines Tanzlokal für alte Schachteln und Tattergreise. Mit so winzigen Tischchen drin, wo so Telefone drauf sind. Ich war damals mit meiner Tante dort zum Tanztee. Weil sie mich unbedingt an den Mann bringen wollte. Und kaum waren wir am Tisch gesessen, kam auch schon übers Telefon ein Anruf, also quasi eine Tanzaufforderung nach der anderen. Nein, nicht für mich. Für meine Tante. Die ist dann den ganzen Nachmittag mit allen möglichen Anrufern übers Parkett geschwoft, und ich hab mich mit meinem vermeintlich altjüngferlichen Arsch an die Bar gesetzt. Tja, und da war er dann, der Ritschi. Hat sich dort als Barkeeper sein Studium verdient und mir den ganzen Nachmittag von seinen Leichen vorgeschwärmt. Mehr erzähle ich hier nicht. Vielleicht ein andermal.

Nachdem ich den Ritschi ins Lokal gezerrt habe, staune ich erst mal nicht schlecht. Ich mein, ich war ja da seit Jahren nimma drin, aber ich sag Ihnen, der Schuppen schaut genauso aus wie früher. Die Bar und die kleinen Tischchen sind noch da. Gut, die Telefone sind weg, und der Name des Lokals ist nicht mehr »Clara«, sondern »Darling«.

»Mei, nett«, betrachte ich die Kronleuchter an der Decke und die rote Samttapete an der Wand. Die sind neu. Voll edel ist das jetzt hier.

»Ein bisserl schummrig, meinst nicht? Du, Elli, ich glaub, wir sollten lieber gehen«, will der Ritschi schon wieder protestieren, aber schon ziehe ich einen Stuhl unter einem Tischchen hervor und lasse meinen Gast platzen.

Roibusch haben sie – nicht. Nur Schampus und Aperol Spritz. Und das auch nur zu horrenden Preisen. Der Ritschi bestellt sich ein Wasser, was ich jetzt echt nett von ihm finde, weil es nämlich das einzige Getränk ist, was hier unter zehn Euro kostet. Und ich bestelle auch ein Wasser, man gönnt sich ja sonst nix.

Die Bedienung redet uns gleich blöd an, zwecks der Teekanne

und so. Meint, dass man hier keine Getränke selber mitbringen darf. Also verstau ich die Kanne in meiner Handtasche. Worauf die Schrapnelle naserümpfend zur Bar zurückstöckelt. Mir scheint, die ist auch noch von damals. Mhm, wahrscheinlich übrig geblieben. Ist vermutlich gar nie nicht aus diesem Lokal herausgekommen, so alt, wie die ausschaut. Der ihre Visage wird nur noch von Spachtelkittmasse zusammengehalten. Möchte gar nicht wissen, wie die Frau ausschaut, wenn der Kleister abends an ihr abbröselt.

Den hier anwesenden Männern scheint sie aber zu gefallen. Ein Typ im braunen Breitcordanzug samt Koteletten gafft ihr nämlich permanent in ihren Obstkorb, in den sie präsentabel ihre heruntergekommenen Melonen bettet. Aber wurscht. Es geht hier ja nicht um die Frau, sondern um den Ritschi. Besser gesagt, um den Mordfall. Und ich halte mich auch gar nicht mit langen Reden auf, ich weiß nämlich genau, wie der Spätnachmittag mit dem Ritschi abläuft. Also ermittlungstechnisch. Ja, wenn man so lange verheiratet war wie wir, dann weiß man halt, wie der Hase läuft, gell. Hab da nämlich seit Jahren so meine Tricks, wissen S'.

Man kann sagen, der Nachmittag teilt sich in genau drei Phasen.

Phase eins: vertrauensbildende Maßnahmen meinerseits.

Phase zwei: Austausch von Informationen.

Phase drei: Sex.

Gut, das mit dem Sex wird wohl heute nix werden. Aber lassen wir das. Kommen wir lieber gleich zur Phase eins: vertrauensbildende Maßnahmen.

»Du gehst also neuerdings ins Fitness, trinkst Tee und hast deine Ernährung umgestellt, find ich gut. Nein, echt. Is gut. Schaust auch echt richtig fit aus. Irgendwie voll jünger«, schleim ich rum.

Wirkt aber nicht.

Weil, gute Laune ist beim Ritschi heute lausig bis gar nicht vorhanden.

»Manchmal nervt sie halt, die Nadine«, seufzt er mir her.

Aha, das Mausi nervt also. Ohhh, das ist ja echt tragisch. Der arme Ritschi kommt ja zwecks der Jungschnepfen gleich direkt an seine Grenzen. Schaut auch echt abgekämpft aus. Wird vermutlich zu oft hergenommen. Der Gute bräuchte dringend mal einen Urlaub. Wenn möglich ohne Mausi.

»Manchmal nörgelt die halt an allem rum, die Nadine. Gönnt mir auch gar nix«, schielt er auf seine Bäckertüte, die vor ihm auf dem Tisch lauert. »Ach, egal, vielleicht liegt's ja an dem depperten Roibuschtee, den ich seit Wochen trinke«, wuiselt er mir her.

»Ja, Roibusch is echt nix. Und sonst? Kannst du mit ihr eigentlich übers Sezieren, Verwesungsgrade von Körpern und über diverse Mordfälle reden?«, lenk ich das Thema aufs Wesentliche und komme sogleich in Phase zwei. Worauf der Ritschi seinen »Ach, ich bin doch die ärmste Sau von ganz München«-Blick aufsetzt und sein Wasserglas vor Frust in einem Zug leert. Fällt gedanklich in ein großes Fass. Bis zum Rand gefüllt mit Mitleid. Aalt sich förmlich dadrin rum. Und ich freue mich. Freilich nur nach innen, aber das saumäßig. Weil, ich mein, da ist er doch selber schuld. Was muss der mich durch diese Jungschnepfen austauschen. Seine Entscheidung – sein Ergebnis. Wer unreifes Gemüse bestellt, bekommt auch solches.

»Ach, mach dir nix draus, zum Reden hast ja mich«, tröste ich ihn und tätschle seine Hand, die aufgrund der Schwere, die der Ritschi ausstrahlt, auf dem Tisch liegt. »Du, sag mal, hast du den Hirschfänger schon untersucht? War's die Tatwaffe?«

Keine Antwort.

»Und war Blut dran?«, bohre ich weiter.

»Semmelknödel.«

»Wie, Semmelknödel?«

»Ja, Semmelknödel halt.«

»Von der Mona?«

»Ja, es war Blut dran, von ihr«, seufzt er vor sich hin. Und mir bleibt erst mal die Spucke weg. Weil, das macht den Haslinger jetzt nämlich eindeutig zum Hauptverdächtigen.

»Hast du das dem Schmied Lenz schon gesagt?«, schlucke ich, während in meinem Hirn ein Kopfkino einsetzt.

Sehe den Lenz in den Hof vom Haslinger fahren. Mordstatütata. Polizeiwagen hinterher. Die Handschellen klicken, der Haslinger schimpft, und ich steh blöd da und hab die Firma ganz allein an der Backe. Samt Schwarzbaustellen. »Elli, pass auf meinen Laden auf, ich bin dann mal weg«, sagt der Haslinger noch, und schon ist er fort. Eingekastelt. Zukünftig in Stadelheim daheim. Oder in Landsberg. Egal. Mein Boss jedenfalls ein Mörder.

Grad will mir der Ritschi antworten, da haut ihm von hinten der Typ mit dem Breitcordanzug auf die Schulter.

»Na, Jung! Hat disch deine Alte nit alleine ausjehn lassen?«, grinst er den Ritschi an. Seine Zähne leuchten im Schwarzlicht wie das Gebiss von Frankensteins Monster.

Der Ritschi findet es gar nicht witzig und ich schon gleich zweimal nicht. Immerhin befinden sich der Ritschi und ich in Phase zwei, und ich erwarte weitere Informationen. Aber das interessiert den Frankenstein halt nicht.

»Ach, mach dir nichts draus, Jung! Jetzt kommt gleich so 'n rischtisch Weib. Du, die Lu, dat is 'n eschtes Kaliber. Die tanzt dir zum Tee 'nen Schwanenhals.«

Er zieht vom Nachbartisch einen Stuhl hervor und hockt sich zu uns her. Tut recht großspurig. Bestellt Schampus und Aperol Spritz. Hat angeblich was zu feiern. Und noch bevor der Ritschi protestieren kann, geht auch schon die Tür auf, und diese Lu erscheint.

Topfigur, Stöckelschuhe, viel Haut, wenig Kleid. Schwänzelt um die zwei Männer rum, fragen S' nicht.

Der Ritschi hockt brav wie ein Schulbubi auf seinem Stuhl und ist pikiert bis dorthinaus. Leert dann in einem Zug seinen Schampus, genauso geknickt wie vorher sein Wasserglas. Die Lu find's gut, schenkt gleich nach und macht auf Feierlaune.

Oh, oh. Gefährlich.

Der Ritschi nämlich verträgt kaum Alkohol. Und Schampus schon gleich gar nicht.

Ich verzieh mich mal aufs Klo.

Zwecks Schmieden eines Notfallplans und so. Weil ich sag mal so: Wir müssen hier raus. Und zwar dringend.

Wenig später, ich hocke gerade auf der Kloschüssel, da wähle ich dem Heinzi seine Nummer. Der wartet bestimmt eh gespannt wie ein Flitzebogen auf eine Nachricht von mir. Und wenn ich dann sage: »Operation Ritschi. Notlage. Rückruf bitte in exakt acht Minuten«, dann versteht mein Ermittlungskumpane freilich sofort, was er machen muss. Geheimcode sozusagen. Wenn ich mich nicht irre, dann ruft er in exakt acht Minuten zurück und erzählt irgendwas von einer Notlage. Freilich bin ich, wenn der Anruf kommt, wieder im Lokal drin, und der Ritschi und ich müssen dann zwecks Notfall halt dringend weg. Tadaaa! Frankenstein muss seinen Schampus selber saufen, und wir sind fein raus. Ein Superplan.

Am anderen Ende der Leitung klingelt es.

Jemand hebt ab.

»Operation Ritschi. Notlage. Rückruf bitte in exakt acht Minuten«, flüstere ich in den Hörer.

»Was? Echt! Oh mein Gott.« Die Leni ist dran.

»Ich bin's, Elli«, tuschle ich, dann wird's um mich rum stockfinster. Und zwar deswegen, weil die da im Darling auf dem Klo kein Fenster nicht haben. Aber einen Bewegungsmelder, den haben sie schon. Und der ist blöderweise im Waschraum vor der Toilettenkabine. Und wenn da halt kein Mensch steht, dann wird's in der Kabine zappenduster.

»Ja mei, die Elli ist nicht da«, tönt es aus dem Hörer ins Dunkle hinein. Ich taste mit der freien Hand nach dem Papierrollenhalter, aber aussichtslos. Zum einen, weil kein Papier drin ist, und zum anderen, weil die Leni vor lauter Aufregung aufgelegt hat.

Ich drücke auf Wahlwiederholung.

Es klingelt.

»Die Elli noch mal …«, sag ich, wie jemand abnimmt. Krame dabei in meiner Handtasche herum. Tja, Roibuschtee, Handspiegel, Lippenstift, alte Käsesemmel für Notzeiten. So eine Handtasche ist das reinste Stauwunder, aber Klopapier ist halt keins drin.

Mist.

Schlagartig wird's wieder hell.

»Los. Her mit dem Zeusch«, hör ich eine pampige Männerstimme samt Schluckauf draußen vor der Kabine in meine Richtung sagen.

Ja, wie jetzt? Haben die auf dem Männerklo etwa auch kein Papier? Das kann man aber doch freundlicher sagen, oder? Schluckauf hin oder her.

»Los doch, her mit dem Zeusch!«, goschert es schon wieder her. Ja, sapradie noch mal, wo sind wir denn da?

»Was ist mit der Elli?«, kommt es nun aus dem Hörer, und grad will ich antworten, da vernehme ich durch die Kabine eine zweite Stimme. Und zwar die vom Frankenstein. Der steht jetzt mit dem Rücken vor meiner Türe. Zugegebenermaßen sehe ich nur braune Lederschuhe mit dreckigen Absätzen, aber ich kann ihn fei winseln hören.

»Mensch, steck dat Messer weg«, jammert er.

Messer? Was für ein Messer?

Plötzlich äußerst unangenehmes Empfinden meinerseits, das sich zunehmend in meinem Körper ausbreitet.

»Die Elli ist nicht da«, sagt die Leni wieder, dann höre ich ein Knacken in der Leitung.

Zu den Lederschuhen mit dem dreckigen Absatz kommen vor der Tür ein paar schwarze Turnschuhe mit pinken Schnürsenkeln hinzu.

»Ja, is ja jut. Jünter … Jünter, lass dat«, höre ich Frankenstein winseln.

»Wir machen für disch die Drecksarbeit. Und wenn de glaubst, dass de misch verschaukeln kannst, dann mach isch disch kalt«, sagt der mit den pinken Schnürsenkeln.

Stille.

»Hicks.«

Angst meinerseits deutlich erhöht.

Frankenstein drückt sich mit seinem ganzen Gewicht gegen meine Tür. Hat womöglich das Messer an der Brust oder an der Kehle. Was weiß ich. Jedenfalls hat er eine Mordsangst. Das kann ich durch die Spanplatte hindurch spüren, und diese Angst ist relativ ansteckend. Breitet sich in null Komma nix bis zu mir her aus. Ich würde mir ja gerne in die Hose machen, habe aber keine an. Hoffentlich hält die Spanplatte. Nicht auszudenken, was passiert, wenn Frankenstein zu mir ins Klo reinfällt.

Mein Atem geht flach, ich bin mucksmäuserlstill.

Ein weiterer Hicks. Dann klingelt mein Handy.

Auf Anhieb wird's vor der Kabinentür still.

»Äh, ja«, flöte ich in den Hörer, klemme mir das Telefon ans Ohr und steh auf.

»Was ist denn los? Wieso wird der Ritschi operiert?«, fragt mich der Heinzi am anderen Ende der Leitung besorgt.

»Ach, gut, dass du anrufst, und wie geht's?«, tu ich ganz ungezwungen und zieh mir mit schlotternden Knien dabei die Hose hoch.

»Bist du deppert? Was redest du denn für einen Stuss?«, schimpft der Heinzi in die Muschel, den Rest von seiner Predigt verschluckt das Geräusch der Klospülung, die ich soeben betätigt habe.

Dann reiße ich mit einem Ruck die Kabinentüre auf. Und jetzt schlägt mir die Pumpe bis zum Hals herauf, das dürfen Sie mir glauben. Weil den hicksenden Typ, der bedrohlich neben dem Frankenstein steht, den kenn ich.

12

Es ist der seltsame Patron vom Parkplatz, mitsamt Trenchcoat, der nun vor mir steht. Sie wissen schon, der Tattooträger, der mich mit dem Messer bedroht hat. Schaut genauso finster drein wie vorhin. Hält eine Hand hinter seinen Rücken. Versteckt dort womöglich seine Waffe.

Bevor die Angst bei mir erneut zubeißt, sag ich mir: nix wie weg. Mein Puls ist schon am Rasen, aber ich bleib stehen. Die Beine wollen nämlich nicht.

Derzeitiger Status meinerseits – äußerst brenzlige Situation. Kurze Stille.

Dann ein »Hicks« plus furchteinflößendem, äußerst finsterem Blick in meine Richtung. Schwankt zwischen bösartig und irritiert.

Meine Beine sind immer noch festgefroren. Nur mein Mundwerk funktioniert wie eh und je. Darum rede ich halt jetzt mit dem Hickser.

»Bei einem Schnackler müssen S' die Luft anhalten und an drei Männer mit Glatze denken. Das hilft«, ringe ich mir ein Grinsen aus der Visage. Obwohl mir hier grad echt nicht zum Lächeln ist.

»Was, wieso die Luft anhalten? Spinnst du jetzt komplett?«, schimpft mir der Heinzi in den Gehörgang. »Und überhaupt, welche Männer mit Glatze?«, fragt er noch, dann geh ich.

Zwar unglaublich langsam, aber ich bewege mich. Eier mit wachsweichen Knien und harten Wadeln zurück ins Lokal. Dicht gefolgt vom hicksenden Messerzücker samt Frankenstein.

»Was? Wer hatte einen Unfall? Oh mein Gott …«, rufe ich ins Telefon rein, kaum dass ich im Lokal drinsteh. Der Heinzi schnauzt Unverständliches zurück, weil er halt nix kapiert, und der Ritschi hockt zwischen zwei halb nackten Weibern und amüsiert sich anscheinend köstlich. Hat ganz rote Backen, stößt mit Champagner an und kichert albern rum. Ja, geht's noch? Ich werde hier gleich hinterrücks erdolcht oder eventuell sogar abgestochen wie eine Wildsau, und der hockt da und vergnügt sich.

»Du, die Josi hatte einen Unfall. Wir müssen los«, reiße ich ihm das Schampusglas aus der Hand und setze dabei einen bestürzten Blick auf.

»Die Josi auch? Was ist denn passiert?«, plärrt mir der Heinzi wieder ins Ohr.

Hinter mir macht's hicks.

»Ein echter Notfall. Nehmen Sie mal …« Ich drehe mich um und halte dem Messerzücker das Glas vor die niederträchtige Visage. Er nimmt es aber nicht. Also drück ich es dem Frankenstein aufs Auge, der auch gleich verdattert danach greift.

»Notfall, ja dann. Entschuldigen die Damen«, steht nun der Ritschi hurtig auf.

»Danke für die Einladung«, sag ich noch zum Frankenstein und zieh den torkelnden Ritschi aus der Kneipe. Immer noch mit dem Hörer in der Hand.

»Hicks.«

»Und immer schön an die drei Männer mit der Glatze denken«, ruf ich noch, dann fällt die Tür hinter uns zu.

Auf der Straße reger Betrieb.

»Mission undercover. Du, Heinzi, ich ruf zurück«, säusel ich ins Handy und lege auf.

Aber das Grauen hier nimmt kein Ende.

Vor der Gerichtsmedizin steht die Nadine, und kaum hat sie uns entdeckt, spurtet sie auch schon auf uns zu.

»Sag mal, Ritschi, was soll denn das, ich hab vielleicht auf dich gewartet«, piepst sie.

Oh, gewartet hat sie. Mensch, das tut mir aber leid. Soll ich ihr mal sagen, wie oft ich hier vor der Gerichtsmedizin auf den Ritschi gewartet habe? Zusammengerechnet sind das Jahre … Dazu zwei Kinder an der Backe. Blöde Kuh, kann ich da nur sagen.

»Ui, die Nadine.« Der Ritschi drückt mir schnell seine Bäckertüte her und schaukelt seinen Body zu ihr hin. Umarmt sie ganz fest.

»Sag mal, riechst du etwa nach Alkohol?«, schiebt sie ihn aber von sich weg.

»Ach, der Ritschi und ich waren schnell was trinken«, sag ich und spähe dabei zur Tür vom Darling. Die ist und bleibt zu. Gott sei Dank.

»Was, ja aber der Ritschi trinkt doch gar nix …«

»Eben«, sag ich, hol die Teekanne aus der Tasche und drück sie dem Ritschi aufs Auge. Die Nadine schaut blöd.

»Tsis unser Kennen… Kennen… Kennenlernlokal«, lallt ihr der Ritschi hin. Seine Holde hat Schnappatmung.

»Euer Kennenlern… Ihr habt euch in einem Puff …?« Ihr bleibt die Spucke weg.

»Ach so«, sag ich, dreh mich noch mal zum Lokal hin. »Darling ein Puff?« Okay, das kann sein. Ich geh dann mal lieber. Weil auf Diskussionen mit dem Grünschnabel hab ich keine Lust.

»Der Unfall, die Josi …«, watschelt mir aber jetzt der Ritschi hinterher. Freilich gefolgt vom Grünschnabel.

»Ach du, das war ein Missverständnis«, sag ich noch und lass ihn einfach stehen. Obwohl man beim Ritschi nicht unbedingt noch von Stehen reden kann, gell. Weil er das von allein nicht mehr so ganz hundertprozentig kann. Darum kriegt er halt jetzt auch recht viel Unterstützung von seiner Mausi. Und Schimpfe noch dazu. Und jetzt muss ich dem Ritschi echt beipflichten. Es stimmt, was er sagt. Er ist die ärmste Sau, die in ganz München herumläuft.

Zehn Kilometer hinter unsrer Landeshauptstadt lüfte ich dann ein Geheimnis. Und zwar schau ich in die Bäckertüte vom Ritschi. Weil zehn Kilometer und nicht wissen, was dadrin ist, das hält die beste Kriminalerin nicht aus.

Mhm, Nussschnecke.

Noch satt von den Ereignissen, lass ich sie auf dem Beifahrersitz liegen. Für den Haslinger. Also quasi zum Tausch für das

Erdbeertörtchen. Das ist unheimlich nett von mir, gell. Aber so bin ich halt.

Daheim in Engelsried, ich park gerade im Firmenhof vorschriftsmäßig dem Chef sein Auto, da kommt mir seine Mama entgegen. Ganz aufgeregt ist sie, zumal wir nächste Woche in der Firma Besuch kriegen. Vom Finanzamt. Steuerprüfung, sagt sie. Der Haslinger hat gleich einen cholerischen Anfall gekriegt. Ja, und weil die Marie davon überzeugt ist, dass ich mit ihrem Herrn Sohn was am Laufen hab, ist sie halt jetzt erpicht drauf, dass ich den Chef nun dringend aufsuchen sollte. Um ihn zu beruhigen. Und beistehen soll ich ihm freilich auch.

Und ja, sie hat recht, aufsuchen werde ich den Haslinger. Allerdings erst nachdem ich daheim die Kinder versorgt, abgespült, aufgeräumt und mich ausgehfertig gemacht habe. Den Heinzi habe ich schon auf der Rückfahrt am Telefon über die vergangenen Stunden aufgeklärt, und kaum bin ich fertig, steht er auch schon da. Er lässt sich nicht abwimmeln, will mich unbedingt zum Haslinger begleiten. Und so machen wir uns kurz vor Mitternacht gemeinsam auf den Weg.

»Vielleicht wirst du ja von diesen Kölnern observiert. Da ist es besser, ich geh mit. Es ist sicher kein Zufall, dass du zwei Mal an einem Tag auf die Typen getroffen bist. Ich sag dir, da stimmt was nicht. Und da bin ich ganz meiner Meinung«, hängt sich der Heinzi bei mir ein.

»Hä, das ist mein Spruch!«

Wir überqueren die Dorfstraße. Der Heinzi schaut vorher fünfmal nach links und rechts, obwohl weder ein Auto noch irgendjemand zu hören und schon gar nicht zu sehen ist.

»Es hätte mich interessiert, was für eine Art von Drecksarbeit diese Kölner für den Frankenstein gemacht haben. Und was genau dieser hicksende und aggressive Jünter mit dem Tattoo vom Frankenstein haben wollte«, sag ich.

»Vielleicht hat es sogar was mit dem Tod von der Mona zu tun. Eventuell Auftragsmord. Genau, ein Auftragsmord an der Mona«, zieht mich der Heinzi den Gehsteig entlang.

»Ich glaub eher, dass die Sache mit den Kölnern irgendwas mit dem Haslinger und seinen Geschäften zu tun hat. Wer weiß, aus welchem Milieu die Typen kommen. Der mit dem Tattoo ist jedenfalls brandgefährlich«, sag ich, weil jetzt bin ich meiner Meinung.

»Aber der Haslinger hat die Mona mit Sicherheit nicht umgebracht und auch nicht umbringen lassen. Schau, ich kenne den Alfons schon seit der Schulzeit. So was würde der nie machen. Und außerdem, wenn der Haslinger die Mona mit dem Hirschfänger erstochen hätte, dann hätte ihn der Schmiedi doch schon längst verhaftet.«

»Stimmt eigentlich. Aber wer weiß, vielleicht hat ja der Ritschi dem Lenz noch gar nix von dem Hirschfänger erzählt.«

»Okay, das kann sein, aber der Haslinger ist trotzdem kein Mörder«, schüttelt der Heinzi seinen frisch geföhnten Schädel, und wie die Kirchturmuhr zwölfmal schlägt, kommen wir an dem Bauwagen an, in dem der Haslinger drinhocken soll. Das Gefährt steht im Garten vom Klexi, zwischen Obstbäumen und diversen Sträuchern.

Ein Stimmenwirrwarr dringt zu uns her. Das einzige Fenster von dem Blechvehikel ist komplett angelaufen. Weil innendrin offenbar mords die Ausdünstungen. Ich sag nur: Männerchor und Maibaumwache. Ebenjener Maibaum liegt, vom Klexi fertig bemalt, unweit dem Bauwagen und wartet darauf, dass er am Sonntag, also am Ersten Mai, quasi vis-à-vis unserem Wirtshaus aufgestellt wird. Nur klauen darf ihn halt keiner, darum eben die Maibaumwache.

Wir gehen dann mal rein. Also in den Bauwagen.

Im Inneren Mordsstimmung. Weil Männer, Brotzeit, Bier und Saufgelage. Freilich wird auch gesungen. Is ja logisch, weil Männerchor.

Der Haslinger freut sich, wie er mich erblickt. Und die anderen freuen sich auch. Nur der Heinzi ist wieder mal eifersüchtig. Hat ja seit der Kinderzeit mir gegenüber diesen Aufpasserinstinkt. Ja, und dem Haslinger seine Anmachsprüche mir gegenüber mag er halt gar nicht.

Die Freude beim Haslinger währt nicht lange, weil kaum sitze ich, fängt er auch schon zu schimpfen an. Ist praktisch seit heute Vormittag im Motzmodus. Kommt aus selbigem vermutlich auch so schnell nicht mehr heraus.

»Da Silberfisch Alois hot mich beim Finanzamt hingehängt. Und jetzt hockt der die ganze nächste Woche bei uns im Laden drin und dreht einen Stein nach dem andren um. Mei, do kannst dich auf was g'fasst machen. Aber des sag ich dir, wenn mich der hochnimmt und ich an Haufen blechen muss, dann sperr i meinen Laden zu. Und zwar für immer. Dann können s' mich alle mal am Orsch lecken. Keinen Finger rühr i mehr in dem Drecksdeutschland.«

»Herrschaft, Haslinger, jetzt hör doch amal zum Rumjaulen auf oder geh heim, mir können's nimma hörn. Den ganzen Abend winselst scho rum. Jetzt halt doch mal deine Goschn«, kommt es von gegenüber.

»Ja, du host leicht lachen. Als Ang'stellter in da Fabrik ... da bist du ja nur eine ganz kleine Ameise im großen Bau. Du gehst in de Fabrik rein, machst deine Arbeit, und nach acht Stunden gehst wieder heim. Aber als Chef von so einem Handwerksbetrieb, da hast du eine Verantwortung, verstehst. Und dann schmeißt uns die Politik ja auch immer mehr Vorschriften hin. Und mir wissen gar nimma, wie wir das alles noch bewerkstelligen sollen. Ordentliche Arbeitskräfte kriegst auch keine. Gas, Wasser, Scheiße ... ja, das lernt ja heute keiner mehr. Die Jungen wollen alle lieber studieren ... Als Handwerker, do host du de Schnauze gestrichen voll. Aber ich sag dir eins, wenn's uns amal nimma gibt, dann können s' da droben in Berlin einpacken. Ja, wer baut ihnen denn dann die Heizung ein in ihr Schickimickibüro, ha. Vom Klodurchbutteln am Sonntag will i gar ned reden. Weißt was, de können mich alle mal am Orsch lecken. Ich hau nach Thailand ab. Genau, nach Thailand. Do lass ich mir dann den ganzen Tag d' Sonne auf meine Wampen scheinen und 'n Herrgott an guten Mo sein. Dauerurlaub. So schaut's aus.«

So, nach Thailand will er also, der Chef. Mhm, wenn's aufkommt, dass an seinem Hirschfänger Blut von der Mona dran war, dann wird er höchstens Dauerurlaub hinter schwedischen Gardinen machen, so schaut's tatsächlich aus. Und wieso eigentlich will der nach Thailand? Die Mona hat dort ein Tierheim geleitet, und der Wirt war auch dort. Da muss irgendwas im Busch sein.

Ich unterbreche dem Haslinger seine Dauermotzschleife und sag ihm, dass ich mal dringend mit ihm draußen vor dem Bauwagen reden muss. Und so hebt der Motzer seinen fleischigen Körper von der Bierbank auf und wackelt mir hinterher in den Garten hinaus.

»Hey, Haslinger, nimm deine Laune mit naus«, hör ich noch jemanden sagen, und kaum stehen wir im Gras, fängt der Männerchor vor Freude auch schon zu singen an.

Während der Chef kurz zum Pieseln hinter den Büschen verschwindet, hock ich mich derweil auf die Balkenwippe, die verwaist im Garten steht. Überlege noch, wie ich jetzt genau vorgehen soll mit der Ausfragerei. Da kommt der Heinzi aus dem Bauwagen raus und hockt sich auf das andere Ende der Schaukel drauf.

»Duuu, weißt was?«, fragt er mich, und wir wippen ein bisserl.

»Nein«, sag ich, weil ich es halt nicht weiß.

»Wenn du mit dem Haslinger redest, dann bleib ich auch da.«

»Wieso?«

»Ja, so halt.«

»Mann, dann sagt er mir doch nix. Nein, geh rein und lass mich das machen«, sag ich wippenderweise.

Der Heinzi folgt aber nicht.

»Duuu …«

»Hm?«

»Du und der Haslinger … läuft da was? Ich meine, habts ihr …«

»Heinzi. Schieb ab«, zischel ich noch, weil der Haslinger aus dem Gebüsch kommt. Der Heinzi geht mir vielleicht auf den

Geist mit seiner depperten Beschützertour. Zwangsläufig geht er dann doch.

Wie der Haslinger sich samt einer Zigarette in der Gosche auf dem Heinzi seinen Platz setzt, katapultiert's mich schlagartig nach oben. Meine Beine baumeln in der Luft. So kann und will ich mit dem Chef freilich nicht Tacheles reden. Bin ja kein Kind.

»Lass mich runter«, quengel ich, kaum dass der Heinzi wieder im Bauwagen verschwunden ist.

»Erst, wenn du mich heiratest«, kommt es von unten.

Heiraten? Mann, kommt der Chef schon wieder mit dem Schmarrn daher.

»Des mit dir und deinem Alten, des wird doch sowieso nix mehr. Der hot doch jetzt a Neue. I glaub, auf den kannst warten, bis du schwarz wirst«, klärt er mich auf.

Lieber schwarz werden als den Haslinger heiraten.

»Jetzt lass mich runter«, hopse ich rum.

»Erst, wenn du Ja sagst.«

Zefix, der spinnt doch komplett.

»Du, ich tät dann schon für dich und deine Kinder sorgen. Weißt, i hob genug Schwarzpulver. Mit mir, do hast du ausgesorgt.«

»Ich hab gedacht, du willst nach Thailand?«

»Ja, hau ma halt miteinander ab. De Schofscheißer vom Finanzamt, de können uns doch am Orsch lecken.«

»Haslinger. Lass mich jetzt sofort runter, oder ich erzähl jedem dadrin, dass an deinem Hirschfänger Blut von da Mona dran war.«

Plumps.

Ich segle mit dem Balken nach unten, so schnell kann ich gar nicht schauen.

Aua.

»Wer sagt, dass da Blut von der Mona dran war?«, steht der Haslinger flüsternd neben mir und bläst mir den Rauch ins Gesicht, da halt ich mir gerade den schmerzenden Arsch.

»Das is doch wurscht, wer das sagt. Jedenfalls war Blut dran, das ist so sicher wie das Amen in der Kirche, und jetzt möchte ich von der Siebzigerfeier vom Nuschler Konrad alles wissen. Und zwar jedes noch so unwichtige Detail, was passiert ist«, halte ich dem Haslinger meine Hand entgegen.

Er zieht mich auch prompt auf.

»Ja, nix ist passiert, Elli. Gar nix. Weil ich nämlich da Mona meinen Hirschfänger gegeben hob. Zwecks dem Semmelknödel«, flüstert er mir her.

»Zwecks dem Semmelknödel?«, flüstere ich zurück.

»Ja, auf der Feier, do hot's zum Schweinsbraten Knödel dazu gegeben, und de waren wie Gummi. Kaum hot de Mona mit der Gabel in den Knödel reingestochen, da ist er auch schon davon. Samt Soße. Vom Teller naus und dem Klexi übers Hemd. Ja, und darum hob ich ihr halt zum Knödelauseinanderschneiden mein Hirschfänger g'liehen.«

»Und dann?«

»Und dann, und dann? G'falln hot ihr das Messer. Behalten hot s' den Hirschfänger. Und weil sie so saugut drauf war, die Mona, hot s' dann no a paar bärige Witze verzählt. Mei, so versaute halt. Und zwecks dene Witze hob i halt nimma dran denkt, dass sie des Messer noch hot.«

»Und wie ist der Hirschfänger dann aufs Damenklo gekommen?«

»So. Ja mei, dann hot sie den Hirschfänger halt mit aufs Klo genommen und hot ihn dadrin liegen lassen. Was weiß i.«

»Und mit wem hat sie dann dadrin geschnackselt?«, frag ich.

Der Haslinger schnippt seine Kippe durch den Garten.

»Ja, zefix. I glaub, dir brennt da Hut. Denkst jetzt du, dass i mit der Mona auf einer Geburtstagsfeier auf'n Klo rummach? Sag amal, was denkst denn du von mir? Ich hob doch einen Charakter. Elli, jetzt sag ich's dir noch mal. I steh nur auf dich«, legt mir der Chef seinen fetten, bleiernen Arm um die Schultern. Er stinkt nach Achselschweiß. Nein, nicht nur der Arm, der gesamte Haslinger.

»Wer meinst, wer hat dann mit der Mona ...«

»Ja mei, das weiß ich doch ned«, überlegt er kurz. »Gut, mit'n Klexi is sie aufs Klo gangen. Des versaute Hemd abputzen, hot s' g'sagt. Da Herr Malermeister schwingt ja gern amal sein Pinsel in fremden Häusern. Was weiß i. Des war ja scho immer a Weiberer.«

»So, da Klexi also. Dann gehst jetzt rein und schickst mir den Klexi raus.«

»Geh, Elli, bist jetzt unter die Kriminaler gangen?«, drückt er mich schon wieder zu sich hin. »Schau, mir zwei, mir stehen jetzt doch do gerade so schön allein im Garten rum. Schau, de Sterala stehen am Himmel, a frische Landluft ham ma, was könnt's Schöneres geben ...«, drückt er mir ein feuchtes, nach Bier und Radi stinkendes Bussi her und macht einen auf romantisch.

»Sag mal, himmelblauer Bulli? Kölner Kennzeichen. Sagt dir das was?«, komm ich nun auch noch auf die Kölner zu sprechen. Ich muss einfach wissen, ob der Chef mit denen was zu tun hat.

»Sagt mir jetzt direkt grad nix«, zuckt der Haslinger mit den Schultern, mein Busen juckt – nicht.

»Wenn der Schmied Lenz erfährt, dass an deinem Messer Blut von der Mona dran war, dann hast du noch viel mehr Probleme als bloß Steuerhinterziehung. Also schau jetzt, dass du mir den Klexi rausschickst.«

Ich mach mich frei von Mister Achselschweiß, stemme demonstrativ die Hände in meine Flanken und schau recht streng drein. Und jetzt folgt er halt dann doch, der Haslinger. Wackelt augenblicklich zurück zum Bauwagen, und lang dauert's nicht, dann steht auch schon der Klexi vor mir und bestätigt mir die Aussage vom Chef. Also praktisch das mit den Gummiknödeln und dem Messer und so.

»Da brauchst keine Angst ham, Elli, da Hasi, der ist doch Dings ... Dings, verstehst. Ja, der steht doch nur auf dich. Der ist dir treu«, legt er mir seine Hand auf die Schulter. Aber es interessiert mich freilich gar nicht, ob der Haslinger treu ist oder nicht. Weil ich nämlich wissen will, ob er selber treu war, der Herr Malermeister.

»Auf welchem Klo warst jetzt du mit der Mona, zwecks dem Säubern von deinem Hemd?«, frag ich darum.

»Bei de Dings war ma … bei den Damen, warum?«

»Weil die Mona dadrin das Messer verloren hat. Und zwar beim Schnackseln«, behaupte ich jetzt wieder mal einfach so freiheraus.

Jetzt schluckt er, der Malermeister.

»Ja, also, ich hab doch nicht … Elli, ich bin verdingst … also verheiratet, sag amal, was denkst denn du von mir?«, zieht er mich an seine Brust. Und mir juckt der Busen.

»Jetzt lüg da nicht rum. Ich weiß, dass du mit der Mona dadrin rumgemacht hast«, sag ich.

»Du kennst ja mei Alte ned«, lässt er mich sofort aus und schaut bitterernst. »Weißt, Elli, de ist ja dings … auseinandergegangen is sie, meine Alte. Wie eine Dampfnudel. Seitdem wir die Dings ham … also die Kinder … ja, die is doch total überfordert mit dem ganzen Dings. Also mit dem Geschäft und dem Haushalt und so.«

Ich will seine schamlosen Ausreden gar nicht hören.

»Was is dann auf dem Klo passiert?«

Langsam werde ich grantig.

»Ja mei, viel is passiert, Elli, viel. Ach, das willst du gar ned wissen.«

Falsch. Weil ich es nämlich schon wissen will. Und zwar jetzt sofort und ganz genau.

Tja, und dann erzählt er es mir halt doch, der Herr Malermeister. Und zwar ganz genau. Gut, so genau wollt ich es dann doch nicht wissen. Aber wurscht. Jedenfalls haben sie im Klo nicht miteinander, also Sie wissen schon. Aber sonst haben sie öfter, wie ich aus seinem Bericht heraushöre. Weil sie nämlich ein heimliches Techtelmechtel gehabt haben, die zwei. Und der Klexi hätte sich sogar für die Mona scheiden lassen. Wenn's ihm halt nicht so verdammt teuer gekommen wär, mit der Scheidung und dem Geschäft. Sagt er.

»Und dass sie mit dem Schneckerl zusammengewohnt hat, das hat sie dir dann aber schon erzählt, die Mona?«, kläre ich den Ehebrecher jetzt auf.

»Ja, freilich, im Souterrain hat s' gewohnt, die Mona. Das war ja unglaublich nett vom Schneckerl, dass er sie bei sich wohnen hat lassen. Ich hätt ihr ja eine Wohnung besorgt, weißt, wenn die Wohnungen bei uns im Pfaffenwinkel halt ned so sauteuer wären, gell. Ganz günstig hat er die Miete g'macht, da Schneckerl. Zweihundert bar auf die Kralle. Für ein Souterrain ein Spitzenpreis.«

Ja, sag mal, haben sich denn alle Engelsrieder Mannsbilder von der Mona und dem Schneckerl so dermaßen blenden lassen?

»Geh, im Souterrain. Die Mona und der Schneckerl, die haben sich ein Bad, eine Küche und ein Bett miteinander geteilt. Nix Souterrain«, stelle ich hier mal klar. Und wie der Klexi kapiert, dass ihm sein alter Spezl jeden Monat um zweihundert Euro gebratzelt hat, da schießt der Klexi auf einmal mit Worten. Wie eine geladene Kalaschnikow ballert er Schimpfwörter auf den Schneckerl ab, unglaublich ist das. Und wie er so ballert, da macht's halt dann doch in dem kleinen Malerhirn vom Klexi klack, klack, und er kapiert langsam, dass ihn nicht nur der Schneckerl, sondern auch die Mona belogen hat. Und zwar von vorne bis hinten.

»Beschissen hot sie mich nach Strich und Faden. Aushalten hat sie sich von mir lassen. In schicke Lokale einladen, teure Schuhe. Und wegen so was hätt ich meine Frau verlassen«, schreit er.

»Kurti, was schreist denn da draußen so rum?«, wird oben ein Fenster geöffnet, und der Leib seiner Frau erscheint in der Fensterlaibung. Passt genau da rein. Also der Leib in die Laibung. Aber die Frau passt halt ums Verrecken nicht in den Moment. Ja, weil ich doch grad dem Klexi ein Geständnis aus den Rippen leiern will oder zumindest ein weiteres Detail, was die Aufklärung des Tatvorgangs betrifft.

»Ja, Schatzi ...«, ruft der Klexi nach oben zu seiner Frau.

»Hat es die Mona so nötig gehabt, dass sie sich von dir aushalten lässt? Ich hab gehört, sie hat geerbt?«, frag ich ihn. Vielleicht weiß ja der Klexi was über die Erbschaft.

»Geerbt, die Mona? Da weiß ich nix davon. Das wird ja

immer bunter. Mit dem Schneckerl hat s' ein Verhältnis, und mit dem Silberfisch Alisi war sie auch noch beinander. Und mir erzählt sie wunder was … nimmt mich aus wie eine Weihnachtsgans und kassiert dann noch ein Erbe, ja, da hört sich doch alles auf …«

»Kurti. Was ist denn jetzt …«

»Ja, ich komme …«, dreht sich der betrogene Malermeister auf seinem Absatz um und schreitet, recht geknickt, mit schnellen Schritten Richtung Haus.

»Wo willst denn jetzt hin?«, lauf ich ihm hinterher.

»Ja, in mein Bett, zu meiner Frau«, lässt er mich noch wissen, aber es ist mir ehrlich gesagt vollkommen wurscht, ob der untreue Pinselschwinger zu seiner Frau ins Bett will. Weil ich nämlich noch nicht fertig bin mit ihm. So schaut's aus. Aber bis ich mich's verseh, ist er auch schon im Haus verschwunden.

Zurück im Bauwagen, der Heinzi kippt sich gerade auf ex einen Hirschkuss hinter die Binde, schaut mich der Haslinger gleich fragend an. Ich schüttel bloß den Kopf.

»Wer von den hier Anwesenden war auf dem Siebziger vom Nuschler noch bis zum Schluss?«, frag ich in die Runde. Weil, ich würd jetzt echt gern wissen, mit wem die Mona auf dem Klo Sex hatte. Aber so eine Frage um diese Uhrzeit zu stellen, ist freilich aussichtslos. Weil man da nie und nimmer nicht eine Antwort bekommt, gell. Und daher beschließen der Heinzi und ich, dass wir jetzt heimgehen. Der Haslinger klinkt sich mit ein.

Vorher aber sackelt mein Cousin hier noch eine Brotzeit ein. Kaminwurzen, Brot und Limburger.

»Hast jetzt du dadrin im Bauwagen was mitgehen lassen?«, deutet der Haslinger auf dem Heinzi sein Diebesgut, kaum dass wir auf der Straße sind und er sich eine Marlboro angezündet hat.

»Ach, des merken die doch eh nicht. Die ernähren sich heut Nacht eh nur noch flüssig«, winkt der Heinzi ab. »Was meinst, was das morgen für eine bärige Brotzeit bei mir daheim gibt«, jauchzt er, und kaum sind wir ein Stück gegangen, wollen die zwei freilich wissen, was der Klexi auf der Feier vom Nuschler mit der Mona im Klo gemacht hat. Und so klär ich sie dann halt auf.

»Geh, des hob i mir doch gleich denkt, dass der Klexi die Mona nicht auf dem Gewissen hot. Na, na, des war scho a ganz a anderer«, sagt der Haslinger noch.

So. Ein ganz ein anderer war's. Die Frage ist nur, wer der ganz der andere ist, gell. Und ich wär echt froh, wenn ich da endlich mal drauf käme.

13

»Gibt's eigentlich auch mal was anderes als Kohlsuppe?«, mosert die Josi, wie wir am nächsten Tag beim Mittagstisch sitzen.

»Du magst doch immer Gemüse. Bist doch Vegetarierin, oder nicht?«, sag ich irritiert.

»Mann, Mutter, du schnallst auch gar nix. Ich will mal was anderes ...«, motzt sie rum.

Das Kind schaut heute irgendwie seltsam aus. Hat über ihren Augen, da, wo normalerweise die Augenbrauen sind, einen dicken fetten schwarzen Balken. Grad will ich ihr sagen, dass der Fasching schon rum ist, da platzt der Heinzi in unser äußerst gemütliches Familienmahl. Freilich in seinem Hausanzug, also praktisch im Feinripphemd und in seiner depperten braunen Cordhose.

»Ratet mal, was im Dorf los ist. Da kommt ihr nie drauf«, schlurft er mit seinen Latschen dem Tisch entgegen. Und weil von uns halt keiner raten will und wir nix sagen, da erzählt er es uns jetzt trotzdem. »Der Maibaum ist weg. Die Landjugend aus Bibelhofen hat ihn geklaut. Vierzig Kästen Bier wollen s' als Auslöse.«

»Boah, krass. Is ja voll übel«, rührt die Josi gelangweilt mit dem Löffel in der Kohlsuppe rum und rollt dabei mit den Augen.

»Cool«, hebt der Gustl seinen Daumen in die Höhe. Der hockt mal wieder mit bei uns am Tisch. Gehört hier fast schon zum Inventar. Ist ja eigentlich der Sohn von der Leni und dem Heinzi, aber weil die Leni ja nur Dosenfutter auf den Tisch bringt und ich Mitleid mit dem armen Buben hab, isst er meistens bei mir mit.

»Der Männerchor hat doch Wache geschoben«, sag ich.

»Auweh«, sagt der Gustl und macht wieder Daumen hoch. Parkt dann seinen Oraltabak am Tellerrand und fängt an, die Suppe in sich reinzuschaufeln.

»Ich hab einfach keinen Bock auf Kohlsuppe«, schiebt die Josi ihren Teller von sich weg.

Aber hier im Haus verkommt ja nix, der Heinzi ist ja da. Der hockt sich gleich her, greift nach dem Teller und fängt an, die Suppe löffelweise in seine Futterluke zu kippen. »Du hast da übrigens was an deinen Augenbrauen«, zeigt er dann mit dem Löffel auf die Gesichtspfosten von der Josi.

»Pfff, bei dir is doch voll der Achselfasching, ey«, steht sie auf, reißt die Kühlschranktür auf und motzt rein, dass dort drin mit Sicherheit die Milch sauer wird.

Und weil mir die verdammte Kohlsuppe genauso zum Hals raushängt und die saure Milch mich praktisch energetisch ansteckt, da dauert's nicht lang, und ich komm ebenso in diesen angesäuerten Zustand. Fang gleich an, eine Moralpredigt zu halten.

»Kinder, so geht das nicht. Kaum seid ihr wieder vom Urlaub zurück, schaut's hier vielleicht aus. Josi, die ganzen Klamotten am Boden, herrgottza, heb sie halt auf! Und Rupi, dein Zimmer, das räumst heute mal auf und saugst durch. Bei dir sind ja die Legos samt Kuchenbrösel schon miteinander verwachsen«, schimpfe ich rum, steigere mich dabei so richtig rein. Komm praktisch von den Legos auf die Wäscheberge in den Zimmern und von den Wäschebergen zu dem nicht hinuntergespülten Torpedo im Klo. Und dann zum Putzen, Kochen, Bügeln, und schließlich komm ich zu dem Entschluss, dass ich hier ausziehen will, weil mich einfach alles nur noch nervt. Ernte aber nur unverständliche Blicke.

»Wieso gehst denn jetzt eigentlich so übelst ab, hä? Und überhaupt, warum willst denn hier ausziehen? Du kannst doch für uns alles tun. Sei lieber mal froh, dass du so viel für uns machen darfst. Wird's dir nicht langweilig«, haut die Josi mit Schwung die Kühlschranktür zu und geht.

»Logisch. Ich bin sogar noch dankbar, dass ich für euch den Rucksacksepp spielen darf«, schrei ich ihr hinterher und setze meinen »Ihr könnt mich doch alle mal«-Blick auf.

»Na also, dann passt's ja«, sagt der Gustl. »Echt coole Stimmung, hey«, tapst er aus der Küche. Freilich ohne den Snus und ohne ein »Danke«.

»Rupi, du trägst jetzt den Biomüll raus«, befehle ich meinem Jüngsten. Worauf von ihm ein »Gleich« kommt. Diese präzise Zeitangabe kenne ich schon von der Josi. Ich vermute, bis hier der Biomüll rausgeschafft wird, geht er von alleine runter zur Tonne.

»Ich muss auch noch Hausaufgaben machen«, verdünnisiert sich auch dieses Kind, und dann hock ich halt mit nix außer einer Mordswut im Bauch in meiner Küche und schau dem Heinzi beim Essen zu. Mein Magen hängt mir bis zur Magengrube.

»Warum bist denn du so zwider?«, schleckt der Heinzi den Teller aus. Wenigstens schmeckt dem die Suppe. »Ja, zefix, Elli, dann lass halt mal die blöden Diäten. Du bist für dein Umfeld ja gar nicht mehr tragbar, so wie du dich benimmst. Ich hab im Übrigen Neuigkeiten«, schaut er in die Suppenschüssel rein. »Da ist ja noch was drin«, hebt er sie an seine Gosche und schlürft rum.

Hoffentlich steckt er nicht auch noch seinen Kopf rein und bleibt darin stecken wie Michel aus Lönneberga. Ich sag nur: Gefährlich, weil, dem Heinzi sein Grind ist weitaus größer als der vom Michel. Schürhaken hab ich keinen, und eins steht fest, wenn der Heinzi mit seinem Kopf nicht mehr rauskommt, dann erfahr ich heute nix mehr von den Neuigkeiten.

»Ich hab gestern nämlich die Rosl ein bisserl ausgefragt. Operation Rosl sozusagen«, grinst er mir her.

»Hat sie was zu der Sache mit dem Erbe gesagt? Ich mein, weiß sie nun, von wem die Mona was geerbt haben soll?«

»Nö. Du, stell dir vor, nach dem Abendessen, also so um acht, hat die Mona die Feier vom Nuschler verlassen. Allein.« Schlürf.

»Ja, aber warum hast das denn nicht schon gestern gesagt? Da kann die Mona ja gar nicht im Wirtshaus umgekommen sein.«

»Ja, weil sie theoretisch wieder zurückgekommen sein könnte. Die Rosl hat ihren Beobachtungsposten nämlich um Viertel nach acht aufgegeben, zwecks Hämorrhoiden und kalte

Füße, hat s' g'sagt. Tja, gell, da schaust. Bei Ermittlungsfragen nicht verzagen, Profi Heinzi fragen«, schlürft er wie ein Elefant am Wasserloch.

»Und, wo ist sie hingegangen, die Mona?«

»Keine Ahnung.«

»Mein Gott, das hilft uns doch auch nicht weiter. Die Ermittlungen ziehen sich bei uns wie Kaugummi hin. Wir sind doch kein Stückerl weitergekommen. Wir wissen ja noch nicht mal, ob die Wirtschaft auch der Tatort ist.«

»Du, wenn du mal wieder eine Suppe übrig hast, die keiner will, kannst du sie mir ruhig runterbringen, gell.«

»Jetzt rekonstruieren wir mal die Siebzigerfeier vom Nuschler Konrad: Der Haslinger hat mir erzählt, die Feier ist gegen fünfzehn Uhr angegangen. Es hat Kaffee und Kuchen gegeben. Der ganze Trachtenverein und die Verwandten vom Nuschler waren anwesend. Die Mona hat viel getanzt und war total ausgelassen und gut gelaunt. Abends hat's dann die gummiballartigen Knödel gegeben. Der Haslinger hat der Mona seinen Hirschfänger geliehen, den hat sie behalten. Sie hat dreckige Witze erzählt, und dann ist sie mit dem Klexi wegen dem verkleckerten Hemd aufs Klo. Dort haben die zwei rumgeschmust. Gegen zwanzig Uhr hat die Mona allein die Feier verlassen. Davor oder danach hatte sie Geschlechtsverkehr. Fragt sich nur, mit wem.«

»Vielleicht mit dem Alisi? Vielleicht aber auch mit einem ganz einem anderen. Man weiß es nicht«, schleckt der Heinzi den Löffel von allen Seiten ab und legt ihn auf den Tisch. »Fertig«, informiert er mich. »Apropos Alisi, ich weiß jetzt, wer noch auf der Feier war. Und zwar die Verwandtschaft vom Nuschler. Also können wir unseren Verdacht ausweiten. Weißt, nix Haslinger, Klexi und so. Auch nicht nur Trachtenverein. Nein, die Verwandtschaft war freilich auch da. Und wer, denkst, ist die Verwandtschaft? Da kommst nie drauf … jetzt halt dich fest. Die Mutter vom Silberfisch Alisi ist die Cousine vom Nuschler. Sie und der Alisi sind die einzigen noch lebenden Verwandten. Somit waren beide auch auf der

Feier. Und jetzt kommt's ... ich hab den Alisi heute besucht. Gell, da schaust.«

»Und, was hast rausgefunden?«

»Der hat mich schon an der Haustüre abgewimmelt. War genauso stinkig wie sein Auto«, lacht er. Und jetzt muss ich hier noch schnell was erklären. Gestern beim Heimgehen, da ist ja der Haslinger beinah in ein parkendes Auto reingerannt. Das war vor dem Wirtshaus auf dem Gehsteig gestanden. VW Käfer. Ach, ich liebe Oldtimer. Egal. Jedenfalls erzählt uns der Heinzi, dass dieses toll restaurierte Auto dem Alisi gehört. Was der Haslinger gleich zum Anlass genommen hat, dem Heinzi eine Idee rauszukitzeln. Und zwar einen Einfall, wie man dem Alisi eins auswischen könnte, indem man irgendwas mit dem Auto macht. Und der Heinzi hatte da freilich auch gleich einen Geistesblitz. Und der ging so: Der Haslinger sollte den Limburger Käse, den der Heinzi im Bauwagen mitgehen hat lassen, in den Lüfterschacht vom Käfer reinschmieren. Und dadurch, dass der Heinzi halt mal eine Lehre als Kfz-Mechaniker gemacht hat, hat er freilich auch gleich gewusst, wie das geht. Autotür, Kofferraumdeckel, Kühlerhaube aufbrechen – für den Heinzi kein Problem. Ein bisserl wehmütig hat er noch auf den Limburger geschaut, weil den vermutlich lieber heute zur Brotzeit verdrückt hätte, aber was macht man im Rausch nicht alles für einen Spezl, gell. Der Heinzi also hat sein Wissen ausgepackt, der Haslinger dessen Käse, und ich hab Schmiere gestanden.

»Der Alisi war also stinkig«, wiederhole ich.

»Ja, richtig genervt und aggressiv war der. Und ich sag dir eins: Ich hab nicht den Eindruck gehabt, dass das nur wegen dem Auto war. Du, ich glaub, der hat auf die Mona eine Mordswut.«

»Wieso?«

»Wieso, wieso ... das hat er mir doch nicht gesagt. Vermutlich, weil er denkt, dass sie mit dem Haslinger im Klo ... vielleicht ist er auch draufgekommen, dass die Mona mit dem Schneckerl ebenso zusammen war. Dass sie ihn nur benutzt hat, was weiß ich. Jedenfalls hab ich ihn freilich gefragt, wann er die Feier vom Nuschler verlassen hat. Du, stell dir vor, der hat ein Alibi ...«

»Und ...?«

»Was, und?«

»Das Alibi ... was für ein Alibi hat der Alisi?«

»Mit der Mama hat er fernsehgeschaut.«

»Das ist doch kein Alibi. Das ist ein Witz. Okay, der Alisi gehört also zu den Verdächtigen. Wen hätten wir noch, der als Täter in Frage kommt? Was ist eigentlich mit dem hinterkünftigen Schneckerl? Der zeigt ja überhaupt keine Trauer. Obwohl er mit der Mona zusammengelebt hat. Da stimmt doch was nicht.«

»Operation Schneckerl: ergebnislos. Du, ich hab den stundenlang observiert. Mir is nix, aber auch gar nix Verdächtiges aufgefallen.«

»Hmm. Wer kommt noch in Frage? Die Martha vielleicht? Irgendwie hat die nämlich eine Wut auf die Mona. Jedes Mal, wenn sie über die Mona spricht, macht die dabei ein ganz finsteres Gesicht. Und dann diese hasserfüllten Augen.«

»Meinst?«

»Sie hatte einen Bluterguss am Hals. Ich hab gedacht, dass es ein Knutschfleck ist. Aber vielleicht stammt der ja von der Mona. Der Ritschi hat nämlich gesagt, dass sich die Mona beim Todeskampf gewehrt haben könnte. Pfff, Knutschfleck. Jetzt mal ehrlich, würdest du mit der Martha rummachen? Ich meine, welcher Mann würde mit der was anfangen, so wie die ausschaut?«

»Mei, vielleicht einer, der sonst nix anderes kriegt?«

»Außerdem hat der Ritschi erwähnt, dass die Mona zwischenzeitlich mal aufgetaut wurde. Der Täter müsste also nach der Tat noch mal ins Wirtshaus reingegangen sein. Und wer hat Zugang zum Wirtshaus? Die Martha ...«

»Nö, es ist ein offenes Geheimnis, dass der Schlüssel zur Hintertür vom Wirt seit Jahrzehnten unter einem umgedrehten Blumentopf liegt. Weißt, der Wirt will halt nicht immer warten, bis der letzte Bierdimpfel heimgegangen ist. Der Letzte sperrt ab. Sozusagen. Somit könnte praktisch jeder die Mona in die Gefriertruhe vom Wirt reingebettet haben. Pfff, die Martha … jetzt mal ehrlich, Elli, traust du der einen Mord zu?«

Ich denk an die Fliege, die die Martha mit einem Schlag getötet und hinterher über dem Bierdeckel verbröselt hat, und horche dabei in mich rein. Die Martha und einen Menschen töten … nein, sicher nicht. Aber wer war's dann? Mist. Mist. Mist. Wir kommen ums Verrecken nicht weiter. Jetzt ist Ostern vorbei, aber trotzdem eiern wir unglaublich lang bei der Ermittlung rum. Uns fehlen einfach konkrete Fakten, Fingerabdrücke und Zeugenaussagen«, hau ich mit der Faust auf den Tisch, steh auf und geh. Ich muss jetzt endlich mit dem Lenz reden.

14

Mein Telefon klingelt. Meister Zufall ist mein Freund. Der Sohn vom Lenz ist dran. Fragt an, ob der Rupi heute mit ihm spielen will. Und ja, er will. Der Rupi ist begeistert, und ich bin es freilich auch. Ich bring den Bub dahin, und holladio, der Lenz ist da. Prima Gelegenheit, um endlich mit ihm reden zu können. Der Gustl bietet sich an, uns zu fahren. Weil ich ja führerscheinlos bin. Schon hocken der Rupi und ich in seinem alten, verlausten VW-Bus drin, der von innen genauso versifft ausschaut wie dem Gustl seine Bude. Ich sag nur: Müllhalde, stinkt nach Gras bis zum Gehtnichtmehr. Und die Musikboxen haben Bums. Der Gustl kann damit getrost die ganze Gegend beschallen. Die Frage ist halt, ob die Landeier hier diese Art von Musik mögen. Schauen zumindest nicht so aus, weil überall, wo der fahrende Pressluftschuppen vorbeidonnert, gibt's nur Kopfschütteln. Hüpfen auch alle gleich auf die Seite. Gut, es kann sein, dass es an dem komischen Fahrstil liegt, den der Gustl hat. Er braucht zum Fahren sozusagen die ganze Straße plus Gehsteig.

Am Friedhof fährt er dann auch noch fast die Rosl über den Haufen. Mein Lieber, nicht auszudenken, was da alles passieren hätte können. Und ein paar Kilometer weiter, da passiert's halt dann doch. An der nächsten Straßenkreuzung überfährt der Gustl ein Stoppschild.

»Sag mal, wo hast denn du deinen Führerschein gemacht?«, schrei ich durch das WUMM, WUMM und steig sofort auf die nicht vorhandene Bremse unter meinen Füßen. Der Gustl haut den Stachel rein, und ich häng im Gurt. Der Rupi segelt samt Pizzaschachteln und Colaflaschen nach vorn.

»Nirgends, ich hab doch gar keinen«, sagt er.

»Ach so«, sag ich.

Wie wir das Ortsschild von Bibelhofen passieren, da haut der Gustl schon wieder den Fuß auf die Bremse.

»Hey, Rupi, steig doch gleich hier aus«, schreit er nach hinten.

Eine gute Idee. Weil, ich sag mal so: Lenz – Polizist – fehlender Führerschein, also weise Entscheidung.

»Bin gleich wieder da«, brüll ich und steig mit aus.

»Bist du dir sicher?«, zwinkert mir der Gustl zu. Als ungebetener Dauergast in meiner Wohnung hat er nämlich mal mitgekriegt, dass der Lenz und ich ein heimliches Verhältnis miteinander haben. Aber das Gute am Gustl ist: Er hält dicht.

Nach einem kurzen Spaziergang stehen wir auch schon vor dem Lenz seinem Heim. Riesige Fensterfront. Walmdach. Schwarze Heizungsanlage, wie ich ja jetzt vom Haslinger weiß. Würde trotzdem unglaublich gern mit dem Lenz und den Kindern in dem Haus wohnen. Schwarze Heizung hin oder her. Der Lenz ist so heiß. Eine Heizung ist eh unnötig.

Ich kann den fahrenden Pressluftschuppen vom Gustl immer noch hören. Aber der Lenz, der kann ihn nicht hören, weil er wieder mal nicht daheim ist. Es macht auch niemand auf. Das ist doch zum Verzweifeln.

»Wir müssen bei der Moni klingeln«, erklärt mir mein Sohn, und so latschen wir über den Garten hinüber zum Haus vom alten Schmied. Wir kommen am Pool vorbei, der das Haus vom alten Schmied und das vom jungen Schmied trennt. Respekt. Geld ist hier anscheinend reichlich vorhanden. Kein Wunder, wenn man sich bei der Errichtung der Bauwerke die Steuern spart und Geschäfte am Steuersäckel vorbeischleust.

Kaum haben wir geklingelt, reißt auch schon die Moni die Haustüre auf. Freut sich sichtlich, dass wir da sind. Die Moni ist nett. Ich kenn sie tatsächlich nur vom Sehen und vom Telefon, weil sie dem Schmied sein Büro macht und ich geschäftlich öfter mit ihr zu tun hab. Sie ist die Schwester vom Lenz, und wenn der nicht da ist, dann kümmert sie sich halt um den Buben.

Ehe ich mich's versehe, ist der Rupi mit dem Max abgedampft, und ich hocke mit der Moni in der Küche und schau ihr beim Kaffeekochen zu.

»Mei, der Lenz hat mir ja schon so viel von dir erzählt.« Sie schenkt mir ein Lächeln über den Tresen.

Weiß die etwa über uns Bescheid?

»Aha, was hat er denn erzählt?«, frag ich vorsichtig in Richtung der röchelnden Kaffeemaschine.

»Ja, dass du halt die Mama vom Rupi bist und seinen letzten Fall gelöst hast und so«, zwinkert sie mir zu. »Mei, der Lenz bildet sich ja Zeug ein …«

»Was bildet er sich denn ein, der Lenz?«, frag ich wachsam.

»Ja, dass du mit dem Haslinger halt was hast.«

Okay, sie weiß Bescheid.

»Um Gottes willen, ich hab doch nix mit dem Haslinger.«

»Ja, das sag ich ihm doch auch dauernd. Aber der Lenz ist halt saueifersüchtig, weißt. Und irgendwie hat er halt auch Angst, dass du auf sein Geld scharf bist.«

»Ich? Ja, wie kommt er denn dadrauf?«

»Er hat wohl damals, beim letzten Fall, deinen PC vom Büro durchforstet. Und du warst halt extrem auf der Suche nach einem geldigen Typen.«

»Ja, aber das war doch, bevor ich den Lenz kennengelernt hab. Mei, ich wollt doch unbedingt weg aus Engelsried, wurst, wie.«

»Ach, der Lenz ist unglaublich misstrauisch. Das liegt an seinem Beruf und an seiner Frau. Die hat den von vorne bis hinten beschissen. Egal, jedenfalls ist der Lenz total in dich verknallt. Ich hab ihn schon lang nicht mehr so fröhlich erlebt wie in den letzten Wochen«, informiert sie mich noch und gibt mir den Rat, dass ich beim Lenz hartnäckig dranbleiben soll, damit das mit uns zwei auch was wird.

Und ehrlich, ich würd ja gern dranbleiben, die Frage ist nur, wie. Hab ja nie und nimmer nicht auch nur eine Möglichkeit dazu, gell.

Und auch heute keine Gelegenheit.

Obwohl sich die Moni sicher ist, dass der Lenz heute Nachmittag bald heimkommt, und ich sage und schreibe zwei Stunden auf ihn warte. Die Wartezeit verkürzen wir uns mit Aperol

Spritz und ratschen recht nett, aber irgendwann muss ich dann halt doch heim. Der Rupi bleibt da. Darf bei seinem Freund übernachten. Der freut sich.

Also nehme ich zuerst meine Beine in die Hand und dann die Abkürzung über den Feldweg und latsche Richtung Heimat. Der Weg ist herrlich. Auf der Wiese blüht der Löwenzahn. Insekten tanzen in der Abendsonne. Dazu in der Ferne die leicht überzuckerten Berge. Exzellent.

Bayern halt.

Es riecht förmlich nach Frühling. Da kommen doch gleich Frühlingsgefühle bei mir auf. Ja, mit dem Aperol Spritz und der Nachricht, dass der Lenz in mich verknallt ist, da gefällt mir die Gegend jetzt sogar doppelt so gut.

Ach, mei, wenn jetzt der Lenz dabei wäre ... ach, wäre das schön. Mhmm. Ich würd mich genauso freuen wie die Kühe auf der Weide, die der Bauer gerade zum ersten Mal nach dem langen Winter auf die Wiese getrieben hat. Die hüpfen hier ja rum. Erinnern mich an Snorre von »Wickie und die starken Männer«. »Tara. Ich bin entzückt«, reißen sie wie er die Beine in die Höhe und freuen sich. Tät man gar nicht meinen, dass so ein schwerfälliges Tier so hüpfen und springen kann.

Wissen S' was? Wenn die Viecher das können, dann kann ich das schon lang. Außerdem ist der Weg über die Felder wesentlich kürzer. Also schlüpfe ich unter dem Elektrozaun durch und hopse über die Wiesen. Augenblicklich bleiben alle Kühe stehen und schauen blöd. Gut, dann galoppiere ich halt. Das mache ich nicht lang, weil Seitenstechen. Also bleib ich stehen und schnauf aus. Pflücke mir eine Pusteblume und puste mal rein. Die Samen segeln durch die Luft und tanzen mit dem Wind. Der Aperol wirkt. Ich bin verliebt, dünn und schön.

Dann schnappe ich mir ein fettes Gänseblümchen und geh weiter.

Er liebt mich, er liebt mich nicht – zupf ich die Blütenblätter nacheinander ab. Er liebt mich, er liebt mich nicht ... er liebt mich. Ja, da können Sie mal sehen, was so eine Blume alles weiß.

Wir zwei werden ein Paar, da geb ich Ihnen Brief und Siegel. Und so ganz nebenbei, da lösen wir gemeinsam den Fall von der Mona. Heute ist der letzte Tag im April. Ich sag nur, alles neu macht der Mai.

Es ist schon fast dunkel, wie ich in Engelsried ankomme. Am Ortsrand thront unsere Neubausiedlung. Die Bewohner scheinen just recht im Stress zu sein. Alle räumen auf. Spielsachen, Blumenkübel, Fahrräder, umso weiter ich ins Dorf reinkomme, umso weniger verändert sich das Bild. Überall aufräumende Dorfbewohner. Hab ich was verpasst? Kommt ein Tornado, ein Fernsehteam vom Bayerischen Rundfunk? Nach dem Motto: »Unser Dorf soll schöner werden«?

Der Wirt steht ebenso an seinem Gartenzaun. Der räumt nicht auf. Der streitet. Und zwar mit unserem Schaufelloaner. Und wenn Sie jetzt nicht wissen, was ein Schaufelloaner ist, dann erkläre ich es Ihnen hier mal kurz. Stellen Sie sich zwei Bauhofarbeiter vor. Der eine arbeitet, und der andere schaut zu. Und weil es halt so anstrengend ist, das Zuschauen, und die Zeit ums Verrecken beim Rumstehen nicht vergeht, da lehnt er sich halt an die Schaufel, die er in den Händen hält. Haben Sie bestimmt schon gesehen, so einen Schaufelloaner. Gell, jetzt kennen Sie sich aus.

Heute allerdings lehnt der Kerl mitnichten an seiner Schaufel. Hat auch gar keine dabei. Nein, er holt sich beim Wirt gerade einen Anschiss ab. Und zwar einen vom Feinsten.

Es geht um den frisch reparierten Gartenzaun. In den ist anscheinend heute früh der Silberfisch Alisi voll Karacho reingedonnert. Aus unerklärlichen Gründen, heißt es. Tja, und weil der Gartenzaun vom Wirt angeblich und eindeutig auf Gemeindegrund steht und der Hamperer vom Bauhof sich weigert, auf Gemeindekosten erneut den Zaun zu reparieren, streiten die zwei eben.

»Brauchst ned meinen, dass du dich zu mir noch an den Stammtisch hinhocken darfst. Lass dich ja nicht mehr bei mir blicken«, wird der Wirt dabei fast handgreiflich. Nach dem

Motto »Meine Faust, dein Friedhof« jagt er ihn sprichwörtlich zum Tempel hinaus, also quasi vom Grundstück.

Was bestimmt keine gute Idee nicht ist, schließlich ist der Schaufelloaner seine beste Kundschaft. Aber wurscht, der Wirt hat derlei Kundschaft anscheinend nicht nötig. Kassiert vermutlich zwecks dem Wasserschaden in seiner versifften Wirtsstube einen Haufen Geld von der Versicherung. Was weiß ich.

»Was schaust so deppert?«, schnauzt mich der Wirt an, wie er mich sieht, und macht auf seinem Absatz kehrt.

Schreitet zum Wirtshaus hin. Und wie ich ihm nachschaue, dem aggressiven Kerl, da fällt mein Blick auf ein Auto.

Es ist nicht der Käfer vom Alisi. Nein, ein Bulli ist es, dem meine ganze Aufmerksamkeit gilt, und zwar ein himmelblauer mit Kölner Kennzeichen.

Ja, da wird ja der Hund in der Pfanne verrückt. Was machen jetzt die da bei uns? Hat der Heinzi doch recht, und die Kölner haben was mit dem Fall zu tun? Bin ich hier in Gefahr?

»Wohnen die zwei Kölner bei dir?«, spurte ich dem Wirt hinterher.

»Was dagegen?«, brummt er, bevor sein Leib zwischen den stinkenden Mülltonnen verschwindet, die seit jeher vor der Wirtsküche herumstehen. Und reißt damit Tausende von Fliegen aus ihrem Arbeitsalltag. Die schwirren auf, um sich gleich drauf wieder hinzusetzen.

Kaum ist der Wirt in seiner Küche abgetaucht, da steh ich auch schon im finsteren, nach Mief und Fett stinkenden Gang von unserem Wirtshaus drin.

Will mich oben bei den Fremdenzimmern mal umschauen. Nehme die Treppe.

Weil, wie schon gesagt, Treppensteigen ist gut für die Figur und perfekt fürs Abnehmen. Gut, Aufzug gibt's eh keinen.

Im ersten Stock angekommen, ist die Auswahl an Fremdenzimmern eher klein, ich werde also schnell fündig. Lausche einfach an jeder Tür. Überall herrscht Grottenstille, aber im Zimmer über der Wirtsstube schnarchen zwei oder drei menschliche Kreaturen um die Wette.

Ob das die Kölner sind?

Ob die wohl schon gestern Abend da waren?

Nach Adam Riese ist das das Zimmer, in dem gestern Nacht noch das Licht gebrannt hat. Hab ich nebenbei bemerkt, wie wir dem Alisi sein Auto mit dem Limburger bestückt haben.

Und da haut es mir jetzt doch eine Frage raus: War auch der Silberfisch Alisi nachts beim Wirt?

Eventuell im selben Zimmer?

Warum war denn sonst sein Auto nachts beim Wirt gestanden?

Okay, das sind drei Fragen. Aber wurscht.

Und es kommt sogar eine vierte Frage dazu: Haben die Kölner was mit dem Alisi zu tun? Oder gar mit dem Mord?

Fragen über Fragen. Mensch, der Fall wird immer verworrener.

»Suchst wen?«, klopft mir von hinten jemand auf die Schulter. Zuerst reißt's mich, dann macht sich ein seltsam flaues Gefühl in meiner Magengrube breit.

Es ist die Martha, die auf einmal hinter mir steht. Wie immer mit ihrem dreckigen Schurz und ihren fettigen Haaren. Mensch, kann die Frau sich nicht vorher ankündigen, bevor die hier Gäste von hinten anpirscht?

»Wohnen dadrin die Kölner?«, stammle ich.

Jetzt kenne ich die Martha schon so lange. Bin als Kind doch so oft ins Wirtshaus gegangen, um mir bei ihr ein Eis zu kaufen, aber nie, ich wiederhole, nie hat die Martha in mir ein so beklemmendes Gefühl ausgelöst.

»Ja, die darfst jetzt aber fei ned stören. De sind ja heute die ganze Nacht unterwegs gewesen. Dann ham s' bei uns in da Wirtsstube gefressen wie die Scheunendrescher, und seitdem flacken s' und schnarchen s'«, beantwortet sie meine Frage in freundlichem, wohlwollendem Ton.

Schaltet im Flur das Licht an.

Bringt aber nix.

»Und was wollen die da bei uns in Engelsried?«

»Mei, Urlaub wollen s' halt machen. Was denn sonst?«, lacht sie, hakt sich bei mir ein und führt mich die Treppe hinunter.

»Du, sag mal, wie war denn das damals am Abend vom Nuschler seinem Geburtstag, wer war denn da …«

»Du, ich kann dir da gar nix dazu sagen. Ich hab g'schaut, dass ich nach der Veranstaltung die Wirtschaft aufräume, weißt. Weil wir doch danach für vier Wochen zugemacht haben. Der Wirt hat sich gleich nach dem Abendessen zum Kofferpacken abgeseilt, und ich hab alles alleine machen müssen. Abspülen, aufräumen, wischen. Was meinst, was das für eine Arbeit war.«

»Wann war denn die Feier zu Ende?«

»Mei, so um acht. Wie halt alle heim sind. Nachdem sie g'futtert ham, sind die alle ziemlich schnell abgehauen. Dem Nuschler is es doch nicht gut gegangen. Ist ja auch in der Nacht noch verstorben. Warum willst denn des wissen?«, stellt sie sich, unten angekommen, vor mich hin und schaut mich dabei neugierig an.

Aber ich stelle hier die Fragen.

»Und die Mona ist also allein heimgegangen, oder?«

»Ja, und vorher hat s' noch mit dem Silberfisch Alisi gestritten.«

»Aha, und um was ist es denn da bei dem Streit gegangen?«

»Ja mei, du fragst Sachen. Das hab ich fei der Polizei schon hundertmal erzählt. Ums Geld ham sie gestritten. Was genau, weiß ich nicht. Aber wenn die Hofreiter Mona bei uns mit jemanden geredet hat, dann ist es immer nur ums Geld gegangen.« Ihr Ton wird frostig.

Ein Zucken um ihren Mundwinkel herum, dieser feindselige Blick, sobald sie über die Mona spricht …

Aber schlagartig hat sie sich wieder im Griff, die Martha. Wird gleich wieder redselig. »Mei, zuerst war er ja stinksauer auf sie, der Alisi. Dann ham sie sich wieder versöhnt. Die Mona hat ihn recht umgarnt mit ihren Knödeln, und danach ham s' dann miteinander rumgeknutscht, die zwei.«

»Im Damenklo?«

»Na, draußen neben den Mülltonnen. Ein Luder war s' schon, die Mona. Aber geh, das hätt jetzt auch niemand gedacht, dass die wenig später umkommt. Ja, jeder hat doch gemeint, dass die nach Thailand geflogen ist. Dabei war s' bei uns in der Gefriertruhe drin. Weißt, wie der Wirt vier Wochen im Urlaub war, da bin ich ja noch öfter rein ins Wirtshaus. Zum Blumengießen, und ich hab halt so ein bisserl nach dem Rechten geschaut, gell. Da hätt ich doch nie gedacht, dass die da … und dann haben wir noch Stromausfall gehabt. Eine Woche war die ohne Kühlung dadrin gelegen, stell dir das mal vor.«

»Ja, hast dann nix gerochen, wie du beim Nachschauen hier warst?«

»Mei, leicht gestunken hat's schon. Ich hab dacht, dass vielleicht a tote Maus oder a Ratz irgendwo rumliegt, gell. Weil, unter uns, da Wirt, der nimmt's doch ned so genau mit da Hygiene. Ja, und dann hat er ja auch oft irgendwo ein frisch geschlachtetes Fleisch rumhängen …«, flüstert sie mir zu.

»Hund und Katz?«, flüstere ich.

»Na, Hirsch und Reh«, flüstert sie zurück und grinst.

Aha, daher hat er also immer so viele Fliegen.

»Ja, und wie die Gassner Gitti und ich vor der Achtzigerparty noch eine Begehung g'macht ham, also wie ich ihr halt alles gezeigt hab. Also praktisch, wo sie das Essen und die Getränke hintun kann und so. Da haben wir dann alle zwei in der Küche nach dem toten Ratz gesucht, gell. Weil's eben so gestunken hat. Wie gesagt, auf die Mona in der Truhe wär ich nie gekommen. Unglaublich, was da passiert ist. Und das bei uns in Engelsried.«

Mit einem Mal wird es stockfinster.

Scheiß-Bewegungsmelder.

Weder meine Augen noch ich haben sich auf die plötzliche Dunkelheit einstellen können, da reißt's mich schon wieder. Ja, weil halt ein Mordskaventsmann im halbdunklen Türrahmen drinsteht. Ich sag nur: Metzgerschurz, blutverschmierte Gummistiefel und ein riesiges Küchenmesser in der Hand. Hat die Hemdsärmel hochgekrempelt und hat eine große Wunde am Arm.

Mir stockt der Atem.

Die Martha lacht.

»Was willst denn von den zwei Kölnern?« Es ist die Silhou-
ette vom Wirt, die mich das fragt.

»Ach, nix«, sag ich, verabschiede mich und trete so schnell wie
möglich vom dunklen Gang in die untergehende Sonne hinaus.

Ich weiß einfach nicht, wie ich mit dem Wirt je ein Gespräch
führen soll, wenn mich in seiner Gegenwart jedes Mal die Angst
packt. Der Mann ist mir von jeher unheimlich. Wenn ich es mir
recht überlege, dann könnte auch er tatverdächtig sein. Weil, die
Frage ist doch, ob der nach der Siebzigerfeier wirklich gleich
nach Thailand geflogen ist? Wer weiß, vielleicht hat er ja noch
vorher die Mona um die Ecke gebracht, und die Martha hat ihm
dabei zugesehen. Hat die Mona mit ihm in die Truhe verfrachtet
und hinterher den Stecker aus der Steckdose gezogen, damit die
Spuren verwischt werden.

Und wieso eigentlich fliegt der Wirt zur gleichen Zeit wie
die Mona nach Thailand? So viele Zufälle gibt's doch gar nicht.
Werde den Wirt zu meinen möglichen Tatverdächtigen dazutun,
überlege ich noch. Ach herrje, der Kreis mit den Verdächtigen
wird immer größer. In meinem Hirn geh ich alle noch mal durch.

Da sind der Haslinger und der Klexi.

Der hinterkünftige Schneckerl.

Der Wirt. Von dem ich allerdings kein Tatmotiv hab.

Und der schüchterne Silberfisch Alisi, der zwar nur so brav
tut, aber eine ziemliche Aggressivität an den Tag legt, wenn er
wütend ist.

Und da sind diese Kölner, der hicksende Messerzücker mit
dem Tattoo und den rosa Schnürsenkeln, und der Typ mit dem
Oberlippenbart …

Die Martha nicht zu vergessen.

So ein Mist. Statt dass sich das Dunkle, Ungewisse lüftet,
kommen in dem Fall immer noch mehr Ungereimtheiten dazu.
Der Fall macht mich wahnsinnig.

Am Friedhof biege ich ab. Vielleicht treffe ich dort die Rosl. Die
steht nämlich gerne mal um die Zeit am Grab von ihrem Sepp,
und wenn ich sie dort antreffe, könnte ich sie noch ein bisserl

ausfragen, eventuell weiß die ja was. Aber das Einzige, was ich dort antreffe, ist ein Schild am Tor: »Jeder ist verpflichtet, seinen Grabplatz zu pflegen und dessen Umfeld sauber zu halten. Die Friedhofsverwaltung.« Steht dadrauf! Und jetzt muss ich halt lachen, weil ich echt nicht weiß, ob die Toten ihren Grabplatz und ihr Umfeld in ihrem Zustand so gut pflegen können, dass es der Friedhofsverwaltung gefällt. Das Schild ist neu. Was ebenso neu ist, der Friedhof ist abgesperrt. Ja, spinnen die hier in Engelsried heute alle? Warum verriegeln und verrammeln die hier alles? Und dann auch noch den Friedhof? Haben die Angst, dass die Toten auferstehen? Eine Gedankenblase nach der anderen steigt bei mir auf. Meine Verwirrung wächst. Gibt's hier einen Vampir? Kommt Frankenstein?

Auf der gegenüberliegenden Seite der Straße, da steht sie dann, die Rosl. Bei der Ostermeier Liesl. Sie wissen schon, die mit der Osterdeko im Blumenkasten. Die Liesl hebelt gerade ihre Kellerroste aus den Schächten.

»Griaß euch«, grüß ich freundlich. Aber die Liesl verschwindet samt Kellerrost im Stall. Hat rund ums Haus keinen einzigen Rost mehr in den Schächten. Nur die zerrupfte Osterdeko ist noch da. Der Hase fehlt.

»Was ist denn hier los?«, frag ich die Rosl, aber auch die ist praktisch schon auf dem Sprung.

»Ich muss heim«, sagt sie und wackelt mit ihrem Gehstock davon. Und jetzt kapier ich halt noch weniger wie vorher. Weil, wenn die Leute hier alles verräumen und die Rosl keine Zeit zum Ratschen nicht hat, dann muss wohl doch ein Vampir auferstanden sein, oder es kommt doch das Filmteam vom Bayerischen Rundfunk?

Hatten die Dorfbewohner alle einen Zettel im Briefkasten, wo draufsteht »Wir filmen heute Ihren schönen Ort, bitte bleiben Sie zu Hause«? Was ist hier los?

»Rosl, ich hätte da aber ein paar Fragen an dich«, sag ich und geh ihr hinterher.

»Nix da, ich muss schauen, dass ich meine Fensterläden zumach«, wackelt sie weiter.

»Ja, sag amal, was ist denn hier los?«, stell ich mich demonstrativ vor sie hin.

»Ja mei, Mädle, da merkt man halt, dass du lang z' München drin warst, geh. Freinacht ist, was denn sonst?«

Freinacht. Ach so. Mei o mei, jetzt fällt bei mir das Zehnerl. Freilich. Das ich da nicht früher drauf gekommen bin. Die Freinacht, das muss ich hier schnell erklären, ist ein alter oberbayrischer Brauch, bei dem Jugendliche im Dunkeln durch den Ort ziehen und alles mitnehmen, was nicht niet- und nagelfest ist, um es dann hinterher ganz woanders wieder abzulegen. Haben der Heinzi, die Babsi und ich freilich früher auch gemacht. Unser Lieblingsopfer: der Wirt. Ja, dem sein Gartentürchen haben wir jedes Jahr verzogen. Ich sag nur: Bach. Aber wurscht. Jedenfalls rührt die Freinacht von einem alten Brauch her, nach dem es früher im bäuerlichen Umfeld nicht angemessen war, wenn man an einem Feiertag sein bewegliches Inventar rund um den Hof hat rumstehen lassen. Also hat die Dorfjugend einen Tag vor dem Feiertag »aufgeräumt«. Sie haben offene Tore versteckt oder auch schon mal einen herumstehenden Heuwagen zerlegt und ihn danach auf einem Stadeldach wieder zusammengebaut. Aber, wie gesagt, immer vor einem Feiertag. Deshalb ist die Freinacht im Oberland auch nicht überall am selben Tag. In manchen Orten ist sie am letzten Tag im April und in anderen Orten am Pfingstsamstag. Dort nennt man sie dann aber nicht Freinacht, sondern Pfingstlümmeln. So, nun wissen Sie Bescheid. Ja, mit der Elli, da können S' noch was lernen, gell.

Kaum ist die Rosl ums Eck gewackelt, da nehme auch ich den Heimweg. Daheim angekommen, räumt die Leni gerade den Schuppen aus und stellt einen Haufen Kruscht bei uns vors Haus. Eine alte, verrostete Schaufel, einen Mistkarren von der Oma, alte Decken, allerhand Schrott halt.

»Hä?«

»Günstige Gelegenheit«, erklärt mir die Leni. Wenn die Jugendlichen das ganze Graffel mitnehmen, ist es weg.«

Schau an, so blöd ist die gar nicht, wie die ausschaut. Also helfe ich ihr noch schnell, weil, heute kommt zwar kein Filmteam vom BR, aber bei uns daheim herrscht nun das Motto »Schöner Wohnen«.

»Warum der Föhn, der geht doch noch? War der nicht bei euch im Bad an der Wand gehangen?«, frag ich, wie ich das Teil mit dem Schlauch nach draußen trage.

»Ach, des Glump, den hot da Heinzi mol bei einem Ausflug mit dem Fischerverein im Hotel am Lago Maggiore mitgehen lassen. Bei dem Graffel hot ma samt Schlauch pausenlos an halben Meter von der Wand weggehen müssen, dass der überhaupt angeht. Ja, und weil mir bei uns im Bad so wenig Platz ham, host dich zwangsläufig zum Föhnen in de Wanne neistellen müssen.«

Okay, so was geht ja gar nicht.

»I föhn meine Haare eh ned, und jetzt ham mir ja an neuen Föhn. Du, der hot Bums, des sag i dir. Keine Ahnung, wo den der Heinzi herhat.«

Erzähle ich es ihr halt, wo er den Föhn herhat. Sie schüttelt den Kopf. Und dann verrät sie mir, dass sie durchaus am Überlegen ist, ob sie zwecks dem Motto »Schöner Wohnen« nicht auch gleich den Heinzi mit auf die Straße stellen sollte, weil er sie halt nervt und so. Und das find ich jetzt echt unnötig. Ja, weil, die Jugendlichen nehmen den Heinzi doch bestimmt nicht mit.

15

Später kommt dann die Babsi vorbei. Die hat sich mal wieder in Schale geschmissen wie Calimero. Ich sag nur: schlüpfriger Tigerlook. Wir wollen heute gemeinsam weggehen. Ich übergebe ihr meine Autoschlüssel, und wir düsen mit der Daisy los.

»Du hast ja gar keinen Mantel an«, bemerke ich noch, aber die Babsi erklärt mir lachend, dass sie solch ein Kleidungsstück heute nicht braucht, weil es erstens warm genug ist und zweitens der Mantel nicht zu ihrem Look passt. Und so sitzen wir also wenig später mit einem Haufen Engelsrieder Weiber in einem Wirtshaus in Steingaden. Da findet heute das »Wirtschaftswunder« statt. Das kennen Sie vermutlich jetzt nicht, gell. Das ist kein Wunder. Weil, das kennen hier im Pfaffenwinkel auch nur wenige. Aber die, die es kennen, die setzen sich eben am letzten Tag im April in Steingaden in ein Wirtshaus rein und warten. Bis ein Theaterspieler, Musiker oder Künstler kommt und dort seine Stücke aufführt. Die nämlich ziehen von Kneipe zu Kneipe. Und sammeln dabei Spenden für einen guten Zweck ein. Das ist eine echt gute Sache, und zwischen den einzelnen Künstlern, da kann man als Gast freilich prima ratschen. Das tun wir auch ausgiebig. Bis halt dann Meister Proper auftaucht.

Was will der da?

Will der uns hier etwa Putzmittel und Lappen verkaufen? Oder Gutscheine für Schwimmkurse verteilen? Jedenfalls setzt er sich an die Bar und nimmt dort einen Drink. Und weil einige der Damen hier am Tisch heute Vormittag bei der Gitti zur Putzparty eingeladen waren, die freilich der Berti veranstaltet hat, da winken sie den Typ jetzt zu uns an den Tisch.

Kaum hockt er da, ist Ratschen nicht mehr möglich. Ja, weil die Damenwelt, allen voran die Leni, dahinschmilzt und ihn anhimmelt wie einen Halbgott. Die Frau vom Klexi, die heißt Luise, die rutscht immer noch näher zu ihm hin, sodass der gute Berti praktisch irgendwann von wuschigen Weibern eingekesselt ist. Dem Berti gefällt's. Suhlt sich in dem Gesülze der Weiber und schielt dabei der Babsi dauernd in den Ausschnitt.

»Der Typ ist der Wahnsinn«, erklärt sie mir, wie wir später gemeinsam auf dem Klo sind. »Du, der hat irgendwie so besondere Schwingungen. Ich spüre das. Und was soll ich sagen, meine und seine Schwingungen ... die schwingen irgendwie synchron, weißt.«

Ich sag ihr, dass ich bezüglich dieses Muskelprotzes kein gutes Gefühl nicht habe, aber die Babsi will da gar nix davon hören, und im Laufe des Abends geht sie dann irgendwann mit ihm zum Rauchen nach draußen.

Obwohl jetzt Meister Proper nicht mehr bei uns am Tisch sitzt, wird hier kräftig weitergeschwärmt. Allen voran diese Luise. Okay, wenn man daheim so einen untreuen Weiberer wie den Klexi hat, dann ist es kein Wunder, dass man mal nach anderen Männern schielt, gell. Aber langsam werden ihre Schwärmereien echt peinlich. Weil, angeblich sei es so unglaublich ästhetisch, wie Berti mit seinen Speziallappen über Böden und Bilder gehe ...

Die Leni ist es dann, die das Gespräch endlich in eine andere Bahn lenkt. Kommt vom Thema Lappen und Bild auf das Stillleben ihres Gatten im ehelichen Schlafgemach zu sprechen. Und die andren Weiber pflichten ihr halt bei. Weil ebenso Lappen und Stillleben. Vermute, daher ist für sie alle der schöne Berti eine Augenweide. Mensch, was soll denn ich da sagen, ha? Also, wenn hier jemand momentan ein sexuelles Stillleben hat, dann ja wohl ich.

Aber die Frau vom Klexi, die hat dann einen Tipp parat, wie man so ein langweiliges Eheleben ein bisserl aufpimpen könnte. »Kennt ihr ›Dirty Tatsching‹ im Bett?«, schaut sie uns alle an, worauf halt jede den Kopf schüttelt, weil's vermutlich keiner kennt. »Ich sag nur: Liebesspiel. Du, da schlupft man mit seinem Alten im Dunkeln unter eine Decke, und dann ... dann tut ihr euch da dabei ... betatschen. Und Achtung, jetzt wird's spannend, dabei werfts ihr euch schmutzige Wörter an den Kopf. Wie gesagt, es heißt Dirty Tatsching.«

Die anderen lachen, und die Leni schaut blöd. Kapiert wohl wieder mal nix. Kommt auch nicht zum Nachfragen, weil jetzt nämlich die Stiglmeier auftritt. Eine Kabarettistin und Autorin aus Peiting. Wir lachen Tränen bei dem, was die uns hier darbietet. Tja, und weil ich halt anschließend mit Lachmuskelschmerzen und Tränentrocknen beschäftigt bin, da merk ich gar nicht, dass die Babsi immer noch nicht vom Rauchen zurück ist. Zwischendrin ist sie mal kurz aufgetaucht und hat sich meinen Mantel ausgeliehen, und seitdem ist sie weg.

Kommt auch nicht, wie kein Künstler mehr erscheint und wie die anderen so nach und nach heimfahren. Und schon gar nicht, wie mich der Wirt wegen der Sperrstunde auf die Straße setzt. Also steh ich erst mal da. Ohne Mantel und freilich auch ohne Führerschein. Dafür mit Minirock und Bluse samt Pumps. Okay, ein, zwei Gläser Rotwein und eine Mordswut hab ich ebenso. Es ist nämlich allerhand, was die Babsi sich da leistet. Hat nicht nur meinen Mantel, sondern auch meinen Schlüsselbund. Der nämlich ist in der Manteltasche. Noch dazu hat es angefangen zu regnen. Mords der Temperatursturz. Vielen lieben Dank, allerliebste Babsi.

Ich habe Glück, die Autotüre von der Daisy ist offen, und der liebe gute Onkel Hans hatte für Notfälle immer einen Ersatzschlüssel in der Ritze der Rücksitzbank. Komm mir jetzt eh vor wie der Onkel. Weil ich halt den Motor anschmeiße und alkoholisiert heimfahre. Freilich nicht mit dem Alkoholpegel vom Onkel, nein, das nicht, aber hilft ja nix. Ja, meinen Sie, ich warte hier in der Kälte auf die Babsi bis zum Sankt-Nimmerleins-Tag?

Aber das mit dem Heimfahren und der Daisy ist nun wieder mal so eine Sache, gell. Weil sie halt nicht heimwill, die Daisy. Streikt auf halber Strecke, und das mitten in der Pampa.

Himmelherrgottsakrament. Warum fährt die jetzt nicht? Da hat man ein Auto, hegt und pflegt es wie sein eigenes Kind, und dann rebelliert die wie ein pubertierendes dreizehnjähriges Girlie. Dabei ist die Daisy ja viel älter. Da könnte man doch ein bisserl eine Vernunft erwarten, oder?

Auch beim dritten Versuch mag die Kiste ums Verrecken nicht anspringen.

Langsam wird's kalt. Aber der liebe Gott ist gnädig, und ich finde auf der Rücksitzbank eine Mütze vom Rupi und eine Jacke von der Josi, die mir freilich viel zu klein ist. Ohne viel zu überlegen zwänge ich mich da rein. Zuerst den einen Ärmel und dann ... dann den anderen. Oh Mann, ist die eng. Kann mich echt nicht drin rühren. Zwangsjacke: Dreck dagegen. Geht freilich vorne nicht zu. Hilft also weder für kalt noch für warm.

Eine halbe Stunde später, mich friert's wie einen Schlosshund. Die Füße mutieren langsam zu Eisklötzen. Rede ich freundlich auf die Daisy ein. Siehe da, sie läuft.

Ich schlotter, und die Daisy zuckelt. Ganz langsam im ersten Gang. Ja, was soll ich machen, an die Schaltung komme ich ja mit der blöden Zwangsjacke nicht hin. Kaum fahr ich so, nähert sich von hinten ein Auto. Fährt langsam an mir vorbei und winkt. Nein, nicht mit der Hand. Mit der Kelle.

Himmelherrgottsakramentkreuzbirnbaumundhollerstauden, das hat mir noch gefehlt.

»Elli. Ganz freundlich bleiben«, sag ich zu mir.

Jemand klopft an meine Fahrertür. Hoffentlich ist es nicht dieser Käsefußflori. Der ist polizeilich so scharf wie sein Geruch. Und wenn der mich hier aus dem Verkehr zieht, dann kann ich den Rest der Nacht in einer Zelle verbringen.

»Führerschein, Fahrzeugpapiere«, ertönt es durch die beschlagenen Scheiben und durchs Blech. Also versuche ich, die Klappe von der Tür aufzumachen, komm aber zwecks der blöden Jacke ums Verrecken nicht hin.

»Führerschein und Fahrzeugpapiere«, höre ich wieder, dann wird auch schon mit Schwung von außen die Tür aufgerissen.

Ich schaue auf eine dunkle Jeans, dann eine schwarze Lederjacke und setzte ratzfatz meinen »Ich bin unschuldig«-Blick auf, erkenne dann aber in Sekundenschnelle den Mann vor mir.

»Lenz«, sag ich freudig, und mein Unschuldsblick wandelt sich augenblicklich in ein Strahlen. Gleich wird er mir sein Lächeln schenken. Dieses wunderbare Lächeln, das ihm jedes Mal unfreiwillig übers Gesicht fährt, wenn er mich in einer misslichen Lage sieht. Und dies hier ist eine echte unangenehme Situation. Ich mein, eingeklemmt in einer Zwangsjacke. Also, wenn die Lage nicht fatal ist, dann weiß ich auch nicht.

»Führerschein und Fahrzeugpapiere«, wiederholt er patzig. Von einem Schmunzeln keine Spur.

»Lenz«, wimmere ich.

»Führerschein.«

»Hab ich nicht.« Langsam werd ich sauer. Dass ich keinen Lappen habe, hat sich bestimmt schon bis zu ihm durchgesprochen. Dann braucht der doch hier nicht den Polizisten spielen, oder?

»Aussteigen«, befiehlt er mir. Und streckt mir die Hand entgegen. Jedoch nicht, weil er mir aus dem Auto helfen will, sondern weil er die Autoschlüssel von mir einfordert.

Ja, sag mal, was soll denn das? Fahren ohne Führerschein mit Alkohol am Steuer, ich mein, das ist doch nun wirklich kein Grund, dass man da so … immerhin sind wir miteinander liiert. Da kann man doch auch mal eine Ausnahme machen.

»Hamma was getrunken?«, schnuppert er doch allen Ernstes auch noch an mir herum, kaum dass ich mich mühevoll aus dem Auto geschält und ihm die Schüssel auf die Handfläche gepfeffert habe.

»Das weiß ich nicht, Herr Hauptkommissar, ob Sie was getrunken haben, ich jedenfalls hab nix getrunken«, werfe ich missbilligend meinen Kopf nach hinten und zieh dabei einen Schmollmund hin. Ich würde ja gerne demonstrativ meine Arme vor der Brust verschränken, geht aber nicht.

Jetzt grinst er.

Der grinst! Smiled da rum, und ich steh da, eingepfercht in einer Zwangsjacke und mit Eisklötzen an den Beinen. Wissen S', was ich auf den Tod nicht ausstehen kann? Wenn mich jemand angrinst. Und schon gar nicht in so einer blöden Situation. Hallo, geht's noch?

Der Lenz dreht sich jetzt einfach um und geht zu seinem

Auto. Ein Benehmen hat der. Hält mir die Tür von seinem Karren auf und deutet mir damit an, dass ich bei ihm einsteigen soll. Was ich freilich jetzt nicht mach. Weil, das seh ich doch gar nicht ein, dass ich mich nach der Aktion zu ihm ins Auto hock. Von dem lass ich mich nicht heimfahren. Von dem nicht! »Das kommt ja überhaupt nicht in Frage«, sag ich trotzig und werfe ihm den giftigsten Blick zu, den ich im Repertoire habe.

»Gut, dann nicht«, knallt er die Autotür zu, geht um sein Auto herum und hockt sich ans Steuer.

Der wird mich doch hier nicht bei der Kälte im Regen stehen lassen?

Ich habe mir die Frage noch gar nicht zu Ende gestellt, da startet er auch schon den Motor und dampft ab.

Ich schau zu, wie sein Sportwagen in der dunklen Nacht verschwindet.

Ich fass es nicht. Lässt der mich hier mitten in der Pampa stehen, ohne Autoschlüssel.

Hier, wo sich Fuchs und Hase Gute Nacht sagen. Wo weit und breit kein Mensch wohnt. Ja, der hat doch nicht alle Tassen im Schrank, oder?

Der braucht bei mir erst gar nicht mehr anzukommen, der Lenz. Heute nicht und morgen nicht. Nie wieder. Es hat sich ausgelenzt!

Ich ruf den Heinzi an.

Genau. Den rufe ich jetzt an. Der holt mich und dann …

Warum hat man in so einer gottverlassenen Scheißgegend keinen Empfang?

Gut, dann geh ich halt heim. Sind ja nur round about zwanzig Kilometer. Es ist dunkel. Schirm hab ich auch keinen, von der Kälte brauchen wir gar nicht reden.

Nachdem ich ein paar Meter gelaufen bin, kommt mir ein Auto entgegen. Ich winke. Halbwegs. Weil, winken ist mit der Jacke ja nicht möglich.

»Also, doch mitfahren?«, grinst mich der Lenz erneut aus seinem Auto heraus an. Der hat Nerven.

Freundlicherweise hilft er mir noch aus der Zwangsjacke

und hält mir die Beifahrertür auf. So viel Freundlichkeit hätte ich jetzt gar nicht erwartet.

Wenig später braust er los, und ich hock da, die Sitzheizung unterm Arsch. Rock und Bluse dampfen, meine Zähne klappern. Es hat aufgehört zu regnen.

Sein Handy klingelt. Er hebt ab, und ich darf mithören, zwecks Freisprechanlage. Die Gitti ist dran. Ich erkenne ihre Stimme sofort. Und das, obwohl sie flüstert. Sie klingt ganz aufgeregt. Faselt irgendwas von Geräuschen im Wohnzimmer und von Außerirdischen, die kommen und sie holen wollen. Und da frag ich mich jetzt echt, ob die nicht was geraucht hat, die liebe Gitti. Ich mein, warum sollten Außerirdische ausgerechnet die Gitti holen. Wir haben doch hier in Engelsried so nette Frauen. Die Semmelmeier zum Beispiel. Ja, wenn die Außerirdischen die holen würden, das könnte man ja echt verstehen. Weil dann hätten die da oben auf deren Planeten ja wenigstens leckeres italienisches Gebäck. Aber die Gitti …

»Wir haben hier ein kleines Vermögen im Wohnzimmer gebunkert. Bitte kommen Sie schnell«, wird sie nun regelrecht hysterisch. Noch nie, ich wiederhole, noch nie hab ich sie so erlebt.

Der Lenz ist die Ruhe selbst. Redet leise mit beruhigenden Worten auf sie ein. Sagt ihr, dass sie sich in einem Zimmer einsperren soll, bis er kommt. Und dann fährt er rechts ran. Will, dass ich aussteige. Was ich natürlich nicht mache. Ich mein, zuerst will er unbedingt, dass ich bei ihm einsteige, und jetzt soll ich aussteigen? So weit kommt's noch. Außerirdische bei der Gitti. Ja, das muss ich doch sehen.

16

Die Gitti wohnt in einem Niedrigenergie-Smarthome im Neubaugebiet. Und wenn man den Aussagen der Hausherrin Glauben schenken darf, ist das ja ein superduper Haus. Hat eine Alarmanlage vom Feinsten und ein unglaublich tolles Klima, wegen dem perfekten integrierten Lüftungssystem.

So ein Lüftungssystem, das kann ja durchaus eine gute Sache sein. Wenn zum Beispiel der Poldi mal ins Kissen furzt, ist es bestimmt besser, wenn der Geruch gleich abzieht, noch bevor ihn die Gitti zu riechen bekommt, weil sie sonst eine Riesenwelle schieben würde. Aber unsereins braucht so was nicht.

Eventuell sind die Außerirdischen ja durch das Lüftungssystem gekommen, wer weiß. Haben sich womöglich noch dabei so Keime reingezogen, die sich in so Lüftungssystemen halt gerne tummeln. Werden womöglich noch krank?

Wie sind die überhaupt ins Haus gekommen? Funktioniert die Alarmanlage bei Marsmenschen nicht?

»Die Gassner Brigitte ist meine Freundin. Sie ist sicher froh, wenn ich ihr beruhigend beistehen kann«, stell ich schnell klar. Der Lenz nickt und fährt weiter. Parkt dann sein Auto direkt vor dem hell beleuchteten Haus.

»Du bleibst vorerst mal sitzen«, befiehlt er mir, steigt aus und geht langsam auf die Schickimicki-Niedrigenergiehütte zu. Anfangs wollt ich ja protestieren, aber wie ich dem Lenz über die Heckscheibe so nachschau, da entdecke ich auf der Rücksitzbank von seinem Auto einen blauen Hefter mit Akten drin. Meine Intuition, die sagt mir: Elli, Elli, sagt sie mir, schau da mal rein.

Und dann schau ich da halt rein, gell. Und ja, die Intuition war goldrichtig. Die Polizeiakten sind von der Hofreiter Mona und freilich für mich hochinteressant. Endlich komme ich an die gewünschten Infos.

Zum Lesen habe ich allerdings keine Zeit. Daher zücke ich mein Handy und mache schnell ein paar Fotos. Die ganze Akte schaffe ich leider nicht abzufotografieren. Der Lenz kommt zurück und holt aus der Ablage vom Auto seinen Dienstausweis.

Die Gitti wartet derweil im Vorgarten. Lässt sich dann den Ausweis zeigen und redet und redet. Deutet dabei dauernd auf das Haus. Ich steig mal aus. Kaum sieht sie mich, verstummt sie schlagartig. Steht da mit offenem Mund und starrt mich an.

»Was genau ist denn passiert?«, will der Polizist nun aber von ihr wissen.

Die Gitti schaut zwischen dem Lenz und mir hin und her. »Was machst du denn da?«, fragt sie mich dann völlig gefasst, also praktisch wie immer, und schiebt sich dabei die Brille auf die Nase.

»Erklär ich dir ein andermal«, wink ich gleich ab. Schließlich geht es hier nicht um mich, sondern um die Außerirdischen. Und dann fängt sie endlich an zu erzählen.

»Also, ich lieg im Bett und träum halt was von Außerirdischen. Phantasiere halt so rum, dass die kommen und mich holen, da hör ich im Halbschlaf Geräusche im Wohnzimmer. Wie ich wach werde, stelle ich fest, der Poldi ist weg. Wissen S', ich hab ja zuerst gedacht, dass er die Geräusche gemacht hat. Dass er vielleicht nicht schlafen hat können und sich deshalb einen schönen Baldriantee mit einem Fitzelchen Zitrone gemacht hat oder so. Dann ist mir aber eingefallen, dass der Poldi gar nicht da ist. Der ist nämlich über das Wochenende mit dem Kegelclub zur Kegelmeisterschaft nach Südtirol gefahren. Also bin ich zum Hans Jürgen ins Zimmer rein, aber der hat fest geschlafen und die Sarah Jessica ebenso ...«

Ich hoffe, die Gitti wird mit ihrem ausführlichen Bericht bald fertig. Schließlich steht sie hier bei der Kälte im Garten und hat nur ein Nachthemd an, und zwar ein hauchdünnes. Ein kurzes, zartes Etwas mit Spitze in Rosa. Ich hätte nicht gedacht, dass die überhaupt so was trägt. Ob sie so was immer anhat? Und warum ausgerechnet, wenn der Poldi nicht da ist? Überhaupt schaut die Gitti aus wie aus dem Ei gepellt. Keine Spur von einer Alptraumnacht mit Außerirdischen.

»Daraufhin bin ich dann ins Wohnzimmer runter und hab diese furchtbare Unordnung gesehen. Und die kaputte Terrassentür. Ja, und dann hab ich Sie gleich angerufen. Der Poldi hat doch Ihre Nummer an der Pinnwand hängen. Die Einbrecher jedenfalls sind weg.«

»Gut. Dann wollen wir uns die Sache doch mal genauer anschauen«, marschiert der Lenz aufs Haus zu.

»Wir haben eine Alarmanlage mit Gesichtserkennung. Normalerweise kommt hier niemand rein«, rennt ihm die Gitti hinterher. Aha, eine Alarmanlage mit Gesichtserkennung. Mhm, dann wundert es mich echt, dass die Alarmanlage generell die Gitti ins Haus reinlässt, bei der Visage.

Das Wohnzimmer von der Gitti schaut normalerweise aus wie ein Zimmer aus einem Hochglanzmagazin. Jedes Teil, was dort steht, ist von ihr persönlich mühevoll ausgesucht und hindrapiert worden. Aber jetzt liegt hier alles durcheinander auf dem Boden. Da waren Einbrecher am Werk, ganz klar.

Gekonnt tasten die Augen vom Lenz der Gitti ihr Gesamtkunstwerk samt Verhau ab.

»Den Flur hab ich schon durchgewischt. Bin noch nicht ganz fertig geworden, mei, die haben ja einen Dreck reingetragen.«

Die hat duchgewischt?

Das Weib ist brunzhummeldumm.

»Mein Schmuck und die Rolex vom Poldi sind weg. Die Diebe sind durch die Terrassentür ins Haus reingekommen.«

»Die Terrassentür haben Sie aber jetzt noch nicht abgewischt?«, fragt der Lenz immer noch ganz ruhig. Ist jetzt schwer beschäftigt. Sichert Spuren. Polizeiarbeit. Ganz der Profi.

Die Gitti bringt noch schnell die Bücher in ihrem Wohnzimmerregal auf Linie und fragt mich dann, ob ich einen Kaffee will. Nein, mag ich nicht. Aber einen Tee mag ich. Und bevor ich ihr in ihre Hightechküche folge, schieb ich noch im Wohnzimmer beim Vorbeigehen zwei ihrer Bücher mit dem Finger ganz tief ins Regal hinein. Damit sie morgen was zu tun hat, die Gitti.

»Sag mal, warum bist du eigentlich geschminkt, so mitten in der Nacht?«, zieh ich mir die Mütze vom Kopf und setz mich zu ihr an den Tisch.

»Hab ich noch schnell gemacht, bevor ihr gekommen seid. Ja, glaubst du, ich trete der Polizei so verschlafen unter die Augen? Was sollen die denn von mir denken, wenn ich ausschau wie eine Geisterbahn.«

Aha, die Gitti sieht also ungeschminkt aus wie eine Geisterbahn. Na gut, das kann sein. Da will ich ihr echt nicht widersprechen.

»Was machst du denn mit diesem Schmiedi um diese Zeit in seinem Auto? Hast du was mit dem?«, flüstert sie und mustert mich von oben bis unten. »Ist das nicht der Kerl, der auf der Party vom Poldi dem Haslinger eine reingehauen hat? Du hast im Übrigen schreckliche Mützenhaare«, schiebt sie sich schon wieder mit dem Finger die Brille auf die Nase.

»Ach, er hat mich auf der Straße aufgegabelt, weil ich mit der Daisy eine Panne hatte«, streich ich mein Haar glatt.

»Ich sag dir doch schon lang, dass diese Schrottkarre kein Auto ist, sondern eine Zumutung. Jetzt schaff dir endlich mal ein gescheites Auto an, das auch fährt. Der Poldi besorgt dir bestimmt einen guten Kredit. Du bist doch nicht etwa selber gefahren?«, fragt sie mich zwar noch, richtet aber dann ihre ganze Aufmerksamkeit auf den Lenz, der jetzt in seiner ganzen Herrlichkeit im Türrahmen steht. Sie wirkt mehr so … wuschig. Außerirdische, Angst, Einbrecher. Komplett vergessen. Macht ihm gleich mit ihrem superduper Kaffeevollautomaten einen Kaffee. Ja, geht's noch. Die soll gefälligst ihre Aufmerksamkeit ihrem Poldi schenken und nicht meinen Lenz anbaggern.

»Und Sie haben die Elli also auf der Straße aufgegabelt«, süßelt sie ihn an.

»Kann man so sagen. Ja. Frau Gassner, ist Ihnen sonst noch etwas aufgefallen? Wegen dem Einbruch, mein ich.«

»Ach so, nö, was soll mir denn aufgefallen sein?«

Sie stellt ihm den Kaffee an den Tisch. »Mit Milch und Zucker?«, flötet sie honigsüß und grinst. Blöde Kuh.

»Schwarz.«

»Ich habe keine Ahnung. Jedenfalls waren es zwei Männer. Haben vermutlich nicht damit gerechnet, dass jemand im Haus ist. Wie sie mich gehört haben, sind sie durch den Garten geflüchtet. Haben fürchterlich geflucht.«

»Frau Gassner, wie haben die Männer denn gesprochen beziehungsweise geflucht?«

»Mhm, weiß nicht.«

Sie weiß es nicht. Das ist wieder typisch. Die Frau hat einfach keinerlei kriminalistisches Gespür. Hatte sie ja noch nie. Kann praktisch überhaupt keine Aussage über die Männer machen. Außer dass sie die Straße hochgelaufen sind. An ein Fluchtfahrzeug kann sie sich auch nicht erinnern. Deswegen fordert sie der Lenz jetzt auf, dass sie morgen auf dem Präsidium in Schongau noch mal eine genaue Aussage machen soll.

Und wie dann die Spusi hier auftaucht, zwecks Fußspuren im Garten und so, da verlassen der Lenz und ich dieses Niedrigenergiehaus samt der Wuschigkeit der Bewohnerin. Die Gitti und ich busseln uns zum Abschied noch ab, und sie wünscht mir dabei eine schöne Nacht und zwinkert dabei mit den Augendeckeln. Blöde Kuh.

Es ist schon halb drei, wie der Lenz und ich heimwärts sausen. Vorbei an mit Klopapier und Rasierschaum freinächtlich eingesauten Autos.

»Die haben hier ja ganz schön gewütet«, bemerkt auch der Lenz, und obwohl meine Wut gegen ihn freilich nun komplett verflogen ist und ich tagelang drauf gewartet hab, dass ich mit ihm reden kann, da weiß ich nun nicht so recht, was ich sagen soll.

»Hast du eine Ahnung, wer da bei den Gassners eingebrochen ist?«, fragt er mich dann im Ernst. Ich schüttele nur den Kopf.

Erst wie wir in den Hof reinfahren, frag ich ihn, wie weit er mit dem Mordfall ist.

»Geht so«, macht er den Motor aus. Im Schein der Straßenlaterne kann ich sein Gesicht sehen.

Normalerweise mag ich sie nicht, die Laterne. Weil sie nachts mein Schlafzimmer immer so hell ausleuchtet. Aber jetzt ... mag ich sie, weil sie mir den Blick zum Lenz ebnet. Was ich allerdings in seinem Gesicht sehe, das gefällt mir ganz und gar nicht. Seriosität und Strenge sehe ich. Das steht ihm gar nicht. Da ist mir sein Gegrinse echt lieber. Und er ist so seltsam still.

Gar nicht gut.

Es handelt sich nämlich um die Art von Stille, die mir sagt, dass er auf mich immer noch sauer ist. Ich vermute, er steht halt nicht auf Fahren ohne Führerschein und solche Mätzchen. Und das mit dem Haslinger kommt natürlich auch noch dazu. Nein, da steht er bestimmt nicht drauf.

Eigentlich weiß ich gar nicht, auf was der Lenz so genau steht. Außer auf meinen Körper und auf Mordfälle freilich. Aber so viel ist klar, dass er seinen Gram gegen mich die ganze Zeit in sich reingefressen hat, ohne es herauszulassen. Und dann staut sich so was halt im Bauch drin an. Oje. Stau im Bauch beim Lenz, das kann sich für mich arg übel auswirken. Es riecht hier schon förmlich nach Ärger.

»Lenz, ich ...«, schau ich ihm ganz tief in die rehbraunen Augen.

»Elli. Das mit uns zwei, das hat keinen Wert. Wir sind einfach zu verschieden«, sagt er dann.

Wir sind zu verschieden?

Wo bitte sind wir verschieden? In uns beiden lodert dieses Ermittlungsfieber, der Drang nach Aufklärung, nach Gerechtigkeit, und überhaupt sind wir zwei doch ineinander verknallt wie zwei dreizehnjährige Teenager. Unsere Körper ziehen sich magisch an, dass wir, kaum dass sie sich berühren, uns die Kleider vom Leib reißen.

»Ja, wo bitte sind wir verschieden? Bei uns, da passt doch kein Blatt mehr dazwischen.«

»Aber der Haslinger, der passt dazwischen«, sagt der Lenz traurig.

»Ach, jetzt hör halt mal mit dem Haslinger auf. Ich hab nix mit dem. Mensch, ich wollte doch nur wissen, ob der immer noch beim Küssen so sabbert. Das war ein Versuch, verstehst. Außerdem war ich beschwipst.«

»Elli. Auf Versuche, da hab ich keine Lust. Das habe ich schon mit meiner Frau hinter mir. Die hockt jetzt in Spanien und versucht, mit einem spanischen Kollegen von mir glücklich zu werden. Du, es ist schon spät, ich hab heute noch einen harten Tag, und ich wär dir dankbar, wenn du jetzt aussteigen würdest«, sagt er, und jetzt bin ich erst mal perplex und sprachlos noch dazu.

»Lenz …«, kann ich nur sagen, weil er immer noch so unnahbar und ungnädig dahockt. Schaut stur durch die Windschutzscheibe und klopft mit den Fingern auf dem Lenkrad herum.

Dann öffne ich halt den Gurt und steig aus. Wehmütig, fragen S' nicht. Mein Status: gebeutelter Hund. Schwankt zwischen Enttäuschung und Schwermut.

Draußen im Hof taste ich erst mal meine Kleidung nach den Hausschlüsseln ab. Die ich freilich nicht habe.

Was nun?

Die Leni und den Heinzi rausklingeln? Zurück zur Gitti?

Beim Gustl oben brennt Licht.

Ich sammle im Blumenbeet ein paar Kieselsteine auf und versuch, sie dem Gustl ans Fenster zu werfen. Aber keine Chance. Weil, Weitwurf war noch nie meine Stärke.

Auf einmal steht der Lenz hinter mir. Er riecht nach diesem umwerfenden Rasierwasser, das haut mich um.

Okay, ich tu so, als würde es mich umwerfen. Weil ich weit nach hinten aushole und dabei ins Trudeln komm, verstehn S'? Trick siebzehn halt. Jedenfalls fall ich, und er fängt mich auf. Also hat's funktioniert. Nutze die Gelegenheit, um mich ein bisserl an seiner Brust zu aalen. Aber Gelegenheit unglaublich kurz. Der Mann ist einfach zu schlau. Mist, so ein Kriminaler fällt doch auch nie und nimmer nicht auf weibliche Tricks herein.

»Gib mir mal ein paar Steinchen«, tritt er zur Seite und hält die Handfläche auf.

Kaum hab ich ihm die Steinchen übergeben, feuert er sie auch schon auf das hell beleuchtete Fenster, aber der Gustl hört nicht. Hat vermutlich mal wieder die Kopfhörer auf den Ohren.

Ich steh da, den Blick auf den Mann gerichtet, dessen Body ich schon des Öfteren in meinem Ermittlungseifer bis in den letzten Winkel hinein erforscht habe. Gleich wird's wieder so weit sein. Er wird mich fragen, ob ich mit ihm mitfahre und bei ihm schlafe. Ja, was anderes bleibt ihm jetzt fast nicht übrig, gell. Und wenn ich dann schon mal bei ihm bin, da wird er mir nicht widerstehen können, er wird mich langsam aus den Klamotten schälen und dann werden wir Dings ...

Er schaut mich an.

Dann schau ich ihn an.

Wir schauen uns beide an, und dann ... dann ... bellt der Hund.

Im Schlafzimmer von der Leni wackeln die Vorhänge.

Ja toll. Der blöde Hund kann einem aber auch alles versauen.

Lang dauert's nicht, dann erscheint die Leni schlaftrunken in ihrer ganzen Pracht an der Haustür. Mit Betthaube und im Flanellnachthemd. Hintendrein der dumme Köter, der wie ein Wilder auf den Lenz zurennt und vor Freude mit dem Schwanz wedelt.

Kaum bin ich im Haus, da haut die Leni auch schon hinter mir die Tür zu. Hat den Lenz erst gar nicht gesehen.

»Der Hund«, sag ich und mach die Tür noch mal auf.

»Welcher Hund?«, fragt die Leni und wackelt in ihre Wohnung zurück. Und wie ich die Tür erneut aufmache, da steht der Lenz samt Waldi auf dem Arm auf der Fußmatte und grinst.

Der grinst. Ein gutes Zeichen.

Bin drauf und dran, ihn samt Hund in den Flur reinzuziehen, ihn gegen die Wand zu drücken und abzuknutschen.

»Gute Nacht, Elli«, sagt er und übergibt mir den Hund.

»Mach's gut«, sagt er noch, dreht sich auf seinem Stiefelabsatz um, hockt sich ins Auto und braust davon.

Ja super, das war's.

Am nächsten Tag beim Frühstück, da bin ich übellaunig wie die Sau. Angewidert schau ich auf meinen Apfel, der vor mir auf dem Teller liegt. Für Eva mag ja ein Apfel im Paradies etwas Verlockendes gewesen sein, aber immer nur Apfel ... der hängt der Eva bestimmt mittlerweile auch zum Hals heraus. Genauso wie mir. Wozu eigentlich meinerseits diese blöde Abnehmerei? Ist doch total egal, wie ich ausschaue. Und wenn ich den Umfang einer Litfaßsäule bekomme. Es interessiert eh niemanden. Den Ritschi nicht und den Lenz schon gleich gar nicht. Deshalb hau ich mir heute ein Toast fett mit Butter bestrichen rein und versuche meine schlechte Laune mit jedem Bissen wegzufressen.

Ich brauche vier Brote, damit die Missstimmung einigermaßen weg ist. Der Schweinehund gibt mir noch den Rat, dass ein Stück Schokolade für Glücksgefühle sorgen kann, und so kommt zu dem Toast ein Fitzelchen vom Osterhasen dazu. Aber nur ganz wenig. Ehrlich.

Nachdem der Heinzi und der Gustl die Daisy von der Landstraße aufgeklaubt haben, ist es schon fast Nachmittag. Ja, weil sich die Daisy halt so dermaßen gesträubt hat, zwecks dem Abschleppen, mein ich. Mensch, ist die doof. Ich wär froh, wenn mich mal jemand abschleppen tät. So ein Auto kann vielleicht ein undankbares Geschöpf sein.

Kaum ist die Daisy daheim, hockt mir der Heinzi schon wieder auf der Pelle und fragt, was es Neues gibt.

»Bei der Gitti wurde heute Nacht eingebrochen«, sag ich.

»Was haben die Einbrecher da mitgenommen? Die Gitti?«, kichert er.

Ich find's gar nicht lustig. Auf blöde Sprüche habe ich heute keine Lust.

»Beim Wirt, in dem Raum, wo die Gefriertruhe steht, da haben sie jede Menge Haare und Hautzellen gefunden«, schenke ich mir Kaffee ein.

»Wer sagt das?«

»Die Polizeiakte.«

»Welche Polizeiakte?«

»Ja, die Polizeiakte halt. Die vom Schmied Lenz. Ich hab da mal kurz reingelinst«, sag ich nun stolz.

»Wie kommst jetzt du an die Polizeiakte vom Schmied Lenz?«

»Mei, so halt, und weißt waaas?«, spiel ich hier mal das Spiel vom Heinzi.

»Nein.«

»Weißt es wirklich nicht?«

»Zefix, jetzt red halt und spann mich nicht so auf die Folter. Was soll denn das kindische Getue?«, wird er ungeduldig.

»Da kommst du nie drauf. Ich hab die Polizeiakte abfotografiert. Leider nicht die ganze, aber immerhin«, heb ich dem Heinzi mein neues Handy vor die Nase.

Jetzt ist er total perplex. Schaut auch recht deppert, wie ich ihm die Fotos zeig. Zoom sie extra groß her, damit er alles lesen kann.

»Mit einem Handy kann man fotografieren?«, fragt er dann.

»Geh, da schaust, was so ein Handy heute schon alles kann.«

»Wow«, zoomt er das Foto noch größer. Dann wieder kleiner – größer – kleiner. »Verreckte Technik.«

»Ja, jetzt ist es schon wieder gut«, versuche ich ihm das Ding wieder zu entreißen. Dann fängt er endlich an zu lesen.

»Aha, der Wirt ist also tatsächlich nach Thailand geflogen. Jedoch erst einen Tag nach der Siebzigerfeier. Hatte den gleichen Flug gebucht wie die Mona. Sehr verdächtig. Die Mona war dann allerdings nicht mit in der Maschine. Du, den Rest von der Akte, den kann man ja gar nicht lesen. A bisserl besser hättest fei schon fotografieren können, gell. Das sind ja lauter Hieroglyphen.«

»Die Akte ist ja auch von der thailändischen Polizei. Jetzt mach mal weiter, da sind noch mehr Bilder.«

»Aha, die gefundenen Haare und die Hautzellen … In dem Raum, wo die Gefriertruhe steht, und in der Küche, da hat die

Polizei Spuren sichern können. Da waren drin: der Alisi, der Haslinger, der Klexi, der Schneckerl, die Gitti, du und ich … Okay, is ja klar. Wir sind ja alle dadrin rumgestiefelt. Nachdem wir die Mona entdeckt haben. Es hat uns ja niemand abgekauft, dass die Mona zwischen Bockwürsten und Pommes in der Truhe gelegen ist. Nicht mal der Herr Kriminalhauptkommissar. Es hat schon eine Weile gedauert, bis er es geschnallt hat, dass wir keinen Scheiß erzählen. Und hinterher hat er ja von uns allen Vergleichsproben abgenommen.«

»Ja, jetzt lies mal weiter, wer steht da noch alles drauf …«, drängel ich ihn.

»Ah, da schau her: der Wirt, die Mutter vom Alisi, die Martha, und der Mayer Vitus. Bingo, Elli. Das grenzt die Mördersuche jetzt extrem ein.«

»Siehst du, so geht Ermitteln«, grinse ich. »Also, dann fassen wir mal zusammen: der Klexi, der Haslinger …«

»Scheiden als Täter aus«, widerspricht mir der Heinzi gleich. »Für die zwei lege ich meine Hand ins Feuer.«

»Gut, dann haben wir den Wirt, den Silberfisch Alisi und seine Mama.«

»Die haben aber ein Alibi, wenn ich mich nicht irre«, kratzt sich mein Kompagnon am Schädel.

»Aber kein wasserdichtes. Also gehören sie zu den Hauptverdächtigen. Und die Martha, die dürfen wir auch nicht vergessen, gell.«

»Pfff, die wäre die Letzte, der ich einen Mord zutrauen würde. Ist doch klar, dass von der irgendwelche Hautzellen dadrin zu finden waren, immerhin arbeitet sie beim Wirt. Hat sogar nach dem Rechten geschaut, wie die Wirtschaft geschlossen war und so. Nö, die fällt raus.«

»Aber irgendwas stimmt mit der nicht. Die hat auf die Mona eine Mordswut.«

»Geh, die Martha. Vielleicht war s' eifersüchtig, weil sie der Mona nicht das Wasser hat reichen können und die Mona bei den Männern so beliebt war. Ich mein, schau sie dir doch mal an, das gammlige Weib. Wer will den mit der …?«

»Aber sie könnte den Stecker der Gefriertruhe aus der Dose gezogen haben. Sie hat Zugang ins Wirtshaus.«

»Quatsch, die Martha hat nix mit dem Mord zu tun und bringt auch niemanden um. Die ist eine Seele von Mensch. Gut, dann haben wir noch den Schneckerl und den Mayer Vitus. Es bleiben also nur noch die fünf über. Plus eventuell der Wirt. Aber den Mayer Vitus, den werde ich mir jetzt mal vorknöpfen«, steht der Heinzi auf und klatscht in die Hände. »Elli, ich garantiere dir, heute Abend. Da haben wir den Täter.«

17

Wenig später schlüpfe ich in mein Dirndl rein. Weil, heute ist ein Dorfevent. Das mag ich auf keinen Fall verpassen, und dafür muss man doch auch ein bisserl was hermachen. Am Ersten Mai wird bei uns nämlich der Maibaum aufgestellt.

Im Treppenhaus treffe ich auf den Waldi. Er schleppt mit seiner Leine die Leni hinter sich her. Die ist im Landhauskleid. Hält sich die Hand ans Hirn.

»Ist was passiert?«, will ich freilich gleich von ihr wissen.

»Mei, des Dirty Tatsching von der Luise hab ich halt heute Nacht mit dem Heinzi ausprobiert. Du, das ist vielleicht ein Schmarrn. Stell dir vor, ich komm gestern heim und schlupf zum Heinzi unter die Decke. Erzähl ihm von dem Spiel. Und dann fängt der doch tatsächlich im Dunkeln an zum Tatschen. Und wie er so tatscht, sagt er … Ach, du bist es! Sag ich: Heinzi, du musst mir jetzt was Dreckiges an den Kopf werfen. Du, dann packt der Depp die staubige Nachttischlampe und wirft mir die voll an meinen Grind hin. Ja, schau dir mal an, was ich für einen riesigen Binkl am Hirn hab. Der spinnt doch«, sagt die Leni, und ich muss so lachen, dass nun meine schlechte Laune ratzfatz vollkommen dahin ist. In bester Stimmung mach ich mich also dann samt Leni und Hund auf den Weg zum Fest.

Nachdem der Maibaum bei der Bibelhofer Landjugend ausgelöst wurde, liegt der jetzt auf einem Wagen und wird von einem vierspännigen Pferdegespann durchs Dorf gezogen. Begleitet von den Trachtlern und der Blaskapelle. Ein Mordsbrimborium ist das. Der Baum macht mit seinen achtundzwanzig Metern und mit den Tafeln des örtlichen Gewerbes und den Vereinswappen dran echt was her. An der Spitze thront ein Fichtenkranz mit blau-weißen Bändern.

Der Maibaum wird erst mal vom Pfarrer gesegnet, und nachfolgend stemmen gefühlt hundert Burschen die stramme weißblau getünchte Fichte mit Stangen und Muskelkraft in die Höhe. Und dann steht er, der neue Maibaum. Mitten im Ort. Neben der Kirche und dem Wirtshaus. Wunderbar schaut er aus.

Ganz, ganz früher war so ein Baum ja ein Symbol für Fruchtbarkeit, wissen S'. Deswegen haben damals die Männer ihren Angebeteten ein Bäumchen vor die Tür gestellt. Sozusagen als Liebesbeweis. Und heute? Mhm … würde mich über einen Baum vom Lenz als Liebesbeweis echt riesig freuen. Aber ich glaub, das wird nix. Apropos Baum. Beim Aufstellen vom Maibaum hat mir die Leni ihren Köter aufs Auge gedrückt. Wegen Blasenschwäche und so. Und weil es ja immer heißt: »Wie's Herrle, so's G'scherle«, hat es freilich nicht lange gedauert, bis auch der Waldi dringend müssen hat. Also such ich ihm einen Baum.

Vor dem Rathaus ist ein Grünstreifen, ohne Baum. Den hat der Gemeinderat mal da anlegen lassen. Vermutlich, damit man nicht hört, wie die bei uns im Rathaus das Geld zum Fenster hinauswerfen. Egal. Aber eben genau auf diesem Streifen, da steht eine einsame Bank. Lästerbank wird sie von den Dorfbewohnern liebevoll benannt. Ja, weil dort halt gerne mal so Dorfratschen drauf hocken und rumlästern, gell. Heute hockt aber nur die Luise, also die Frau vom Klexi, auf der Bank. Die Rosl steht daneben.

Die zwei quasseln. Ich stell mich dazu und erfahre dabei Folgendes:

Erstens: Die Luise hat, genauso wie die Leni, einen Binkl am Hirn. Das treibt mich zu der Vermutung, dass bei der Luise und dem Klexi heute Nacht im Bett das Dirty Tatsching ebenso misslungen ist.

Aber zweitens: Meine Vermutung war falsch, weil der Binkl bei der Luise nämlich nicht von ihrem Gatten stammt. Er kommt auch nicht von einer staubigen Nachttischlampe. Nein, er ist von einem Einbrecher. Und zwar von einem, den die Luise gestern, nachdem sie heimgekommen ist, in ihrem Haus auf frischer Tat ertappt hat. Und dann erfahre ich weiter, dass in Engelsried heute Nacht in sage und schreibe fünf Häuser eingebrochen worden ist. Schmuck, Geld und Gemälde ham s' geklaut. Und beim Schneckerl Tscharlie und auch bei der Ostermeier Liesl sind s' ebenso rein.

»Ja, wo gibt's denn so was, ha? Des war g'wiss die thailändische Mafia. Die Mafia. Ja, was meinst, was bei uns alles für ein G'schwerl rumläuft«, klappert die Rosl mit ihrem Gebiss.

Vermutlich hat die Kraft ihrer Haftcreme nachgelassen, was bei den andauernden Mundbewegungen, die die Rosl den ganzen Tag macht, echt kein Wunder nicht wäre. Ihr Zahngehege hat um diese Tageszeit bestimmt schon die alltäglichen Betriebsstunden eines herkömmlichen Frauenmundwerks überschritten.

Egal, jedenfalls muss sie angeblich jetzt dringend heim, sagt sie. Keine Ahnung, warum. Entweder wegen der nachlassenden Haftcreme oder aber weil der Hund nun doch irgendwie einen Baum gefunden hat. Selber schuld, wenn sie wie angewurzelt ewig lang neben der Bank steht. Da kann so ein Tier schon mal was verwechseln.

Kaum ist die Rosl weg, komm ich endlich mal dazu, mit dieser Luise ein paar Takte zu reden. Ob die wohl gewusst hat, dass ihr Gatte mit der Mona ein Techtelmechtel hatte? Ausfragen ja: Aber jetzt ist Vorsicht die Mutter der Porzellankiste. Ich hock mich mal zu ihr auf die Bank.

»So, jetzt is die Rosl weg. Mei, die Frau, die nervt. Die weiß doch im Dorf über jeden etwas«, plappere ich los.

Keine Antwort.

Ich lass mich nicht beirren und rede munter weiter. »Den Tipp mit diesem Dirty Tatsching. Also das, was Sie gestern beim Wirtshauswunder in Steingaden erzählt haben, das ist ja eine Spitzenidee. Machen S' das öfter?«

»Ja mei, als Ehefrau, da muss man sich schon was einfallen lassen, damit es in der Ehe nicht langweilig wird«, grinst sie mich an.

»Mag er das, der Klexi?«, grinse ich zurück.

»Freilich«, wird sie rot. Es ist deutlich zu erkennen, dass sie ein Kopfkino im Hirn hat. Ich nicke ihr freundlich zu und tu so, als würde ich die Rosl suchen. Die ist freilich längst aus meinem Sichtfeld.

»Mei, jetzt is sie weg, die alte Dorfratschen … wissen S', was die überall herumerzählt? Dass der Klexi, also Ihr Mann, mit der Hofreiter Mona ein Techtelmechtel gehabt hat«, schau ich sie an.

»So, das behauptet sie. Mei, was die alles redet. Pfff, mein Kurti und die Hofreiter Mona. Sicher nicht«, schaut sie mich ziemlich gefasst an.

Ich glaub ihr kein Wort, mein Busen juckt. Ich kratze mich dort.

»Ham Sie eine Allergie?«

»Ich? Nö.«

»Aber mir beißen jetzt die Augen jesusmäßig. Ganz furchtbar ist das. Ich weiß nicht, was gerade alles blüht, aber Entschuldigung, ich muss jetzt dringend gehen«, steht sie abrupt auf.

Hat auch ganz tränende Augen. Und das kommt sicher nicht von einer Allergie. Diese Luise hat von dem Verhältnis von ihrem Mann und der Mona gewusst, da bin ich sicher. Wenn wir nicht schon wüssten, wer spurentechnisch als Mörder in Frage kommt, die Luise würde definitiv zu den Tatverdächtigen gehören. Aber wurscht.

Kaum geh ich mit dem Hund ein Stück des Weges, treffe ich auf den Schneckerl Tscharlie. Der hat ein neues Toupet und ebenso einen Binkl. Aber nicht am Hirn, sondern am Auge. Das ist blau. Ob der auch Dirty Tatsching ausprobiert hat?

Und wenn ja, mit wem?

Hat der den Schlag im Spiegel vorher nicht kommen sehen?

»Ah, hast eine neue Frisur«, sag ich.

Er winkt ab. Ist heute nicht so locker drauf wie sonst. Nix cooles, schleimiges Gehabe. Nein, eher nachdenklich und melancholisch. Ob das vom Schlag kommt? Das gilt es jetzt herauszufinden.

»Du, ich habe gehört, bei dir wurde eingebrochen?«, stelle ich mich breit vor ihn hin.

»Ach, das ist jetzt schon das vierte Mal, dass bei mir eingebrochen wurde. Das letzte Mal, da haben sie meinen Föhn mitgehen lassen. Aber ansonsten ham s' immer mein Schlafzimmer verwüstet und nie was geklaut«, winkt er ab.

Die Einbrecher haben nie was mitgenommen? Es handelt sich also nicht um dieselben Einbrecher wie bei den anderen hier.

»Ja, was suchen die dann immer im Schlafzimmer?«, schau ich ihn fragend an.

»Keine Ahnung, was die da suchen. Ich hab doch nix. Weder Wertgegenstände noch sonst was.«

Mein Busen juckt.

»Vielleicht hat das ja mit dem Tod von der Mona zu tun, die hat doch bei dir im Souterrain g'wohnt. Oder Schneckerl, sag selber«, schau ich ihn streng an. Worauf der diesen »Das geht dich einen Scheißdreck an«-Blick aufsetzt und einen Schritt zur Seite macht. Aber ich gebe nicht auf.

»Du und die Mona, ihr wart also ein Paar«, schau ich ihn eindringlich an. »Aber weißt, was mir dann nicht in den Sinn will? Warum hast du die Mona dann mit dem Silberfisch Alisi verkuppelt?«

»Ach, des verstehst du ned«, winkt er schon wieder ab und will gehen.

»Du, es heißt, die Mona hätte geerbt«, mach ich aber noch mal ein paar Schritte auf ihn zu.

»Geerbt?«, bleibt er kurz stehen. »Da weiß ich nix davon«, brummt er.

Mir juckt schon wieder der Busen.

Dann kommt die Moni samt Max und meinem Rupi auf uns zu.

»Ja, die Schmied Moni. Mei, du schaust ja bombig aus im Dirndl. Oder Moni, sag selber. Du wirst allaweil noch fescher. Wie machst denn des bloß?«, schleimt er sie an und braucht somit mit mir nicht mehr über die Mona zu reden.

Aber die Moni lässt sich von dem Gesülze gar nicht beeindrucken. Lächelt ihm ein freundliches »Servus« hin, lässt ihn in seiner Schleimspur stehen und stellt sich zu mir her. Es dauert nicht lang, da ist der Tscharlie samt Schleimspur und wallendem Kunsthaar in der Menschenmenge verschwunden.

Die Kinder sind happy. Hatten vermutlich eine nette Nacht. Was man von mir ja nicht gerade behaupten kann. Die Moni verrät mir noch flüsternd, dass der Lenz auch hier ist. Und ich komme nicht dazu, dass ich ihr erzähl, dass er heute Nacht mit mir Schluss gemacht hat, weil die Buben an mir hochspringen und betteln. Der Rupi will unbedingt noch mal eine Nacht beim Max bleiben. Tja, und wenn mich halt zwei Buben mit so drolligen Zahnlücken im Mund so dermaßen anschnorren, kann ich schwer Nein sagen. Die Moni bietet sich noch an, dass sie die zwei morgen früh zur Schule bringt, da bin ich dann eh überstimmt.

Anschließend schlendern wir noch gemeinsam durch die Bankreihen hindurch. Vor dem Maibaum sind nämlich inzwischen Bierbänke und Sonnenschirme aufgebaut worden. Der Hund allerdings drängt zum Frauchen hin. Die hockt Arsch an Arsch samt leuchtendem Binkl am Hirn dicht gedrängt neben ihrem Gatten und der Gitti. Die Moni zieht mit den Kindern weiter, und ich presse mich zwischen den Heinzi und der Gitti auf die Bank. Der Haslinger sitzt mir gegenüber.

»Was ist denn mit dem Schneckerl passiert, der hat ja einen Binkl am Hirn?«, frag ich in die Runde.

»Schläge hat er gekriegt. Der Klexi hat dem falschen Fünfziger gestern a paar aufgestrichen. Weil er uns die Hucke vollg'logen hat, zwecks da Mona. Von wegen Souterrain ...«, informiert mich der Heinzi.

»Wie, was Souterrain?«, schaut die Leni blöd in die Gegend. Schwitzt. Genauso wie der Rest hier am Tisch. Weil leere Maßkrüge, Frühlingssonne, zu wenig Sonnenschirme.

Nur der Haslinger schwitzt nicht. Der kühlt sein Gestell mit einer Maß Bier von innen.

»Was is denn des do eigentlich für ein Scheißhaufen. A paar Sonnenschirme mehra hätten s' scho aufstellen können, oder? 's Bier is soachlag, und zum Beißen kriegst o ewig nix.« Der

Haslinger ist schon wieder im Motzmodus. Aber dann kommt auch schon seine Mama mit einer Tasse Gulaschsuppe ums Eck. Setzt sich her und stellt das dampfende Haferl vor sich hin.

»Des war die allerletzte Suppen. De hams grad noch so aus der Gulaschkanone rausgekratzt«, sagt sie und will grad anfangen zum Essen, da packt der Haslinger das Haferl und zieht es zu sich hin. Ohne auch nur mit der Wimper zu zucken, schaufelt er die Suppe in sich rein. Schlürft und schnieft dabei nach Art Horst Schlemmer. Ein Benehmen hat der mal wieder.

»Mei, der ganze Bua ein Depp«, schüttelt die Marie bloß den Kopf. »Der Alfi braucht dringend eine Frau, die ihm sagt, wo es langgeht«, schaut sie mich dabei an.

»Eine Frau für den Haslinger. Du, die muss aber dann schlecht hören und sehen«, lacht mir die Gitti ins Ohr. Die hat einen Leichten im Tee. Vermutlich zu viel Sonne und Bier.

»Jetzt wird's dann Zeit, dass ihr zwei das bald mal offiziell machts, gell«, tätschelt die Marie dem Haslinger und mir die Hand.

»Na, also Elli … Elli, das machst fei nicht. Weil, ich sag dir jetzt mal eins, Elli. Jetzt hör mir doch mal zu. Du hast echt was Leckereres verdient. Nicht den Haslinger«, lallt mir die Gitti schon wieder ins Ohr. Und ja, was Leckeres wär nicht schlecht. Ich habe saumäßig Hunger. Schubweise wabert der Duft der Gulaschsuppe zu mir herüber.

»Hoh, saftiges, herzhaftes Fleisch, gigantisch, was der Haslinger da hat«, flüstert mir der Schweinehund jetzt auch noch ins Ohr. Voller Inbrunst schiele ich zum Haslinger ins Haferl rein. Der grinst und isst weiter.

»So was Leckeres wie der Schmiedi zum Beispiel, schau, wie er zu uns herschaut«, deutet die Gitti in die Menschenmenge rein. Und ja, da steht er, der Lenz. Lecker.

Die Gitti ruft ihm gleich ein »Hallo!« über die Trachtenhüte hinweg und winkt ihn zu uns her. Mein Herz schlägt Purzelbäume.

»Ja, do schau her, d' Bullerei is o do. Host du nix zum Tun, oder? Sind de Einbrecher scho g'fasst? Sitzt da Mörder scho in Stadelheim?«, hört der Haslinger augenblicklich zu essen auf. Seit wann ist der zum Lenz denn so dermaßen bärbeißig?

Der Angesprochene ignoriert ihn einfach. Ist überhaupt ganz dienstlich. Fragt die Gitti freundlichst nach ihrem Befinden, zwecks dem Einbruch und so. Und die beugt sich doch glatt mit ihrem aufgepolsterten Dekolleté zu ihm hin und verwickelt meinen Lenz in ein Gespräch. Quatscht von ihrem Besuch auf der Schongauer Polizeiwache heute Vormittag, vom Telefonat mit der Versicherung und von ihrer Terrassentür. Et cetera, et cetera.

Der Lenz steht geduldig da und horcht brav zu. Die eine Hand auf die Bierbank gestützt. Die andere steckt im Henkel von einem Maßkrug. Und ich schau ihn einfach nur an. Der Mann schaut in seinen Lederhosen unglaublich fesch aus. Ja, vor mir steht die köstlichste Verführung, die ich kenne. Keine Praline, Schwarzwälder Kirschtorte auch nicht. Nein, der Lenz. Ohhh, diese Hände. Wie die den Maßkrug halten … Sensationell. Und dieses frisch rasierte Antlitz … die rehbraunen Augen … Ich kann den Blick nicht von ihm abwenden und wedle mir dabei mit der Serviette frische, kühle Luft ins Gesicht, weil wie gesagt, hier ist es unglaublich heiß. Hitze-Wüste-Durst. Sahara: Dreck dagegen. Kurz streifen sich unsere Blicke.

»Elli, schau, wie er schaut. Schau, wie der dich angeschaut hat, der will dich. Ganz klar«, flüstert mir jemand her.

Es ist der Schweinehund. Redet mir ein, dass ich den Lenz hier und jetzt vor allen Leuten da drüben gegen die Hauswand drücken und abknutschen soll. Mit ein wenig Glück würden wir es gerade noch durch die Eingangstüre schaffen, bevor wir übereinander herfallen. Wir knutschen, er reißt mir das Dirndl vom Leib …

»Oh Mann, Elli, deine Hormone gehen mit dir durch«, redet meine innere Stimme jetzt auch noch mit. Mensch, in meinem Hirn, da geht's ja zu.

Ich rieche Fleisch.

Nicht das vom Lenz. Nein, das von der Gulaschsuppe. Ja,

weil mir der Haslinger nämlich auf einmal sein fast leeres Haferl vor die Nase schiebt.

»Do, Elli, iss doch du den Rest«, raunt er mir her.

Jetzt bin ich irritiert.

Der Heinzi ebenfalls. Schaut doof.

Auch die Leni schaut blöd. Gut, sie schaut ja immer blöd, aber jetzt eben schaut sie auffällig noch blöder, und die Gitti hört augenblicklich zu schwafeln auf.

Und wie mir der Haslinger nun auch noch die Hand tätschelt und mich fragt, ob ich ein Radler will, ja mich dabei anschaut wie ein treuer Bernhardiner, da schau vermutlich auch ich recht blöd drein.

Und dann dämmert mir was.

Weil ich den Lenz so angeschmachtet hab und zwecks der Bockfotzen auf der Party, hat der Chef nun eins und eins zusammengezählt und ist drauf gekommen, dass der Lenz und ich ... Schaut auch querulantisch zum Lenz hin. Will hier und jetzt praktisch sein Revier markieren. Hebt schon das Bein. Fischt sich dabei zwei Freibiermarken aus der Lederhose.

»I hob ja für des Fest den Kühlwagen und de Pissoire installiert, geh. Ja, da hab i jede Menge Freimarken gekriegt. Ja, i sauf das Bier doch hier nicht allein. Wisst ihr was, ich lade euch alle ein«, knallt er die Marken auf den Tisch.

Der Heinzi greift freilich sofort danach, schiebt sie gleich zur Leni rüber und fordert sie auf, dass sie zum Bierholen gehen soll. Die protestiert kurz, zieht aber dann doch von dannen. Worauf sich der Lenz freundlichst verabschiedet, und schwuppdiwupp ist auch er zwischen all den Bürgern, Trachtlern und spielenden Kindern verschwunden. Schade.

Kaum ist er weg, fällt der Haslinger wieder in den Motzmodus zurück. »Da Schmiedi, der soll lieber schauen, dass er den Herrn Finanzbeamten amal überprüft«, murmelt er gleich zu seinem Nachbarn hin. Ich sag nur: älterer Mann in Lederhosen, angeschwollene Tränensäcke, unterlaufene Augen und rote Saufnase. Entpuppt sich bei genauer Betrachtung als der gebeutelte Schaufelloaner, den der Wirt rausgeworfen hat. War jetzt die ganze Zeit wortkarg bei uns am Tisch gesessen und hat an seiner Maß rumgenuckelt.

»Ja, ja, so is«, brummelt der nur.

»I weiß ned, i werd den Gedanken ned los, dass der Silberfisch Alisi was mit dem Tod an der Mona zum Tun hot. Und jetzt will er den Mord mir in die Schuhe schieben. Hetzt mir sogar das Finanzamt auf den Hals. Der Gratler, der dreckige.«

»Ja, ja … mei, ganz koscher is der Silberfisch ned. A so a verdruckter Hund is a halt. Aggressiv is a. Es heißt doch immer: Stille Wasser gründen tief, geh«, nuschelt der Schaufelloaner wieder. »Aber der Wirt, der könnt's auch gewesen sein. Der hot ja mit der Mona einen Streit gehabt, weißt du des? Um Geld is es gegangen. Um viel Geld.«

»Du, wer is denn er eigentlich?«, frag ich den Heinzi und deute mit dem Kopf zum Schaufelloaner hin.

Er flüstert mir ins Ohr: »Ja, Mensch, das ist doch der Mayer Vitus. Bauhofarbeiter, ledig, Nebenerwerbslandwirt, hoch verschuldet, wie man so hört. Ich hock jetzt scho eine Stunde da und krieg ums Verrecken nix aus ihm raus. Ich sag dir, das ist unser Mann. Hauptverdächtiger Numero uno. Ja, hängt doch täglich beim Wirt rum, der Kerl. Und es stellt sich freilich die Frage, was der als Gast in der Küche vom Wirt verloren hatte. Oder etwa nicht?«

Ach so, das also ist der Mayer Vitus. Mal sehen, ob ich ihn zum Reden bring.

»Also, ich find auch, dass der Wirt verdächtig ist. Um was für ein Geld ist es denn bei dem Streit gegangen?«, schau ich den Vitus an. Der packt seine leere Maß, steht auf und geht. Mit Frauen redet der wohl nicht.

»Mensch, jetzt hast'n vertrieben«, schimpft der Heinzi.

»Ich wollt doch bloß …«

»Zefix, Elli, lass das Ermitteln mir …«, schimpft er mich. »Was is, Vitus, gehst scho?«, schreit er dem Vitus hinterher. Da hab ich gerade die Suppe ausgelöffelt.

»A frische Maß hol i mir«, wackelt der Vitus Richtung Bierausschank. Kommt aber nicht mehr zurück.

Und so stehen der Heinzi und ich auf und suchen das ganze Fest nach ihm ab. Weil, schließlich wollen wir ihn ja observieren. Es dauert nicht lang, da entdecke ich ihn dann an einem Stehtisch. Prostet jemandem zu. Und dreimal dürfen Sie raten, wem der zuprostet. Es ist der hicksende Jünter vom Darling. Sie wissen schon, der aggressive Messerzücker mit dem Tattoo.

18

Der Hickser sieht heute passabel aus. Zumindest von Weitem. Kein Trenchcoat und kein Hut. Nein, er passt sich an und mischt sich, samt Kompagnon, klamottentechnisch unter die Einheimischen. Allerdings in Oktoberfestkluft. Ich sag nur: rosa kariertes Hemd, Turnschuhe mit pinken Schuhbändeln und Seppelhut. Kasperle lässt grüßen. Der andere schaut nicht besser aus. Entpuppt sich aus der Nähe als ein hässliches männliches Wesen mit Oberlippenbart. Was ihm eine gewisse Schwere verleiht. Obwohl er lässig an der Bar lehnt, strahlt sein Gesicht, ja sein ganzer Körperbau eine gewisse Brutalität aus. Mein Gefühl sagt mir jedenfalls: Elli, der Kerl ist gefährlich, und da bin ich ganz meiner Meinung.

Sein Blick klebt bei der Babsi im Ausschnitt. Die steht nämlich daneben. Besser gesagt, sie hängt angrenzend beim Muskelberti im Arm rum. Bekommt daher freilich den Neid der umstehenden Damenwelt volle Breitseite ab.

»Na, ausgeschlafen?«, stell ich mich dazu.

Hicksejünter erkennt mich sofort.

Kurzer erschrockener Blick seinerseits. Ich weiß ja nicht, wen oder was er hier in Engelsried erwartet hat, aber mich sicher nicht.

Ein Augenzwinkern meinerseits, dann gehen wir beide zu einem »Ich kenne dich nicht und habe dich nie gesehen«-Blick über.

»Nö, ich hab eher weniger ausgeschlafen«, kichert die Babsi und gibt dem Berti einen Schmatz auf die Backe. Ja, merkt die denn nicht, dass mit diesem Kerl was nicht stimmt? Der hat Dreck am Stecken, das sieht doch sogar ein Blinder mit Krückstock. Und was macht der überhaupt hier mit den Kölnern und dem Vitus? Kennen die sich?

»Ach Jott, hier jefällt et mir. Dat is 'n Fest. Und allet nur wejen da Maibaum. Ne, is rischtisch nett hier. Irjendwie jemütlich, oder Jünter, wat sachste?«, klopft Oberlippenbart dem Jünter auf das karierte Hemd. Die zwei Kölner haben, soweit ich das sehe, schon einen sitzen. Und das wohlgemerkt am Stehtisch. Und obwohl ich mein Antlitz komplett auf die Babsi, den Berti und den Vitus gerichtet habe, beobachte ich aus dem Augenwinkel heraus diesen Jünter. Und zwar mit Argwohn und auch mit ziemlich viel Angst, wie ich mir grad eingestehen muss, weil mein Körper fängt zu zittern an. Trotz Rausch im Gesicht schaut dieser Jünter, ebenso wie sein Kollege, brandgefährlich drein. Verbrechervisage, wenn Sie mich fragen. Sein ganzes Gestell, seine Mimik und Gestik haben ein gewalttätiges Potenzial. Psychopath. Entflohener Sträfling aus Stadelheim. Ganove, was weiß ich. Jedenfalls ist der kriminell. Möchte gar nicht wissen, zu was der alles fähig ist.

Meine Handflächen schwitzen, der Puls rast wie verrückt. Die Situation hier, äußerst brenzlig.

Wobei der Vitus das gar nicht so sieht. Der scheint sich köstlich zu amüsieren.

»Was machts dann ihr da bei uns, ha?«, fragt er die Kölner.

»Ja, wat soll'n wa schon machen? Urlaub halt. Is ja schön hier. Ihr Bayern habt nicht nur jutes Bier, sondern auch lecker Mädsche. So 'n Korsagendress, dat hat wat«, deutet Oberlippenbart auf der Babsi ihr Dirndl.

»I han vielleich ein Doosch!«, sagt der Jünter und fährt mit der Hand über sein Tattoo.

»Ha, was hot a?«, fragt der Vitus noch mal nach.

»Durst hat er«, übersetzt der Oberlippenbart.

»Und an Sprachfehler hot a o«, brummt der Vitus in seinen nicht vorhandenen Bart rein.

»Hicks.«

Oh mei, jetzt geht die Hickserei schon wieder los.

»Die Luft anhalten und an drei Glatzköpfe denken«, prostet ihnen der Vitus zu. »Ihr Urlauber seids scho recht. Vertragen tuts halt nix«, grinst er zum Oberlippenbart hinüber.

Aber das wollen die zwei Kölner vermutlich nicht auf sich sitzen lassen. Es dauert nicht lang, dann saufen die mit dem Vitus um die Wette. Oder, um es hier mal genauer zu beschreiben: Sie trainieren sich die Muttersprache ab, und der Vitus grinst dabei und kühlt seinen Reaktor.

Ich sag nur: auweia.

Keine gute Idee.

Die zwei können nur verlieren, weil der Vitus, in seiner Funktion als Bierdimpfel, seinen Tag entweder an eine Schaufel gelehnt oder am Stammtisch verbringt. Ja, der sauft doch so ein Nordlicht im Nullkommanix unter den Tisch.

Das Problem: Wenn Ganoven zu viel intus haben, kommt kriminelle Energie zutage. Es dauert auch nicht lang, dann schlägt bei den beiden die Begeisterung für das bayrische Fest in ein Mordsgestänker um, und schon werden sie ausfällig.

Das findet der Vitus gar nicht mehr lustig. Da genügt ein kleiner Satz gegen die Bayern, dann schüttet der Vitus auch schon sein Bier dem Stänkerer über den Schädel. Tja, übers Bayernland, da lässt halt der Vitus nix kommen, gell. Der Kölner fährt die Pranken aus und haut dem Schaufelloaner eine runter. Ich sag ja: brenzlige Situation. Hoffe, der Jünter mischt sich nicht ein und zückt kein Messer.

Schnell, ganz schnell, bildet sich um die Streithähne ein Pulk. Ein Raunen geht durch die Menge, was wiederum die Polizei auf den Plan ruft.

Schon ist der Lenz zur Stelle.

»Ah, die Polizei ist auch schon da!«, rufe ich laut.

Tja, und so schnell kann man jetzt gar nicht schauen, da wird aus dem aggressiven Typ mit dem Oberlippenbart ein Lämmchen. Und aus dem Jünter ein eingeschüchterter, kopflastiger Hund. Ich sag doch, die zwei haben gewaltig was zu verbergen.

Pfff, machen angeblich hier Urlaub. Das glauben die doch selbst nicht. Da juckt mir der Busen. Ja, und darum machen die hier sicher keinen Urlaub nicht.

Die zwei Kölner verdünnisieren sich jetzt eiligst. Marschieren Richtung Wirt. Wobei der Jünter so eine Schlagseite hat, dass das Hemd und die Lederhosen, die er trägt, ihn nur noch mit Müh und Not zusammenhalten können.

»Vertragen echt nix, de Deppen«, sagt der Vitus, schüttet sich sein Noagal in die Gosche und geht.

So, und nun muss ich mich entscheiden. Entweder ich folge dem Vitus, weil Ermittlung, oder ich bleib da und rede mit der Babsi und diesem Berti. Frage den Muskelmeister, ob er die zwei Kölner kennt. Und wieso er gerade eben, wie der Lenz ums Eck gekommen ist, den Kopf weggedreht und mit der Babsi zum Schmusen angefangen hat. Oder aber ich versuche mit dem Lenz zu reden, der sich hier gerade, freundlich grüßend, verabschiedet.

»Eins, zwei oder drei. Du musst dich entscheiden …«, hat schon Michael Schanze damals, wie ich Kind war, im Fernsehen gesungen.

Ich nehme die Drei.

Also quasi den Lenz. Folge ihm mit Sicherheitsabstand und ziemlich unauffällig, wie ich finde. Nebenbei überlege ich, was ich zu ihm sage, falls er sich nach mir umdreht. Mit unserem heimlichen Techtelmechtel brauch ich gar nicht mehr ankommen, da blockt der sicher sofort ab. Für ihn ist die Sache vermutlich abgefrühstückt. Also muss ich ihn da packen, was ihn momentan am meisten beschäftigt. Der Mordfall nämlich. Nur, was sagen? Im Grunde hab ich ermittlungstechnisch gerade nichts Neues zu bieten. Weil hier ein Puzzleteil, da ein Puzzleteil und nix passt zusammen. Ach, was weiß ich, in welche Richtung der Lenz ermittelt. Gegebenenfalls hat er ja den Mörder schon oder ist ihm zumindest auf den Fersen. Immerhin hat der Lenz Zugang zu Daten, von denen ich nur träumen kann.

In Sekundenschnelle fasse ich jetzt in meinem Hirn alle meine Erkenntnisse zusammen:

Mona – Gefriertruhe im Dirndl – ohne Schuhe, ist ihm bekannt.

Mona mit Schneckerl liiert – weiß er sicher auch. Er ist ja nicht blöd.

Mona soll geerbt haben – hatte einige Gönner, die ihr immer viel Geld zukommen haben lassen –, mhm, das hat er mit Sicherheit längst überprüft, da weiß er bestimmt mehr als ich.

Was also dann … komm, Elli, überlege …

Langsam dämmert es. Um mich herum. Und in meinem Hirn. Aber nun ist der Lenz ganz plötzlich zwischen all den Häusern verschwunden.

Ja toll, wo in aller Welt ist er hin?

Entweder Friedhof oder Hinterhof.

Das Friedhofstor ist noch geschlossen. Somit ab in den Hinterhof von der Ostermeier Liesl. Deren Stallgebäude grenzt an den Stall eines benachbarten Bauernhofes an. Wem der Hof gehört, will mir grad nicht einfallen.

Kaum bin ich an der Osterdeko von der Liesl vorbei, stehe ich in ihrem Hinterhof, den ich sogleich abscanne. Weit und breit kein Lenz zu sehen, also weiter zum Nachbarn. Ich schleiche mich an der Stallwand von der Liesl entlang. Aus gekippten, mit Kuhkacke verdreckten Fenstern kommt eine warme, nach Stall stinkende Luft heraus, die mir fast den Atem raubt. Dann steh ich vor einem geöffneten Tor, das vermutlich dem Nachbarn gehört, und ich weiß nicht, wohin es führt. Es gibt kein Links und kein Rechts. Und ein Zurück auch nicht. Irgendwo muss er ja hin sein, der Lenz. Also, Augen auf und rein.

Jetzt sagen Sie, liebe Leser, einen wildfremden Hof zu betreten, birgt doch ein gewisses Risiko. Man weiß nie, was einen dadrin erwartet. Und dann sag ich: Ja, danke für die Warnung, Sie haben recht. Und zwar so was von. Weil womöglich haben die da auf dem Hof ja einen Hund. Wahrscheinlich so einen, der mich mit einem Einbrecher verwechselt. Schießt vermutlich aus dem Hinterhalt gleich auf mich zu.

Ich habe echt Angst.

Kaum bin ich durchs Tor, stehe ich in einer kleinen Kammer, die mit allerhand Krempel gefüllt ist.

Kein Lenz in Sicht.

Wo es reingeht, geht's auch wieder raus. Und zwar durch ein anderes Tor. Das steht offen, und so trete ich vorsichtig hindurch. Stehe in einem Hof, der sich zur Müllerstraße hin öffnet. Odelgrube, Wohnhaus, Hühner- und Kuhstall. Wo in aller Welt bin ich gelandet?

Als Kind bin ich mit der Mona jeden Tag auf dem Weg zur Schule hier die Müllerstraße entlanggegangen. Kann mich erinnern, dass die Hofherren einen Hofhund hatten. Sie wissen schon, so eine Bestie, der uns jedes Mal mit fletschenden Zähnen und einem Mordsgebell verfolgt hat, bis halt die Kette gespannt war. Der Köter müsste allerdings in der Zwischenzeit längst das Zeitliche gesegnet haben. Aber wer weiß, womöglich wurde er ja durch ein scharf abgerichtetes, freilaufendes Monstrum ersetzt. Keine Ahnung.

Freilich ist höchste Vorsicht geboten.

Daher pirsche ich mich hinter eine geöffnete kleine Brettertür und schau mich von dort aus im Hof um. Vor dem Wohnhaus hängt ein Briefkasten mit einem Namensschild dran. Ich schleiche mich hin. Weil, haha, jeden Moment werde ich erfahren, wer da wohnt. Ich werde sagen: Mensch, Elli, logisch – warum bist du denn da nicht gleich drauf gekommen …

Auf dem Schild am Briefkasten steht: »Bitte keine Werbung«.

Die kleine Tür zur Tenne, die zwischen dem Stall und dem Wohnhaus ist, steht leicht offen.

Ist der Lenz da rein?

Zurückhaltend zwänge ich mich durch den Spalt zwischen Türe und Türstock. Dann steh ich drin. Draußen dämmert's, aber hier drin herrscht Dunkelheit und bäuerliche Unordnung. Daher muss ich enorm aufpassen, dass ich nirgends drüberfalle. Kaum haben sich meine Augen auf die dunkle Tenne eingestellt, stelle ich fest, ich habe Freunde. Zwei Lichtquellen helfen mir, mich hier zu orientieren. Das wenige Licht hinter mir, das durch den Türspalt reinfällt, durch den ich gekommen bin, und der Schein einer Lampe, die durch eine halb geöffnete Türe in die Tenne reinfällt. Also ab zu dieser Tür.

Wie ich durch den Türspalt linse, sehe ich eine verhärmte Bäuerin mit Kopftuch und wulstigen Lippen. Sie schimpft.

»De Mona, Herrgott, was mischt die sich auch überall ein. Kommt da daher und erzählt uns was von Tierschutz. Wenn wir den Arco ned sofort von der Kette nehmen, zeigt s' uns an, hat s' g'sagt. Das Mädel war genauso blöd wie ihre Mutter. Was geht denn die Mona das an, wie wir unsern Hund halten, ha? Mei, und dann ham s' halt gestritten, die Mona und der Vitus, geh.«

Vitus, ach jetzt fällt es mir wieder ein, wo ich mich hier befinde. Auf dem Hof von unserem Schaufelloaner, dem Mayer Vitus.

»Ja, und zwecks dem depperten Streit zwischen dem Vitus und der Hofreiter Mona hockt jetzt dauernd de Kripo do bei uns auf dem Hof und stellt Fragen. Ham den Vitus auch schon mal mitgenommen auf die Wache. Aber nachweisen, da können s' ihm halt nix, gell. Ja, meinst du, dass der Vitus auch nur irgendwas mit der Hofreiter Mona ihrem Tod zu tun hat, ha?«

»Mei, vielleicht ham s' ja irgendwelche Anhaltspunkte«, höre ich dem Heinzi seine Stimme. Ich bin also nicht die Einzige, die hier ermittelt.

»Was sollen die denn für Anhaltspunkte ham? Außer, dass der Vitus dauernd beim Wirt rumhockt und sein ganzes Geld dadrin versauft, gibt's do nix zum Sagen.«

»Vielleicht war er ja beim Wirt nicht nur in der Wirtsstube, sondern auch in dem Raum, wo man de Mona gefunden hat.«

Oh, oh, Heinzi. Da lehnst dich jetzt aber weit aus dem Fenster, gell. Plaudert polizeiliche Informationen aus. Ich sag nur, heißes Eisen.

»Ja, mei, des kann ja sein. Wer weiß, was der mit der Martha alles treibt, wenn der Wirt im Bett ist. Die zwei ham doch schon seit Jahren ein g'schlampates Verhältnis miteinander.«

Der Vitus mit der Martha, ein Techtelmechtel. Ah, da schau her. Jetzt weiß ich, von wem die Martha ihren Knutschfleck hat. Na, da haben sich ja zwei zusammengetan. Hübsch.

»Aber das sag ich dir, Heinzi, solang ich lebe, kommt mir die schmuddelige Bedienung nicht ins Haus. Da geb ich dir Brief und Siegel.«

Ein Geräusch hinter mir.

Eine weitere Tür, die in die Tenne hereinführt, wird aufgerissen. Bis ich schau, steht jemand in einem hell erleuchteten Türrahmen drin. Ein eiskalter Schauer durchströmt mich. Wohin soll ich mich jetzt verziehen, Verzweiflung pur.

Eine Hand greift zuerst nach meinem Arm, dann nach meinem Mund und zieht mich samt Verzweiflung in null Komma nix ins dunkle Eck der Tenne hinein.

Eine leichte Berührung am Rücken, dann stehen wir dicht an dicht. Es ist der Lenz. Ich nehme sein Rasierwasser wahr. Sein Atem an meinem Hals, und ich weiß nicht, ob meine Pumpe deswegen so laut schlägt oder wegen dem Vitus. Der die Tür hinter sich geschlossen hat und nun nur wenige Schritte entfernt an mir vorbeilatscht. Und obwohl er die Tür zum Stall mit Schwung aufreißt und dort unvermittelt stehen bleibt, verdunstet schlagartig die Kälte, die mich soeben noch durchströmt hat. Ich fühl mich beim Lenz in Sicherheit.

»Fuchs, was willst?«, tritt der Vitus nun in den Stall ein.

»Dein Hut hast liegen lassen, vorhin am Tisch. Den wollt ich dir bringen«, hör ich den Heinzi sagen.

»Ah, so is des. Ja, dann«, höre ich den Vitus sagen, dann komplimentiert er den Heinzi zum Stall hinaus. Spendiert ihm mal im Sportheim ein Bier, sagt er, und dann verabschiedet sich der Heinzi.

Im Folgenden gehen Mutter und Sohn dann zur Stallarbeit über. Ohne dass dabei ein Wortwechsel stattfindet. Irgendwann nimmt der Lenz seine Hand von meinem Mund, packt meinen Arm und zieht mich nach draußen in den Hof.

»Was machst du da?«, sagt er z'wider, nachdem er mich hinter einen Stadel geschoben hat. Stellt sich dort vor mich hin. Eine Hand über mir an die Bretter gelehnt, kessel er mich ein. Die Gesichtszüge bitterernst.

»Ich, äh …« Ja, was mach ich hier? Eine Ausrede hab ich gerade keine parat. Kein Wunder, bei der Aufregung. Also mache ich das, was mir grad in den Sinn kommt. Ich strecke mich mal kurz und küss ihn. Einfach so, ohne Vorwarnung. Lang dauert's nicht, dann ist der Lenz zum Mitmachen überredet. Er kann mir halt nicht widerstehen, gell. Mhm. Er schmeckt ein bisserl nach Bier, Erdbeertörtchen und auch nach Puddingkrapfen. Köstlich.

»Elli, du und der Heinzi haltet euch aus dem Fall raus«, flüstert er mir wenig später ins Ohr. »Keine Miss-Marple-Allüren mehr, sind wir uns da einig?«, sagt er.

Ich nicke brav und zieh ihn in den Hühnerstall rein. Dort fühlen sich leider nach kurzer Zeit die Bewohner von uns belästigt und gackern rum.

Zu einem späteren Zeitpunkt, ich befinde mich gerade auf dem Heimweg, da komme ich zwecks dem Mordfall ins Grübeln. Wenn ich jetzt alle, wirklich noch mal alle mit einbeziehe: Welche Tatverdächtigen haben wir dann?

Der Klexi – weil Verhältnis mit Mona, Tatmotiv Eifersucht.

Der Haslinger – weil Hirschfänger. Aber vom Gefühl her waren es die zwei eher nicht.

Okay, wer dann?

Die Frau Silberfisch. Also die Mama vom Alisi. Von der wissen wir noch gar nix.

Und dann …

Der Vitus – weil ebenso Streit mit Mona. Aber auch hier ist der Grund des Disputes lächerlich, weil ich mein, wegen einem angeketteten Hund mordet man nicht.

Dann wär da noch die Martha. Hm, Martha eine Mörderin? Wohl kaum. Offenbar haben der Vitus und sie sich in dem Raum miteinander vergnügt. So was soll ja vorkommen.

Der Alisi – weil Streit wegen Geld und ebenso Eifersucht.

Der Wirt – weil Streit mit Mona. Wegen Geld.

Der Schneckerl – weil hinterkünftiger Kerl, jedoch kein Motiv. Aber er weiß etwas wegen dem Erbe von der Mona. Immerhin hat mein Busen gejuckt, wie wir darauf zum Sprechen gekommen sind. Ja, Kruzitürken. Ich komm ehrlich gesagt nicht drauf, wer's war. Wenn man es von der psychologischen Seite betrachtet … Das Potenzial zu einem Mord hat eigentlich nur der Wirt. Ja, genau, der war's. Aber warum hat der Lenz ihn dann noch nicht als Täter überführt? Das werde ich heute Nacht herausfinden.

19

Anderntags, die Sonne geht auf, da macht sich etwas Nasses an meinem rechten Fuß zu schaffen. Eine raue Zunge bewegt sich von den Fußsohlen aufwärts bis zum Knie hoch, und das kitzelt lustig.

Es ist herrlich, wenn man so geweckt wird.

Gleichzeitig nehme ich aber ein Schnarchen wahr. Also linse ich mal aus der Bettdecke. Und nein, ich hab es nicht geträumt, der Lenz liegt neben mir.

»Ich wohne quasi ums Eck«, hab ich ihm gestern zugeflüstert, nachdem wir Hand in Hand vom Hühnerstall auf die Straße rausgelaufen und zwecks aufmerksamen Passanten in das dunkle Vorhäusel von der Ostermeier Liesl geflüchtet sind.

»Echt?«, hat der Lenz gesagt und mich dort geküsst. »In fünf Minuten bei dir«, hat er mir hergehaucht und ist dann Richtung Dorfmitte abgedampft. Kaum war er außer Sichtweite, hab ich mich ebenso gleich auf den Heimweg gemacht. Dabei habe ich noch mal, wie gesagt, über den Mordfall nachgedacht.

Die Luft ist rein, hab ich nachfolgend vor der Haustüre zum Ausdruck gegeben und den Lenz hergewunken. Der hatte sich nämlich zwischenzeitlich hinter der Garage versteckt. Wir sind dann gemeinsam im Hausflur die Treppe raufgeschlichen. Die Einschleusung in meine Wohnung hat einwandfrei funktioniert. Kein bellender Köter, kein nervender Heinzi und kein stöhnendes Kind. Wir sind halt Profis.

Hab den Lenz gleich im Schlafzimmer versteckt. Die Josi war eh noch nicht da. Alles easy so weit. Wir haben ein bisserl geschmust und so, bis halt dann der Heinzi auf einmal mitten im Zimmer gestanden ist.

Das war weniger easy.

In der einen Hand hat er das Telefon gehalten und in der

anderen die Schrotflinte vom Onkel Hans. Den Lauf auf den Lenz gerichtet. Eine wirklich saublöde Gesamtlage war das.

Für den Lenz war's deppert, weil er sich gerade über mich gebeugt hat, um mich zu küssen. Für mich war's fast noch depperter, weil ich halt mit den neu erworbenen Handschellen am Bettpfosten gefesselt war. Ja mei, Räuber-und-Schandi-Spiel, gell. Mehr will ich dazu hier nicht erzählen. Verweigere sozusagen die Aussage. Nur so viel: Räuber und Schandi ist weit aufregender wie Dirty Tatsching. Noch dazu, wenn der Schandi ein echter Hauptkommissar ist. Aber wurscht, das tut ja hier nix zur Sache.

Oh mei, und der Heinzi total Banane halt. Detektivallüren, gepaart mit diesem Aufpasserinstinkt halt.

Hat zuerst jemanden ums Haus schleichen sehen, dann Geräusche im Flur gehört und nach weiteren Ermittlungen festgestellt, dass sich der Einbrecher ganz sicher und eindeutig in meinem Schlafzimmer aufhalten muss.

»Die Flossen hoch!«, hat er gerufen. Der Lenz hat unverzüglich die Arme in die Höhe gestreckt. »Die Polizei ist alarmiert«, hat der Eindringling uns informiert, und ja, schon hat dem Lenz sein Handy im Hosensack von seiner Lederhose geklingelt. Die war vor dem Heinzi am Boden.

Der Heinzi jetzt komplett aus der Fassung.

»Die Polizei würd ja gern ans Telefon gehen, hat aber eine Flinte im Rücken«, hat der Lenz gewispert.

Wie gesagt, saublöde Gesamtsituation.

»Ach so, ja dann. Äh, Entschuldigung«, hat der Heinzi noch gefaselt. Hat die Waffe runtergenommen und ist erst mal eine gefühlte halbe Stunde mit einem hochroten Schädel dagestanden und hat stupide, und zugegeben beknackt, aus dem Feinripphemd geschaut. »Okay, … äh, ich geh jetzt wieder«, hat er dann gemurmelt.

Ich war ihm echt dankbar.

Und nach dieser wirklich ereignisreichen Nacht, da kann es dann schon mal sein, dass man nicht recht weiß, was rund um einen herum los ist, gell.

Bin also just etwas über die raue Zunge an meinem Bein irritiert. Weil, wenn der Lenz neben mir liegt, dann frag ich mich, wer da unten an meinen Füßen rumschleckt.

Nach einem Schlag mit dem Fuß löst sich das Rätsel. Der Waldi winselt. Was macht der denn da? Und wie kommt der in mein Schlafzimmer rein?

Gleich fliegt der Waldi aus dem Bett und die Bettdecke auf. Weil, Mist, es ist halb acht. Ich habe verpennt, die Josi muss zur Schule. Zuerst springe ich aus dem Bett, dann in ihr Zimmer. Das ist leer. Renne weiter in die Küche. Keiner da. Auf dem Tisch eine Mordsfrühstückssauerei. Die hat sich Gott sei Dank selbst versorgt und ist auf dem Schulweg. Hat dabei vermutlich die Wohnungstüre aufgelassen, sodass der Waldi reingekommen ist.

Zurück im Schlafzimmer strahlen mich zwei pfiffige rehbraune Augen aus der Bettdecke heraus an. Ach, ich liebe es.

»Guten Morgen, du solltest deine Ermittlungen von gestern Abend wieder aufnehmen«, raunt mir der Lenz mit rauer Stimme her und winkt mich ins Bett zurück.

Okay, bitte, wenn er es so will.

»Der Wirt. Was hatte der mit der Mona eigentlich jetzt genau für einen Streit?«, kuschel ich mich zu ihm hin. Gemeinsame Ermittlungen am frühen Morgen. Wunderbar.

»Elli.«

»Was denn? Du hast doch gesagt, ich soll Ermittlungen aufnehmen.«

»Du kannst einem auch jede Freude verderben«, seufzt er und setzt sich aufrecht ins Bett.

»Du kommst in dem Fall schlichtweg nicht weiter, habe ich recht?«

»Es fehlen die Beweise. Zum einen haben wir zu viele Spuren, weil das Opfer vor ihrem Tod mit halb Engelsried getanzt hat. Und zum anderen zu wenige, aufgrund von dem blöden Stromausfall, wegen dem die Leiche fast eine Woche ohne Kühlung dagelegen ist«, sagt er mehr zu sich selber.

»War das ein echter Blackout, oder hat da jemand nachgeholfen?«

»Nein, eindeutig Stromausfall.«

Aha, doch Stromausfall. Also nix mit Stöpsel ziehn, um Spuren zu verwischen und so. Die Martha als Verdächtige ist also jetzt schon mal raus.

»Aber sag mal, wir zwei haben doch was ausgemacht …«, dreht er sich zu mir her.

»Die Mona war eine Schulfreundin von mir. Ja, ich muss doch rauskriegen, wer die umgebracht hat.«

»Soso, ja dann schieß mal los. Was haben wir also rausbekommen, und wer ist deiner Meinung nach der Hauptverdächtige?«, grinst er und streichelt mit dem Finger über meine Backen.

»Sag ich dir nicht, du sagst mir ja auch nix«, bock ich rum. Weil er so blöd rumlächelt.

»Elli, ich bin die Polizei.«

»Ja, schon, aber …«

»Was haben wir also für einen Hauptverdächtigen?«, feixt er schon wieder, knabbert aber verführerisch an meinem Ohrläppchen rum. Und wenn er mich freilich so fragt, dann fahr ich halt jetzt alles auf, was ich so weiß, mal schauen, wie er darauf reagiert.

»Die Martha?«

»Hat ein Alibi.«

»Der Wirt?«

»Elli, lass es«, hört er abrupt auf. Ja, was jetzt? Zuerst fragt er mich, und dann will er es nicht wissen. Der Mann weiß echt nicht, was er will.

»Mit wem hat die Mona eigentlich kurz vor ihrem Tod geschlafen?«, will ich jetzt noch von ihm wissen. Der Lenz schlägt die Bettdecke zurück und setzt sich auf die Bettkante.

»Elli, du weißt schon wieder Sachen … dein Mann bekommt so richtig Ärger, wenn er dir solche Dinge weitererzählt.«

»Aber der hat mir doch da gar nix erzählt. Ich hab's zufällig mitgekriegt. Ich hab …«

»Elli, so geht das nicht, sei froh, dass der Hirschfänger nicht die Tatwaffe war. Du hast deinen Mann und mich erheblich in die Bredouille gebracht. Du kannst doch nicht einfach so wichtiges Beweismaterial unterschlagen«, zieht er sich die Lederhose an.

Der Hirschfänger war nicht die Tatwaffe?

Aber warum hat dann der Ritschi gesagt, dass da Blut von der Mona dran war? Verstehe ich nicht.

»Mit was ist sie denn dann erstochen worden?«, frag ich verdutzt. Der Lenz hebt ein Kissen vom Boden auf und schmeißt es mir ins Bett. Dabei hat er diesen »Ich sag dir nix«-Blick auf.

Mist, aus dem Mann bekommst du ums Verrecken nix raus. Mich horcht er aus, und selber sagt er nix. Jetzt reicht's.

Ich pfeffer das Kissen zurück. »Volltreffer.«

Der Lenz lacht. Und schon gibt's hier eine Eins-a-Kissenschlacht, dass die Federn nur so fliegen.

Ich verliere haushoch. Unfair!

Später zieh ich mir einen Morgenmantel über und biete ihm einen Kaffee in meiner Küche an, weil beim Frühstück, da redet es sich doch auch viel leichter.

Aber wie wir dort reingehen, ist der Gustl schon drin. Hockt barfuß auf der Eckbank, den Kopfhörer auf den Dreadlocks, die Backen voller Cornflakes und wippt mit dem Fuß. Tut so, als wäre es das Normalste von der Welt, dass der Lenz in meiner Küche steht.

»Du, ich glaub, ich will doch keinen Kaffee. Ich habe heute noch ein wichtiges Verhör«, sagt der Lenz, kaum dass er ihn sieht, und wendet sich auch schon zum Gehen ab. Dreht sich dann aber noch mal kurz zu uns um: »Fahren ohne Führerschein. Ganz schlecht«, hebt er mahnend den Finger.

Der Gustl zeigt ihm einen erhobenen Daumen, grinst und kaut im Takt weiter.

Nachdem der Lenz auf leisen Sohlen die Treppe hinuntergeschlichen und die Haustüre ins Schloss gefallen ist, da stehen der Gustl und ich am Fenster und schauen in unseren Hof hinunter. Der Lenz blickt nach allen Seiten, wie er niemanden entdeckt, sprintet er über die Straße. Dort geht er im Schritt weiter. Dann verschwindet er hinter der Straßenkreuzung.

»Krass«, klopft mir der Gustl auf die Schulter und stellt die leere Müslischüssel auf dem Tisch ab. Und ich frag mich nun, warum der Lenz faktisch noch immer so ein Geheimnis um unsere Beziehung macht. Die Josi hat heute bestimmt mitbekommen, dass er bei uns übernachtet hat. Es ist also nur eine Frage der Zeit, bis es sein Max ebenso weiß, und mei, schließlich muss man halt auch mal Farbe bekennen und es den Kindern sagen, oder?

Und dann frage ich mich freilich noch Folgendes: Wenn der Hirschfänger nicht die Tatwaffe war, hat mich der Ritschi dann angelogen? Er hat doch behauptet, dass …

Und welches Verhör muss der Lenz führen? Hat er den Täter?

Viel Zeit zum Nachdenken habe ich nicht.

Es ist schon spät, und ich muss zur Arbeit. Wenn ich mich recht erinnere, kommt ja heute das Finanzamt zu uns und wird die Firma durchforsten.

Auf dem Weg zur Arbeit treffe ich im Ortskern auf die Leni.

Seltsamerweise ist die heute recht flott unterwegs. Was macht die denn um diese Zeit schon mit dem Waldi? Gassi gehen? Das ist doch gar nicht ihre Art. Normalerweise kackt der Hund in den Garten.

»Morgensport«, informiert sie mich. Drückt mir dann aber gleich die Leine samt Hund aufs Auge, weil noch immer Blasenschwäche.

Pfff, die Leni und Morgensport. Kaum kommt der Frühling ums Eck, spinnen alle.

Okay, geh ich halt eine Runde mit dem Waldi. Der Haslinger kann warten, und bis so ein Beamter morgens den Deckel von einem Leitz aufmacht, dauert's doch eh. Ja, so ein Staatsdiener muss sicher erst mal langsam hochfahren, bevor er was arbeitet. Ich komme heute eh schon zu spät, da kommt es auf eine halbe Stunde mehr oder weniger auch nicht mehr drauf an.

Vor dem Friedhof laufen wir unserer personalisierten Bildzeitung über den Weg. Die Rosl hat mir anscheinend dringend was zu erzählen. Wer weiß, eventuell hat sie heute früh den Lenz aus unserer Einfahrt rausschleichen sehen oder uns gestern beim Schmusen im Vorhäusl von der Ostermeier Liesl entdeckt. Ich will's gar nicht hören.

Okay, die Rosl kommt eh nicht zum Reden, weil der Hund dauernd an ihren Beinen hochspringt. Vermutlich wegen dem Stoffbeutel, den sie dabeihat. Aus dem tropft Blut. Sie saut damit die Stufen vom Friedhofsportal ein. Was um Himmels willen ist dadrin?

»Ja, gehst du weg, du Köter. Lässt du mein Fleisch«, zieht sie dauernd den Beutel von dem Hund weg, aber der Waldi gibt freilich keine Ruhe, schnüffelt und springt unbeirrt an den Beinen herum. Die Rosl sucht das Weite. Der Waldi gleich hinterher. Die Leine spannt.

Es würde mich schon tierisch interessieren, woher die Rosl das Fleisch hat. Eine Metzgerei haben wir in Engelsried nicht.

Ich könnte die Blutspuren zurückverfolgen bis zum Ursprung, wozu hat man schließlich einen Hund dabei. Also drücke ich flugs auf die Taste an der Leine, und zack, fliegt mir der Waldi entgegen.

»Waldi, wo is Fleischi?«, sag ich in der Sprache von seinem Frauchen. Damit mich der blöde Hund auch sicher versteht. Und siehe da, er nimmt die Fährte auf. Folgt den Spuren, die sich vom Friedhofsportal bis über die Straße hinüber verteilen. Läuft auch gleich rüber zum Wirt und bleibt neben den stinkenden Mülltonnen stehen.

Ein blitzgescheiter Hund. Das sag ich ja schon immer.

Total unauffällig und hochprofessionell stromere ich um die Tonnen herum. Die stinken heute besonders bestialisch vor sich hin.

Was hat der Wirt da bloß drin? Restepfännchen? Dackelgulasch?

Keine Ahnung. Ich hebe mal den Deckel.

»Du schon wieder. Was willst?«, steht auf einmal jemand hinter mir. Erschrocken fahre ich herum.

Die Tür zur Küche steht sperrangelweit offen. Dampf

drückt sich ins Freie. Und mittendrin ein Mordskaventsmann in einer mit Blut verspritzten Kochjacke und in Gummistiefeln. Wenn der Wirt jetzt noch ein Beil in der Hand hätte, dann würde er mit Sicherheit eine Hauptrolle in einem Horrorfilm kriegen.

Ich will flüchten. Wie die Fliegen an der Tonne. Schwärmen alle aus.

»Die zwei Kölner, sind die schon wieder weg?«, stammle ich. Zumal im Hof kein himmelblauer Bulli mehr zu sehen ist.

Der Wirt schaut recht grätig, putzt sich sein Gesicht am Hemdärmel ab und geht wortlos in seine Küche zurück.

Tausend Fliegen setzen sich.

In der Tonne stinken ausgelöste Knochen vor sich hin.

Ich schließe den Deckel und geh dem Wirt nach.

Der Waldi will partout nicht mit, also zieh und zerr ich an der Leine. Es dauert eine Weile, bis wir in der dampfenden Küche stehen. Dort dampft's nicht nur, nein, dadrin schaut's aus wie in einem Schlachthaus. Und das im wahrsten Sinne des Wortes. Fragt sich nur, was der Wirt geschlachtet hat.

»Drei Übernachtungen ham s' bei mir gebucht. Drei. Eine ham s' in bar angezahlt, und heute mitten in der Nacht sind sie dann abgehauen, de Gratler. Davor ham s' mir vor lauter Rausch noch de Bude vollgekotzt«, krempelt der Wirt die Ärmel von seinem Kochschurz hoch und schaut dabei den Waldi an. Der verzieht sich gleich hinter meinen Füßen und jammert. Und ich starre gebannt auf die noch nicht verheilte Riesenwunde am Arm meines Gegenübers. Das macht mich stutzig.

Ich seh die Mona vor mir in der Truhe sitzen. Tot. Zwischen all den eingetüteten Fleischstücken steif gefroren. Ohne Schuhe mit abgeschnittenem Haar. Die vielen Einstichstellen auf der Brust. Das gefrorene Blut auf ihrer Bluse. Der gequälte, entsetzte Blick.

Was genau ist also kurz vor ihrem Tod passiert? Hat nicht der Ritschi gesagt, dass sich die Mona eventuell bei ihrem Todeskampf gewehrt haben könnte? Also müsste der Täter ja Wunden oder blaue Flecken davongetragen haben. Okay, der Mord liegt bereits Wochen zurück. Es ist also recht unwahrscheinlich, dass die Wunde vom Wirt wirklich von der Mona stammt. Aber in mir kriecht doch immer wieder der Verdacht hoch, dass der Kerl nicht nur heimlich Wildtiere abschlachtet, sondern vermutlich auch vorhatte … die Mona … Hat ihm die Martha dabei geholfen? Immerhin hatte sie am Hals einen blauen Fleck, den sie mit einem Halstuch zu verdecken versuchte. Oder war der Fleck wirklich nur ein Knutschfleck vom Vitus?

Und dann würde es mich echt interessieren, um was es bei dem Streit zwischen dem Wirt und der Mona gegangen ist und wieso der mit der Mona nach Thailand fliegen wollte.

»Sonst no was?«, reißt mich der Mann aus meinen Überlegungen heraus. »Wollts an Has? Ich hab frisch g'schlachtet«, hält er mir einen Batzen Fleisch vor die Nase.

Aha, Hase also. Ich schlucke. Der Waldi winselt.

»Nein. Wir essen keine Hasen«, schüttel ich bloß den Kopf. Obwohl es freilich nicht stimmt. Ich sag nur: Osterhase. Aber wurscht. »Du, ich glaub, der Hund muss«, drehe ich mich um und verlasse das dampfende Schlachthaus. Und ja, freilich hab ich noch tausend Fragen, aber dem Wirt sein Anblick lässt meinen Mut halt schrumpfen.

Im Hof rempel ich dann fast mit Käsi zusammen. Der fühlt sich regelrecht von mir gestört. Schaut ganz vertieft in die Tonne und begutachtet den Inhalt.

»Sie schon wieder. Was machen Sie da?«, stellt er sich dann demonstrativ vor mich hin.

»Das könnte ich Sie genauso fragen. Seit wann kommt die Polizei durch die Hintertür?«

»Frech werden auch noch«, schaut er mich recht pampig an.

»Ich tipp auf Hase«, deute ich zur Tonne. »Es könnte aber genauso eine Katze oder ein Hund gewesen sein. Wissen S', man weiß nie, was der den Gästen aufs Teller legt«, sag ich und geh. Der Polizist schaut mir selten dämlich hinterher.

Eins ist mir jetzt klar. Für die Polizei gehört der Wirt eindeutig zu den Hauptverdächtigen. Der Lenz hat an meinem Ohr zu knabbern aufgehört, wie ich das Wort »Wirt« ausgesprochen habe, und dieser käsfüßige Kollege hat auch so eine Vermutung. Der sucht doch förmlich nach Beweisen. Sonst würde er nicht dauernd hier herumhängen. Es ist also eine Frage der Zeit, bis die Polizei den Täter überführt hat.

Die Sache ist jetzt die: Wie komme ich dem Lenz zuvor? Hab keine Beweise und nix. Himmelherrgottsakrament.

20

Pünktlich mit einer Stunde Verspätung lauf ich dann auch schon beim Haslinger im Büro auf. Dort herrscht dicke Luft. Erstens, weil ich zu spät bin, und zweitens hat der Haslinger schwere Flatulenzen. Entweder wegen der Gulaschsuppe, die er gestern vertilgt hat, oder zwecks der Aufregung. Das ist nicht klar und deutlich herauszufinden. In jedem Fall hockt doch seit exakt acht Uhr null ein Herr Übelacker vom Finanzamt bei uns im Büro. Ein älterer Herr. Mittelscheitel, Hornbrille. Ich hoffe, er ist nicht so kleinkariert wie sein Hemd. Wälzt sich akribisch durch die Akten, geht aber zwischendurch nach draußen zum Luftholen.

Der Haslinger und ich arbeiten, was das Zeug hält. Keine Raucherpause, nix. Nur Rechnungen, Angebote und Telefonate.

Kurz vor zwölf klingelt wieder das Telefon.

Der Chef nimmt selbst ab. Der Übelacker soll sehen, dass auch ein Geschäftsmann für sein Geld ackert.

Das gackernde Huhn ist dran. Ich kann sie durch die Muschel einwandfrei identifizieren. Hat immer noch dieses verstopfte Rohr, was man beim Haslinger heute echt nicht behaupten kann. Weil, seine Fürze sind heute alle überdosiert. Obwohl er kein Arzt nicht ist, hört er zwecks der Verstopfung ausnahmsweise ziemlich lange zu. Was mich nun wundert. Ich vernehme, dass das Huhn am Wochenende über einen Bekannten an eine Firma gekommen ist, die Notdienste für verstopfte Rohre anbietet. Diese war auch innerhalb von Minuten vor Ort. Haben ihr ein prima Angebot gemacht: einmal Rohrdurchräumen für neunzig Euro. Das ist zwar teuer, aber okay, wenn man bedenkt, dass gestern Sonntag war. Was die Firma ihr in der Tat nicht erzählt hat: Die neunzig Euro gelten pro Meter Spirale. Und je nachdem, wie lange das verstopfte Rohr ist, kostet's. Tja, und weil das gackernde Huhn im Dachgeschoss wohnt, haben die halt bei ihr sage und schreibe vierzehn Komma fünf Meter berechnet. Was dann summa summarum zu einem Preis von tausendsechshundertsiebzig Euro geführt hat. Ohne Steuer, versteht sich. Weil, die ist freilich noch obendrauf gekommen. Ja, das Finanzamt will schließlich auch was vom Kuchen haben, gell. Wo kommen wir denn da hin, der deutsche Staat braucht auch sein Geld. Geholfen hat's nix. Das Rohr nämlich ist und bleibt verstopft. Und da kann ich jetzt nur sagen: Mensch, hätte die Frau doch statt zu gackern mal lieber früher dieses »Nepper, Schlepper, Bauernfänger« mit Eduard Zimmermann angeschaut. Weil die hat sich ja von der Firma dermaßen übers Ohr hauen lassen.

Der Haslinger grinst in sein Bartgestrüpp rein und verspricht dem Huhn, dass wir bald mit unserer Spirale anrücken, dann legt er auf. Klatscht freudig in die Hände.

»Mei, de Silberfisch ham s' sauber bratzelt«, freut er sich sichtlich. Kriegt sich gar nicht mehr ein. Der Übelacker ist grad an der frischen Luft.

»Wieso Silberfisch?«, frag ich.

»Ja, weil man sie halt bratzelt hat, die Mama von unserem Herrn Finanzbeamten.«

Das Huhn ist die Frau Silberfisch?

Ups. Das ist ja hervorragend. Also für mich. Die haben wir nämlich noch gar nicht überprüft, die Silberfisch, gell. Immerhin war sie auch in der Küche vom Wirt. Bei der wollte ich eh noch ermitteln.

»Zu der fahren wir garantiert ned hin. De alte Henne kann warten, bis sie schwarz wird«, jauchzt der Haslinger.

Ganz schlecht.

Wie soll man denn ermitteln, wenn man nicht hinfährt?

»Ja, aber Chef, wär's nicht besser, wenn wir hinfahren und dem Alisi zeigen, dass wir eine ganz, ganz tolle Firma sind, die ihre Arbeit gut macht? Seriosität und so. Nach dem Motto: Haslinger, die Fachfirma in Ihrer Nähe. Ehrlich, schnell und zuverlässig. Ich sag nur: Eine Hand wäscht die andere, verstehst. Dann schaut der Übelacker eventuell nicht so genau auf deine Akten.«

Jetzt überlegt er, der Chef.

»Ja, aber der Otto und der Lehrling, die sind doch in München auf der Baustelle, und ich fahr zur Silberfisch garantiert nicht hin. Womöglich is der Alisi noch daheim. Und wenn ich den sehe, den erwürg ich.«

»Verstehe. Weißt was, das machen wir jetzt so. Wir fahren da gemeinsam hin, und ich geh zuerst rauf zur Silberfisch und schau, ob die Luft rein ist. Und wenn der Alisi nicht da ist, dann hole ich dich.«

Eine geniale Idee.

Der Chef überlegt wieder.

»Ich könnt bei der Silberfisch an saumäßigen Wasserschaden kreieren. Weißt, so, dass es des Weib samt Alisi aus ihrer Bude hinausschwappt.«

»Chef.«

»Oder a Verstopfung im Scheißhaus fabrizieren, ha, was meinst?«

»Chef. Das bringt doch nix. Nein, das Gegenteil ist der Fall. Seriosität, Haslinger. Seriosität. Auf geht's, da fahren wir jetzt hin.«

Der Haslinger kratzt sich am Stiernacken.

»Gut, dann machen wir das halt«, sagt er, und wie der Übelacker Punkt zwölf seinen Stift weglegt und zu Mittag geht, da sitzen der Chef und ich schon im Auto und fahren in den Nachbarort.

Mit dabei der große Hunger. Mein Magen ist leer. Hatte doch in der Früh keine Zeit zum Essen. Kaum haben wir den Ortskern erreicht, halten wir vor einer Metzgerei. Der Haslinger kauft sich dort eine Leberkässemmel. Hockt sich ins Auto rein und vertilgt sie schmatzend. Und ich schau dabei zu, was natürlich schon wieder meinen Schweinehund auf den Plan ruft. Und bevor der mich jetzt wieder zutextet, rede ich halt lieber mit dem Haslinger.

»Meinst, dass das so gut ist, wenn du den Übelacker im Büro vergast?«, frag ich ihn.

»Wieso, der is doch pünktlich aus unserem Büro verduftet.

Weißt, Apfelessig wirkt im Darm wie ein Abflussreiniger«, grinst er durch sein Gesichtsgestrüpp zu mir her. »Weißt, mit Abflüsse, da kenn i mich aus.«

»Ja, aber er kommt morgen wieder«, muss ich jetzt lachen. Der Chef ist einfach unmöglich. Wir kichern uns gemeinsam ein bisserl durch den Verkehr, und kaum hat er die Semmel aufgegessen, da wird er ganz ernst.

»Du weißt fei scho, dass da Schmiedi verheiratet ist?«, klopft er sich die Brösel von der Strickjacke und begutachtet hinterher meine Reaktion. Er hätte dabei fast eine Frau vom Sattel gefahren.

»Hey, Vorsicht«, sag ich und lenke seine Aufmerksamkeit wieder zurück auf die Straße.

»Pass lieber du auf, Fuchsin. Da Schmiedi is a Hallodri. A Gigolo, verstehst. Der schmiert dir doch bloß Honig ums Maul. Dem seine Alte hockt in Spanien drunten. Ja, und irgendwann taucht die o amal wieder auf, verstehst. Und dann lasst der dich fallen wie a heiße Kartoffel. Na, na, Fuchsin, du brauchst an gescheiten Mo. Einer, der es ernst mit dir meint«, zischelt er rum. Hat offenbar noch Semmelbrösel zwischen seinen Beißerchen. »Schau, Elli, wir zwei, wir wären doch das beste Paar? Wir täten des Sanitärg'schäft zu einem hoch florierenden Laden machen, oder Elli, was sagst?«, fieselt er nun etwas nervös eine Zigarette aus der Konsole.

Jetzt fangt der schon wieder mit dem Krampf an. »Ich kann es nicht mehr höhren.« Herrschaftszeiten, Chef, kapier halt, dass ich nix von dir will.

»Ich hab gedacht, du willst nach Thailand? Wieso denn überhaupt Thailand, wie kommst dadrauf? Die Mona war doch auch immer dort, und der Wirt ist ebenso hingeflogen. Das ist doch kein Zufall. Raus mit der Sprache, Haslinger, da ist doch was faul …«

Der Chef zündet sich die Marlboro an.

»Die Mona, ja, die hot da angeblich ein riesiges Tierheim für so herrenlose Hunde aufgebaut. Hot dafür in Engelsried allerweil an Haufen Kohle eingesammelt. Und hinterher hot's sich halt rausgestellt, dass sie die Gelder irgendwie veruntreut hot. Da Wirt hot deswegen etliche tausend Euro verloren.«

»Der Wirt? Hat sich beim Bau von einem Tierheim beteiligt? Das glaub ich jetzt nicht. Der Wirt und tierlieb?«

»Ja mei, er hot's halt mehr zwecks da Investition g'macht und ned wegen dem Tierwohl.«

»Und wie viel hast du investiert?«, frag ich.

»I? Mei Elli, mach dir keinen Kopf. I hob meine Schäfchen schon im Trockenen«, grinst er durch die Rauchwolke her. Der Haslinger hat also nicht, wie der Wirt, in ein Tierheim investiert, sondern in was ganz anderes.

»Ihr habts da also in Thailand irgendwas gedreht. Die Mona, der Schneckerl und du. Der Klexi war vermutlich genauso dabei«, sag ich jetzt einfach mal so ins Blaue hinein. Besser gesagt in den Nebel.

»A Schmarrn.«

»Weißt, was die Basis einer echt guten Beziehung ist, Haslinger? Man ist ehrlich zueinander«, tätschel ich seinen Arm. »Also, raus mit der Sprache, Alfi. Was habt ihr da gemeinsam für krumme Geschäfte gemacht?«

Der Chef schnauft laut und konzentriert sich auf den Verkehr.

»Alfi. Ich höre …«, sag ich streng.

»Die Mona hot … Mei, mir ham halt alle bei ihr Kapital ang'legt. Schwarzgeld, verstehst. Der eine hat eben in ein Tierheim investiert … und der andere … woanders.«

»Wer alles?«

»Keine Ahnung. Da Wirt, da Pfarrer, des halbe Dorf. So genau weiß ich des ned. Jedenfalls sind halt die, die in des Tierheim investiert ham, auf d' Schnauzen g'fallen, und de andern ham einen Mordsprofit g'macht.«

»Und da Wirt is auf d' Schnauzen gefallen, weil er in ein Tierheim investiert hat? Womöglich eins, das es gar nicht gibt?«

»Ja, drum is a ja nach Thailand g'flogen, hot versucht, dass er sein Arsch noch retten kann.«

»Und in was genau hast dann du investiert?«

»Ja, nix Großartiges ...«

Ein strenger Blick meinerseits.

»Diamanten. Da Schneckerl hat uns des Geschäft mit de Klunker immer so schmackhaft g'macht. Eine todsichere Geldanlage, hat a g'sagt, ist des ...«

So, der Schneckerl Tscharlie also. Dieser auftoupierte schleimige Glatzkopf hat also mit der Mona Geschäftchen mit Diamanten gemacht. Jetzt verstehe ich die Zusammenhänge.

»Wen meinst du mit ›uns‹? Wer hat von dem Geschäft sonst noch profitiert?«

»Keine Ahnung. Der Klexi, da Poldi ... Ja, mir ham doch gar nix voneinander g'wusst. Des is alles erst ans Tageslicht kommen, weil die Bullen halt dahin gehend ermitteln.«

Ach, daher weht der Wind. Jetzt wird mir einiges klar. Der Lenz verfolgt also eine ganz andere Spur, als ich gedacht hab. Deshalb haben die den Wirt im Visier. Suchen vermutlich nur noch nach Beweisen. Ob sie die allerdings beim Wirt in der Tonne finden, will mir nicht in den Sinn.

»Warum fahrst jetzt eigentlich zurück nach Engelsried?«, frag ich irritiert, wie wir wieder am Engelsrieder Ortsschild vorbeidüsen.

»Mir wollten doch zur Silberfisch, oder ned?«

»Ja, schon. Wo wohnt die denn?«

»Mit 'n Alisi wohnt s' in der alten Schule.«

Die Silberfisch lebt in unserer alten Schule in Engelsried? Ja, und der Haslinger macht mit mir eine halbe Weltreise dorthin. Und das alles nur zwecks so einer depperten Leberkässemmel. Geht's noch?

Die alte Schule steht direkt hinter unserem Wirtshaus. Wenn die Silberfisch da wohnt, dann ist es kein Wunder, dass der Alisi seinen Käfer nachts beim Wirt abstellt, oder? Herrschaft, das hätte mir der Heinzi doch sagen müssen. Hätte ich mir einige Gedankengänge bezüglich dem Alisi sparen können. Und ich hab den faktisch verdächtigt, dass er mit den Kölnern unter einer Decke steckt.

Wir parken direkt beim Wirt.

Beim Eingang steht mal wieder ein Schild: »Heute Vortrag: Alarm im Darm, bitte Hintereingang benutzen«, lese ich da. Okay, wenn es bei mir mit der Silberfisch länger dauert, könnte ich den Haslinger ja derweil beim Wirt abstellen.

21

Unser altes Schulhaus ist zwar heute ein Mehrfamilienhaus, aber auf irgendeine Art kommen bei mir Erinnerungen auf, sobald ich diesen schmucken Kasten betrete. Hier bin ich vier Jahre mit der Babsi, der Gitti und der Mona zur Schule gegangen. Bevor ich dann mit meinen Eltern nach München gezogen bin. Ich nehm die Treppe nach oben.

Im zweiten Stock kommt mir der Alisi entgegen. Er trägt einen blauen Pullunder, eine braune Stoffhose, einen geschleckten Mittelscheitel und eine fette Hornbrille. Der Alisi, praktisch Modell graue Maus, hat es eilig. Also Springmaus. Ist auf dem Sprung. Obwohl. Springen tut er genau genommen weniger. Er stampft die Treppe herunter wie ein Elefant und beäugelt dabei die Stufen. Ich stell mich ihm mal in den Weg. Was ihn offenkundig aus der Fassung bringt. Macht mir einen recht verstörten Eindruck, der Kerl. Sprich, auf der Party hat er im Rockeroutfit echt mehr hergemacht. Auch von seinem aggressiven Verhalten vor der Eisdiele ist nix mehr zu merken. Kaum zu glauben, dass der überhaupt so derart aus sich herausgehen kann. Nuschelt mir ein leises »Hallo« her.

Also der Alisi und ein Mörder … der scheidet als Täter komplett aus. Pah, der und jemanden umbringen … Den können wir getrost von der Täterliste streichen.

»Halt! Alisi, deine Brotzeit!«, tönt es gackernd durchs Treppengeländer. Der Alisi dreht sich auf seinem Absatz um, und wir zwei steigen nebeneinander Stufe für Stufe ins Dachgeschoss hinauf.

Dabei fällt mir ein, dass der Alisi und ich gemeinsam ein tierisches Schicksal haben. Ja, ich hab als Begleiter einen hungrigen Schweinehund und er als Mutter ein gackerndes Huhn.

Oben angekommen, bin ich dann überrascht.

Da steht eine ältere Dame, die zwar gackert wie ein Huhn, aber mit einem solchen Tier nicht die geringste Ähnlichkeit hat.

Allein schon wegen der Frisur. Weil, nix roter Haarkamm oder so. Nein, Föhnwelle. Schaut aus wie Königin Beatrix, nur viel, viel faltiger. Also, ich weiß nicht, da heißt es ständig: Alle sieben Jahre erhält man eine neue Haut, aber ich glaub, die Silberfisch bekommt immer nur eine gebrauchte. Noch dazu eine recht braune. So wie die ausschaut, wohnt die in der Sonnenbank oder verbringt ihr restliches Dasein im sonnigen Süden.

»Da, dein Schnittlauchbrot«, gackert sie wieder, hebt dem Alisi ein in Zellophan verpacktes Packerl und eine braune Ledertasche vor die Nase. »Nur Butter und Schnittlauch ist dadrauf. Weil, wissen S', Tomaten isst er mir ja nicht, der Bub«, wendet sie sich nun an mich. »Gell, Alisi, die magst nicht, Tomaten. Und Wurst bekommt ihm halt nicht, dem Alisi. Zu viel Sulfate. Das tut seinem Magen halt gar nicht gut, gell. Gastritis, wissen S'. Gastritis.«

Der arme Alisi. Ist wahrscheinlich gottfroh, wenn Mama wieder in den sonnigen Süden abdampft. Nimmt ihr kopfnickend das Butterbrot ab und verstaut es sorgfältig in der Tasche. Jetzt ist mir klar, warum der Alisi fast nix redet. Der kommt nie dazu. Bei der Mutter.

»Er muss ja jetzt wieder ins Finanzamt, mein Alisi, und da braucht er dann schon eine kleine Brotzeit für zwischendrin, gell, Alisi. Wissen S', der Alisi, der kümmert sich ja da um die Steuerhinterzieher, geh, Alisi, sag selber. Sie glauben ja nicht, was da bei uns alles rumläuft. Die Leute hier haben es ja alle faustdick hinter den Ohren, gell, Alisi, sag selber«, nickt sie ihm zu und wendet sich an mich. »Wer sind Sie eigentlich?«

»Elli Fuchs mein Name. Ich komm vom Haslinger …«

»Ach so, ja, freilich«, nickt sie mir zu, pfeift aber dann sofort ihren Sohn zurück, weil der sich zum Gehen wendet. »Halt! Lass dich mal anschauen, Bub. Ja, wie schaust denn du aus?«, zupft sie ihm am Kragen vom Hemd rum und klopft ihm schnell die Schuppen vom Pullunder, dass es schneit. Der Alisi ist ein armes Würsterl.

»Pfiat di«, verabschiedet er sich von Mutti, saust dann fluchtartig die Treppe hinunter, und schon ist er weg.

»Schuhe ausziehen. Wir haben neue Teppiche«, befiehlt mir Königin Beatrix, und ich hoffe inständig, dass ich heute ordentliche Socken trage, weil ich da halt nicht immer drauf schau. Kann schon mal sein, dass ich zwei verschiedene anhabe. Wie ich die Schuhe ausgezogen habe, stelle ich fest, heute unten alles tippitoppi.

Beatrix rennt schon mal vor ins Bad. Ein komischer Geruch steigt mir in die Nase. Süßlich, beißend, greislich, würde ich sagen. Hab ich schon mal wo genauso gerochen. Das war ... jetzt passen S' auf, das war ... im Februar war's. Genau, im Februar, wie ich meine erste Leiche entdeckt hab. Im Wannensockel war die drin. Man liest ja oft, dass die Leute in so einem Sockel Dinge für Notzeiten bunkern. Geld, Briefmarkensammlung, ja sogar Gold ist schon gefunden worden. Und was finde ich? Eine Leiche.

Ich werd doch heute nicht wieder eine finden? Aber es riecht nach Verwesung, ganz klar. Sehr dubios das Ganze. Sehr verdächtig. Ich sollte auf meinen Riecher hören. Am Abend der Mottoparty, da hat es ja im Wirtshaus auch ein bisserl süßlich gerochen, aber nur ganz leicht. Weil die Gitti halt überall so Duftzeug aufgehängt hat, damit man den Gestank nicht so wahrnimmt. Aber da wär ich doch im Leben nicht drauf gekommen, dass da beim Wirt eine Leiche ... umso mehr will ich heute genau hinschauen. Aber schon ganz genau, gell.

Das Bad von der Silberfisch ist alt, aber blitzeblank. Bahamabeige Sanitärgegenstände, nigelnagelneuer schneeweißer Teppichvorleger. Auf der Ablage drei Haarspraydosen XXL. Möcht nicht wissen, wie viel sich die Silberfisch davon täglich ins Haar sprüht.

»Da ist das verstopfte Waschbecken. Ich wasch ja immer meine Haare rein, wissen S', und jetzt läuft's nicht mehr ab. Wissen S', mein Sohn, der kann so eine Verstopfung ja nicht beheben. Als Finanzbeamter, da hat der ja ganz andere Aufgaben, gell.«

»Und Ihr Mann?«, unterbreche ich die gackernde Beatrix.

»Haben wir nicht, einen Mann. Nein, nein, der Alisi und ich, wir sind allein, schon immer. Sind bis jetzt ganz gut zurechtgekommen. Wir brauchen niemanden. Sind ein eingespieltes Team.«

»Ham S' einen Stößel?«

»Bitte was?«

»Ja, so ein rotes Gummiteil mit einem Holzstiel dran.«

»Ach so, ja, haben Sie das nicht dabei?«

»Mhm. Den hat der Chef im Auto. Der ist aber unten bei den Nachbarn, weil die Verstopfung, die könnt ja praktisch im ganzen Haus sein, gell.«

»Ja, ja, das haben die zwei Herren auch gesagt, die da waren. Und dann berechnen die tausendsechshundertsiebzig Euro. Plus Steuern. Und das Rohr ist immer noch verstopft. Haben das Geld auch gleich abkassiert. Betrüger sind das. Haben angeblich ihren Firmensitz in Köln. Aber die Firma gibt's gar nicht. Der Alisi hat das überprüft. Name, Steuernummer, alles getürkt, stellen S' Ihnen das mal vor.«

»Aus Köln, sagen Sie, waren die?«

»Ja, die haben auch so gesprochen.«

»Wie haben die denn ausgeschaut, die Kölner?«

»Recht dahaut. Direkt zum Fürchten. Der eine hatte einen Oberlippenbart, und der andere war am Hals tätowiert.«

Da schau her, die Kölner. Machen hier also als Betrüger die Gegend unsicher. Ich hab doch gesagt, dass die bei uns keinen Urlaub machen.

»Und wie sind Sie auf die Kölner Firma gekommen?«

»Ja, ein Bekannter von mir, den kenne ich vom Schwimmkurs, der hat mir die empfohlen. Das ist eigentlich ein ganz ein netter Mann. Ich treff ihn auch immer im Sonnenstudio, wissen S'. Und da werde ich ihn fragen, wie er ausgerechnet auf diese Betrüger gekommen ist, gell.«

»Vom Schwimmkurs. Haben Sie mir da einen Namen von dem Bekannten?«, frag ich.

»Berti heißt er, warum?«

Da schau her, der schöne Berti. Hab ich es mir doch gedacht, dass der mit den Kölnern unter einer Decke steckt. Pfff, bringen hier alte Weiber um ihr Hab und Gut. Wer weiß, was die hier noch alles treiben.

»So, aber jetzt hol ich Ihnen den Stößel aus dem Keller, gell«, gackert sie noch und verschwindet auch schon durch die Wohnungstür. Ich schau mich hier mal um. Streif durch alle Zimmer. Immer dem Geruch nach. Im Kinderzimmer werd ich dann fündig. Okay, nicht ganz, weil, erstens ist es kein Kinderzimmer, und zweitens ist dadrin keine Leiche. Aber neben dem grasgrünen Jugendbett, das vermutlich dem Alisi gehört, steht ein Sofa. Mag sein, dass sich der Alisi dort regelmäßig drauf tummelt, aber bei aller Liebe, der Alisi kann nicht so miefen.

Mitten auf dem Miefsofa hockt ein Teddybär. Um ihn rum kauern Hunde. Also aus Stoff. Kein Wunder, dass der Bär so traurig dreinschaut. Würd ich auch glanzlose Kulleraugen kriegen, wenn ich den ganzen Tag neben irgendwelchen Kötern hocken müsste und abends vom Alisi abgelutscht würde. Aber wie gesagt, wurscht.

Ich habe den Impuls, dass ich den Bär von den Hundsviechern befreien muss, und hebe ihn auf.

Auf dem Sitzplatz vom Teddy, da find ich ihn dann, den Fleck. Und es schaut aus, als hätte sich hier jemand viel Mühe gegeben, damit der vom Sofa verschwindet. Ich sollte dringend eine Probe vom Stoff mitnehmen. Aber wie? Kann ja schlecht vom Sitzmöbel was rausschneiden. Nein, das geht schlicht und einfach nicht. Oder doch? Cuttermesser aus der mitgebrachten Werkzeugkiste, schnippischnappi, Teddy drauf. Bis die Solariumgrillhenne mit dem Stößel vom Keller kommt, bin ich freilich fertig.

»Sag mal, warum hast mich denn nicht angerufen? Der Alisi ist doch schon lang weg«, steht auf einmal der Haslinger in der Tür. »Was machst denn da?«, schaut er irritiert her.

»Beweise«, sag ich und steck den Sofafleck in ein kleines Tütchen, welche ich neuerdings immer in meiner Jacke drinhabe. Hab ich mir vom Lenz abgeschaut. Bin eben ein Ermittlungsprofi.

Der Haslinger nickt und macht sich auf ins Bad. Sucht dort nach der Quelle der Verstopfung, und ich suche nach der Ursache vom Mord. Das nenn ich mal perfekte Arbeitsteilung. Ich sag ja, Sanitär Haslinger, hier wird Ihnen geholfen.

Kaum ist die Silberfisch wieder vom Keller da, gehen wir zwei in ihre Küche. Dort ist eine Art Altar aufgebaut. Die Silberfisch scheint recht christlich zu sein. Fängt gleich wieder zu gackern an. Zeitgleich bügelt sie Unterhosen, Taschentücher und ein Hemd. Wenn ich es mir recht überlege, dann könnte die ihr Gesicht echt ebenso mitbügeln. Aber wurscht, das ist ja ihr Problem.

Danach legt sie das Hemd bis aufs My zusammen.

»Mein Alisi, der mag es ordentlich, wissen S'. Bei dem, da muss halt alles stimmen.«

»Ja, ja, dafür hat man ja die Mama, gell.«

Die Frau ist ja kleinkariert. Fehlt nur noch, dass sie ein Lineal nimmt und nachmisst. Ja hallo, wir sind doch hier nicht bei der Bundeswehr.

»Aber waren S' schon froh, dass er dann doch eine Freundin gefunden hat, der Alisi«, frag ich und treffe damit voll rein ins Wespennest.

Weil, jetzt packt sie aus, die Silberfisch. Gackert sich praktisch in Rage und liefert mir dabei in null Komma nix ein Eins-a-Mordmotiv.

»Eine Matz war's, eine recht dreckige. Die hätt mir meinen Alisi versaut. Wir brauchen nämlich keine Frau. Wir nicht. Der Bub und ich sind all die Jahre immer ohne Frau ausgekommen. Und dann käm sie daher und würd sich da zwischen uns reindrängen. Ich war gottfroh, wie die auf der Feier von meinem Cousin gestritten ham.«

»Beim Nuschler seinem Siebziger?«

»Schluss g'macht hat er mit ihr, mein Alisi. Aber sie hat ihm Honig ums Maul g'schmiert, die Matz. Dann ham s' beim Wirt zwischen den Tonnen rumgeschmust. Peinlich war das. Aber ich hab dann g'sagt: Alisi, du gehst jetzt mit heim, dass das klar ist, gell. Hat auch brav gefolgt, der Bub. Und was macht sie dann … klingelt bei uns wenig später an der Haustüre. Aufs Zimmer sind s' dann gegangen, die zwei. Zur Unzucht hat sie ihn verführt.

Meinen Alisi. Zur Unzucht. Und das in unserer Wohnung. Ja, ich war ja praktisch nebendran. So was hatten wir ja noch nie. Die Matz hat meinem Alisi den Kopf verdreht. Ja, der hat ja gar nicht mehr gewusst, wie er sich mir gegenüber verhalten soll, der Bub. Direkt frech is er geworden. Nach Thailand soll er mit ihr mitfahren, hat s' g'sagt. Nach Thailand. Mein Alisi. Wo er doch da das Essen gar nicht verträgt, mit seinem Magen. Nein, nein, wir brauchen keine Frau. Und so eine Matz schon gar nicht.«

»Und dann wollten S' die Mona loswerden«, sag ich mitten hinein in ihre Wut. Und wie meine Worte auf ihre Wut treffen, da verstummt sie, die Silberfisch.

»Ja, nein … wieso?«, stammelt sie dann.

»So, jetzt haben wir das Corpus Delicti«, ruft der Haslinger aus dem Bad rüber. Und das zum ungünstigsten Zeitpunkt. Die Silberfisch lässt mich in der Küche stehen und spurtet zu ihrem Bad hinüber, und ich folge ihr freilich gleich.

In der Badewanne schwimmt jede Menge ekelhaftes Zeug.

»De Verstopfung war in der Abflussleitung zwischen der Wanne und dem Waschbecken«, informiert uns der Abflussfreispezialist. Die Silberfisch steht da und wird auf einmal käsweis, kaum dass sie den Dreck in der Wanne sieht.

»Was ham S' denn do in der Badewanne drin g'macht?«, schaut der Chef sie fragend an.

Die Silberfisch schluckt, und ihr Runzelgesicht wechselt schlagartig die Farbe. Aus einer bleichen Henne wird ex abrupto ein Truthahn.

»Mei, ich wasch da halt immer meine Haare rein«, stammelt sie.

Mein Busen juckt.

Die Silberfisch hat keine gekrausten Haare. Aber die Mona, die hatte welche.

Ich greife nach einem Schraubenzieher im Werkzeugkasten und fische mir damit aus der Wanne einige der gekräuselten Haare heraus, die dort inmitten von Resten aus Seife, Schmutz und anderen Ablagerungen umherschwimmen.

»Was machen S' denn da. Gehen S' da weg«, will mich die

Silberfisch gleich aufhalten, aber ich erkläre ihr, dass wir als Sanitärfirma neuerdings bei Verstopfung in einem Mehrfamilienhaus eine Probe entnehmen müssen. Zwecks Legionellen und so. Was freilich kompletter Bullshit ist.

Der Haslinger schaut mich konfus an.

»EU-Verordnung. An Gesetze müssen wir uns halten, Frau Silberfisch«, steck ich das eklige Zeug in ein weiteres Tütchen. Weil, ich muss die Haare unbedingt vom Ritschi untersuchen lassen.

»So, jetzt haben wir es aber«, schaut mich der Haslinger fragend an. »Frau Silberfisch, die Rechnung kommt per Post. Das kostet Sie sechzig Euro«, klappt der Chef den Werkzeugkasten zu und schiebt mich zum Bad hinaus. Aber ich will halt noch nicht gehen, gell.

»Den Wirt, den kennen S' ja, oder?«, schau ich die Silberfisch fragend an.

»Freilich kenn ich den.«

»Der steht ja bei der Polizei ganz hoch im Kurs, dass er die Hofreiter Mona umgebracht haben soll. Es ist nur noch eine Frage der Zeit, bis sie den verhaften«, sag ich.

Beatrix wird wieder zum Truthahn.

»So, der Wirt. Das hab ich mir schon gleich gedacht. Das ist doch ein Gratler, wie er im Buche steht. Ich hab ja mal bei dem geputzt. Wissen S'. Der wildert fei heimlich und verkauft dann das Fleisch. Wer weiß, was der Gratler zusätzlich für Schwarzgeschäfte macht. Der kann froh sein, dass ihm mein Alisi die Bude noch nicht dichtgemacht hat. Weil, wissen S', mein Alisi, der deckt alles auf. Sie glauben ja nicht, wer da bei uns im Ort alles Dreck am Stecken hat.«

Der Haslinger schluckt.

»Mir erzählt er ja nicht alles, der Bub, gell. Aber ich weiß, der war an was ganz Großem dran ...«

Leider klingelt jetzt ihr Telefon.

Sie geht an den Apparat und gackert dort weiter, der Chef drängelt, schiebt mich zur Tür hinaus, und kaum stehe ich im dunklen Flur, geht mir ein Licht auf.

Mir wird jetzt nämlich klar, warum die Mona mit dem Alisi beieinander war. Der Herr Finanzbeamte ist irgendwie drauf gekommen, dass diverse Personen ihr Schwarzgeld bei der Mona angelegt haben. Und die Mona wollte ihn vermutlich mit ihren kolossalen Knödeln im Dekolleté und ihrem sündigen Fleisch mundtot machen. Also praktisch davon abhalten, dass er sie und alle Investoren im Finanzamt hinhängt und so. Wollte ihn überreden, dass er mit ihr nach Thailand fährt. Keine Ahnung, was sie ihm dort zeigen wollte. Entweder wollte sie ihn überzeugen, dass er sich in der Sache täuscht, oder aber sie wollte ihn bestechen, beschwichtigen, ach, was weiß ich, was die alles für Geschütze aufgefahren hat. Der Alisi jedenfalls tut mir leid. Und dann hat er noch so eine Mutter …

»Du bist a ganz a raffiniertes Luder, Fuchsin«, grinst der Chef zu mir rüber, kaum dass wir wieder im Auto hocken. »Bist also an der Aufklärung von dem Mord dran. Deswegen hast du dich an den Schmiedi so hingeworfen. Sakradi, Fuchsin, du bist a Fuchs. Und i sag nur Fuchs und Has, des passt. Mir zwei sind ein Team«, tätschelt er mir die Hand. »Und was meinst, war's da Wirt oder da Silberfisch, ha?«, schaut er mich fragend an. Gar keiner von beiden, denk ich noch. Weil's nämlich die Silberfischin war. Tötung aus Eifersucht, ganz klare Sache. Eins-a-Tatmotiv.

22

Kaum sperr ich daheim die Haustüre auf und steh in unserem Flur, da kommt die Leni die Kellertreppe raufgelaufen. Sie trägt einen Wäschekorb. Ist total in Eile. Rennt an mir vorbei, schnurstracks in ihre Wohnung.

»Blasenschwäche?«, frag ich.

»Sport«, sagt sie.

Sport? Seit wann macht die Leni Sport? Und wie sieht die überhaupt aus? Hat eine Leggins und Turnschuhe an, und am Arm trägt sie ein Schweißband. Auf den Lauschern Kopfhörer, deren Kabel meinen Walkman anzapfen.

Was ist denn jetzt los?

Ich geh ihr mal nach.

Im Flur stellt die Leni hurtig den Korb ab, zieht einen Staublappen aus der Leggins und wischt damit den Schuhschrank ab.

Die putzt?

Und noch dazu in so einem Tempo. Ich kann gar nicht so schnell schauen, da rennt die schon an mir vorbei ins Wohnzimmer rein.

»Und wischen, wischen …«, hör ich sie schreien. Der Waldi ist auch schon ganz verstört.

Kaum bin ich im Wohnzimmer drin, spurtet sie raus.

Reißt mit Schwung die Tür von der Besenkammer auf, holt den Staubsauger aus der Versenkung und fängt an, den Flur zu saugen.

»Und saugen, saugen, saugen«, schreit sie dabei im Takt. Ich reiß ihr die Hörer vom Kopf.

»Was machst du?«, frag ich sie erstaunt.

»Und saugen, saugen, saugen …«, tönt es ebenso aus dem Hörer.

»Ich mache Sport mit Turner Tina«, verkündet die Leni und schnauft dabei wie ein Walross.

Ich kapier immer noch nix. Aber dann macht sie den Sauger

aus und zeigt mir ihre Errungenschaft. Fischt eine Kassettenhülle aus der Schublade und überreicht sie mir feierlich.

»Fitness mit Tina« steht auf der Hülle, auf der eine Frau im
Aerobicoutfit abgebildet ist. Samt eingefärbtem Haar, das einem
Wischmopp nicht ganz unähnlich ist. Tina hat einen Besen in
der Hand, mit dem sie offensichtlich turnt oder so.

»Die hat ja eine Putzwolle auf dem Schädel«, lach ich und
deute auf die Frau.

»Das ist Tina«, sagt die Leni stolz, aber immer noch außer
Puste.

»Putz dich fit mit der Turner Tina. So strahlt nicht nur dein
Haus, sondern auch Ihre Figur«, steht außerdem noch auf der
Kassettenhülle.

»Du, de Kassette hob i letztens auf dem Flohmarkt entdeckt.
Des mit dem Fitnessprogramm is a ganz a super Sache. Do kann
man mit möglichst wenig Aufwand beim Putzen viele Pfunde
verlieren. Stell dir vor, sogar beim Bügeln verbrennt man ohne
Mühe hundertzwanzig Kilokalorien«, schwärmt mir die Leni
her.

»Oder ein Hemd«, murmelt der Heinzi missmutig vor sich
hin. Der kommt gerade aus der Küchentüre heraus. Ohne
Hemd.

»Du, was gibt's denn heute zum Essen?«, fragt er seine Frau.

»Nix«, macht die Leni den Staubsauger an und fährt damit
wie eine Irre durch den Flur.

»Das hat's doch gestern schon gegeben«, schreit der Heinzi
die Leni an.

»Eben, ich hab ja auch für zwei Tage gekocht«, schreit sie
zurück, und bevor hier der Ehestreit eskaliert, verdünnisiere
ich mich lieber und geh zu mir hoch. Dort werde ich schon von
meiner Tochter empfangen. Die steht im Türrahmen von der
Küche, die Hände vor der Brust verschränkt, und schaut mich
an, als wär ich ein Schwerverbrecher.

»Heute früh, der Mann, der neben dir im Bett gepennt hat.
War das nicht der Vater vom Max?«

Ich zuck erst mal mit den Schultern und geh an ihr vorbei

in die Küche. Ich weiß nicht, wie ich reagieren soll. Also sag ich lieber nix. Irgendwann sag ich dann doch was. »Weißt was, ich hätte Lust auf richtig viel Kalorien. Wie wär's mit einem brillanten Kaiserschmarrn, ha?« Genau das sag ich.

»Sag mal, geht's noch?«

»Wir könnten uns aber auch eine Pizza kommen lassen.«

»Hattet ihr schon Sex?«, will sie dann aber von mir wissen. Ich mustere den Küchenboden und schüttele bloß den Kopf.

»Mann, soll ich dir erklären, wie's geht?«

»Woher, ich meine, woher weißt du …?«

»Jedenfalls nicht von dir. Mama, ich bin *vierzehn*!«

Na, dann ist ja alles klar.

»Ausgerechnet der Papa vom Max. Sag mal, musste das sein …«, reißt sie mit Schwung die Küchentür auf und tritt in den Flur hinaus. Ich komm gar nicht zum Antworten.

»Sag bitte noch nix dem Rupi«, schrei ich noch hinterher. Weil dem muss ich mein Verhältnis mit dem Lenz schonender beibringen. Und dann steh ich erst mal da und überlege.

»Also, ich nehm den Kaiserschmarrn«, sagt der Gustl hinter mir. Der hockt auf der gleichen Stelle wie heute Morgen. Noch immer barfuß. Aber jetzt kaugummikauend. Und freilich dauert's nicht lang, dann erscheint auch sein Vater auf der Bildfläche. »Kaiserschmarrn gibt's«, erklärt ihm sein Sohn.

»Ah, Kaiserschmarrn. Das ist schön. Bei da Mama gibt's heut eh nix«, setzt er sich an den Tisch. Hat jetzt ein Hawaiihemd an.

»Ah, mal ganz was Neues«, schau ich ihn wieder an.

»So neu ist es auch wieder nicht. Ist vom Flohmarkt«, sagt er und kratzt sich am Nacken.

Ah, vom Flohmarkt. Wahrscheinlich inklusive Floh. Weil er nicht aufhört zu scharren, der Heinzi.

»Und Elli, was hast vom Schmiedi in Erfahrung gebracht?«, fragt er mich dann allen Ernstes und kratzenderweise.

Sag mal, geht's noch? Stiefelt nachts einfach samt Schrotflinte in mein Schlafzimmer und tut am nächsten Tag so, als wär nix gewesen. Entschuldigung, Fehlanzeige. Erwartet sogar noch, dass ich ihn bekoche und mit polizeilichen Informationen füttere. Ja, wo sind wir denn hier. Der kann mich mal. Ich stapfe mit nix, außer mit jeder Menge Wut im Bauch, in den Flur hinaus und ruf den Ritschi an. Der muss jetzt dringend die Beweismittel untersuchen. Damit ich die Silberfisch als Täterin entlarven kann. Und dann ist er mir ja wegen dem Hirschfänger noch eine Erklärung schuldig, gell. Von wegen Blut von der Mona und so. Na, da bin ich jetzt aber gespannt, was der mir nun zu sagen hat.

Nix.

Weil er nämlich nicht in der Arbeit ist, der Ritschi. Das behaupten zumindest seine Kollegen in der Gerichtsmedizin. Krank soll er sein. Egal, dann fahr ich halt zu unserer Wohnung. Also nix wie ab zum Bahnhof.

Ich komme nicht weit. Die Leni putzt gerade die Treppenstufen runter.

»Und wischen, wischen, wischen«, sagt sie im Takt. Wie sie mich sieht, macht sie eine Verschnaufpause.

»Weißt, dass man Sport mit der Hausarbeit verbinden kann, da hat mich der Berti drauf gebracht.«

So, der Berti, aha.

»I war doch vorgestern Nachmittag bei da Gitti auf da Putzparty, und da hot da Berti g'sagt, dass man beim Abstauben unglaublich viel abnehmen kann.«

Der Berti. Auf der Putzparty bei der Gitti. Abstauben.

»Du, wer war denn da alles, bei der Gitti, vorgestern auf der Putzparty?«, will ich jetzt von ihr wissen.

»Ja mei, wer war do alles? Dem Klexi seine Frau … Mei, die ganzen Weiber vom Kegelklub halt«, verrät sie mir, und wie sie die Namen nennt, da dämmert's mir allmählich. Es sind die gleichen, bei denen eingebrochen wurde.

»Über was habt ihr euch denn da auf der Party unterhalten?«, frag ich dann.

»Übers Putzen halt. Die Kölbl hot doch dauernd rumgejammert. Die hot doch so ein riesiges Haus mit so wertvolle

Bilder, hat s' g'sagt. Du, bei der schaut's aus wie im Louvre in Paris, hat s' g'sagt. Muss sie alles abstauben. Hat s' g'sagt. Sie is praktisch den ganzen Tag nur am Putzen, und do hot dann der Berti ...«

... abgestaubt, und zwar bei ihr. Denk ich noch so.

»Und dann habt ihr freilich auch darüber gesprochen, dass ihr am Abend noch gemeinsam weggehts, oder?«, unterbreche ich sie gleich, weil ich jetzt langsam eins und eins zusammenzählen kann.

Jetzt überlegt die Leni. Und das dauert halt.

»Ja, freilich ham mir darüber g'redet, dass wir am Abend weggehen. Die eine Hälfte von den Weibern is ja mit uns nach Steingaden, und der Rest ist zum Tanz in den Mai. Ja, weil doch de Mannsbilder alle zum Kegeln nach Südtirol sind.«

So war das also. Na, da haben wir doch jetzt des Rätsels Lösung. Der schöne Berti erobert praktisch nicht nur die Frauenherzen im Sturm, sondern auch deren Wertgegenstände. Schmeißt überall Putzpartys, kommt somit in viele Haushalte rein und staubt dort im wahrsten Sinne des Wortes alles ab, was nicht niet- und nagelfest ist. Dabei geht er wie folgt vor: Er horcht bei den Partys einfach nur ein bisserl der Damenwelt zu. Mei, was die halt so erzählen, gell. Bekommt praktisch somit auf dem Silbertablett serviert, wer wann nicht daheim ist und so. Also, wenn der Berti nicht hinter den Einbrüchen in Engelsried steckt, dann fresse ich einen Besen. Der Typ ist mir ja schon von vornherein verdächtig vorgekommen. Ich mein, schauen Sie sich den Berti doch an. Diese teuren Schuhe. Noch dazu der flotte Flitzer. Kann man sich nur leisten, wenn man gut verdient. Und ich sag mal so: Als Einbrecher und Ganove, da läuft das Geschäft nicht schlecht. Wobei er möglicherweise die Drecksarbeit eher vergibt. Ich sag nur: Kölner und Abflussreinigung. Wer weiß, was die gemeinsam für krumme Dinger drehen. Eventuell arbeiten die für den Frankenstein aus dem Darling. Schau an, Elli, so schnell kommt man Ganoven auf die Schliche. Jetzt muss ich nur alles noch dem Lenz erzählen. Wer weiß, vielleicht präsentiere ich ihm schon bald die Ganoven.

Da wird er schauen. Fehlt dann nur noch der Mörder von der Mona.

Wie die Bahn zwei Stunden später im Hauptbahnhof unserer schönen Landeshauptstadt einfährt, da kommt in mir direkt Freude auf. Am Bahnsteig tobt das Leben. Kinder mit dicken Schulranzen hintendrauf, Männer ohne Kinder mit dicken Ranzen vornedran. Eine alte Omi mit altem Lederkoffer hintennach. Anzugträger eilen zwischen den Passanten hindurch, und potenzielle Säufer sitzen inmitten von Bierdosen, Plastiktüten und Altglas auf den Bänken rum. Das ist mein München! Ach, wie hab ich das alles vermisst.

Wenig später drücke ich auf die Klingel neben meiner alten Wohnungstür.

»Ach, du bist es«, steht der Ritschi im Schlabberanzug vor mir. Dreht sich um und geht ins Wohnzimmer zurück. Kaum hab ich die Türe hinter mir zugemacht, stelle ich fest, die Wohnung schaut ähnlich aus wie der Ritschi. Nämlich auf die eine oder andre Art runtergekommen. Klamotten liegen auf dem Boden, die Vorhänge sind geschlossen, auf dem Sofatisch ein halb volles Rotweinglas und eine offene Flasche Wein.

Was ist denn jetzt kaputt?

Hat ihn die Jungschnepfe verlassen, oder wurde ihm gekündigt?

Der Ritschi hockt auf seinem Sofa und glotzt in die Zimmerecke, als würde er dort eine Spinne beobachten, die im Netz ihre Beute vertilgt. Ich reiße die Vorhänge auf und schau ebenso in die Ecke. Nein, nix zu sehen. Keine Spinne und auch kein Netz.

»Und, hattest du Spaß?«, funkelt er mich dann finster an.

»Hä?« Von was spricht der?

»Wie lange geht das schon mit euch?«

Aha, daher weht der Wind. Die Josi hat Papi angerufen und ihm das mit mir und dem Lenz erzählt. Alte Petze.

»Ein paar Wochen oder so«, setze ich mich ihm gegenüber auf den Sessel.

»Ach, doch schon so lang. Sag mal, spinnst du? Der Schmiedi ist verheiratet und hat ein Kind«, schießt er mir die Worte über den Tisch.

»Tss, das sagt mir ja grad der Richtige. Wer hat denn hier Ehebruch begangen? Ja, ich ganz sicher nicht«, schieß ich zurück.

»Darf ich dich dran erinnern, dass du dir diese Jungschnepfen …«

»Ja, ich weiß«, steht er auf und wandert im Zimmer auf und ab. »Das war … mei, es war ja keine Absicht, ich hab mich halt in sie verknallt … es war ein Ausrutscher …«

»So, ein Ausrutscher …«

»Ja, kann ich doch nicht wissen, dass du dann gleich hier alles stehen und liegen lässt und bei einer Nacht-und-Nebel-Aktion samt den Kindern und unseren Möbeln in dieses Kaff ziehst, wir hätten bestimmt …«

»Ach, jetzt bin ich noch schuld …« Zum Weiterreden fehlen mir gleich direkt die Worte.

»Weiß es seine Frau, dass ihr zwei ein Techtelmechtel miteinander habt?«, schnauzt er mich an.

»Der Lenz lebt seit Monaten getrennt. Ich im Übrigen auch. Außerdem geht's dich gar nix an.«

»Ausgerechnet den Schmiedi … pfff, ein Kriminaler. Der hat doch jahrelang hier in München gearbeitet, man kennt sich, da kannst du doch nicht mit dem was anfangen«, will er mir ein Plädoyer abhalten. Ich unterbreche ihn aber.

»Apropos Schmiedi und Kriminaler. Sag mal, hast du mich verarscht, oder wie? Wieso hast du behauptet, dass an dem Hirschfänger Blut von der Mona dran wär?«

»Wenn du dich in alles einmischst! Sag mal, hast du eigentlich eine Ahnung, was es für mich bedeutet, wenn du mir ein Beweismittel unterjubelst? Kann man nur von Glück sagen, dass die Frau mit einem Küchenmesser erstochen worden ist.«

Aha, die Tatwaffe ist also ein Küchenmesser.

»Ja, dann sei halt nicht immer so kleinkariert. Du hast doch bestimmt schnell gemerkt, dass die Einstiche nicht vom Hirschfänger kommen. Hättest ja dem Lenz nix vom Hirschfänger erzählen brauchen, oder?«

»Dein Schmiedi und sein beißender Kollege haben mir doch derartig zugesetzt. Ja, meinst, der Schmiedi ist blöd? Der hat schon beim letzten Mordfall mitgekriegt, dass ich dir alles brühwarm erzählt hab. Die haben mir das Messer auf die Brust gesetzt, dass ich dir ja nix mehr sag.«

»Und dann hast du mich angelogen und behauptet, dass an dem Hirschfänger Blut von der Mona dran wär. Und ich Depp hab auch noch den Haslinger verdächtigt.«

»Nein, das hab ich nie behauptet. Du hast mich gefragt, ob Blut von der Mona dran war, und ich hab halt dann Ja g'sagt. Das ist ein Unterschied. Und überhaupt geht dich das gar nix an«, bockt er rum und setzt sich zurück aufs Sofa. »Pfff, der Schmiedi tut auf kollegial und macht hinterrücks mit meiner Frau rum.«

Oha, da herinnen ist ja einer eifersüchtig. Mein lieber Schwan, lass das ja dein Mausi nicht wissen, gell. Sonst gibt's Schimpfe.

»Warum bist überhaupt da? Ich sag dir über den Mordfall sowieso nix mehr«, schiebt er das halb volle Weinglas auf die andere Seite vom Tisch.

Ich grinse. Worauf er das Glas in einem Zug leert.

»Du, das ist fei kein Roibuschtee«, erinnere ich ihn.

»Sehr witzig.«

Ich setze mich mal neben ihn, aufs Sofa, bis er sich ein bisserl beruhigt hat, der Ritschi. Eine Weile sitzen wir so da und schweigen uns an.

»Duuu, aber einen Gefallen könntest du mir schon noch tun, oder?«, schenk ich ihm einen Wein ins Glas. »Nur noch einen. Ich versprech's«, bettel ich.

Er schaut mich nicht an.

»Es muss ja keiner mitkriegen, aber Ritschi, könntest du mir bitte das hier noch untersuchen? Weil ich glaub, ich hab die Täterin, weißt. Ich mein, dir ist doch auch daran gelegen, dass der oder die Täter hinter Schloss und Riegel kommen. Schau her, das wäre ein Fetzen aus einem Sofa mit Verdacht auf Blut von der Mona, und hier wären noch Haare aus einem Wannen-ausguss, die könnten eventuell ebenso von der Toten sein«, leg ich ihm die Beutel auf den Tisch.

Der Ritschi schnauft recht schwer und zieht gleich drauf die Augenbrauen hoch. Presst dann die Lippen zu einem schmalen Streifen und greift final nach den zwei Beweisstücken.

»*Danke*«, drück ich ihm noch ein Bussi auf die Backe, bevor ich die Wohnungstür hinter mir zuzieh.

23

Auf dem Heimweg versuche ich, den Lenz zu erreichen. Aber nix. Geht mal wieder nicht ans Telefon. So verbringe ich den Abend erneut mit meinem Hund.

Irgendwann lieg ich dann im Bett. Allein. Ohne Hund.

Aber des Nachts vernehme ich dann ein Geräusch. Diesmal ist es nicht die Klospülung. Es ist auch nicht die Mona, die mir den Schlaf raubt, nein, das Geraschel kommt aus Richtung der Tür.

Im Halbschlaf tippe ich auf den Rupi. Dem ist nach zweitägiger Mamapause vielleicht zum Kuscheln zumute, und er will zu Mami ins Bett. Das war schon früher so, wissen S'. Wie er halt noch ganz klein war. Da ist er ja auch öfter mal im Türrahmen gestanden. Im Schlafsack, den Kuschelbär unter dem Arm, den Diddi im Mund: »Mutti, ich kann nicht schlafen, darf ich zu dir?« Und kaum war er in meinem Bett, hat der angefangen, mit den Füßen zu boxen. Also bin ich aus der Matratze gesprungen. Tja, darum kaufen junge Mütter heute diese Boxspringbetten, gell. Und dann bleibt dir halt als Mama nix andres übrig, als sich in das einzige Bett zu legen, das dann in der Wohnung noch frei ist. Und im Gitterbett, zwischen der Spieluhr und dem Stoffhasen, da bin ich freilich irgendwann erneut eingeschlummert. Aber dann ist er halt aufs Neue dagestanden, der Bub. Im Schlafsack, den Kuschelbär unter dem Arm, den Diddi im Mund: »Mutti, ich mag doch in mein Bett.« Und schon wurde ich wieder vertrieben. Mei, ich sag Ihnen, was ich früher von dem Kind vertrieben worden bin, ich war drauf und dran, Vertriebenenrente zu beantragen.

Da ist das Geräusch wieder.

Allerdings kommt es gar nicht von der Zimmer-, sondern von der Balkontüre.

Wer oder was kann das sein? Ein Einbrecher? Doch nicht etwa die Kölner? Quatsch, die sind sicher schon über alle Berge.

Nein, das Geräusch hört sich irgendwie an wie ... wie ... genau, da kommt jemand zum Fensterln.

Lachen S' nicht.

Es könnte durchaus sein, ich lebe schließlich in Bayern, und früher war das bei uns der Brauch.

Vielleicht der Ritschi?

Ach, dem würde so was nie einfallen. Aber nein, heißassa, der Lenz ist da. Genau, das kann nur der Lenz sein. Mensch, ist der klasse. Der lässt sich doch immer wieder was Nettes einfallen. Steigt, kandapper, kandapper, jede Stufe der Leiter zu mir herauf, um bei mir durchs Fenster einzusteigen. Okay, ich habe eine Balkontür, und er hat vermutlich das dort angebrachte Rosengitter genommen, aber egal, hier zählt die Kreativität und die Romantik. Hat sich womöglich vorher noch eine Rose abgemacht und bringt sie mit. Steht da wie Richard Gere in »Pretty Woman« und ruft gleich: »Vivian!«

»Ich komme«, rufe ich und schwinge mich in freudiger Erwartung aus dem Bett. Reiße schlagartig die Balkontür auf. Und da steht er dann ... Der Bub. Nein, es ist nicht der Rupi im Schlafsack, mit Teddy und Diddi im Mund. Es ist der Gustl. Ohne Schlafsack, ohne Teddy und ohne Haustürschlüssel. Statt einem Diddi hat er eine Dudel, also quasi eine Bierflasche, in der Hand.

»Sorry, hä«, schaut er in mein verdattertes und zugegeben echt enttäuschtes Gesicht. Huscht vorn rein, an mir vorbei und hinten wieder raus. Oh man, Kinder nehmen einem auch jede Freude.

Anderntags hock ich auf Kohlen. Keine Sau ruft an. Weder der Lenz noch der Ritschi. Schon im Büro nix als Akten und auch am Nachmittag kein Anruf. Möchte mir die Wartezeit verkürzen, indem ich derweil den Haushalt schmeiße. Frage mich aber dauernd, wohin.

Kurze Zeit später, ich bin gerade beim Saugen, da weiß ich, wohin mit dem Haushalt. Ich schiebe ihn auf die lange Bank und gehe stattdessen in den Garten. Wettertechnisch ist es heute nämlich wunderbar. Also nix wie raus.

Im Garten zwitschern die Vögel, die Bettwäsche wedelt im Wind. Es duftet nach Gras, Gänseblümchen und nach Lenor. Frühlingsduft eben. Die Sonne scheint. Das macht das Warten echt erträglich. Vor Begeisterung schau ich zum himmlischen bayrischen Himmel hoch. I sag nur, alles Gute kommt von oben.

Eine Blaumeise scheißt mir beim Vorbeifliegen auf meine frisch gewaschene Wäsche. Ja danke schön. Schon ist die gute Laune dahin. Sonne hin oder her, sie geht in den Keller. Ja, weil die Leni halt ebenso miesepetrig dreinschaut. Hockt seit einer halben Stunde auf der Sonnenbank und jammert rum. Hat eine Zerrung am Arm. Die ganze Abnehmaktion mit Turner Tina ist ihr nämlich zu langsam gegangen, und auf Putzen hat sie auch keine Lust mehr. Und weil sie in der Zeitung gelesen hat, dass man beim Möbelverrücken ratzfatz Pfunde verliert, da hat sie es halt gleich ausprobiert. Tja, und da ist es dann echt fies, wenn man zu Hause nur Eichenmöbel hat, gell. Die sind halt immens schwer. Darum eben Zerrung.

Bevor die Übellaune von der Leni komplett auf mich über-schwappt, nehme ich die verkackte Bettwäsche ab und stopfe sie erneut in die Waschmaschine. Packe mir eine Schaufel und fange an, im Blumenbeet das Unkraut auszugraben. Kaum an-gefangen, kommt die Babsi ums Eck. Die ist ja bekanntlich die gute Laune in Person und wird die Stimmung bestimmt gleich heben.

»Kuckuck«, klopft sie mir auch schon von hinten auf die Schulter.

»Hey«, sag ich und dreh mich nach ihr um. Hab eine strah-lend leuchtende Frühlingsblume erwartet, aber die Babsi lässt leider etwas geknickt das Köpfchen hängen. Ich kann mir vor-stellen, was los ist, sicher ist es wegen ihrem Berti. Ich nehme sie tröstend in den Arm. Schmier ihr dabei versehentlich einen Batzen Erde auf die Bluse. Aber wurscht.

»Der Berti ist weg«, verkündet sie. »Egal, irgendwie war der eh wie eine Geranie«, winkt sie gleich drauf ab.

»Geranie?«, schau ich fragend drein.

»Ja, Geranien gibt's in zwei Ausführungen. Stehend, aber

auch hängend. Und der Berti, der hat sich bei mir irgendwie eh mehr hängen lassen.«

»Echt«, steht die Leni sofort von der Bank auf, kommt her und schüttelt den Kopf ungläubig von rechts nach links. »Schad«, seufzt sie schwer. »Wozu dann die ganze Abnehmerei, alles für die Katz. Und ich hab denkt, des wär a Granate.«

Ach, daher weht der Wind. Abnehmen mit Tina, Möbelverrücken. Die Leni wollte dem Berti gefallen. Ja da schau her. Das hätte ich der gar nicht zugetraut.

Die Leni jammert noch eine Weile rum, zwecks Langeweile in der Ehe und so, dann aber hat die Babsi wie immer eine esoterische Lösung parat.

»Ihr habt hier aber auch kollektiv irgendwie eine ganz miese Energie. Da kann keine Stimmung im Schlafzimmer aufkommen, weißt«, sagt sie. Und da kann ich ihr fei überhaupt nicht zustimmen, weil die Stimmung in meinem Schlafzimmer ist bestens, zumindest, wenn der Lenz da ist, gell.

»Ihr solltet euer Haus nach Feng-Shui ausrichten.«

»Hä?«, macht die Leni ein »Kapier ich nicht«-Gesicht.

»Feng-Shui ist chinesische Harmonielehre, weißt. Schau, das fängt ja bei euch irgendwie schon mit der Haustüre an, nach Feng-Shui ist eure Tür komplett auf der falschen Seite. Ihr solltet sie dringend woanders hinbauen. Dann nimmt die Energie irgendwie einen anderen Weg. Und alles wendet sich bei euch zum Guten.«

Die Haustüre woanders hinbauen? Geh, Schmarrn, das ist doch doof. Der Gustl würde dann vermutlich nicht nur den Schlüssel, sondern auch den Eingang nicht finden. Nö, da hab ich echt keine Lust für. Und jetzt, wo die Leni schon die Möbel umgestellt hat, mag ich mir gar nicht ausdenken, wie der Heinzi rummotzt, wenn er nicht nur die Möbel, sondern auch die Haustüre nicht findet. Feng-Shui. So ein Krampf, ja geht's noch blöder?

Ja, es geht.

Die Rosl wackelt samt Gehstock auf mich zu. Ja, nimmt denn das Elend heute gar kein Ende? Ich ramme die Schaufel in die

Erde und will mich gerade vom Acker machen. Auf die Rosl hab ich nämlich keine Lust.

Die alte Dorfratschen hat es heute besonders wichtig. Will mir noch immer was Aufregendes berichten. Stellt sich bestimmt gleich zwischen uns rein und schmiert mir mein Techtelmechtel mit dem Lenz aufs Butterbrot. Damit es die anderen zwei auch mitbekommen. Ach, womöglich weiß es eh schon das ganze Dorf. Jedenfalls winkt sie mir ganz aufgeregt mit ihrem Stock über die Straße rüber und wird dabei fast von einem flotten Oldtimer überfahren. Marke Benz, offenes Verdeck, der Fahrer kein anderer als der Lenz höchstpersönlich. Ich liebe alte Autos.

Der hält neben mir an und hat ein unglaubliches Strahlelächeln im Gesicht. Hat die Rosl nicht kommen sehen und vermutlich auch die Leni und die Babsi nicht entdeckt. War entweder von der Sonne oder von meinem Anblick geblendet.

»Lust auf eine Spritztour?«, schreit er fröhlich aus dem Auto heraus. Allerdings gefriert ihm das Lachen in null Komma nix ins Gesicht, wie er die anderen hinter mir sieht.

Die Rosl steht da, die Glupscher so groß wie Wagenräder, die Futterluke vor Erstaunen weit offen. Ihre Neugierde schwappt so in Sekundenschnelle auf die Leni über. Die schaut wie ein Schwalbal, wenn's blitzt.

Die Babsi reagiert sofort.

»Hallo, Schatz«, bückt sie sich zum Lenz runter, reißt die hintere Tür vom Benz auf und steigt ins Auto. »Logisch hab ich Lust auf eine Spritztour. Elli, willst auch mit? Darfst vorne sitzen, weißt, ich hocke lieber hinten, weil wichtige Leute hocken ja immer hinten.« Der Lenz weiß gar nicht, wie ihm geschieht.

Ich klopfe mir die Erde aus den Händen und steig ein.

Kaum habe ich auf dem Beifahrersitz Platz genommen, fährt der Lenz auch schon mit brausenden Reifen los. Hoffentlich macht die Rosl bald mal ihre Gosche zu, weil zu viel Frühlingsluft ist sicher nicht gut für ihre alten Bronchien.

Wir düsen über Landstraßen und Feldwege. Die Haare fliegen im Wind, die Sonne lächelt, Frühlingsgefühle sind in der Luft. Hurra, hurra, der Lenz ist da. Ich bin happy. Das Leben ist schön.

Auch der Lenz ist frohgemut. Im siebten Himmel sozusagen. Oder, um es hier mal genauer zu beschreiben, er ist bumsfidel. Ich spür das. Der würde mich hier am liebsten auf den Liegesitzen tieferlegen. Stimmung im Auto also saugut. Trotz Anstandswauwau auf der Rücksitzbank.

Würde zu gerne wissen, wieso der Lenz diese brillante Gemütslage hat. Lasse mich aber mit dieser leichten, lockeren Energie mittreiben und genieße.

Mitten in der Pampa hält er an. Zaubert eine Decke und einen Korb aus dem Kofferraum und breitet sie im Halbschatten unter einem in voller Blüte stehenden Lindenbaum aus.

»Wow, is der romantisch«, haucht mir die Babsi derweil her. Und ja, romantisch wäre es schon. Sauromantisch sogar – wenn sie nicht dabei wäre.

Wenig später sitzen wir samt Decke mitten im grünen Gras zwischen Millionen von Löwenzahn und Gänseblümchen. Es riecht leicht nach Glück, Freude und Bärlauch. Von der Ferne schauen uns die Berge und die Vögel beim Picknick zu. Es gibt Kaffee und Erdbeertörtchen. Was Schöneres kann es gar nicht geben. Wer braucht schon eine Diät.

Wenn die Babsi dabei ist, dann gibt es immer viel zu lachen, wir amüsieren uns also köstlich.

»Meint ihr nicht, dass ihr zwei es jetzt langsam mal offiziell machen solltet?«, blinzelt sie dann irgendwann über ihren Kaffeebecher hinweg zu uns her.

Der Lenz, vorher frisch, fromm und fröhlich, wird auf einmal ganz priesterlich. Sagt gar nix mehr, schaut stumm einem Schwarm Mücken hinterher, die vor ihm in der Sonne tanzen.

»Und, wie wollt ihr es nun machen? Wer sagt's den Kindern?«

Der Lenz schluckt. Und ich schweige. In meinem Kopf wirbelt es hin und her. Einerseits bin ich ganz der Babsi ihrer

Meinung, und andererseits sehe ich hier den Lenz vor mir und werde das Gefühl nicht los, dass der mitnichten daran denkt, unser Techtelmechtel offiziell zu machen. Also entweder hat er ein Bindungsproblem, oder er hat tatsächlich die Sorge, dass ich nur hinter seinem Geld her bin. Aber eins sag ich Ihnen. Wenn der ernsthaft an mir interessiert ist, dann muss er doch wissen, dass mir seine Kohle schnurzpiepegal ist, oder?

»Ich sehe schon, ihr zwei seid euch da irgendwie noch nicht ganz einig«, schlürft die Babsi jetzt an ihrem Kaffee, hat anscheinend auch geschnallt, dass beim Lenz und mir der Wurm drin ist, und wechselt abrupt das Thema. »Sagt mal, habt ihr eigentlich diese Einbrecher schon geschnappt?«, schaut sie den Lenz fragend an.

»Nein, leider noch nicht.«

»Ich hab da so eine Vermutung«, sag ich.

Der Lenz grinst, worauf ich ihm jetzt am liebsten eine mitgeben würde. Der nimmt mich nämlich überhaupt nicht ernst.

»Also, ich denke, hinter den Einbrüchen, da stecken zwei Kölner Typen. Die haben ...«

»Elli, ich weiß das. Wir sind den beiden auf den Fersen«, sagt er zwar freundlich, aber missmutig. Doch dann lege ich los. Erzähle vom Berti und seinen Putztouren und so. Und jetzt schaut er halt schon blöd, der Herr Hauptkommissar. Und ehrlich, die Babsi schaut noch blöder.

»Da schau her, der Bratzler Berti ist wieder auf freiem Fuß«, sagt dann der Lenz mehr zu sich selber.

»Bratzler Berti?«, schaut die Babsi den Lenz jetzt recht verdutzt an.

»Ja, ein polizeibekannter Ganove. Bratzelt gern ältere und gutgläubige Menschen. Pfff, macht einen auf Meister Proper. Dem fällt doch immer wieder was Neues ein. Tja, dann werde ich die Sache mal überprüfen. Danke, Elli«, streift er mir mit dem Zeigefinger über meine Nase. »Nicht mal so übel, Frau Fuchs. Die Kölner sind nur kleine Fische, weißt. Hinter denen steckt ein ganzer Verbrecherring.«

»Das hab ich mir fast schon gedacht. Du, schau mal in deiner

Kartei nach einem Kölner, der ausschaut wie Frankenstein. Vielleicht findest du ihn sogar in der kleinen süßen Kneipe gegenüber von der Münchner Gerichtsmedizin. Ich glaub, sie heißt Darling.«

»Im Puff?«, schaut er mich verblüfft an.

»Ach, das ist ein Puff? Ja, kann sein«, sag ich.

»Ist das nicht das Lokal, in dem du den Ritschi kennengelernt hast?«, grinst die Babsi.

»Ihr habt euch in einem Puff …«, schaut mich der Lenz seltsam an. Ja, herrgottsa, der Lenz stellt genauso dämliche Fragen wie dem Ritschi seine Schnepfe.

»Du, kann es sein, dass sich der Berti und der Schneckerl Tscharlie vom Knast her kennen?«, sagt die Babsi dann. »Weil vorgestern, da war ich ja mit dem Berti beim Eisessen in Schongau. Und da tut sich auf einmal der Schneckerl zu uns hersetzen, gell. Tut scheinheilig grinsen und sagt, dass es ihm jetzt wieder eingefallen ist, woher er den Berti kennt. Hat irgendwie gar nicht mehr aufgehört zum Smilen. Dem Berti war's total peinlich irgendwie. Ich bin dann aufs Klo gegangen, und wie ich wiederkomme, da waren die zwei irgendwie ganz dicke miteinander. Der Schneckerl hat rumgeprahlt, dass er an einer ganz großen Sache dran ist und so. Er würde irgendwie bald einen riesigen Geldbetrag kriegen, hat er gesagt, und dann braucht er sich nimma mit so Peanuts rumschlagen, hat er gesagt. Ich mein, ich kann mich täuschen, aber der Schneckerl, das war ja schon immer irgendwie so ein unehrlicher, schmieriger Typ, weißt. Wer weiß, was der vorhat.«

»Ja, das müsste man mal überprüfen«, wird der Lenz ganz nachdenklich.

Und Lenz, wegen dem Mordfall. Ich hab da eine Vermutung, will ich sagen. Immerhin bin ich davon überzeugt, dass die Silberfisch die Mona auf dem Gewissen hat. Beweise stehen zwar noch aus, aber die werde ich ihm dann ja liefern, sobald der Ritschi mir die Ergebnisse überlässt.

Der Lenz steht abrupt auf und klatscht in die Hände.

»So, Mädels, auf geht's, wir müssen. Ich hab heute noch

was zu tun. Ach, und lasst die Verbrecherjagd mal hübsch der Polizei«, packt er alles zusammen, was noch auf der Wiese liegt. Aber so schnell gebe ich nicht auf.

»Ich weiß, du ermittelst mordsmäßig in Richtung Schwarzgeschäfte und Wirt und so«, schau ich ihm in die Rehbraunen, kaum dass ich ebenso aufgestanden bin. Aber der Lenz verstaut schon den Picknickkorb und die Decke im Auto und hockt sich ans Steuer.

»Weißt, Schmiedi, du solltest auf die Elli echt irgendwie hören, die hat ein kriminalistisches Gespür. Das war fei schon immer so«, sagt die Babsi, da startet der Lenz bereits den Motor. Und wie wir kurz drauf in der Heimat angekommen und ausgestiegen sind, da verabschiedet er sich auch schon freundlich von uns und braust davon. Ich steh irgendwie ganz baff da. Nicht so perplex wie die Rosl. Die steht nämlich noch immer am Gartenzaun, den Mund weit aufgerissen.

»Du und der Kriminaler, ja, sakradi. Sag amal, Mädle, der Mann is verheiratet. Da hast jetzt aber viel zum Beichten«, schüttelt sie entsetzt den Kopf und schaut dabei die Babsi recht vorwurfsvoll an.

»Ach, das ist ja das Gute an unserem Katholizismus. Ein Vaterunser, und der Käse ist gebissen«, sagt die Babsi bloß.

Die Rosl hat Schnappatmung. Die ich jetzt jäh unterbreche, indem ich sie was frage.

»Du, Rosl, die Silberfisch, die hat doch mal beim Wirt geputzt.«

»Ja mei, des is aber scho lang her, geh. Die Silberfisch und der Wirt, die sind ja schon seit Jahren verfeindet, bis aufs Blut. Gestritten ham s' wie die Berserker, die zwei. Du, aber was anderes, ich will dir ja unbedingt was erzählen, gell ... jetzt pass auf ...«

»Du, ich muss schnell telefonieren«, lass ich sie einfach stehen.

Weil es interessiert mich nicht die Bohne, was sie mir dauernd sagen will. Außerdem hab ich auf meinem Display zwei Anrufe vom Ritschi. Tja, und der wird mir jetzt die Beweise liefern. Beweise, dass die Silberfisch die Mona auf dem Gewissen hat. Alibi hin oder her. Die hat der Mona bestimmt ein Küchenmesser in die Brust gerammt. Wollte den Alisi ganz für sich haben. Und weil der Alisi seine Mama freilich nicht ins Gefängnis bringen will, hat er ihr geholfen und mit ihr in einer Nacht-und–Nebel-Aktion die Mona in der Gefriertruhe vom Wirt entsorgt. Und dass die Silberfisch mit dem Wirt Streit hatte, das passt mir wunderbar in meine Theorie, gell. Dann wollte sie ihm nämlich den Mord in die Schuhe schieben. Was allerdings die Haare in der Wanne zu bedeuten haben, ist mir noch nicht klar. Aber der Ritschi wird mir ja gleich Klarheit liefern.

Kaum bin ich ums Eck, wähle ich auch schon seine Nummer. Er hebt auch gleich ab. Drückt mir ein Mordsblablabla in die Lauscher. Will wissen, wie es den Kindern geht und so. Und schlussendlich möchte er doch glatt erfahren, wie es mir geht. Das sind ja ganz neue Töne. Freilich beantworte ich alles brav, erwarte allerdings hinterher, dass er nun endlich seinerseits Informationen liefert.

Tut er aber nicht.

»Die Mona hatte doch kurz vor ihrem Tod noch Geschlechtsverkehr. Und zwar mit dem Silberfisch Alois, hab ich recht?«, lenke ich das Gespräch dann aufs Wesentliche.

»Du, vielleicht komm ich am Wochenende mal zu euch raus. Ihr wohnt ja da in so einer schönen Gegend. Da könnte man doch mal gemeinsam spazieren gehen«, säuselt der Ritschi in den Hörer.

»Ihr habt doch sicher vom Silberfisch eine DNA genommen, also, haben die zwei jetzt miteinander oder nicht?«, unterbreche ich ihn.

»Ja, sie haben, aber das ist doch längst bekannt«, bekomme ich zu hören. So. Das ist also bekannt. »Und die Haare in der Badewanne?«, frag ich.

Jetzt lacht er.

»Das mit dem Kriminalisieren solltest du besser lassen, Elli. Cavia porcellus.«

»Wie?«

»Ja, Cavia porcellus halt. Das ist ein Meerschweinchen.«
Ein was?

»Die Haare sind von einem Langhaarmeerschweinchen. Und der Blutfleck auf dem Sofa, der stammt ebenso von dem Tier. Du, Elli, jetzt noch mal wegen dem Wochenende ...«

»Danke«, sag ich und leg auf.

Meerschweinchen. Oh Mann. Da war ich ja mit der Silberfisch total auf dem Holzweg. Und zwar auf einem verholzten. So ein verdammter Mist. Ich steh da, den Hörer in der Hand, und bin fassungslos.

Jemand klopft mir von hinten auf die Schulter.

»So, bist jetzt fertig mit Telefonieren. Host de Neuigkeit auch gleich erzählen müssen, ha?«, kichert mir die Rosl ins Ohr.

»Was für eine Neuigkeit?«, frag ich genervt und dreh mich zu ihr um.

»Ja, sag amal, hat euch das der Schmied Lenz jetzt nicht erzählt? Der Mörder von der Hofreiter Mona ist gefasst. Der Schmied hat den Täter doch heute Vormittag überführt. Du bist jetzt aber echt die Letzte im Ort, die des no nicht g'wusst hot.«

24

Wenig später hock ich mich zum Heinzi auf die Breitcordcouch.
Der weiß freilich ebenso Bescheid. Hat sogar heute Vormittag
mitgekriegt, wie der Lenz und sein käsefüßiger Kollege den
Wirt verhaftet haben. Ja, danke schön für die Informationen,
Herr Ermittlungskompagnon. Da hätte er doch echt längst mal
was sagen können, oder? Hockt da, eine Flasche Bier in der
Hand, und ist irgendwie ergriffen. Es dauert eine Weile, bis er
anfängt zu erzählen:
»Mei, das war heute eine Aufregung. Ich hocke beim Wirt,
beim Schafkopfen. Kommt auf einmal der Schmiedi mit seinem
Kollegen rein. Da Schmiedi grüßt freundlich. Du, aber der an-
dere. Einen Blick, sag ich dir … Als wären wir alle Schwerverbrecher und die Wirtsstube eine terroristische Zelle. Die zwei
stellen sich an die Theke und warten …«
Pause.
»Kommt da noch was?«, frag ich.
»Ja, jetzt wart halt. Jedenfalls bringt der Wirt gerade ein
Schnitzel an einen Tisch. Du weißt schon, so ein riesiges Teil,
das halt über den Tellerrand hängt. Pommes waren auch dabei.«
»Heinzi.«
»Ja, jetzt sei doch nicht so ungeduldig, Mensch. ›Was wollts
denn jetzt schon wieder von mir. Ich hab alles hundertmal erzählt. I hob de Hofreiter Ramona ned umgebracht. Schleichts
euch‹, hat sie der Wirt angeschrien. Und jetzt wird der Hilfssheriff vom Schmiedi sauer. ›Das Küchenmesser war aus Ihrem
Messerblock‹, ist er auf ihn losgegangen. ›Ja und, des beweist
gar nix. Weil ihr Hamperer nämlich das Messer noch gar nicht
gefunden habt, und folglich habt ihr auch keine Beweise. Ihr
könnt euch nämlich auf den Kopf stellen. Ich geb weder meine
Fingerabdrücke noch meine DNA ab. Und basta. Ja, verhaftets
doch den Silberfisch, von dem habts doch Spuren gefunden,

oder etwa ned? Eine Stinkwut hat er auf die Mona g'habt. Der war ja scho immer a stilles, aggressives Bürscherl. Austickt is a. Hot ihr in meiner Küche das Messer neig'rammt. So schaut's aus. Und jetzt will er es mir in die Schuhe schieben, bloß weil ich mit seiner Mutter seit Jahren verstritten bin‹, hat da Wirt g'schrien. ›Ja, jetzt beruhigen S' Ihnen‹, hat der Schmiedi g'sagt, aber der Wirt war so grantig, dass er dem Hilfssheriff den dreckigen Spüllumpen nachg'worfen hat. Und dann is der Kerl halt auf ihn losgangen. Hat sich auf den Wirt draufgeschmissen und ihn geknebelt, als wär er ein Schwerverbrecher. ›Ja, Flori, jetzt beruhigen wir uns wieder‹, hat der Schmiedi zwar zum Kollegen g'sagt, aber der hat den Wirt nicht auslassen. ›Der hat doch angefangen. Beamtenbeleidigung. Widerstand gegen die Staatsgewalt …‹, hat er g'sagt, der Kollege. ›Jetzt lass ihn los, zefix‹, hat der Schmiedi g'sagt. Und wie der Wirt dann wieder dagestanden ist und ausgeschnauft hat, da hat der Schmiedi ihn dann über seine Rechte aufgeklärt und zwecks dem Mord an der Hofreiter Ramona verhaftet. Eine belastende Zeugenaussage hätten s'. Hat er g'sagt. Die Beweise würden ihn eindeutig als Täter überführen. Du, das war eine Verhaftung … gigantisch. Und so echt. Weißt, nix Derrick und Harry, fahr den Wagen vor. Keine Mattscheibe dazwischen. Nein, alles hautnah und lebensecht. Du hast das Verbrechen direkt riechen können. Ergreifend. Bloß sauschad, dass wir zwei den Wirt nicht vorher überführt haben.«

»Aha, und darum hast du es bis jetzt nicht für nötig gefunden, dass du mir das erzählst?«

»Ja, wenn ich so aufgewühlt bin von der ganzen Aktion. Außerdem hab i dacht, dass dir der Schmiedi scho höchstpersönlich alles erzählt hat. Schließlich hat sie ihn ja in ihr Schlafzimmer gelockt, gell.«

»Wer, ›sie‹?«

»Ja, sie. Die, die da neben mir sitzt. Elli Fuchs heißt s'«, lacht er. »Respekt. Ermittlungstechnisch eins a. Bloß geholfen hat's halt nix, weil den Mörder, den hat mir der Schmied direkt vor da Nasen weggeschnappt.«

Der Heinzi spinnt doch. Denkt der, dass ich mit dem Lenz ins Bett gegangen bin, damit Heinzi Fuchs an Informationen kommt?

»Ja, sag amal, ich glaub, dir brennt der Hut …«, will ich grad auf ihn losgehen, aber ich geb's auf. So zwischenmenschliche Zusammenhänge gehen in das Spatzenhirn vom Heinzi eh nicht rein. Und so lass ich ihn hier einfach mal samt seinem Ego auf dem Sofa sitzen und geh.

Ich bin stinksauer.

Nicht nur auf den Heinzi. Nein, auch auf den Lenz. Weil ich mein, das kann doch nicht sein, dass der mich mit so einer wichtigen Sache wie der Verhaftung vom Wirt komplett im Regen stehen lässt. Der hätte heute ruhig mal was sagen können, oder? Okay, eventuell hatte er deshalb die gute Laune. Vielleicht wollte er nix erzählen, weil die Babsi dabei war. Das kann durchaus sein. Ich ruf ihn mal an. Weil jetzt, wo der Mörder angeblich gefasst ist, wird es Zeit für ein klärendes Gespräch. In Sachen Mord und auch zwecks unserem Techtelmechtel. Was soll die Heimlichtuerei? Die Leni und der Heinzi wissen Bescheid, die Babsi weiß es auch, und die Josi hat's ja auch mitgekriegt. Der Ritschi macht schon gemeinsame Pläne fürs Wochenende in den Bergen. Wandern mit Ritschi und Nadine …

Daher eben reden.

Aber der Herr Hauptkommissar geht wieder nicht ans Telefon.

Am nächsten Tag ist dann die Beerdigung von der Mona.

Das halbe Dorf ist anwesend. Nur die Rosl fehlt. Die hat's mit den Bronchien.

Wie jeder nacheinander am Grab Abschied nimmt, da komm ich ins Grübeln. Im Fernsehen, da kommt der Mörder ja meist auf die Beerdigung. Okay, in unserem Fall ist der Täter bereits eingekastelt, aber trotzdem schau ich voller Neugierde auf die Leute.

Der Pfarrer, der Bürgermeister … alle haben sie eine Falte auf der Stirn, wie sie den Pinsel ins Weihwasser eintunken und anschließend damit den Sarg bespritzen. Sind vermutlich gedanklich bei den Geldscheinen, um die sie die Mona gebracht hat und wie diese hier zu Grabe getragen werden.

Der frisch auffrisierte Schneckerl Tscharlie wirkt jedenfalls sehr gefasst. Ja, sogar kühl. Von Trauer wieder mal nix zu spüren. Der ist einfach ein Arsch. Ausgerechnet den muss sich die Mona aussuchen.

Der Klexi wischt sich ein Tränchen von der Backe und wirft der Mona sogar eine Rose auf den Sarg. Hinter ihm seine Frau. Unwirsch tunkt sie den Pinsel in den Kessel, und ziemlich forsch spritzt sie das Weihwasser der Mona ans Bein. Zumindest an die Stelle, wo vermutlich die Beine von der Mona im Sarg drinliegen. Wurscht, jedenfalls hat die vom Verhältnis mit der Mona und ihrem Mann gewusst, da bin ich sicher.

Kaum haben sich alle von der Mona verabschiedet, zerstreut sich die ganze Trauergemeinde in Windeseile in alle Richtungen. Und wenn Sie mich jetzt fragen, wieso, dann sag ich es Ihnen: Die Mona hatte keine Verwandten, und die Wirtschaft ist ja zwecks der Verhaftung vom Wirt seit gestern geschlossen. Somit ist ein Leichenschmaus passé. Wo also soll man gemeinsam hingehen? Gell, da hätten S' jetzt selber drauf kommen können. Wurscht.

Die Einzige, die nun noch am Grab steht, bin also ich. Plus noch jemand. Schaut traurig und recht schwermütig aus seinem schuppengesprenkelten schwarzen Anzug zum Sarg hinunter.

»Mach dir nichts draus. Die Knödel waren eh nicht echt. Die Mona hat ja gern mal geschummelt. Und deine Mama hat sie doch eh nicht leiden können«, sag ich zum Alisi und schau ihn dabei durchdringend an. Will ihn ergründen, ihn begreifen, den kleinen stillen Mann, auf dessen Gesicht nun ein Anflug von Wut zu erkennen ist. Es ist eine unterdrückte Wut. Eine, die nicht ans Tageslicht kommen darf. Aber ganz tief im Alisi, da brodelt's. Da bin ich mir sicher. Dadrin hat sich was angestaut. Da möchte was an die Oberfläche. Darf im Moment aber nicht. Ich denke, er frisst diese Wut schon immer in sich rein. Das ist vermutlich schon seit seiner Kindheit seine Strategie. Als Kind

einer dominanten Mutter, die nie eine eigene Meinung zuge-
lassen hat. Ja, nie erlaubt hat, dass der kleine Alisi erwachsen
werden durfte. Der Arme muss sich daheim bei Mama ja direkt
vorkommen wie ein räudiger Hund. Darf aber für diese Frau
trotzdem ständig in verschiedene Rollen schlüpfen. In die Rolle
des Gesellschafters, des Kindes, des Ersatzmanns. Unbewusst
freilich. Daher wirkt der Kerl zwar nach außen folgsam, sittsam
und brav, aber wer weiß, vielleicht kommt die Mordswut halt
doch manchmal raus. Heimlich.

Ich spüre, wie die Kälte, die vom Alisi ausgeht, zu mir her-
überkriecht. Intuitiv zieh ich mein Halstuch ganz fest zu. Es
fröstelt mich durch Mark und Bein.

»Und das Meerschweinchen, was hat sie mit dem gemacht?«,
frag ich leise.

Jetzt heult er. Anschauen tut er mich immer noch nicht.

»Die Mona hat's mir g'schenkt«, sagt er leise, mehr so vor
sich hin.

»Und deine Mama hat es nicht in der Wohnung geduldet?«,
frag ich nur.

»Gebadet hat sie es. Jeden Tag, weil's angeblich so gestunken
hat. Und dann hat sie es nass im Käfig auf den Balkon gestellt.
Bis es sich erkältet hat. Und dann war's irgendwann tot auf dem
Sofa gelegen. Genauso wie der Hund, den ich mal vor Jahr-
zehnten mit heimgebracht hab. Und bei der Katze vom Onkel
Franz war's genauso«, heult er jetzt.

»Die vergönnt dir auch gar nix«, sag ich.

Der Alisi dreht sich um und lässt mich hier alleine stehen.
Er tut mir furchtbar leid. Also, falls der Lenz mit dem Wirt
doch den Falschen verhaftet hat und der Alisi doch die Mona
erstochen haben sollte, dann kann sich der Alisi freuen. Weil
gegen das Leben mit seiner Mutter daheim ist so ein Wohnen
in der Zelle der JVA bestimmt ein Luxusleben.

In der Zwischenzeit hat's angefangen zu tröpfeln, und die
Tropfen gehen ziemlich schnell in einen Platzregen über. Ganz
so, als wollte der Himmel die nicht geweinten Tränen vom Alisi
rausschwemmen. Und wenn der Schaufelloaner jetzt nicht bald

die Mona mit Erde zudeckt, dann schwemmt es die noch aus dem Loch. So tobt hier das Wetter.

Aber der Mayer Vitus steht geistig abwesend unter dem Vordach vom Leichenhaus und wartet, dass es aufhört zu regnen.

Seinen schweren Leib, wie so oft, auf die Schaufel gelehnt, wenn er bei der Arbeit ist. Tja, der Mann hat eben eine Dauerstellung. Ich stell mich mal zu ihm dazu. Weil, wenn man zu zweit eine Weile unter einem Vordach rumsteht, muss man doch auch mal was miteinander reden, oder?

»Ham Sie die Hofreiter Mona gekannt?«, frag ich tropfenderweise.

»Naaa«, brummt er mir her.

Und dann fallen mir halt wieder ein paar Sachen aus meiner Kindheit ein, gell.

»Wissen S', wie wir noch klein waren, die Mona und ich, da hatten wir ja den gleichen Schulweg. Und da haben wir jeden Tag bei Ihnen am Hof vorbeigehen müssen. Und immer, wenn wir an Ihr Haus gekommen sind, wurde die Mona traurig. Und wenn dann Ihr Hofhund nirgends zu sehen war, ist die Mona jedes Mal stehen geblieben und hat zu Ihrem Wohnhaus gewunken. Und manchmal hat am Fenster auch jemand zurückgewunken. Wenn ich die Mona dann gefragt hab, wem sie da winkt und wieso sie das macht, dann ist sie mir immer ausgewichen. Und jetzt hab halt ich gedacht, dass Sie vielleicht …«

»Na, ich war des gewiss ned«, spuckt er auf den Boden und geht samt Schaufel in den Regen hinaus. Und dann juckt mein Busen – nicht.

Ich steh noch eine Weile da und schaue zu, wie der Regen seinen Körper verschluckt, und mach mich dann auf den Heimweg.

Die Tage vergehen. Kein Anruf vom Lenz. Von einem Rückruf ganz zu schweigen. Mir wird klar, der Herr Hauptkommissar hat mich nur als eine Art Lustobjekt benutzt. Der Haslinger hat also recht. Der Schmiedi ist ein Weiberer, ein Stenz. Und ich dumme Kuh war davon überzeugt, dass in uns beiden das gleiche Fieber lodert. Dieses Mordermittlungsfieber. Eine besondere Form von Hunger, die uns ungefragt überkommt und nicht mehr loslässt, bis ein Mordfall aufgeklärt ist. Dabei fällt mir ein, dass er mich womöglich genau deswegen benutzt hat. Weil er in dem Fall nicht weitergekommen ist. Wollte mich nur ausfragen, herausfinden, ob ich noch etwas in Erfahrung gebracht habe, das er noch nicht wusste. Ein ganz gerissener Depp ist das. Kann ich nix anderes mehr dazu sagen. Und will ich auch gar nicht. Der ist es nämlich gar nicht wert, dass man überhaupt darüber nachdenkt. Kann man nur vergessen, den Typ. Abhaken. Aus dem Gedächtnis streichen. Und basta.

Blöder Hund.

Hab ich schon gewusst, wo ich ihm das erste Mal begegnet bin. Ich hätte auf mich hören sollen.

Und dann grinst der auch noch immer so blöd …

Pfff, der kann zukünftig grinsen, wo er will. Bei mir jedenfalls nicht mehr.

Das nächste Wochenende fällt dann komplett ins Wasser. Es regnet in Strömen. Wandern mit Ritschi und Nadine fällt also aus. Der liebe Gott ist gnädig. Es ist saukalt. Die Eisheiligen sind's angeblich, die uns diese Kälte bescheren. Und weil wir gerade von den Eisheiligen sprechen. Ich besuche die Mona jeden Tag auf dem Friedhof. Und egal, wann ich da bin, auf der Mona ihrem Grab, da brennt ein Lichtlein. Wer auch immer das anzündet.

Am Samstag drauf treff ich dann dort auf die Rosl.

»Geht's dir wieder besser?«, frag ich anstandshalber, weil sie rumhustet, warte die Antwort aber gar nicht ab. »Wer pflegt jetzt das Grab von der Mona? Verwandte hat sie ja keine«, will ich von ihr wissen.

Sie sagt nix. Und wenn sie nix sagt, dann weiß sie was. Und zwar etwas, das ganz geheimnisumwoben ist.

»Ich hab gehört, die Mona hat kurz vor ihrem Tod geerbt«, bohre ich nach.

Wieder Schweigen.

»Und von wem sie geerbt hat, weiß man das?«

»Mei, geredet wird viel, wenn da Tag lang ist, geh«, sagt sie abweisend. Eine Weile stehen wir da und schauen so aufs Grab, und dann zuckt ihr Mundwinkel. Das Maulwerk will vermutlich reden. Will das tun, was es immer tut. Aber der Rest von der Rosl will halt nicht. Und weil es nicht aufhört, um ihren Mundwinkel zu zucken, da gibt sie dann doch irgendwann nach.

»Mei, de Mona, des war ja ein richtiges Luder. De hot ja de Leute prellt. Die Pfarrei hot durch de an Haufen Geld verloren. Der arme Herr Pfarrer. Von wegen Tierheim. Und i sag dir, des is nur die Spitze vom Eisberg. Weil da Schmiedi, geh. Der is ja scho seit Tagen in Thailand an was ganz was Großem dran.«

So, in Thailand ist der Herr Hauptkommissar also. Da hätte er doch auch mal was sagen können, oder? Ein klitzekleiner Anruf. Eine kurze Nachricht. Weil, Telefon haben sie ja, die Thailänder. Und Computer auch. Eine kurze E-Mail, eine SMS. Aber nö, nix. Die Elli lässt man im Dunkeln stehen. Ja, und der Haslinger ist ebenso ein Gratler. Der hat nämlich davon gewusst. Läuft seit Tagen rum wie ein gebeutelter Hund und raucht eine nach der anderen. Und das, obwohl der Übelacker vom Finanzamt bei uns schon lang abgezogen ist und bis auf Kleinigkeiten nix in den Geschäftsunterlagen gefunden hat. Alles sauber beim Haslinger. Die Papiere, die Akten, die Geschäftsvorgänge. Angst hat er trotzdem. Und jetzt weiß ich auch, warum. Weil, wenn der Lenz in Thailand herausfindet, dass der Haslinger sein ganzes Schwarzgeld dort in Diamanten angelegt hat, dann ist Land unter. So schaut's aus.

Zuerst der Heinzi, dann der Lenz und jetzt auch noch der Haslinger. Von Timbuktu bis ins Taka-Tuka-Land, alle wissen immer Bescheid. Aber keiner hält es für nötig, mir auch nur eine klitzekleine Info weiterzugeben. Alles Deppen. Sag ich doch.

»Und den Schneckerl, den ham s' ja verhaftet. Des weißt aber scho, geh.«

Nö. Hat die Elli freilich auch nicht gewusst. Weil mir sagt ja niemand was.

»Ja, der hockt doch da mit drin, in den Geschäften. Des hob

i mir scho glei dacht, wie de Hofreiterin bei ihm einzogen is. Der Schneckerl, der springt doch auf jeden Zug auf, der sich ihm bietet. Der denkt doch bloß an sein Vorteil. Der is mit allen Wassern g'waschen. Der hot de Dollarzeichen g'sehen und hot mitgemacht, mit dem Luder. Aber der Schmiedi, mein Lieber, der kommt dem schon drauf. Des sag i dir. Des ist ja ganz ein Gewiefter, geh.«

Freilich, der liebe Schmiedi, der kommt da schon drauf. Ist ja ein Profi, der liebe Schmiedi, gell.

Aber eins sag ich Ihnen. Der Mörder von der Mona, das war nicht der Wirt. Das spür ich. Und wer's war, da kommt er nicht drauf, der liebe Schmiedi. Weil da komm nämlich ich drauf.

25

Und dann kommt der Sonntag.

Die Sonne spitzt durch die Wolken. Die Vögel hört man wieder zwitschern. Werden aber von den Kirchturmglocken übertönt. Weil heute großes Fest in Engelsried. Der Rupi empfängt seine erste heilige Kommunion.

Feierlich ziehen die Kinder in die Kirche ein, und feierlich ziehen sie nach zwei Stunden wieder aus. Das Gemüt sehr ergriffen. Die Füße kalt. Und so stehen wir alle noch eine Weile in der bazigen Wiesen vor der Kirche rum und genießen die Sonnenstrahlen.

Der Ritschi ist extra aus München gekommen. Anstandshalber ohne seine Jungschnepfen. Er sieht ganz phantastisch aus im neuen Anzug, und auch ich hab ein echt elegantes Outfit an. Und zwar mein altes rotes Kleid aus der hintersten Ecke meines Kleiderschrankes. Hab monatelang darauf gewartet, bis mein Körper mittels Diät in den Stoff zurückgeschrumpft ist. Dank dem Lenz war das Abnehmen auf einmal ein Kinderspiel. Vor lauter Ärger hab ich nämlich nix mehr runterbekommen. Und der Schweinehund ist auch abgedampft.

So kann's gehen.

Keinen Liebhaber und keinen Schweinehund. Aber dafür eine Topfigur.

Der Rupi sieht in seinem Kommunionsanzug lieb und feierlich aus, genauso wie der Heinzi. Okay, ich will hier nicht rumlügen. Dem Heinzi sein Anzug ist erstens nicht von seiner Kommunion, sondern von seiner Firmung, und zweitens schaut er darin nicht feierlich und lieb aus, sondern bescheuert. Ja, weil so ein Anzug halt leider nicht mitwächst. Aber wurscht. Das ist ja dem Heinzi sein Problem.

Wie ich auf der Wiese vor der Kirche gerade mit meinen Schuhabsätzen im Baz versinke, drückt mir der Rupi seine Kerze in die Hand und spielt mit seinesgleichen Fangerles.

Dabei, freilich, auch der Max. Tja, und dann steht er doch mal wieder da, der Lenz. In seiner Lederhosen.

Also praktisch in der, die ich ihm noch kürzlich lässig abgestreift und … ach, lassen wir das. Jedenfalls gesellt er sich mit der Moni zu uns dazu.

»Und, war's schön in Thailand? Bist ja gar nicht braun geworden.« Ich werfe mir die Haare nach hinten und zieh einen Schmollmund hin. Er überhört's einfach und streckt dem Ritschi die Hand zum Gruß entgegen.

»Jetzt, wo der Wirt zu hat, weiß man gar nicht, wo man hier überhaupt noch zum Essen hingehen kann. Im ganzen Pfaffenwinkel waren für heute alle Kneipen ausgebucht«, sagt die Moni dann.

»Tja, das kommt davon, wenn man den Wirt einkastelt«, sag ich voller Ironie zum Lenz. Der schenkt mir einen pampigen Blick und schaut dann grübelnd über die Straße zur Wirtschaft hinüber. Ganz so, als würde er da drüben die Wahrheit suchen.

»Vielleicht war er es ja gar nicht. Weil's ein ganz anderer war«, stell ich mich hinter ihn und rede ihm über die Schulter. »Einen, den der Herr Hauptkommissar noch nicht auf dem Schirm hat?«

»Da Wirt hat ja einen neuen Zaun«, steht der Heinzi auf einmal neben uns. »Mei, Schmiedi, das hast großartig gemacht mit der Verhaftung vom Wirt«, klopft er dem Lenz auf die Schulter.

Schleimer, kann ich da nur sagen.

Der Lenz schaut immer noch nachdenklich. Ist vermutlich nicht ganz zufrieden mit seiner Verhaftung, ha?

Kommen ihm Zweifel?

Ich sag doch, der hat den Falschen eingebuchtet.

»Mei, das ist schon sehr ergreifend, wenn das gemeinsame Kind zur Kommunion kommt, gell?« Der Ritschi drückt mir feierlich ein Bussi auf die Backe.

Hä, hat der was getrunken?

Der Lenz dreht sich zu uns um und nickt.

Die Marie schreitet auf uns zu. Ein Geschenk tragend, den Haslinger im Schlepptau.

»Mei, so ergreifend war de Kirche, gell?«, schreit sie. Drückt mir das Geschenk in die Hand. »Da, des gibst deinem Buben. Wo er doch bald zur Familie g'hört. Geh, Fonsi?«, wendet sie sich kurz zum Haslinger um, gibt aber gleich drauf dem Ritschi die Hand: »Und Sie sind also da Vater vom Rupi. Grüß Gott!« Sie betrachtet ihn dabei von allen Seiten. »Aha, eine ganz, ganz andre Art von Mann ist das. Ganz ein andrer Typ wie mein Fonsi«, sagt sie dann zu mir. »Elli, da hast dich auf jeden Fall verbessert.«

Gehört haben's alle Umstehenden. Der Ritschi und der Lenz schauen unisono.

»So, jetzt wo wir alle so nett beinanderstehen, da wär es doch an der Zeit, dass man das mit euch zwei jetzt endlich mal öffentlich macht«, schaut sie vom Haslinger zu mir und klatscht dabei in die Hände.

Der Haslinger grinst.

Der Lenz schaut blöd.

Der Ritschi schaut noch blöder.

Und weil die zwei halt so blöd schauen, nutze ich die Gunst der Stunde und schenke dem Haslinger ein Grinsegesicht, hänge mich bei ihm am Arm ein und schreite mit selbigem von dannen. Komme leider nicht recht voran, weil die Absätze im Gras feststecken.

»Der Rasen g'hört ja scho lang mal g'lüftet«, lacht der Haslinger. Und ich lache mit. Ganz laut. Damit es halt auch jeder mitbekommt, dass der Chef und ich eine Riesengaudi miteinander haben, gell.

»Du, was ist jetzt wegen Thailand?«, schau ich den Haslinger an, kaum dass wir ein bisserl abseits der Masse stehen.

»Wie meinst jetzt des?«

»Der Schmiedi war doch in Thailand. Hat der da … hat der da irgendwas ans Tageslicht geholt, das eventuell ganz unten im Dunkeln verborgen war? Ich mein, müsst man sich irgendwie Sorgen machen?«, schau ich ihn nur an.

»Na, de Sache is bombensicher, Elli. Da kann i dich beruhigen.«

»Aber die letzten Tage ist dir ganz schön die Düse gegangen, oder?«

»Mei weißt, jetzt wo i erfahren hob, dass der alte Schmied auch in Diamanten gemacht hat ...«

»Was, dem Lenz sein Vater hat auch ...?«

»Selbst wenn da Schmiedi drauf kommen is, würde der doch sicher ned seinen eigenen Vater hinhängen, oder? Also don't panic«, grinst er spitzbübisch her.

»Bist a gerissenes Mannsbild, Hasi«, fahr ich ihm mit dem Zeigefinger grinsend übers Bartgestrüpp.

»I weiß scho. A Hund bin i fei scho.« Ja, und was für einer. Aber ich mag halt leider keine Hunde. Also dreh mich um und geh. »Aber geh, Fuchsin, top secret«, schreit er mir noch hinterher.

»Logo«, sag ich und wackele auf die Gitti zu, die auf der anderen Straßenseite steht. Es ist nämlich so, dass sie meine ganze Familie für heute zu sich eingeladen hat. Ja mei, was will man machen, wenn man beim Wirt reserviert hat, der aber zuhat und das Geld hinten und vorne nicht für ein teures Schickimickirestaurant reicht. Ja, und den Ritschi wollte ich halt auch nicht anbetteln. Also habe ich ihr Angebot halt angenommen. Weil sie ja heute ebenso feiert. Ihr Hans Jürgen hat ja auch Kommunion. Da geht's in einem Aufwasch. Und so stehe ich, inklusive Verwandtschaft, wenig später bei ihr auf der Terrasse. Der Poldi hat angegrillt, und die Hausherrin fährt essenstechnisch mords was auf.

»Wollt ihr Kanapees?«, fragt sie in die Runde.

Der Heinzi ist freilich begeistert, langt kräftig zu, und die Leni schaut sich suchend nach einem Sofa um. Kapiert nix, wie immer, isst aber trotzdem.

»Dachte, du willst abnehmen«, sag ich noch so.

»Abnehmen. Pfff. Für wen denn? Für den Heinzi? Der soll nehmen, was er kriegt. Außerdem, abnehmen ... wenn ich des Wort scho hör ... Wenn des Telefon klingelt, dann nehm i doch auch ab. Und des mit Genuss«, lacht sie und stopft sich das Zeug in den Hals.

»Kommt drauf an, wer dran ist«, lach ich und lass mich von der Sarah Jessica, also quasi von der Gitti ihrer Tochter, hinters Hauseck ziehen. Die Kleine hat einen Narren an mir gefressen. Vermutlich soll ich mit ihr spielen.

»Schau, Seifenblasen«, bläst sie freudig viele kleine Ringe in die Luft.

»Ui. Darf ich mal?«, nehm ich ihr das Döschen ab und mach auch ein paar.

Sie schmollt.

Dafür freu ich mich wie Pippi Langstrumpf, als tausend kleine bunte Bläschen durch den Frühlingshimmel fliegen. Nach diesen tristen Tagen darf doch auch ich mich mal freuen, oder?

Das Kind aber freut sich gar nicht darüber. Heult rum, weil ich ihr das Döschen halt nicht mehr geben will.

Mama kommt ums Eck und schimpft, macht eine auf Prusseliese. Droht mit Kinderheim, wenn die Sarah Jessica nicht aufhört und so. Aber das Kind will halt ums Verrecken nicht aufhören zu heulen. Wirft sich trotzig auf den Boden und wälzt sich im Gras. Mei, Trotzalter halt. Freilich will die Gitti so ein Verhalten nicht dulden, und bevor mir Prusseliese hier auch noch ausrastet, drück ich dem Kind lieber doch das Döschen in die Hand und geh mit ihr ins Haus zum Kleidsäubern.

Und jetzt merkt man halt echt, dass die Gitti dieses Niedrigenergiehaus hat. Weil dadrin nämlich echt eine ziemlich niedrige Energie herrscht. Genau genommen eine recht miese.

Die Sahra Jessica bockt, und der Hans Jürgen ist sauer. Packt nämlich gerade recht unwirsch seine Geschenke aus. Zuhauf Katzenzungen und Geld. Eine Uhr, ein Poesiealbum. Vermutlich war nicht das dabei, was sich der Bub gewünscht hat. Und was man mit so einem Poesiealbum anfangen soll, das ist dem Bub halt unklar.

Die Gitti ist uns gefolgt. Versucht, die Kinder zu beruhigen. Zieht sogleich ein altes Poesiealbum aus dem Wohnzimmerregal und erklärt dem Gleufel, dass sich in so einem Büchlein liebe Menschen verewigen.

»Dieses Album gehört einer Schulfreundin, weißt. Bei der sollte ich ebenso reinschreiben. Hab aber wohl vergessen, es zurückzugeben. Kannst ja mal reinschauen«, legt sie dem Bub das Büchlein zur Ansicht auf den Tisch.

Ich nehme es an mich und blätter mal durch. Es hat der Hofreiter Mona gehört.

Die letzte Seite ist total vergriffen. So, als würde die Mona das Buch tausendmal genau an dieser Stelle aufgeschlagen und gelesen haben.

»Ich schreib dir auf das letzte Blatt, weil ich dich so lieb hab, doch wer dich lieber hat als ich, der schreibe sich noch hinter mich. Dein dich immer liebender RETAV«, steht da.

Irgendwo in der Mitte habe auch ich ins Album reingeschrieben.

»Immer wenn du meinst, es geht nicht mehr, kommt von irgendwo ein Lichtlein her.«

Mhm, ein Lichtlein.

Bei der Mona auf dem Grab brennt auch immer ein Lichtlein. Wer zündet das an? Ich hoffe, dass auch mir bald ein Licht aufgeht: »Dein dich liebender RETAV. Wer heißt denn schon RETAV?«, sag ich nachdenklich zu mir selber. Der Hans Jürgen reißt mir das Album aus der Hand und liest.

»Hä, und hinten schreibt der Vater rein?«, sagt er gelangweilt und legt das Buch auf den Tisch.

»Wieso Vater?«, sag ich irritiert.

»Mensch, lies halt. Da steht doch Vater. Von hinten reing'schrieben.«

Die Gitti und ich schauen uns nur an. Die Mona hat ihren Vater also doch gekannt. Hat uns immer angelogen. Hat immer behauptet, sie wisse nicht, wer ihr Erzeuger ist.

Sie hat also durchaus Verwandte. Die Frage ist nur, wer die sind.

Kurze Zeit später geselle ich mich zum Poldi. Der grillt.

»Mensch, Poldi. Find ich echt klasse, dass ihr uns hier verköstigt. Das Fleisch, die Getränke, das kostet doch alles einen

Haufen Geld. Du, ich red mit dem Ritschi, dass er die Hälfte übernimmt«, sag ich.

»Ach, lass mal. Ich kann's verschmerzen«, grinst der Poldi in sich rein. Und ja, ich glaub's ihm, weil Geld muss er ja haben, der Herr Bankdirektor. Ich sag nur Rolex und kleines Vermögen, das die Diebe laut der Gitti geklaut haben. Von dem neuen SUV in der Garage mag ich gar nicht reden. Und ich glaub ja kaum, dass so ein windiger Filialleiter, wie der Poldi einer ist, und die Gitti als Gemeindesekretärin so viel verdienen, dass die sich so was leisten können.

»Ja, das stimmt. Geld hast genug. Wenn man bedenkt, was du an der Sache mit der Mona verdient hast«, grinse ich ihn an.

»Was für eine Sache?«, widmet er sich intensiv seinem Grillgut.

»Die todsichere Anlage. Du weißt schon. Ich sag nur: Diamanten.«

»Pst«, zieht der Poldi seinen kurzen Hals ein und schiebt mich gleich auf die Seite.

»Keine Angst, ich sag nix. Zu niemandem. Aber ich frag mich, wieso die Mona überhaupt so viele krumme Geschäfte gemacht hat, wo sie doch geerbt hätte«, fixiere ich sein Gesicht. Weil, wenn jemand weiß, wer im Ort was erbt, dann doch hier unser Herr Bankdirektor, gell.

»Ja, das war ja nur ein ganz kleiner, heruntergekommener Hof ...«, flüstert er noch immer.

»Ein kleiner, heruntergekommener Hof?«, flüstere ich zurück.

»Ja, gut, mit Bauerwartungsland. Die Mona wollt's verkaufen und zu Geld machen.«

Die Mona wollte ihr Erbe zu Geld machen. Ach, jetzt geht mir ein Licht auf.

»Sie wollte also mit dem Erbe ihre Schulden beim Wirt und bei all denen zurückzahlen, die sie zwecks dem Tierheim in Thailand über den Tisch gezogen hat. Und den Rest ebenso in Diamanten anlegen, stimmt's?«

»So ungefähr.«

»Es wär also nur noch eine Frage der Zeit gewesen, bis die Hofreiter Mona an eigenes Geld gekommen wär. Und dann hat ihr der Silberfisch Alisi dazwischengefunkt, indem er ihr auf die Schliche gekommen ist.«

»Glaub schon.«

Oder die Verwandtschaft vom Erblasser. Die verhindern wollte, dass die Mona den Hof mit dem Bauerwartungsland erbt.

»Dem Schmied Lenz hast du von alldem nix gesagt, weil du Angst gehabt hast, dass die Polizei dann hinter euer Geschäft mit dem Diamantenschmuggel kommt, gell.«

Er nickt nur.

»Die Mona ist mit dem Testament kurz vor ihrem Tod zu mir in die Bank gekommen. Wollte vorweg ein Darlehn von mir.«

»Und das Testament ist bis heute nicht mehr aufgetaucht?«

»Keine Ahnung.«

»Wer ist der Erblasser?«, schau ich ihn an.

»Der Mayer Konrad. Er ist kurz vor ihrem Tod verstorben. Ist anscheinend ihr Vater.«

»Welcher Mayer Konrad?«

»Ja, der Bruder vom Mayer Vitus. Du weißt schon, der Hof, der direkt neben der Ostermeier Liesl steht.«

So, dann ist ja alles klar. Jetzt weiß ich auch, wem die Mona auf dem Schulweg zugewunken hat. Ihrem Vater nämlich. Aber warum hat sie nie über ihn gesprochen? Ja sogar immer behauptet, dass sie nicht weiß, wer ihr Vater ist? Seltsam ist das alles.

Zwischen Kaffee und Brotzeit, da nutze ich dann die Zeit und schleich mich. Und zwar zum Mayer Vitus. Bin überzeugt davon, dass er die Mona in die Gefriertruhe gebettet hat. Zwecks dem Erbe vom Hof und dem Bauerwartungsland.

Nachdem ich den Heinzi in die neue Sachlage eingeweiht habe, ist der freilich ganz wild drauf, den Vitus als Täter zu überführen, und so latschen wir nun zu zweit schnurstracks auf den Mayerhof zu, während mir der Heinzi auf das Genaueste erklärt, wie er den Vitus dingfest machen will. Immerhin ist er ein Profi, und von Täterüberführungen da versteht er ja was. Zumindest in der Theorie.

Kaum sind wir angekommen, will ich auch schon wieder weg. Weil mir eingefallen ist, dass die da auf dem Hof doch diesen blöden Hofhund haben. So ein Wauwau kann unter Umständen ja ein recht lieber Kerl sein, aber wenn wir jetzt einfach so da reingehen und der Hund den Hof verteidigen muss, kann solch ein Viech zur Bestie werden, gell. Noch dazu riecht der bestimmt, dass ich keine Hunde mag. Und dann aus die Maus. Also besser umdrehen und eine andere Strategie verfolgen. Aber der Heinzi lässt meine Einwände freilich nicht gelten, weil wenn der mal kriminalistisches Blut geleckt hat, lässt der halt nicht locker.

Haustürklingel haben die beim Mayer nicht. Also klopfen wir erst mal.

Der Hund ist glaube ich nicht da, sonst hätte er uns längst angekündigt. Aber das Auto und der Bulldog vom Vitus sind da. Trotzdem macht niemand auf. Es herrscht eine unheimliche Stille.

Der Heinzi öffnet das Tennentor, und wir treten ein. Befugnis haben wir keine, ganz klar, aber ich sag mal so: Wir zwei sind in Sachen Mord unterwegs. Also folglich auch zum Einbruch bevollmächtigt.

In der Tenne ist es relativ dunkel, nur das geöffnete Tor lässt ein bisserl Licht herein.

Und auch hier diese beklemmende Stille.

Kein Geräusch.

Kein Vitus und kein Hund.

Dann ein leises Knacken hinter uns. Vielleicht eine Maus. Oder etwa doch der Hund?

»Vitus, bist du da?«, schreit der Heinzi ins Dunkle hinein.

Keine Antwort.

Wir huschen weiter zum Stall. Der ist leer. Die Kühe sind vermutlich auf der Wiese beim Grasen. Ehrlich gesagt, da wäre ich jetzt auch lieber.

Nachdem niemand auffindbar ist, gibt der Heinzi endlich

das Kommando zum Rückzug. Dirigiert mich aber dann in den Garten, denn dort im ungemähten Gras kann er deutlich frische Fußspuren erkennen. Sagt er, der Häuptling der Fährtenleser, und daher stacksle ich ihm nun brav hinterher durch die feuchte, kniehohe Wiese. Wir kommen an blühenden Obstbäumen vorbei und nehmen Kurs auf den alten Schuppen, dessen Türe sperrangelweit offen steht. Der Heinzi geht schon mal nach drinnen. Ich bleib an der Tür stehen. Linse von außen rein. Sehe dort drin jede Menge gespaltenes Holz und einen Hackstock, in dem eine Axt steckt. An der Bretterwand hängen in Reihe und Glied lauter Gartengeräte, die uns aber echt zum Verhängnis werden könnten, wenn die jemand in die Hände bekommt und damit auf uns losgeht. Spitze, Hacke, Spaten, Sense, Sichel. Und ein Haken ist leer.

Es ist mucksmäusalstill.

Ein Windhauch fährt mir übers Gesicht. Bläst mir ein paar Haarsträhnen vor die Augen. Streicht mir zart ums Bein und zupft verspielt an meinem Kleid.

Dann ein Geräusch hinter mir.

Ich fahre herum. Scanne rasend schnell den Garten ab. Dreh mich aber sofort blitzartig wieder zum Stadel hin, weil ich auch dort ein leises Knacken höre.

Mein Blick fällt wieder auf den Hackstock und die Axt. Sie ist nur eine Armlänge von mir entfernt. Ich brauche etwas zur Verteidigung, geht es mir durch den Kopf. Muss nach ihr greifen. Grapsche nach ihr. Bekomme sie aber nicht zu fassen. In dem Moment sehe ich im Augenwinkel eine Mistgabel auf mich zufliegen. Also lass ich die Axt, wo sie ist, und werfe mich innerhalb einer Millisekunde zur Seite. Lande auf dem harten Grasboden neben dem Schuppen. Samt Pumps und Kleid. Aber das ist das kleinere Übel, denn die eine Gabel kommt zwar neben mir zum Liegen, dafür habe ich nun aber eine Heugabel vor der Nase.

Etwas verwirrt schaue ich auf dreckige Frauenfüße, die schuhlos vor mir im Gras stehen. Einmal hochgeschaut, erkenn ich die Mayerin im Kittelschurz. Mit der Heugabel in der Hand schaut die von unten echt bedrohlich aus.

Also greife ich mit den Fingern nach den Grashalmen, die mich umgeben, und halte mich dort intuitiv fest. Denn gleich tut's weh. Die Zinken der Gabel werden nämlich augenblicklich auf mich einstechen. Mich aufspießen wie ein Stück Rindfleisch, das auf einem Teller liegt. Bitte, bitte nicht. Spieß mich nicht auf. Friss mich nicht. Ich bin zäh, flachsig, und überhaupt bin ich ganz ungenießbar.

Mein Mundwerk will irgendwas sagen, will beschwichtigen, aber ich habe einfach keine Kontrolle über meine Zunge.

Lieber Gott, hilf!

»Lass gut sein, Mutter«, steht auf einmal der Vitus neben mir.

»Ja, sag amal, Vitus, was soll denn das?«, schimpft der Heinzi.

»Was schleichts denn ihr zwei do bei uns umeinander?«, will die Mayerin nun von mir wissen. Und jetzt braucht's halt eine kreative Idee, gell. Die mir aber im Moment noch nicht einfallen will.

»Mei, die zwei schleichen gern mal in fremden Häusern rum, geh«, schaut mich der Vitus an. Verzieht dabei seinen Mund, beißt sich dann aber gleich auf die Lippen, weil er jetzt wohl gerade etwas ausgeplaudert hat, was bestimmt nicht für uns gedacht war.

War es der Vitus, der damals beim Schneckerl im Haus rumgeschlichen ist und uns niedergeschlagen hat? Hat er das Gleiche gesucht wie wir? Nämlich das Testament?

Und dann fällt sie mir ein, die kreative Idee. Einfach so.

»Das Brot is uns ausgegangen. Und ich hab gehört, dass du immer so ein gutes Bauernbrot machst. Weißt, mein Bub hat doch heute seine erste heilige Kommunion. Und weil der Heinzi halt den Vitus kennt, da wollten wir fragen, ob du uns ein Brot verkaufst«, rede ich mich um Kopf und Kragen. Kann von Glück sagen, dass mir eingefallen ist, dass die Mayerin ihr Brot immer auf dem Bauernmarkt verkauft.

»Kommunion, ach so«, sagt die Mayerin und haut mit Schwung die Mistgabel neben mir ins Gras. »Freilich hab ich ein Brot für euch«, dreht sie sich arschlinks um und schreitet aufs Haus zu, ohne sich noch mal nach mir umzudrehen. Ich rappel mich vom Boden auf, klopf mir Dreck und Gras vom Kleid und folge ihr einfach.

»Mei, das ist fei furchtbar nett, dass Sie uns mit dem Brot aushelfen. Wissen S', der Semmelmeier ist nicht daheim«, sag ich, kaum dass ich sie eingeholt habe. Sie nickt nur.

Wie die Mayerin und ich wenig später gemeinsam in der dunklen Küche stehen, sehe ich ihn dann. Den Hund. Der hat langes, zotteliges Fell, und nein, von dem geht keine Gefahr aus, er ist nämlich völlig desinteressiert.

»Der macht's nimma lang«, informiert mich die Mayerin und öffnet den Brotkasten.

»Ach, das ist bestimmt schlimm für Sie. So ein Hund ist ja quasi ein Familienmitglied, gell. Mei, und wenn dann so ein Tier stirbt, ist das freilich schlimm. Das ist dann schon recht viel für Sie. Wo doch erst vor ein paar Wochen Ihr Sohn, der Konrad, gestorben ist«, schau ich sie an und setze dabei einen recht empathischen Blick auf, aber von ihr kommt keinerlei Gefühlsregung.

»Die Mona, das war ja eine Schulfreundin von mir, wissen S'. Die war ja auch so traurig, wie ihr Vater verstorben ist«, beobachte ich sie auf das Genaueste.

»So, war's des?«, schaut mich die Frau eisig an. Himmel, wie kann ich die Mayerin nur zum Reden bringen? Die ist genauso wortkarg wie der Vitus.

Und wenn man vom Esel spricht, dann kommt der in der Regel auch schon gesprungen. Ein paar Wimpernschläge später steht der Vitus samt Heinzi auch schon hinter uns in der Küche. Während ich ihn beobachte, wie er einen Kräuterschnaps aus der Versenkung holt, stelle ich mir die Frage, ob zwischen ihm und der Mona eigentlich eine Ähnlichkeit besteht. Entdecke beim Vitus aber eher Parallelen zu seinem Hund. Sieht fast so aus wie er. Nur dass der Vitus über seinem Fell ein vergilbtes Feinripphemd trägt.

»Müssts scho entschuldigen. Aber jetzt, wo wir in Engelsried so viele Einbrüche ham, da kann man nicht vorsichtig genug sein«, sagt die Mayerin, wie der Vitus dem Heinzi und sich einen Schnaps einschenkt.

»Ja, ja, beim Schneckerl wurde ja auch eingebrochen, geh. Ganze vier Mal sogar. Und immer ham s' das Schlafzimmer verwüstet. Und jetzt frag ich mich, was der Einbrecher dadrin gesucht hat«, schaut der Heinzi den Vitus an und prostet ihm zu.

Der Vitus wird augenblicklich rot wie eine Tomate und kippt sich in einem Zug den Schnaps hinter die Binden. In dem Moment weiß ich, wir sind goldrichtig. Der Vitus hat die Mona um die Ecke gebracht und sonst keiner.

»Kann das sein, dass der Einbrecher das Testament von der Hofreiter Mona gesucht hat?«, schaut ihn der Heinzi nur an.

Die Mayerin fährt zusammen, und umso weiter der Schnaps beim Vitus die Kehle runterrinnt, umso kleiner wird der Mann. Will grad zum Reden ansetzen.

»Du haltest deine Pappen«, fährt ihn die Mayerin aber gleich an. »Was interessiert uns des Testament von da Hofreiter Mona, des geht uns nix an. Do host dein Brot. Des macht drei Euro«, legt sie den Brotlaib vor mir auf den Tisch.

»Hat er euch erpresst, der Schneckerl?« Der Heinzi fixiert den Vitus eindringlich.

Beim Vitus im Gesicht zuckt's.

»Ja, ja, a Gratler is a scho, der Schneckerl, geh. War er ja schon allerweil. Aber jetzt sitzt er ja in U-Haft. Dann habts a Ruh und nix zu befürchten.«

»Das interessiert uns ned.« Die Mayerin wird giftig.

Mein Busen juckt.

»Jetzt schleichts euch«, baut sie sich vor uns auf.

Ich packe das Brot, bedanke mich und zieh den Heinzi aus dem Haus raus.

»Blöd ist halt, wenn der Schneckerl redet. Also beim Verhör. Mei, die Polizei kann da schon recht hartnäckig sein, gell. Und wenn die Bullen dann sein Haus durchstöbern, dann werden die das Testament finden. Weil, wissen S', wo der das Testament hat? Im Wohnzimmerschrank, im Poesiealbum von der Mona hat er es drin. Damit hat er bei mir erst rumgeprahlt. Aber geh, das interessiert Sie jetzt auch nicht«, sag ich zur Mayerin, wie wir schon draußen im Hof stehen. Die schluckt.

»Sag mal, warum hast mich aus dem Haus rausgezogen? Ich hab den Vitus doch fast zum Reden gebracht. Die warn's. Eindeutig. Ham die Mona auf dem Gewissen«, sagt der Heinzi ergriffen, da stehen wir schon auf der Straße, und Mutter und Sohn sind längst im Haus verschwunden.

»Genau. Die waren's. Aber was hätte uns jetzt ein Geständnis genutzt, wenn sie uns dadrin eine über die Rübe gezogen hätten, ha?«

»Und überhaupt, was hast denn da für einen Krampf dahergeredet, von wegen Poesiealbum und Wohnzimmerschrank?«

»Ja, weil, ich habe einen Plan. Wir holen dein Auto und fahren zum Schneckerl. Der Vitus wird dort nämlich so schnell wie möglich noch mal auftauchen und nach dem Testament suchen. Ich schreib ein Testament, das wir zusammen mit meinem alten Poesiealbum beim Schneckerl im Schrank deponieren. Wir verstecken uns. Und wenn der Vitus das falsche Testament in den Händen hält, wird er reden. Wir nehmen das Geständnis mit deinem Diktiergerät auf und haben Beweise, verstehst? Oder sollen wir dem Schmiedi Bescheid geben?«

»Nein, den Mörder, den fangen wir uns schon selber«, klatscht der Heinzi begeistert in die Hände. Freut sich wie der Schellkönig über meinen genialen Plan.

»Da wird er schauen, der Herr Hauptkommissar, wenn wir ihm den wahren Mörder von der Mona präsentieren«, freue auch ich mich. Läuft.

Aber kaum hat man einen Plan, kommt einem auch schon wieder was dazwischen. Soeben sind wir an der Kirche angelangt, wo der Heinzi heute Vormittag seine Rostlaube geparkt hat, und sitzen wenig später im Auto drin, da parkt ein weißer Kastenwagen vor uns. Der Bratzler Berti steigt aus. Was macht der denn jetzt hier? Ist der nicht längst über alle Berge? Der Heinzi hat gerade den Motor gestartet, da fährt ein weiterer Lieferwagen her und hält hinter dem Auto vom Bratzler an.

»Mach den Motor aus«, zische ich.

»Aber wir wollten doch …«

Ich dreh den Zündschlüssel rum, und trotz der Einwände vom Heinzi drücke ich mich in den Sitz und öffne die Tür einen Spalt.

»Bücken«, befehle ich noch, dann geht auch der Heinzi in Deckung.

Ich seh, wie der Berti auf die Haustüre von der alten Schule zuläuft und wie aus dem anderen Lieferwagen die Luise, also die Frau vom Klexi, aussteigt. Sie ruft. Diesmal nicht »Kurti«, sondern »Berti«. Schreitet dann auf den Meister der Putzmittel zu, aber dem seine Schritte werden schneller.

»Berti, bleib doch stehen, ich will doch bloß mit dir reden«, ruft sie ihm zu. Aber der wimmelt sie ab und verschwindet im Haus. Die Luise stampft enttäuscht mit dem Fuß in den Boden, hockt sich gleich drauf wieder in ihr Auto und braust wütend davon.

»Was macht jetzt der Putzmittelhausierer beim Silberfisch? Heinzi, warte, ich muss mal was schauen«, sag ich und steig aus.

»Hä, spinnst du, uns pressiert's«, hör ich den Heinzi schimpfen, aber da bin ich schon ausgestiegen.

An der alten Schule angekommen, öffne ich sachte die Haustüre. Im dritten Stock hör ich im Treppenhaus den Berti mit der Frau Silberfisch streiten. Keine Ahnung, um was es genau bei dem Streit geht, weil der Heinzi steht schon hinter mir und zieht mich aus dem Flur. Aber ich muss halt jetzt zumindest wissen, ob der Berti vielleicht und eventuell im Kastenwagen das Diebesgut hat. Also reiße ich die Hintertür des Lieferautos auf. Putzmittel. Putzzeug bis zum Abwinken. Und eine große grünbraune Plane von der Bundeswehr liegt dadrin. »Du oder ich?«, frag ich den Heinzi.

»Hä?«

Mein Ermittlungskompagnon versteht gar nix, und zum Diskutieren bleibt keine Zeit. Jetzt muss ich handeln. Zu groß ist die Verlockung, heute nicht nur den Mörder von der Mona, sondern auch den Bratzler zu entlarven. Und weil die Stimmen im Flur lauter werden, die Silberfischin rumschreit und der Berti daraufhin recht dreckig lacht, die Zeit also knapp ist, steige ich, ohne zu überlegen, in den Kastenwagen ein und schlüpfe unter die Plane.

»Spinnst du jetzt komplett? Was soll denn das?«, schimpft der Heinzi.

»Mach die Tür zu«, befehle ich ihm, und schon fällt sie ins Schloss. Ich höre den Heinzi den Berti noch grüßen, dann steigt jemand ins Auto und startet den Motor. Wir rollen vom Hof. Fahren nach rechts, dann nach links. Ich hör das Tack, Tack vom Blinker und gehe im Kopf die Engelsrieder Straßen durch, damit ich einen ungefähren Plan habe, wo die Fahrt hingeht.

26

Lange geht's geradeaus. Trotzdem verliere ich irgendwann die Orientierung, also höre ich auf, mich auf den Weg zu konzentrieren, und fange stattdessen an nachzudenken. Im Nachhinein betrachtet, wäre es freilich besser gewesen, wenn ich das vorher gemacht hätte. Ich sag nur: Kurzschlussreaktion. Falsche Entscheidung. Fatale Folgen. Mensch, wenn ich nicht pünktlich zurück bin, um den Vitus als Mörder zu überführen, ist alles dahin. Himmelherrgottsakrament, was hab ich da nur getan? Und das nur, um dem Lenz zu zeigen, was ich draufhab. Damit er sieht, dass ich eben nicht die dumme Elli mit Miss-Marple-Allüren bin, sondern eine gleichwertige Kriminalerin, die mal wieder den richtigen Riecher hatte.

Ein Blick auf das Display meines Handys sagt mir, es ist schon achtzehn Uhr. Bevor wir zum Mayer Vitus sind, habe ich es ja auf stumm geschaltet. Nun sehe ich, es sind Anrufe vom Ritschi drauf. Plus eine SMS, die mir verrät, dass er echt sauer ist. Fragt, wo ich bin und so. Dann noch eine SMS mit der Info, dass die Abendmesse gleich losgeht. Verdammt, an die Messe habe ich nicht mehr gedacht. Freilich wäre meine Anwesenheit als Mama von einem Kommunionkind in der Kirche gefordert. Aber was soll's, der Ritschi kann ja auch mal seiner Aufgabe als Vater alleine nachkommen. Hilft ja nix.

Die Straße wird recht kurvenreich. Mich beutelt's dahinten im Auto ganz schön rum. Irgendwann klingelt dann dem Berti sein Telefon.

»Wo bleibste denn?«, höre ich die Stimme vom Kölner aus der Freisprechanlage. »Isch bin schon am Einladen. Ja glaubste denn, isch mach dat allet alleine? Heut is Zahltach. Da wird die Ware überjeben, dann mach isch hier die Biege, dat Eisen ist mir zu heiß.«

»Ja, bin ja gleich da. Ich musste einen Umweg machen, mir ist jemand gefolgt«, höre ich den Berti sagen.

Dem ist jemand gefolgt?

Aber der Heinzi soll doch zum Vitus.

Schließlich verlassen wir die asphaltierte Straße. Es rumpelt rum, ich glaube, wir fahren auf einem Feldweg, und der scheint immer schmaler zu werden, ich höre Gras oder Sträucher seitlich ans Auto schlagen. Dann endlich halten wir an.

Der Bratzler steigt aus, geht ums Fahrzeug herum und öffnet die Hintertür. Ein Adrenalinschub schießt durch meinen Körper. Mein Augenlid beginnt zu flattern. Die Nerven gehen mit mir durch, weil es ist nur noch eine Frage der Zeit, bis der mich hier entdeckt. Und was ist dann?

Eine gefühlte halbe Stunde kramt Muskelmeisterberti im Auto rum. Himmelherrgottsa, nach was sucht der Mann denn? Leichenstarr lieg ich da und traue mich nicht zu atmen. Meine Pumpe ist so laut wie die Kirchturmglocke, ich hoffe, er hört sie nicht schlagen.

Seine Hand tastet über die Abdeckplane. Immer näher kommt sie. Bis sie meinen Schuh erreicht. Er greift zu. Hat meinen Absatz.

»Kruzitürken«, flucht er. Dann lockert er den Griff. Tastet weiter und greift nach etwas, das neben meinem Knie liegt. Zieht es an meinem Bein entlang unter der Plane hervor. Dann endlich tritt er zurück und haut mit einem Schlag die Tür zu.

Das war knapp. Der blanke Horror.

Erleichtert atme ich durch, und nachdem seine Schritte außer Hörweite sind, kriech ich aus meinem Versteck. Als ich die Autotür geöffnet hab und ausgestiegen bin, weiß ich freilich gar nicht, wo ich mich befinde. Okay, ich bin irgendwo zwischen hohem Gras und Gestrüpp, aber wo jetzt genau dieses Gras und Gestrüpp angewachsen ist, das ist mir völlig unklar. Der Blick nach oben verrät mir auch nix, weil bedeckter Himmel.

Was tun?

Den Heinzi anrufen?

Der ist in der Kirche und hat kein Handy.

Also ruf ich den Lenz an. Tippe seine Nummer.

Es klingelt lang. Sehr lang.

Dann fällt mir ein, dass auch er in der Kirche ist, da er ja ebenso ein Kommunionkind hat. Ich lege auf und versuche es weitere vier Mal, in der Hoffnung, dass ihn die Anrufe so nerven, dass er drangeht. Er muss doch auch merken, dass ich nicht in der Kirche bin, und somit muss ihm klar sein, dass irgendwas nicht stimmt. Ja, wer ist denn hier der geniale Kriminaler, ha?

»Elli, um Himmels willen, was ist los?«, hebt er endlich ab. Im Hintergrund hör ich den Pfarrer singen.

»Ich bin dem Bratzler auf der Spur.«

»Elli, unsere Söhne haben heute Kommunion.«

»Die laden jetzt das Diebesgut ein, und dann hauen die ab, ihr müsst kommen.«

»Wo bist du?«

»Keine Ahnung, irgendwo im Gestrüpp eine Dreiviertelstunde Fahrzeit von Engelsried weg. Mit Umweg.«

»Das ist ja eine präzise Beschreibung …«, hör ich ihn noch sagen, dann Funkloch. Kann man nur hoffen, dass der Lenz möglichst schnell mein Handy geortet hat und die Polizei die Ganoven noch rechtzeitig erwischt.

Gerade möchte ich mein Handy in der Tasche meines Kleides verstauen, höre ich eine Autotür zuschlagen. Irgendwo in der Richtung, aus der wir gekommen sind.

Der Heinzi?

Eine weitere Autotür knallt zu. Es sind also vermutlich zwei Personen. Womöglich die Kölner. Denen möchte ich hier lieber nicht begegnen. Also verschwinde ich. Begebe mich hinein ins Dickicht, immer den Fußspuren folgend. Winnetou wäre stolz auf mich.

Leider wird der Weg immer matschiger, sodass ich insgeheim mein Schuhwerk verfluche. Ich versinke mit den Absätzen im Schlamm. Die Dinger kann ich hinterher auf jeden Fall wegschmeißen. In Gedanken über die blöden Schuhe versunken, rutsche ich aus, und bevor ich weiß, was los ist, liege ich auch schon in der Schlammpfütze. Ja toll, jetzt ist das Kleid auch noch hinüber. Egal, mit Schwund muss man bei der Verbrecherverfolgung rechnen, gell.

Wie ich aufstehe, rinnt mir die morastige Brühe übers Gesicht und am Kleid herunter. Aber wurscht, ich geh weiter, bevor der Schlamm an mir aushärtet und ich hier am Boden festwachse.

Dabei werde ich ums Verrecken das Gefühl nicht los, dass mich jemand verfolgt, doch obwohl ich mich mehrmals umdrehe, sehe ich niemand. Dann vernehme ich Stimmen. Allerdings vor mir.

Etwas irritiert suche ich Schutz hinter einem Busch, der in etwa meiner körperlichen Breite entspricht und mir somit die nötige Deckung gibt. Aber kaum bin ich von der Bildfläche verschwunden, taucht wie aus dem Nichts in der Ferne zwischen Geäst, Dreck und Felswänden der tätowierte Hickser auf. Er trägt ein Gemälde, verschwindet damit zwischen Sträuchern und Gräsern. Vermutlich steht dort der himmelblaue Bulli oder ein anderes Auto, mit dem sie das Diebesgut abtransportieren. Während sich bei seinem Anblick Angst in meinem Körper breitmacht, fängt mein Ermittlergehirn an zu kombinieren: Wenn der Typ aus der Felswand rauskommt, dann muss dort irgendwo ihr Versteck sein und folglich auch die Beute. Ich muss den Lenz dringend noch mal anrufen, schießt es mir durch den Kopf. Wie die Luft rein ist, trete ich aus meinem Versteck und drücke auf Wahlwiederholung.

Dann ein Gekreische. Hinter mir im Gebüsch. Schrill, weiblich, ängstlich.

Ich drehe mich um. Augenblicklich wird mir klar, dass ich samt schlammigem Morast vermutlich ausschaue wie eine Moorleiche aus einem Horrorfilm, die wie ein Phönix aus der Asche aufgestiegen sein muss. Wer auch immer hinter mir war, rennt bei meinem Anblick jetzt aus Angst um sein Leben, und ja, im Augenwinkel seh ich auch schon zwei schreiende Gestalten davonrennen. Erschrocken von den Schreien, fällt mir das Handy aus der Hand, und grad bücke ich mich, um es aufzuheben, da kommt jemand von hinten auf mich zugerast. Intuitiv greife ich nach dem knorrigen Reiser, der neben dem Handy im Gras liegt, und sprinte ebenfalls los. Verliere dabei einen Schuh.

Komme mir direkt vor wie Aschenputtel. Kann man nur hoffen, dass der Typ, der jetzt hinter mir herläuft, der Lenz, also quasi mein Prinz ist und mir später den Schuh andächtig wieder auf den Fuß stecken will, um mich zu seiner Frau zu nehmen. Aber nein, ich merke schnell, das hier ist kein Märchen, sondern die reale Wirklichkeit, die mich rasant einzuholen droht. Der Verfolger ist definitiv nicht der Lenz. Ich renne auf einen Wald zu. Dort könnte ich mich verstecken, aber den Wald und mich trennt ein Tümpel, dessen Tiefe ich nicht kenne, aber da muss ich jetzt durch. Mist, er ist knöcheltief.

Endlich im Wald drin, merke ich, meine Strümpfe sind voller Schlamm. Und so sammelt der Strumpf ohne Schuh mehr oder weniger unfreiwillig bei jedem Tritt das verrottete Laub vom Herbst mit auf. Es pappt an mir, als hätte ich eine Tube Pattex auf die Fußsohle geschmiert. Der blöde Strumpf und die Bäume bremsen mich nun so unglaublich aus, dass mein Verfolger immer näher kommt. Ich dreh mich um. Samt meinem neuen Freund, dem Reiser, den ich noch immer in der Hand halte. Gleich zieh ich damit dem Angreifer eins über die Rübe

In Sekundenschnelle erkenne ich den Muskelprotz vor mir. »Nein«, flehe ich ihn noch an. »Bitte nicht meinen Freund. Es ist doch das Einzige, was ich noch habe«, aber schon reißt er mir den Ast aus der Hand.

Parfüm steigt mir in die Nase. Es ist ein narkotisierender Duft. Zumindest wirkt er so auf die Engelsrieder Frauen. Fahren doch darauf ab wie Schmidts Katze auf Baldrian. Ja, die Weiber würden alles dafür geben, dass sie der schöne Berti an sich drückt und in seinen Armen hält. Aber ich doch nicht. Und in diesem Moment gerade schon gleich gar nicht. Und darum wehre ich mich eben mit Händen und Füßen. Bis mein Freund, der Ast, zuschlägt. Ich hör ihn noch über mir auseinanderbrechen.

Als ich wieder zu mir komme, ist das Erste, was ich sehe, die Hofreiter Mona. Wellenartig schwebt sie vor mir, streckt mir ihre Hand entgegen. Ich greife nach ihr, aber meine Hand geht ins Leere. Jetzt bewegen sich ihre Lippen, als wollte sie mir etwas sagen. Aber kein einziger Ton erreicht meinen Gehörgang, weil es in meinem Schädel nämlich so dermaßen hämmert, dass ich es hier grad gar nicht beschreiben kann. Ich sag nur: Presslufthammer.

Außerdem ist mir speiübel.

Versuche, mich zu erinnern, wo ich bin.

Daheim im Bett?

Mit der Mona in der Gefriertruhe?

Ich habe keine Ahnung. Kalt genug ist es.

Immer und immer wieder redet die Mona auf mich ein.

Herrschaft, was will sie denn bloß?

Jetzt winkt sie mir zu, dass ich mit ihr mitgehen soll. Gut, dann geh ich halt mit. Wir gehen irgendwo zwischen Felsspalten ins Dunkle hinein. Wobei es mir eher vorkommt, als würde mich jemand dort hineinzerren. Werde nämlich gezogen und geschleppt. Dann sehe ich Schuhe mit pinken Schuhbändeln. Durch ein dunkles Loch in der Wand werde ich in eine Art Raum oder Ausbuchtung geschoben.

Ist das die Hölle?

Warum in aller Welt bin ich nur mit der Mona reingestiegen in diese dunklen, muffigen und feuchten Gänge?

HALLO, ich will hier raus!

Die Mona lacht.

Hallo. Ich muss nicht mit dir in die Hölle. Ich hab nicht halb Engelsried um ihr Geld gebracht. Ich nicht! Ich habe auch niemandem Geld aus der Tasche gezogen und es dann irgendwo fehlinvestiert. Hallo! Ich bin doch die Fuchs Elli. Was soll ich denn in der Hölle? Bin fleißig, ehrlich und rechtschaffen. Gut, ich gebrauche manchmal kleine Notlügen, aber sonst …

HALLO!

Also, dass man für so ein bisserl Rumlügen in die Hölle kommt, das hätte einem auch mal jemand vorher sagen können, oder?

HALLO!

Ich habe vor Kurzem einen Dreifachmörder zu Fall gebracht.

Ja, so was muss doch zählen! Da kann man mich doch nicht einfach in der Hölle abladen. Die Mona lacht schon wieder.

»Ja, lach du nur. Lass mich gehen«, flehe ich.

Schon wieder Gelächter.

»Ich finde deinen Mörder«, schlage ich ihr einen Kuhhandel vor. Jetzt lacht sie nicht mehr.

Abrupt spüre ich einen festen Boden unter mir, dessen Kälte langsam an mir hochkriecht. Irgendwo komm ich zum Sitzen. Die Mona ist weg. Verschwunden. Nicht mehr da.

Ein paar Schnaufer später geht das Hämmern im Schädel in ein Stechen über. Reflexartig will ich mir an den Kopf greifen. Geht aber nicht. Meine Hände sind gefesselt, und sie schmerzen.

Noch einmal bin ich kurz ganz woanders. In meinem Bett mit dem Lenz. Die Hände an die Bettpfosten gefesselt. Das ist schön ... dann holt mich die Gegenwart wieder ein.

Der kalte Boden.

Ein Modergeruch.

Der Bratzler Berti.

Die Luise.

Und die Silberfisch.

Ja Himmel, wo kommen die auf einmal alle her? Und was machen die hier? Ich sehe die Luise auf den Berti zuspringen, sie umarmt ihn freudig und sagt irgendwas. Die Silberfisch steht schimpfend am Eingang, gestikuliert mit Händen und Füßen rum, und obwohl die alle nicht weit von mir entfernt im Lichtkegel stehen, kann ich nicht hören, was sie sagen. Mensch, was so ein Schlag auf den Hinterkopf alles auslösen kann. Aber mit jeder Sekunde, die ich hier auf dem kalten Boden rumhocke, werde ich wacher und wacher, und die Erinnerung kehrt zurück.

Da waren die Schreie hinter mir, und dann war da der Bratzler Berti, der mich verfolgt und k. o. geschlagen hat. Und wo bin ich jetzt? Ich schau mich um.

Bin in einem Bergwerksstollen oder so, und ich sag Ihnen, von hier unten am Boden sitzend aus gesehen, schaut alles irgendwie riesig aus. Der Berti, das Diebesgut. Die Breite von der Luise, der Silberfisch ihre Frisur.

Was haben die zwei mit dem Berti und den Kölner Ganoven zu tun?

Haben die alle miteinander gemeinsame Sache gemacht?

Den Kölnern das Diebesgut zugeschanzt?

Waren wir mit dem Vitus so dermaßen auf dem Holzweg, und der Berti und die Kölner haben am Ende doch was mit der Mona ihrem Tod zu tun? Ist die Silberfisch doch die Mörderin? Oder vielleicht sogar die Luise? Hat sie die Mona aus Eifersucht ins Jenseits befördert oder gar von den Kölnern befördern lassen?

Fragen über Fragen tun sich mir auf. Umso mehr ich darüber nachdenke, wird klar, dass ich unter so vielen potenziellen Mördern echt in Gefahr bin, ich muss hier also dringend raus. Die Frage ist nur, wie? Ach herrje, da ist ja schon wieder eine Frage. Hört die Fragerei denn nie auf? Der Lenz. Wo bleibt der denn? Warum ist der jetzt nicht da? Kommt immer und ständig zum unpassendsten Moment daher, aber wenn man ihn braucht, kommt er nicht.

»Du Gratler, du dreckerter Betrüger. Halsabschneider …«, hör ich jetzt die Silberfisch den Berti anschreien.

Ah, meine Ohren wollen wieder.

»Geh, jetzt spinn dich doch aus. Der Berti macht so was nicht, geh, Berti?«, knuddelt ihn die Luise aber her.

»Mei, Weib, du bist ja so was von deppert. Ich hab's dir bei mir im Hof und auch im Auto schon zehnmal g'sagt, dass der Berti ein Betrüger ist, ein Leutb'scheißer, ein Halsabschneider. Ja schau dich doch um. Was meinst, was das ist«, greift die Silberfisch nach einem Kerzenständer. »Diebesgut.ist das. Ja sag amal, bist du so vernagelt, oder siehst du des nicht …«

»Nein, der Berti ist hier, weil er, ebenso wie du, den Ganoven auf die Schliche gekommen ist. Der will sie doch auch nur zur Rede stellen, darum ist er hier. Gell, Berti«, drückt die Luise den Muskelprotz noch mehr.

»Schnauze jetzt! Ihr Weiber regts mich auf«, unterbricht der Muskelprotz die Streiterei, reißt sich von der Luise los.

»Ja, aber Berti …«, hängt sich die Luise wieder an ihn hin wie eine Klette, worauf der Angebetete versucht, sie abzuschütteln, was ihm nicht gelingt.

»Berti, sag, dass das nicht wahr ist … Berti …«, redet die Luise dauernd auf ihn ein.

»Schnauze!«, verpasst ihr der Kerl eine schallende Ohrfeige. Entreißt der Silberfisch den Kerzenständer und drängt die zwei in meine Richtung, sodass sie nun nur noch wenige Schritte von mir entfernt stehen.

Die Luise wispert ein: »Aber Berti …« Die Silberfisch schimpft. Ein Schlag mit dem Kerzenständer, und Beatrix sackt zusammen wie ein nasser Sack. Fällt ausgerechnet auf mich. Zumindest halbwegs, weil ich auszuweichen versuche, was mir, zwecks den Fesseln an der Hand und meinem immer noch etwas lädierten Denkvermögen, nur bedingt gelingt. Ihre Betonfrisur kitzelt an meinem Arm. Sie stinkt nach Haarspray.

Der Luise ihr dauernd wiederkehrendes »Aber Berti« geht in ein Wimmern über und verstummt schließlich ganz.

Hat sie der Berti ebenso gefesselt oder gar geschlagen und ihr nun etwas in den Mund hineingesteckt? Ich weiß es nicht. Alles geht so wahnsinnig schnell, und bis mein Hirn versucht, die Geschehnisse zu rekonstruieren, höre ich schon Schritte auf mich zukommen. Dann leuchtet mir jemand mit einer Lampe ins Gesicht. Es blendet fürchterlich.

»Was soll denn das? Was machen die hier?«, höre ich eine mir vertraute Frauenstimme, die ich im Moment niemandem zuordnen kann. Weil ich seh ja nix. »Du immer mit deinen Weibern«, lacht die Frau. Und jetzt weiß ich, wer sie ist.

Martha. Gott sei Dank ist die da. Sie wird uns hier alle rausholen.

»Da schau her, die Silberfisch und dem Klexi seine Luise. Die sind doch gar nicht dein Geschmack«, lacht die Martha wieder. »Hat er euch Honig ums Maul geschmiert, der Berti, ha. Das macht er gern mal«, redet sie auf die Silberfisch neben mir ein wie zu einem Kind. Die aber rührt sich nicht.

»Pfff, die Alte kenne ich vom Schwimmbad und vom Solarium. Sie ist mir drauf gekommen, dass ich mit den Kölnern

Geschäfte mach. Hat mich heute in ihre Wohnung gelockt und wollt mich stellen. Spielt doch glatt auf ihre alten Tage noch Miss Marple. Hat mich dann verfolgt, und die Luise, die hat ja so dermaßen einen an der Klatsche. Die ist vermutlich vor lauter Sehnsucht zu mir bei der Silberfisch ins Auto mit reingestiegen. Und die andere da war auch plötzlich da. Keine Ahnung, was die von mir will. Weißt, ich hab ja gemerkt, dass mir jemand folgt. Hab gedacht, dass ich sie abgeschüttelt hab, aber auf einmal tauchen die hier alle auf«, lacht der Berti höhnisch, greift nach einer Holzkiste, stemmt sie hoch, tritt aus dem Lichtkegel, und sein Schatten verschwindet an der Wand.

»… dumme Weiber«, schnalzt die Martha mit der Zunge und schwenkt den Kopf.

»Martha«, sag ich. Meine Stimme hört sich seltsam leise an. Schon hab ich wieder den Lichtstrahl im Gesicht.

»Ach, da schau her, die Elli. Ich hätt dich beinah nicht erkannt. Du schaust aus wie eine in den Regen gekommene Moorleiche«, höre ich sie lachen. Ich strecke ihr die Arme entgegen. Sie hilft mir auf die Füße, und kaum stehe ich, frage ich sie freilich, was sie hier macht.

»Ach, der Berti ist der Bub von einer sehr, sehr guten Freundin von mir. Ich habe ihr auf dem Totenbett versprochen, dass ich mich um den Buben ein bisserl kümmer, weißt. Der geht hin und wieder auf Abwege, der Kerl. Aber was will man machen, geh. Mei, ich bin bei seinen Geschäftchen halt da so reingerutscht.«

»Du hängst da … mit drin?«, schau ich sie ungläubig an.

»Mei, Elli. Zuerst hat er die Kölner ja bloß bei uns in der Wirtschaft einquartiert, und wie ich denen dann auf die Schliche gekommen bin, da hab ich mir denkt, Martha, ein kleines Zubrot ist es allemal. Weißt, vom Bedienen allein da kann ich ja ned leben.«

Der Berti erscheint wieder am Eingang. Ohne Kiste.

»Ja, jetzt is schon gut. Das war auch wirklich das letzte Mal, Martha. Versprochen. Ich zieh dich nirgends mehr mit rein.«

»Was machen wir jetzt mit den drei Grazien?«, schaut ihn die Martha an.

»Im Grunde sind's vier Grazien, Martha. Ich kann dich ja nicht mitnehmen. Tut mir leid, aber die Kölner und ich, wir müssen gehn. Du weißt, heut ist Zahltag«, sagt er noch, reißt ihr die Taschenlampe aus der Hand und bewegt sich damit zum Ausgang.

»Ja, hä? Spinnst du? Du kannst mich doch hier nicht zurücklassen. Wer soll uns denn da herunten finden? Wir verrecken jämmerlich«, springt sie auf den Berti zu, hämmert mit den Fäusten auf ihn ein und schimpft dabei wie ein Rohrspatz. Und grad will in mir ein Fluchtplan Gestalt annehmen, da streift mich ein Luftzug am Kopf. Schon wenige Wimpernschläge später steht dieser Jünter vor uns. Sein Schattenbild riesig. Sein mentales Gestell auch nicht besser. Die Aggressivität in Person. Kommt mir hier herunten noch bedrohlicher vor.

»Wat is jetzt, jibt's Probleme? Isch hab dir jesagt, lass die Alte aus dem Spiel, aber du wolltest ja nicht auf misch hören«, raunzt er den Berti an. Und baut sich vor der Martha auf.

»Günter, lass gut sein jetzt«, beschwichtigt ihn der Berti noch.

»Nä, die Weibsbilder hier wissen zu viel. Vor allem dat Martha. Isch muss die eliminieren«, greift er in seine Manteltasche.

»Günter, spinnst du, das kannst du doch nicht machen«, schreit ihn der Berti an.

»Halt die Fresse, Mann, isch weiß, was ich tu«, zieht er eine Pistole aus der Tasche. »Isch mach se alle kalt«, hör ich Jünter noch sagen, dann richtet er das Ding auf uns ... und schießt.

27

Ein unglaublich lauter Knall. Ich geh ad hoc hinter der Martha in Deckung. Sie steht noch, aber in weniger als einer Millisekunde wird uns dieser aggressive, hicksende Jünter alle vier abballern wie Karnickel. Die Kugeln werden treffen. Blut wird durch die Gegend spritzen. Schreie wird man hören. Treffer. Bum, tot. Meine Chancen, dieser Hölle zu entkommen, sind gleich null. Bestimmt wird die Mona wieder winken. Und wen sie von uns vier auch immer mitnimmt, schlimmer als diese Hölle hier kann die Hölle von der Mona gar nicht sein. Und so schnappe ich erst mal kurz nach Luft und die Martha nach meinem linken Oberarm. Zerrt mich irgendwohin. Mein rechter Arm verfehlt nur knapp einen maroden Balken, der, den Stollen stützend, senkrecht zwischen Fels und Gang gespannt ist. Aber das spüre ich eher, als dass ich es seh. Weil es ist auf einmal stockfinster.

Nach wenigen Schritten prallt die Martha mit mir im Schlepptau gegen eine Mauer, und ich fliege volle Kanne in sie rein. Sie riecht nach Schweiß und Angst.

Äußerst prekäre Lage.

Stille und eine Dunkelheit sondersgleichen. Ich kann nix, aber auch überhaupt nix sehen.

»Hallo«, ruft die Martha. »Berti, bist du noch da?«

Keine Antwort, nur das Wimmern von der Silberfisch, irgendwo, nicht weit weg.

»Sie sind weg«, schreit mir gleich drauf die Martha ins Ohr und tastet sich bis zur Silberfisch vor. Die heult.

»Der Günter hat nicht auf uns geschossen, hat wahrscheinlich nur einen Schreckschuss abgegeben, sonst nix«, versucht uns die Martha zu beruhigen.

»Martha, der Mann ist ein gefährlicher Psychopath. Wieso hast du dich mit diesen Typen einlassen?«, schimpfe ich.

Jetzt heult sie auch.

Silberfisch und Martha praktisch um die Wette.

Was soll nun werden?

Selbst wenn der Lenz durch Handyortung eine Ahnung davon hat, wo wir sind, wird er uns hier unten, in diesen Katakomben, vermutlich nicht finden. Mein Handy liegt nämlich irgendwo da droben im Gras. Okay, vielleicht kann mich die Martha endlich mal von den Fesseln befreien, dann können wir uns raustasten. Wer hier reinkommt, kommt auch raus. Aber die Martha ist gar nicht ansprechbar. Hört nicht auf zu plärren. Das muss der Schock sein. Die zwei Weiber fallen in einen regelrechten Weinkrampf.

Wie ich ein paar kleine Schritte in irgendeine Richtung mache, falle ich über Füße. Sie gehören der Luise, bemerke ich, wie ich mit den zusammengebundenen Händen nach ihr taste. Sie lebt, ich kann sie atmen hören.

Sie ist ebenso gefesselt, und sosehr ich mich auch bemühe, es gelingt mir nicht, sie davon zu befreien. Also taste ich mich weiter nach oben zum Gesicht und ziehe das Ding, das ihr der Berti vorhin in den Mund gestopft hat, heraus. Irgendein Tuch, ein Lappen, was weiß ich. Kaum ist der Mund frei, fängt sie zu wimmern an: »Die Silberfisch hat recht gehabt. Der Berti … das Blaue vom Himmel hat er mir versprochen … Derweil ist er ein Bandit, ein Strolch, der den Leuten das Geld aus der Tasche zieht …« Ich rolle mit den Augen und schüttele bloß den Kopf. Ja, weil ich die Frau einfach nicht versteh. Da hat die jetzt schon einen Weiberer daheim. Und statt dass sie sich selbstbewusst aus dieser Beziehung befreit, hängt sie sich an den nächsten Kasperl hin, der noch schlimmer ist. Ich mein, es ist doch offensichtlich, dass der schöne Putzmittelberti es mit keiner Frau ernst gemeint hat. Wie kann man nur so doof sein?

Ich hocke mich zwischen die heulenden Weiber und warte. Auf den Lenz. Auf bessere Zeiten, keine Ahnung, auf was. Die Mona kommt mir in den Sinn. Halb Engelsried hat sie das Geld aus der Tasche gezogen. Ja, für sie wäre das Erbe ihres Vaters die Lösung all ihrer Geldprobleme gewesen. Hätte alles verkauft, das Geld in Diamanten angelegt und mit dem Ertrag ihre Schulden bei den betrogenen Gläubigern zurückgezahlt, und alles wäre gut ausgegangen. Und dann kommt der Vitus und löscht ihr Leben aus. Für immer. Ich denk an meine Träume und an das Versprechen, das ich ihr gegeben habe, dass ich den Täter für sie finde …

Lang dauert's nicht mehr, dann hab ich den Mörder. Den Ganoven bin ich ja schon auf die Schliche gekommen. Hätte aber nie gedacht, dass die Martha mit den Ganoven gemeinsame Sache macht. Pfff, die Martha, so kann man sich in einem Menschen täuschen. Hätte ja auch nicht gedacht, dass die mit dem Mayer Vitus liiert ist. Aber … Moment mal … die Martha und der Vitus, der Fleck bei der Martha am Hals – dieser Hass in ihren Augen, wenn sie von der Mona gesprochen hat … Die Martha war dabei, wie der Vitus der Mona das Messer in die Brust gerammt hat.

»Warst du eigentlich dabei, wie die Mona in der Küche vom Wirt umgekommen ist?«, frage ich.

Die Martha heult noch mehr. Kriegt sich gar nimma ein. Voll der Nervenzusammenbruch. Die Silberfisch und die Luise stimmen mit ein. Ich sag Ihnen, wenn das so weitergeht, dann schwimmen wir hier raus.

Irgendwann, als das Geschluchze ein wenig nachlässt und bei der Martha in ein leises Wimmern übergeht, stelle ich ihr erneut diese Frage, worauf sie gleich wieder hysterisch wird.

»Nein, ich war's nicht … nein …«, schreit sie.

Mir juckt der Busen.

In dem Augenblick wird mir klar, nicht der Vitus hat der Mona das Messer reingerammt. Sie war's.

»Wieso?«, schrei ich sie an. »Wieso hast du sie umgebracht?«

Stille.

Wieder ein Wimmern. Ganz tief schnauft sie ein. Die Martha kann mich nicht sehen. Ich kann sie nicht sehen, aber ich kann spüren, wie eine Mordslast von ihr abfällt. Eine Last, die sie seit Wochen mit sich herumträgt.

»Ich hab … ich hab der Hofreiterin das Messer in die Brust gerammt. Einmal … zweimal … ja, die war ja nicht tot … hat sich auf mich gestürzt … gebissen hat s' … und dann … dann …

hab ich so eine Wut ... eine Wut hab ich gekriegt ... wieder und immer wieder hab ich zugestochen ... bis sie zusammengesackt is. Und dann ... dann war ich dag'standen mit dem Messer in der Hand ... Elli, ich wollt das doch nicht. Ehrlich.« Oh mein Gott, vor mir hockt eine Mörderin. Die Martha hat die Mona erstochen. Ein Menschenleben ausgelöscht. Für immer.

Und jetzt heule ich auch.

Später, nachdem wir uns alle etwas beruhigt haben und mich die Martha von den Fesseln befreit hat, sitzen wir hier zwar immer noch vollkommen im Dunkeln, aber die ganze Wahrheit kriecht so langsam ans Tageslicht, wie die Martha uns alles erzählt.

»Schuld dran ist nur die alte Mayerin. Die hat Gift in den Adern. Hat mich als Freundin vom Vitus nie akzeptiert. Aber jetzt macht sie es eh nimma lang. Krebs«, sagt die Martha bitter.

Dann schimpft sie. Über die gottlose Mayerin. Über ihr eigenes Leben, das ihr ungnädig ein Dasein als Bedienung beschert hat. Tag und Nacht hat s' schuften müssen. Jahrein, jahraus. Und der Vitus auf dem Hof vom Konrad halt auch. Und dann haben sie sich beide gefreut, dass sie vom Konrad den Hof erben. Auf ein besseres Leben zu zweit haben sie gehofft, wenn die alte Mayerin dann halt auch nicht mehr lebt.

»Und dann is de Hofreiter Mona bei der Siebzigerfeier dahergekommen und hat behauptet, dass sie als Tochter vom Konrad alles erbt. Der Vitus wollt ja nur in Ruhe mit ihr reden. Am Abend. Wenn alle fort waren. Reinbestellt hat er sie, ins Wirtshaus, und nachdem s' beim Silberfisch war, ist sie dann auch gekommen. Ist forsch reingestiefelt in die Küche. Direkt frech ist sie geworden. Den Hof, die Felder, das Bauerwartungsland, alles will s' verkaufen, hat s' gesagt. Das kannst nicht machen, hab ich zu ihr gesagt und bin in den Raum rein, wo die Gefriertruhe steht. Wollt mich dort beruhigen. Aber sie ist mir hinterhergestiefelt und hat dreckig gelacht. Vorgeworfen hat sie mir, dass sie als Kind niemandem erzählen hat dürfen, wer ihr Vater ist. Dass ihr Vater nie zu ihr g'standen ist und dass die ganze Familie sie jahrelang ignoriert hat. De Mayerin und den Vitus wird s' vom Hof jagen, hat s' g'sagt. Mei, da bin ich halt ausgetickt. Hab das Metzgermesser aus dem Küchenblock genommen und dann ...«

»... habt ihr die Mona gemeinsam in die Gefriertruhe rein?«, ergänze ich.

»De ist ums Verrecken ned neigangen. D' Schuh hat s' dabei verloren, der Haardutt hat sich gelöst. Und wie die Klappe von der Truhe endlich zu war, haben die Haare noch rausg'schaut. Dann hat der Vitus eine Schere genommen und hat die Haare abgeschnitten. Die Schere, die Schuhe, und die Haarnadeln haben wir im Lech versenkt und das Messer auch. Ja, was meinst, wie mir ums Herz war. Zuerst hab ich eine Sauwut auf sie gehabt, und dann hab ich jeden Tag auf ihrem Grab ein Licht angezündet und mich bei ihr entschuldigt.«

»Und dann hast mit einer falschen Zeugenaussage dem Wirt den Mord in die Schuhe geschoben, hab ich recht?«

»Ja, was hätt ich denn machen solln? Der Schmied Lenz und sein Kollege, die sind ja jeden Tag im Wirtshaus auftaucht. Der scharfe Kriminaler hot mir tausend Fragen g'stellt. Und dann ist auf einmal da Schneckerl Tscharlie beim Vitus auftaucht und hat g'sagt, dass er von der Erbschaft weiß, dass er das Testament bei sich im Schlafzimmer gut verwahrt hat. Dass der Vitus den Hof verkaufen soll und ihm die Hälfte vom Geld geben soll, als Schweigegeld. Ja, ich hab mir doch nimma zum Helfen g'wusst.« Heult sie wieder, und ich bin einfach nur baff.

Und ehrlich, die Martha tut mir sogar irgendwie noch leid. Und die Mona ebenso. Wenn man sein Leben lang nämlich nicht sagen darf, wer der Vater ist, und dann noch von der eigenen Familie ignoriert wird ... Ja, dann ist es fei kein Wunder, wenn man so hinterkünftig wird wie sie.

Obwohl, jeder ist seines Glückes Schmied, gell.

Apropos Schmied, wo bleibt er denn jetzt, der Lenz?

Wenn er an einer festen Beziehung mit mir schon nicht interessiert ist, dann könnte er doch wenigstens hier endlich auftauchen und mich retten. Ich schließ die Augen, und irgendwann fange ich an zu dösen. Sehe einen Prinzen, der mit dem Schwert ein Gestrüpp zur Seite schiebt. Eine Öffnung im Fels kommt zum Vorschein. Dann sehe ich mich im dunklen Stollen. Einen Lichtstrahl, und dann steht er da, der Prinz. Hat meinen Schuh dabei, steckt ihn mir an den Fuß. Er passt. Wir schreiten gemeinsam nach draußen. Dort steht ein weißes Pferd mit einem roten samtigen Sattel. Wir setzen uns drauf und reiten gemeinsam dem Schloss entgegen. Inklusive Winterwunderland.

Und dann spüre ich einen Lufthauch. Ich öffne die Augen.

An der Wand sehe ich einen Schatten. Der gehört einem riesigen Hund.

Der Schweinehund, fahre ich herum. So sieht er also aus. Was macht der hier, den kann ich jetzt echt nicht brauchen. Aber wie mich dann was Nasses am Arm anstupst und ableckt, da weiß ich: nix Schweine-, sondern Polizeihund. Kleiner, feiner Unterschied, gell.

Nach dem Hund wieder ein Schatten, ein Licht. Schwarze Männer mit Helm und kugelsicherer Weste tauchen auf, dann ist er da, der Lenz.

»Elli, was machst du für Sachen?«, sagt er. Schuh hat er keinen dabei.

Dann dreht er sich von mir weg. Kümmert sich um die anderen. Also nix mit märchenhafter Rettung und so, aber wurscht, Hauptsache, der Alptraum ist bald vorbei. Wir alle hier unten im Stollen bilden nun eine Kette. Hinter mir die Silberfisch und vor mir die Hand vom Lenz, die uns langsam durch Gänge und Felsspalten hinausführt. Das geht ganz schnell.

Draußen ist es naturgemäß schon dunkel, aber die hellen Scheinwerfer leuchten die ganze Gegend um uns rum aus. Allianz Arena: Dreck dagegen. Also nix Winterwunderland. Und weißes Pferd steht auch keins da. Nur ein Mordsaufgebot an Polizei, SEK, THW und mittendrin der Käsi. Man kann sagen, meine Rettung habe ich mir echt anders vorgestellt, aber wie gesagt, wurscht.

»Der Bratzler und die Kölner ...«, dreh ich mich nach dem Lenz um, aber der macht mir unmissverständlich klar, dass die Diebe im Moment nicht wichtig sind, und wendet sich wieder den anderen zu. Und so erfahre ich vom Käsi, wo genau wir uns hier befinden. Nämlich mitten in der Pampa bei Peißenberg. Unter uns ein riesiges Labyrinth an unterirdischen Stollen und Schächten quasi.

»Hier wurde mal Kohle abgebaut. Die Gänge wurden nach der Schließung des Bergwerks zwar verriegelt, aber es gibt halt noch ein paar Eingänge. Da sind wir als Kinder schon immer reingekrochen«, winkt die Martha ab und setzt sich auf den Baumstamm, der quer vor uns liegt.

»Du hast also dem Bratzler das Versteck vermittelt?«, sag ich und setze mich dazu.

Die Martha fängt schon wieder zu plärren an. Dann kommt per Funk die Nachricht, dass die Kölner samt Bratzler gefasst worden sind, und der Lenz spricht mir eine Belobigung aus. Und erzählt mir, dass sie den Chef der Bande letzte Woche schon hochgenommen haben.

»Der Tipp mit dem Darling war goldrichtig«, sagt er noch. Ganz förmlich. Glaub, der freut sich gar nicht, dass ich ihm die Arbeit abgenommen und für ihn die Ganoven entlarvt habe. Trotzdem rinnt mir sein Lob wie Öl die Kehle hinunter.

»Darling, sag ich doch«, strahle ich ihn an. »Und die Mörderin von der Mona, die hab ich im Übrigen auch«, deute ich zur Martha hin.

»Elli, ich sag dir ...«, will der Lenz grad ausholen, da fängt die Martha zu schreien an. »Ich war's nicht. Nein, ich war's nicht«, trommelt sie mit den Händen auf mich ein. Beruhigt sich gar nicht mehr.

»Freilich war sie es. Dadrin in den Katakomben, da hat sie zugegeben, dass sie die Mona erstochen hat«, sagt die Luise, die sitzt neben mir.

»Ja, ich kann's auch bezeugen«, schreit uns die Silberfisch her, die in eine Wärmedecke gewickelt im Polizeibus drinhockt. Schaut total fertig aus. Aber die Frisur sitzt. »Die war's und nicht der Wirt«, gackert sie uns her.

»Sag ich doch«, heb ich die Schultern und schau dabei den Lenz an. Aber sein Kollege, der will's halt ums Verrecken nicht wahrhaben, dass er den Falschen eingekastelt hat. Erst später, wie ich, meine schmerzenden Handgelenke haltend, beim Lenz im Auto hocke, da kommt sogar beim Käsi dann eine entspannte Stimmung auf. Hockt auf dem Beifahrersitz und seufzt.

»So, die Verbrecherbande ist hinter Schloss und Riegel und die Mörderin entlarvt, da kann man es sich jetzt echt mal gemütlich machen. Immerhin ist heute Sonntag. Ich darf doch …«, zieht er seine Schuhe aus. »Hühneraugen«, grinst er mir in den Rückspiegel.

Und ja, Käsefußflori macht seinem Namen wirklich alle Ehre. Mir bleibt heute auch gar nix erspart. Gott sei Dank haben wir nur noch wenige Kilometer bis zu mir heim. Dort angekommen, werde ich freilich schon von der Verwandtschaft erwartet, und nachdem ich die ganze Geschichte erzählt habe, sind halt alle erschüttert. Am meisten betroffen ist freilich der Heinzi. War er doch wieder mal bei der Entlarvung des Täters nicht dabei. Hat die ganze Zeit im Wohnzimmer vom Schneckerl mit Warten verbracht, aber der Vitus ist nicht gekommen, und das stinkt ihm halt gewaltig, dem Heinzi. Er ist direkt irgendwie eingeschnappt. Auch am nächsten Tag ist seine Laune nicht besser. Und am übernächsten immer noch nicht. Sagen wir mal so: Die Übellaune bleibt ihm dauerhaft. Die Babsi hat recht, das muss an der kollektiv schlechten Energie im Haus liegen. Vielleicht sollte er doch die Haustüre auf eine andere Hausseite umbauen, ha? Mei, wenn's hilft.

28

Eine Woche später steigt dann in der Engelsrieder Wirtschaft wieder eine Party. Der Wirt, freilich aus der U-Haft entlassen, stellt uns erneut seine Kneipe zur Verfügung. Die Gitti gibt noch mal eine Achtziger-Mottoparty für ihren Gatten, und zwar ohne die Mona in der Gefriertruhe. Und die Fete fängt auch echt super an. Um neunzehn Uhr neunundfünfzig steh ich in Minirock, Pumps und mit riesigen Schulterpolstern in der Bluse mit all den anderen Gästen vor dem Wirtshaus. Alles wie gehabt. Okay, die Gitti trägt ihre Polster diesmal nicht im BH, aber wurscht.

Der Abend ist mild, die Stimmung gut. Eine Horde Mannsbilder kommt mit ihren Zündapps auf uns zugeknattert. Ein Bild für Götter ist das. Der Klexi zum Beispiel, der ist mit seinem XXL-Latsch-Body definitiv aus seiner Zündapp herausgewachsen, weil seine Knie am Lenker anstehen. Beim Haslinger wiederum ist der fahrbare Untersatz kaum zu sehen. Wird praktisch komplett von seinen herabhängenden Fettpölsterchen verschluckt. Und der Heinzi, ja mei, der schaut halt mit seiner Föhnfrisur auch nicht gerade aus wie ein cooler Jugendlicher, gell. Einzig der Poldi passt zur Zündapp, weil er halt immer noch so ausschaut wie ein Heranwachsender. Aber wurscht, das wollte ich hier eigentlich gar nicht erzählen, gell. Jedenfalls haben die »wilden Kerle für Arme« gerade ihre auffrisierten Knatterkisten vor dem Wirtshaus abgestellt und sich die Sonnenbrillen aus dem Antlitz gerissen. Da fährt doch glatt eine Harley Davidson mit einem im Fahrtwind wedelnden Fuchsschwanz vor. Der Fahrer; Lederkäppi, schwarze Lederhose. Knattert zweimal an uns vorbei und spielt dabei kräftig mit dem Gas. Erinnert mich an das Schnauben eines spanischen Stiers in der Arena. Mords die Show halt. Der Fahrer kein anderer als der Schneckerl Tscharlie.

Steigt von seinem Bock, streift sich das Lederkäppi von den

Locken und schreitet zu uns zum Eingangsportal herauf. Riecht nach Öl und Leder.

»Ham s' dich wieder rauslassen?«, pampt ihn der Klexi gleich an.

»Mei, de können mir doch nix nachweisen, meine Weste ist rein, verstehst. Und, mach ma Party, oder?«, geht er ins Wirtshaus rein, an den Plattenspieler und ans Mikro hin. »Auf geht's, Leute. Das Leben geht weiter, lass ma's krachen, oder sagts selber …«, legt er dann einen Song nach dem anderen auf. Praktisch alles, was die Plattensammlung aus den Achtzigern so hergibt. Dazu gibt's Spießchen, Kir Royal und diese reinhauende Schneebowle vom letzten Mal. Komme mir vor, als hätte jemand das Buch auf Anfang zurückgeblättert. Die Party eins a. Die Stimmung grandios.

Irgendwann mal, wann, kann ich nicht mehr genau sagen, ich setze mich grad an die Bar, kommt die Babsi her.

»Voll die geile Party irgendwie«, stößt sie mit mir an.

»Des geht heut bis in die Puppen, oder sagts selber. Und in der Früh um fünfe, da hauen mir uns noch eine Pizza in den Ofen. Und dann mach ma Spiele«, kaut der Schneckerl begeistert auf seinem Hubba Bubba rum und macht damit eine Blase.

»Was für Spiele?«, frag ich.

»Ja, Spiele halt. Reise nach Jerusalem, Strip-Poker, Flaschendrehen …«

»Lieber nicht«, sag ich und schau zum Haslinger hin. Dem sein Schädel wird wieder zum Radieserl.

»Also, ich find's gut«, grinst er aus seinem blauen Jogginganzug heraus und zieht mich zu sich her. Und nachdem ich mich aus seiner schweren, muffigen Achselhöhle herausgewunden habe, da steht er dann wieder da, der Lenz. Vorn am Eingang. In dieser grandiosen Lederjacke mit den Fransen dran und der hautengen Jeans, in der alles genau da sitzt, wo es sitzen soll. Cowboystiefel, Nietengürtel, Lockenperücke. Sieht genauso bombastisch aus wie damals.

»Wer hat denn den Schmiedi eingeladen?«, schau ich wieder zur Babsi. Die grinst.

»Mei, ich hab gedacht, ich frag ihn einfach mal. Vielleicht kommt er ja. Ihr zwei passt doch voll gut zusammen, weißt. Energetisch und auch von der Größe irgendwie. Weil, schau, is doch irgendwie blöd, wenn der Mann größer ist wie die Frau, oder? Da kriegt man ja beim Küssen Genickstarre«, kichert sie.

Die Luise nickt und schaut zum Klexi rauf. Der ist heute als Punker verkleidet, hat einen riesigen Besen auf dem Schädel. Mit dem könnte der Malermeister problemlos beim Wirt die Zimmerdecke streichen. Und zwar ohne Leiter. Braucht er aber nicht, weil, die Versicherung hat bezahlt, alles ist hier tipptopp renoviert.

»Hey, Schmiedi, alles klar«, haut der Klexi mit der Hand dem Lenz aufs Leder, kaum dass er bei uns steht.

»Ja, doch, doch«, sagt der und schenkt mir ein freundliches Lächeln zum Gruß. Mehr nicht. Bestellt sich bei der Gitti ein Tschäkicola.

Der Alisi sitzt dasig da, nuckelt am Strohhalm von seiner Bowle rum, und die Luise stürzt sich gleich auf den Lenz. Prostet ihm zu. Feiert ihn als ihren Retter. Weil er sie aus dem Bergwerksschacht befreit hat.

»Jetzt hast dich aber irgendwie lang nimma blicken lassen«, sagt die Babsi dann zum Lenz.

»Mei, der hat halt viel Arbeit. Verbrecher- und Mörderjagd, Diamantenschmuggel«, werfe ich mir die auftoupierte Lockenpracht nach hinten und mach ein ironisches Grinsegesicht.

»Ja, ja, Gratler gibt's überall, auch da, wo man sie nicht vermutet«, schaut der Lenz vom Haslinger zum Schneckerl und dann zum Poldi hin. Rote Köpfe, so weit das Auge reicht.

»Mhm«, murmelt der Alisi und saugt mit dem Strohhalm den letzten Rest Bowle aus dem Glas.

»Komm, Haslinger, geh ma tanzen«, reich ich dem Chef die Hand und zieh ihn auf die Tanzfläche hinaus. Der Haslinger smiled den Lenz an und freut sich wie der Schellkönig.

Auf der Tanzfläche geht die Post ab. Fürstenfeld, dann rockt Bon Jovi, dann Dirty Dancing. Der Chef schwitzt wie ein Reiher, gibt aber alles. Auch Hebefiguren mit dem Haslinger kein

Problem. Kraft hat er ja und ich fei voll die gute Tänzerin. Habe eine Wassermelone getragen. Irgendwann geht dem Chef dann die Puste aus. Muss ihn an der Bar absetzen, sonst dehydriert mir der Mann noch. Ist total fertig, sagt auch nix mehr. Glaub, ich habe ihn kaputt gemacht.

Ich lösche meinen Durst zuerst mit Sprudel, dann mit einem Rüscherl. Lache ausgelassen, hab mächtig Spaß. Der blöde Hauptkommissar interessiert mich doch gar nicht.

Okay, hin und wieder schiele ich zu ihm hin, aber nur ganz kurz. Der steht beim Schneckerl am DJ-Pult und grinst zu mir rüber. Lässt sich dann vom ihm einen Stift und einen Schmierzettel geben. Kritzelt irgendwas drauf. Hört dabei nicht auf zu lächeln. Dann klappt er das Papier zusammen und reicht es an die Babsi weiter. Die feixt ebenso und gibt den Zettel dem Klexi. Der sieht sich suchend um, kommt her und übergibt den Zettel mir. Ein bisserl irritiert schau ich auf das zusammengefaltete Blatt Papier in meiner Hand. Klapp es auf und lese.

»Willst du mit mir gehen?«, »Ja« und »Nein« zum Ankreuzen.

Jetzt grinse ich.

Schnapp mir einen Kugelschreiber aus der Bar und male ein weiteres Kasterl zum Ankreuzen auf den Zettel drauf. Mit der Überschrift »Vielleicht«. Mach das Kreuz drunter und gebe den Zettel auf dem gleichen Weg zurück, wie er gekommen ist.

Kaum hat der Lenz die Nachricht gelesen, schickt er mir seinerseits ein Strahlelächeln vom Feinsten durch die Menge. Ich geh mal hin. Weil ja, ich will mit ihm gehen. Am liebsten raus und … egal, das will ich Ihnen jetzt gar nicht verraten, wohin ich mit dem Lenz gehen tät. Jedenfalls unterhalten wir uns dann ein bisserl, lachen, amüsieren uns. Der Haslinger ext einen Tschäki nach dem anderen und schaut zu, wie der Lenz und ich tanzen. Münchner Freiheit »Ohne dich schlaf ich heut Nacht nicht ein …« kommt aus dem Plattenspieler. Danach rocken wir bei AC/DC ab und legen einen Eins-a-Arschbackentwist hin.

Irgendwann gibt's dann die blöden Spiele.

Reise nach Jerusalem, Flaschendrehen …

Es ist schon sechs Uhr morgens, wie mein Handy klingelt.

»Elli, komm bitte dringend heim, ich habe jemanden verhaftet und finde den Schlüssel nicht mehr«, flötet mir die Leni ins Telefon.

»Willst jetzt auch kriminalisieren?«, lach ich in den Apparat.

»Du, des is fei ned witzig, geh.«

»Ich glaub, wir sollten dringend gehen«, sag ich, nehm den Lenz bei der Hand und zieh ihn mit mir mit. Immerhin habe ich ihn vorhin beim Flaschendrehen gewonnen. Also schlendern wir halt händchenhaltend heim, und das dauert. Ja, weil wir bei der Ostermeier Liesl ein bisserl im Vorhäusel rumknutschen. Und ja, was soll ich sagen, die Babsi hat recht, größenmäßig passt der Lenz perfekt zu mir. Beim Schmusen bekomme ich echt keine Genickstarre nicht. Und Zahnspange hat er auch keine.

»Ich hab da was für dich«, zieht der Lenz dann etwas Rosarotes aus der Lederjacke. Es ist mein Führerschein. »Glaub, den hast du dir verdient. Meine kleine Kriminalerin«, überreicht er ihn mir.

»Klein? Ich bin fast genauso groß wie du. Und zwar in allen Bereichen. Kann dir beim Ermitteln durchaus das Wasser reichen«, grinse ich.

Und knutsch ihn ab. Dann sehe ich im Augenwinkel den Pfarrer. Der ist auf dem Weg zur Frühmesse, glaub ich. Und ich glaub, überrascht ist er auch. Schaut auch ein bisserl verdattert her.

»Grüß Gott«, sagt der Lenz freundlich. Ich nicke ebenso.

»Ach, der Herr Schmied«, bleibt der Pfarrer stehen. »Das ist aber nicht Ihre Frau«, schaut er mich etwas verdattert an.

Mei, was nicht ist, das könnt ja noch werden, denk ich noch so und male mir ein Leben an der Seite vom Lenz aus. Gemeinsame Mordermittlungen, Spannung, keine Langweile, Dirty Tatsching im Bett … ach das wird nett.

»Mist, jetzt hätte ich beinah die Leni vergessen. Operation Heinzi, sozusagen. Wir sollten schleunigst heim und den Heinzi aus den Handschellen schneiden«, sag ich lachend. Der Pfarrer schaut komisch und geht weiter.

»Ich wollte schon immer mit dir zum Spezialeinsatz«, stupst mir der Lenz seinen Zeigefinger auf die Nase.

»Das kommt schon noch. Da draußen, da rennen genug Verbrecher rum«, sag ich, pack ihn am Arm und zieh ihn mit mir mit.

Wie wir dann bei mir daheim in den Hof reinlaufen, steht da der Mercedes vom Ritschi drin.

»Du, ich glaub, da gehst du besser alleine rein«, drückt mir der Lenz noch ein Bussi zum Abschied her und geht. Ja toll, das hat der Ritschi ja fein hingekriegt.

Kaum hab ich die Haustüre aufgesperrt, kommt mir auch schon die Leni entgegen.

»Ja, sag amal, jetzt brauchst o nimma kommen. Jetzt hob i den Heinzi mit der Eisensäge alleine befreit. So ein Graffel.«

»Die Eisensäge?«

»Nein, die Handschellen, die Kette bringst ja nicht mal mit dem Seitenschneider kaputt, wo host denn die her?«, macht sie ein vorwurfsvolles Gesicht.

Ich ziehe die Schulter nach oben. Was kann ich dafür, wenn sie einfach in meine Wohnung geht und sich dort meine Sachen aneignet? Es scheint überhaupt hier Mode zu sein, dass man ungefragt bei mir einbricht. Jetzt, wo der Heinzi wieder frei ist, sollte der dringend die Wohnungstür woanders hinbauen, damit nicht jeder problemlos zu mir reinfindet. Aber zu spät, in meiner Küche, da stehen der Ritschi und ein Mordsblumenstrauß.

»Elli, da bist ja. Ich muss dir dringend was sagen. Ich hab einen riesigen Fehler gemacht. Das ist mir in den letzten Wochen klar geworden, wie du da allein auf Verbrecherjagd warst ... da hab ich ... Mensch, ich hab mir solche Sorgen um dich gemacht ... Elli, wollen wir es nicht noch mal miteinander versuchen?«

»Und was ist mit deiner Mausi?«, unterbreche ich ihn verdutzt.

»Mutter, du schnallst auch gar nix. Mit der hat er doch schon vor Wochen Schluss gemacht«, sagt die Josi. Die hockt neben dem Gustl auf der Eckbank.

»Ziehen wir jetzt wieder zu Papi?«, hüpft der Rupi bettelnd an mir hoch und grinst mich mit seiner Zahnlücke an. Ich wuschle ihm liebevoll über den Haarschopf, seufze und schau meine Familie an.

Die Josi schaut mich hoffend an.

Der Ritschi bittend.

Der Gustl kauend.

Und ganz hinten in der Ecke meines Hirns, da hockt mein Schweinehund und will schon wieder auf mich einquatschen.

»Mal sehen«, dreh ich mich um und lass sie einfach alle stehen. Ich muss jetzt dringend ins Bett. Und was morgen passiert, das werd ich dann sehen.

Und Sie werden's lesen. Spätestens im nächsten Buch!

Ihre Elli

Nachwort der Autorin

So, nun hat auch dieses Buch ein Ende. Eigentlich sollte ich mich jetzt zurücklehnen und ausspannen, aber im ersten Teil von der Elli, da habe ich hinten im Buch noch diesen kleinen Bayrischkurs angehängt. Der darf natürlich auch diesmal nicht fehlen.

Der Bayer lässt von Haus aus beim Sprechen und Schreiben gern Buchstaben weg. Einfach um Zeit zu sparen. Da wird dann zum Beispiel aus einem »ich« einfach ein schlichtes »i«. Die übrig gebliebenen Buchstaben können wir dann nämlich prima wieder an anderen Stellen mit einbauen. Zum Beispiel beim Wort »Wurscht«. Oder beim Fluchen: »Himmelherrgottsakramentkreuzbirnbaumundhollerstauden«, hat die Elli gesagt und hat damit nicht nur Buchstaben, sondern sogar ganze Wörter in den Fluch mit eingebaut. Den »Birnbaum« und die »Hollerstauden« nämlich. Und zwar deswegen, dass der Fluch halt nicht ganz so unanständig daherkommt, wenn er bei alltäglichen Situationen eigenmächtig aus dem Mund herauspurzelt.

Und dann steckt ja in dem Wort auch noch das »Sakrament« mit drin, gell. Ja, aus dem Wort macht der Bayer fei ganz flugs ein »sakradi«. Das ist ein Ausruf von Erstaunen und Hochachtung. Und das ist doch fein, oder?

Tja und weil wir grad beim Positiven sind: Der Bayer grüßt übrigens auch mit religiösem Hintergrund. Da gibt's ein »Grüß Gott« oder ein »Griaß eana Gott« und das schlichte »Griaß di«, das im Grunde bedeutet: »Ich grüße Gott in dir«, also quasi »Ich sehe das Göttliche beziehungsweise den Ursprung in dir«. Da kommt einem der Gegrüßte, egal wie er sich nach außen gibt, doch gleich viel netter vor. Und das ist doch wunderbar. Oder?

Glossar

Hier noch eine kleine Übersetzungshilfe. Spicken ist erlaubt.

a zach's Luader – ein Weib, an dem sich der Weiberer die Zähne ausbeißt

Beerlscheißerfuzzi – jemand, der es supergenau nimmt

Binkl – Schwellung/Beule

Bockfotzen – ein Schlag, der im Gesicht trifft

Bolla – etwas Rundes, eine Kugel

bratzeln – bescheißen; wenn einer bratzelt, dann ist er ein Bratzler, also quasi ein Betrüger

dahaut ausschauen – ein verlebt ausschauender Mensch

Diddi – Schnuller

Dudl – eine Nuckelflasche fürs Baby. Wenn zum Beispiel ein Mann ständig an der Flasche rumnuckelt, dann dudelt er. Meist macht er es heimlich. Wenn's aber dann öffentlich wird, dann wird er zum Dudler.

Fangerles spielen – ein »Fang mich doch«-Spiel

fickrig – aufgeregt sein, hyperaktiv

grätig sein – zwider, sauer

Grind – ein Riesenschädel

Hallodri – Weiberer, einer, der es nicht ernst meint mit den Frauen

hinterkünftig – Schlitzohr, eine nicht ganz so ehrliche Person

oaschichtig – jemand, der keine Frau hat

Schafkopfen – bayrisches Kartenspiel

Schmarrn – Unsinn verzapfen. Es kann aber auch eine Mehlspeise für einen Kaiser sein – dann wär's ein Kaiserschmarrn.

Schnackler – der Schluckauf, ein Hickser eben

Schofscheißer – Schimpfwort à la Bavaria

soachlagg – ordinäre Bezeichnung für ein nicht mehr kühles Getränk, das dem Inhalt eines Nachttopfes ähnelt

Spätzla – Spätzle, Knöpfla, Spatzen … eine schwäbische Teigware

Spezl – ein Kumpel

Techtelmechtel – ein g'schlampates Verhältnis, neudeutsch auch Flirt genannt

Versteckules spielen – ein »Such mich«-Spiel aus Kindertagen

Zischhalbe – eine Flasche Bier, die man auf ex wegzischt. Folglich ein Durstlöscher, also das Gegenteil von soachlagg.

Und zu guter Letzt sei hier noch der Ausspruch vom Haslinger erklärt: »A Hund bin i fei scho.« Was ein echt fettes Eigenlob von ihm ist. Weil, wenn in Bayern einer ein »Hund« ist, dann ist er ein ausgekochtes Schlitzohr, das mit allen Wassern gewaschen ist. Und dann gibt's bei uns ja noch den »Hundling«. Der ist genauso raffiniert und gerissen, kommt aber noch dazu recht niedlich daher. Und wenn jetzt einer noch dazu hundsgemein ist und das saumäßig gut vertuschen kann, dann ist er ein »Sauhund«.

Rezepte

Falls Sie auch einmal eine Achtziger-Mottoparty feiern wollen, dann hätte ich hier noch ein paar Rezepte für Sie.

Kir Royal (Aperitif)
Cassis (Johannisbeerlikör)
Sekt

Den Cassis in ein Sektglas schütten, bis es in etwa zu einem Viertel gefüllt ist. Dann mit Sekt auffüllen. Fertig.
Der Cassis bleibt übrigens am Glasboden, somit schmeckt der Kir Royal mit jedem Schluck etwas süßer.

Schneebowle
1 Flasche Wodka
1 Flasche Weißwein
3 Liter Saft (Orange, Pfirsich)
2 Liter Vanilleeis
frische Früchte, in Stücken (Pfirsiche, Ananas)

Alles in eine Schüssel reingeben und trinken.
Aber Vorsicht. Das Zeug schaut verboten aus und haut echt rein.

Prost!

Danksagung

Es ist schon gigantisch, dass nun schon das zweite Buch den Weg in den Buchhandel genommen hat. Auf der letzten Seite möchte ich hier noch etwas sagen. Nämlich DANKE.

Zu Anita, die es vermag, mein lädiertes G'stell nach der langen Sitzerei am Schreibtisch wieder »aufzurichten«. Deine Ratschläge und dein Wissen sind einfach Gold wert.

Ein Danke an Christiane Geldmacher, meine Lektorin, für die wertvollen Tipps. Auch von ihr kann man soo viel lernen.

Ein herzliches Danke an das ganze Team vom Emons Verlag für die freundliche und wunderbare Zusammenarbeit. Ich freu mich schon auf das nächste Buch mit euch.

Elli hätte nicht ermitteln können ohne die großartige Unterstützung von Tina, die beim Testlesen ein waches Auge hat und mir noch dazu im Text die Fehler ausbügelt. Danke für deine endlose Geduld und dein offenes Ohr.

Ein Danke geht noch an meine Familie. Ein dickes Danke an meine Kinder und ein noch dickeres DANKE und ein fettes Bussi noch dazu an meinen Mann Manfred, der mich bei allem soo tatkräftig unterstützt.

Und zu guter Letzt schicke ich hier noch einen Dankesgruß an alle. An meine Leserinnen und Leser. An mein Publikum. Weil, ob beim Kabarett oder beim Schreiben, es macht mir eine Riesenfreude, euch mit meinen Geschichten zu unterhalten und euch dabei ein Lachen ins Gesicht zu zaubern.

Ich freue mich immer über eine persönliche Nachricht von euch. Auf Facebook oder Instagram, auf meiner Internetseite: www.stiglmeier-alexandra.de. Kurzum: über eine Rückmeldung im Netz, wie euch die Elli gefallen hat.

Eure Alexandra

Alexandra Stiglmeier
MÄNNER, MORD UND REMMIDEMMI
Broschur, 256 Seiten
ISBN 978-3-7408-1613-1

Elli Fuchs wäre gerne Kriminalerin geworden. Hat nicht geklappt,
Fünfer im Turnen und überhaupt. Jetzt verkauft sie Klodeckel –
bis sie unter einem Wannensockel einen Toten entdeckt, einge-
tütet in einen Futtermittelsack. Ein mysteriöser Fall um tragische
Familiengeheimnisse drängt sich der Elli auf, in dem sie unbedingt
ermitteln muss. Wenn da nur nicht der Fasching, die Kinder und
diese verdammte Männersuche wären, die die Sache unnötig
kompliziert gestalten …

www.emons-verlag.de